中國新聞史研究輯刊

四編

主編　方漢奇

副主編　王潤澤、程曼麗

第13冊

包天笑新聞思想研究

周航屹 著

花木蘭文化事業有限公司

國家圖書館出版品預行編目資料

包天笑新聞思想研究／周航屹 著 -- 初版 -- 新北市：花木蘭文化事業有限公司，2019〔民 108〕

目 2+224 面；19×26 公分

(中國新聞史研究輯刊 四編；第 13 冊)

ISBN 978-986-485-822-4（精裝）

1. 包天笑 2. 學術思想 3. 新聞學

890.9208 108011536

中國新聞史研究輯刊

四 編 第十三冊 ISBN：978-986-485-822-4

包天笑新聞思想研究

作 者 周航屹

主 編 方漢奇

副 主 編 王潤澤、程曼麗

總 編 輯 杜潔祥

副總編輯 楊嘉樂

編 輯 許郁翎、王筑、張雅淋 美術編輯 陳逸婷

出 版 花木蘭文化事業有限公司

發 行 人 高小娟

聯絡地址 235 新北市中和區中安街七二號十三樓

電話：02-2923-1455／傳真：02-2923-1452

網 址 http://www.huamulan.tw 信箱 hml810518@gmail.com

印 刷 普羅文化出版廣告事業

初 版 2019 年 9 月

全書字數 202180 字

定 價 四編 13 冊（精裝）新台幣 26,000 元

包天笑新聞思想研究

周航屹　著

作者簡介

周航屹，男，1992年生，河北保定人，中國人民大學新聞學院博士研究生。本科、碩士分別畢業於雲南大學、南京師範大學，曾赴臺灣中國文化大學新聞暨傳播學院訪學，獲碩士研究生國家獎學金等獎勵。主要從事中國新聞史研究。

提　要

在中國近現代新聞史中，小說家報人可稱報人行列中的一批特殊人物。與其他類型的報人不同，他們兼具小說家和報人雙重身份，在文學和新聞兩個領域均有斐然建樹。包天笑作爲其中典型，即以「新聞界與文學界的兩棲人才」見稱。撰譯通俗小說之餘，包天笑的報刊經歷亦十分豐富。在三十六年的報人生涯中，他曾創辦《勵學譯編》、《蘇州白話報》，擔任上海《時報》編輯及總主筆，主編《餘興》、《小時報》等多個副刊和《小說時報》、《小說畫報》等多種刊物，赴日本考察新聞事業並撰寫新聞學著作《考察日本新聞記略》——歷程之綿亙、經驗之彌珍，洵爲清季民國小說家報人之佼佼者，時譽「報界名宿」。

現有包天笑研究多關注其文學成就，以新聞史角度開展的研究尚不充分，導致包天笑的新聞實踐及新聞思想湮沒不彰，與其著名報人的歷史地位難以相稱。本書以包天笑新聞思想爲研究內容，以他的新聞實踐和相關論述爲史料，分析其新聞思想的脈絡軌跡、主體內容和成因背景。基於由「新派辦報」、「吃報館飯」、「由副及正」、「步止『小』報」四個時期構成的發展脈絡，包天笑的新聞思想主要包括文藝編輯觀、新聞事業觀、報刊功能觀和報人素養觀四個部分。其中，文藝編輯觀是其新聞思想的核心內容，新聞事業觀體現他發展和強盛新聞事業的整體思維，報刊功能觀揭櫫報刊愛國愛民的本質屬性，關乎包天笑的新聞理想，報人素養觀則提示報人提升素養所應採取的道德和智識途徑。進而，從少時家世教育的薰陶、中國報業環境的影響和日本報業觀念的激蕩三個方面對其新聞思想的成因進行溯源。綜而言之，透過三個版塊循序漸進的討論，本書力圖全面、系統、具體地呈現包天笑的新聞思想，期冀爲中國新聞思想史研究和小說家報人研究，貢獻一個富於鮮明代表性的個案。

本書係江蘇省社會科學基金重大項目
「江蘇新聞史及其史料整理與研究」
（批准號：16ZD011）階段性研究成果

目次

緒　論

第一節　選題緣起及意義

一、選題緣起

清季民國的知名報人不勝枚舉，新聞全才邵飄萍、通訊始祖黃遠生、辦報能人成舍我、報業鉅子史量才、新聞史家戈公振等。除了這些聲名遠播、備受矚目的職業報人，還有一位著名的「小說家報人」不該被遺忘，那就是包天笑。目前包天笑的報人身份較少爲人關注，由於他在小說、翻譯等文學領域成就斐然，以至於一提到包天笑，就會令人想起他「通俗文學之王」、「現代通俗文學的無冕之王」〔註1〕的稱號。出於如此推許，近現代通俗文學對他的研究自不會少，然而在著名小說家、翻譯家的身份之外，包天笑還是一位久經報海歷練的「才子報人」〔註2〕，在新聞界素享嘉譽。上面列舉的幾位，即是與他常相往還、交情甚篤的同業好友。一般認爲，在撰譯通俗小說之餘，包天笑擅長新聞評論、副刊編輯，實「以新聞家而兼文學家」〔註3〕：方漢奇先生贊其爲「著名的報刊編輯」〔註4〕、「知名的報人和作家」〔註5〕，方曉紅

〔註1〕樂梅健語。見樂梅健編校：《現代通俗文學的無冕之王》，南京：南京出版社，1994年版。

〔註2〕柳斌傑主編：《中國名記者（第二卷）》，北京：人民出版社，2013年版，第17頁。

〔註3〕靄如：《包天笑》，《新聞學刊》（第二期），1927年3月。

〔註4〕方漢奇：《新聞史是歷史的科學》，載氏著：《方漢奇文集》，汕頭：汕頭大學出版社，2004年版，第17頁。

〔註5〕方漢奇主編：《中國新聞事業通史（第一卷）》，北京：中國人民大學出版社，1992年版，第794頁。

教授譽其是「清末民初新聞界與文學界的兩棲人才」〔註6〕。可僅有文學界的重視難以完整，新聞界亦應不遑多讓，重新發現和回訪一代小說家報人包天笑。

包天笑（1876～1973），原名清柱，後改名公毅，字朗生、朗孫、聞笙，別號包山、包山子，筆名天笑、微妙、拈花、迦葉、愛嬌、釧影、秋星等，齋名釧影樓、秋星閣、且樓、且住樓、絳香綠豔之樓。其中，天笑、釧影樓是其最有名、最具辨識性的兩個代稱。前者出自《神異經》「東王公與玉女投壺，每投千二百矯，矯出而脫誤不接者，天爲之笑」，是他報章撰文或著小說之別署〔註7〕；後者則出於紀念其母親以絞絲金釧施善救人的一段盛德典故。

1876 年包天笑出生於江蘇蘇州花橋巷一個世業爲商的家庭，祖籍安徽，後遷至蘇州閶門外花步里。幼年的包天笑即被父親包應壎寄予讀書重望，希望其成爲一個「讀書種子」，考取仕途以振家道。包天笑未敢辜負，少年便喜讀書閱報，其時最多讀《申報》，後亦常閱《新聞報》、《點石齋畫報》等。在二姑丈尤巽甫對其學業的持續督導下，包天笑最終掌握純熟的八股制藝寫作，打實了古文學基礎，加上時代風氣轉變，在十九歲（1894 年）二次考試時順利考取秀才。

1894 年中日甲午戰爭爆發，國人敵愾之心頗盛，維新派強學會的《中外紀聞》、《強學報》先後刊行於京滬，此爲國人發表政論之始〔註8〕。其後，《時務報》、《時務日報》等隨之發行，表示民報更受國人重視，民報因此勃興發展起來。青年包天笑廁身國人辦報的前兩次高潮之中，也逐漸興起編輯報章雜誌的意願。此時的他，已厭倦處館教書，遂組織參與勵學會，開辦東來書莊。學會同仁頗喜讀《時務報》，咸奉維新派巨擘梁啓超爲思想圭臬，進而於光緒二十七年（1901 年）合辦《勵學譯編》（月刊，木刻），這是包天笑首次編輯報刊；同年 10 月，在表兄尤子青的大力支持下，包天笑創辦《蘇州白話報》（旬刊，木刻），他集編輯、校對、發行等職務於一身，響應白話報風潮的號召，所辦刊物不爲牟利，但圖「開開風氣」〔註9〕。這兩份報紙均建基於

〔註6〕方曉紅：《報刊・市場・小說——晚晴報刊與晚清小說發展關係研究》，南京：南京師範大學出版社，2000 年版，第 146 頁。

〔註7〕靄如：《包天笑》，《新聞學刊》（第二期），1927 年 3 月。

〔註8〕戈公振：《中國報學史》，北京：生活・讀書・新知三聯書店，2011 年版，第 108 頁。

〔註9〕包天笑：《釧影樓回憶錄》，香港：大華出版社，1971 年版，第 169 頁。

提倡新知識、開拓民眾智識的想法之上，收效不可不謂宏大，一度「轟動吳門文學界」〔註10〕，是包天笑涉足報界的嚆矢。

而包天笑眞正進入新聞界並逐步在文壇報界創造影響，是在1906年（光緒三十二年，天笑時年三十一歲）。是年，應著名報人狄葆賢正式邀約，包天笑就任《時報》外埠新聞編輯，並大量撰寫時評，其時與《時報》另位報人陳景韓所撰時評並稱「冷笑」，還曾開闢副刊《餘興》、《小時報》。自此，包天笑吃了「報館飯」，報界生涯正式拉開帷幕。而後，他陸陸續續「主任」十多家報刊編輯，並不斷創作時評、論說、小說等多種形式作品刊諸報端，終成新聞界一代耆宿。從在曾孟樸主辦的《小說林》雜誌兼任編輯（1906年），到主編《小說時報》（1909年）、《婦女時報》（1911年），並就任《時報》總主筆（1912年）；從任《時報》副刊《餘興》（1914年）、《小時報》（1916年）主編，到主任小說刊物《小說大觀》（1915年）、《小說畫報》（1917年），再到隨上海新聞界訪問日本新聞業（1917年11月～12月），回國撰成新聞學著作《考察日本新聞記略》〔註11〕；後主編《星期》（1922年3月～1923年3月），直至接替張恨水主編《立報》副刊《花果山》（1935年12月～1936年6月）爲止，包天笑浸淫報界共計三十六年〔註12〕，歷程之綿亙、經驗之彌珍，洵爲晚清民國小說家報人的佼佼者，時譽「報界名宿」〔註13〕。

身爲一名小說家報人，包天笑的新聞軌跡從二十世紀初肇始，直至民國末年，時間跨度很大。他不僅翻譯著作、撰寫小說，而且創辦報紙、編輯報刊，最終蜚聲文壇、聞名報界。在二十世紀上半葉，報刊成就了包天笑，包天笑也成就了報刊。然而反視包天笑研究的現狀，佔據主導地位的是文學層面的研究，關注其報人身份、新聞活動的研究則較少，原因何在？不妨從「小

〔註10〕包天笑：《釧影樓回憶錄》，香港：大華出版社，1971年版，第167頁。

〔註11〕包天笑：《考察日本新聞記略》，上海：商務印書館，1918年版。此書係江蘇報人撰寫的最早的新聞專著，見江蘇省地方志編纂委員會編：《江蘇省志・報刊志》，南京：江蘇古籍出版社，1999年版，第51頁。

〔註12〕從1901年到1936年，包天笑的報人生涯共計三十六年。之後，包天笑雖繼續撰述寫作直至九十八歲高齡，但已不再從事報業，故時間下限計爲1936年。這裡要說明的是，葉韋君：《時間意識的書寫：包天笑報刊生涯（1900～1937）》（載「釧影留芳：包天笑與近代中國的媒體、文學與文化」國際學術研討會論文集，臺北：中央研究院近代史研究所，2017年3月2日～3日）一文，將包天笑的報刊生涯上限劃定在1900年，顯然不確（詳後）；下限1937年亦與包天笑的回憶不相切合，有待商榷。

〔註13〕道聽：《包天笑口中之四小金剛》，《上海畫報》，1930年第590期。

說家報人」的概念入手分析。作爲近現代報人行列中的一批「特殊人物」，小說家報人與職業報人、宣傳家報人和革命家報人、政治家報人、報館老闆等其他類型的報人不同，他們兼具小說家和報人雙重身份，是近代都市文化重要的參與者、傳播者與見證者。論者指出，寫作通常是這群報人的主業，當報人不過是近水樓台，他們「更主要是名噪一時的小說家而不是報人」，因此往往被視爲報人中的「另類」〔註 14〕。這樣的認知自有其導源的立場，蓋以職業報人的標準或新聞學科的後見觀之，以小說家身份聞名的報人，的確顯得「成分可疑」或「分量不足」。所謂成分可疑，是指小說家報人並非「革命」意義上的進步階級，多被斥爲小資情調、有閒階級的毒瘤，而被邊緣於嚴肅的政治話題和主流的社會通道。所謂分量不足，是說該類報人在風格上多屬都市文化或社會生活陣營，較爲缺乏指向民族國家的硬性擔當和責任意味。進而，對小說家報人的概念界定，基本嵌套於福柯「話語即權力」〔註 15〕的脈絡之中：通過相對於「主流」的「另類」對待，強調政治（中心）先於文學（邊緣）的次序，表徵出評判此類人物的價值傾向。最終使得以包天笑爲代表的小說家報人群體，在新聞史研究中呈現出一種失語、簡化、軟性、縹緲的印象，漸漸模糊了其豐富的原色和歷史的本眞。

基於對歷史本相的尊重和還原，本書的研究問題是：包天笑三十六年的報人生涯究竟是一段怎樣的軌跡？在三十六年的報刊活動中，包天笑形成了什麼樣的新聞思想？這樣的新聞思想受到哪些因素影響而逐漸形成？這些尙未得到解答的問題，對於新聞史和文化史研究來說，均有重要啓示。原因在於，在中國近現代文化史中，包天笑的成就和地位有目共睹、無法繞開。就其文學和新聞活動言之，即上承晚清「小說界革命」之餘緒，下接五四新文化運動之思潮；他所呈現的改良與現代氣息，一方面清晰地勾勒了中國文學在現代化轉型中的歷史軌跡，另一方面也直接促進了現代報刊的大眾化、娛樂化，帶動了報刊媒介這一舶來品在中國的生長與壯大〔註 16〕。而這些新聞實踐活動的展開和外顯，離不開包天笑新聞觀念及思想的內在涵蘊。文學上

〔註 14〕王敏：《上海報人社會生活（1872～1949）》，上海：上海辭書出版社，2008 年版，第 57 頁。

〔註 15〕〔法〕米歇爾·福柯：《知識考古學》，謝強、馬月譯，北京：生活·讀書·新知三聯書店，2003 年版。

〔註 16〕沈慶會：《通俗文學之王包天笑的報刊編輯生涯》，《文教資料》，2007 年 11 月下旬刊。

獲致的卓然成就，不應湮沒包天笑在新聞史中的應有地位，在小說家報人的身份圖譜中，聚焦包天笑的報刊活動和新聞思想，構成本書的選題緣起。

二、選題意義

一代小說家報人包天笑的新聞思想，殊堪新聞史研究仔細發覆。作爲中國新聞事業早期的探索者和實踐者，包天笑出版過譯刊、創辦過白話報，擔任過《時報》的編輯和總主筆，主持了多種文藝刊物，是最早撰寫新聞專著的江蘇籍報人，在中國新聞史上的地位是不容小覷的。他給我們留下了很多寶貴的實踐及思想財富，包括譯刊辦報的經驗，編輯文藝刊物的觀念，對報刊作用的認識，關於新聞事業的理想，對報人素養的主張，等等。包天笑的新聞思想相當豐富，不能僅限於當前研究片面關注的副刊編輯經驗，因而系統、全面、細緻地研究包天笑的新聞活動及新聞思想，在理論和實踐兩個層面皆有必要性和重要性。

從理論層面來說，中國新聞史研究中的小說家報人研究相當薄弱。現有研究多側重於其文學成就，以新聞史角度開展的研究尚不充分，導致此類報人的新聞實踐及新聞思想湮沒不彰，與其報刊活動、報人身份難以相符。作爲小說家報人的翹楚，包天笑的新聞實踐和新聞思想不該被忽視。系統研究包天笑的報刊實踐及觀念，不僅能呈現和還原其報人本色，豐滿和立體其報人形象，而且有助於深入瞭解包天笑新聞思想的諸多面相，爲管窺近現代小說家報人群體的具象面貌提供一個典型案例。此外，圍繞包天笑所辦各類報刊、所著新聞學著作、在《時報》上的大量論說和時評、用數十個鮮爲人知的筆名在《晶報》上發表的新聞論述展開討論，也能在一定程度上填補近現代專門報刊研究、早期新聞學專著研究和新聞人物研究的闕如，爲後續研究奠定進階的基礎。就實踐層面而言，研究包天笑的文藝編輯經驗、新聞事業觀念和報人素養主張，可爲新聞業務的開展提供可資參酌的歷史鏡鑒。

第二節　研究現狀及趨勢

從二十世紀八十年代開始，經過人文社會科學整體的大眾文化轉向，通俗文學領域不斷發展壯大，逐漸實現了對小說家報人身份的確認和姿態的平視，包天笑即於此時開始爲學界所注意。不過截至目前，已有的文獻著重對其小說家、翻譯家身份及其通俗小說開展研究。從對他在近現代通俗文學史上的地位紹介〔註 17〕，到具體而微的通俗小說內容分析，研究成果愈百篇。然而與文學研究的繁榮相比，關於包天笑報刊活動的研究就顯得相對薄弱。

這種「薄弱」，首先體現爲包天笑的報刊活動尚未得到廣泛的主體性認知，即未以其報刊活動爲研究重心。包天笑與媒體的互動、在新聞界的影蹤，只是作爲其文學活動研究的次階補充〔註 18〕，這雖爲我們簡要勾勒了包天笑的報刊經歷、初步概括了包天笑的報刊編輯觀，但落腳點仍服務於文學研究的整體架構。除了以文學爲視角外，李仁淵的《新式出版業與知識分子：以包天笑的早期生涯爲例》饒富新意，以社會變遷角度考察包天笑的早期經歷，以例證晚清士人身份的轉型變遷；不過，亦未將包天笑的報刊活動和新聞思想視爲探究主體〔註 19〕。

就包天笑報刊活動的研究而言，其「薄弱」還表現在，即便將包天笑的報刊活動作爲研究主體，但分析仍顯得零散，且失之簡略。二十世紀九十年代，《江蘇出版人物志》〔註 20〕、《江蘇省志・報業志》〔註 21〕等編年史著作，在論及《蘇州白話報》時曾順帶簡介包天笑的生平，卻限於點到爲止。2007 年，《包天笑編輯活動側影》〔註 22〕和《「通俗文學之王」包天笑的報刊編輯生涯》〔註 23〕兩篇文章，按時間順序考察包氏參與的報刊編輯活動，指出包氏爲清末民初的報刊業做出了貢獻，認爲包天笑在編輯領域的活動、成就和思想不能被忽視。2008 年，《包天笑與中國近、現代報刊業》一文，從轉變報刊語言、確立副刊地位、推動女報發展、革新期刊裝幀以及注重廣告造勢等

〔註 17〕欒梅健：《通俗文學之王——包天笑》，上海：上海書店出版社，1999 年版。

〔註 18〕鄧如婷：《包天笑及其通俗小說研究》，逢甲大學碩士論文（臺中），2001 年；沈慶會：《包天笑及其小說研究》，華東師範大學博士論文，2006 年；吳麗麗：《包天笑的都市生活與都市寫作》，上海師範大學碩士論文，2008 年；王晶晶：《新舊之間——包天笑的文學創作與文學活動研究》，上海師範大學博士論文，2012 年。

〔註 19〕李仁淵：《新式出版業與知識分子：以包天笑的早期生涯爲例》，《思與言》（臺北），2005 年第 9 期；李仁淵：《傳播媒體與知識分子：以江南爲例》，載氏著：《晚清的新式傳播媒體與知識分子》，臺北：稻鄉出版社，2015 年版。

〔註 20〕俞洪帆、穆緯銘主編：《江蘇出版人物志》，南京：江蘇人民出版社，1995 年版，第 430～435 頁。

〔註 21〕江蘇省地方志編纂委員會編：《江蘇省志・報刊志》，南京：江蘇古籍出版社，1999 年版，第 51 頁。

〔註 22〕姜思鑠：《包天笑編輯活動側影》，《中國編輯》，2007 年第 3 期。

〔註 23〕沈慶會：《通俗文學之王包天笑的報刊編輯生涯》，《文教資料》，2007 年 11 月下旬刊。

多個方面，論述了包天笑與中國近現代報刊業發展之間的關係，肯定了他在這一領域取得的成就和對我國近現代報刊事業的貢獻〔註24〕。

近幾年，一些研究開始關注到包天笑的新聞觀念，或圍繞包天笑的新聞文本展開分析，注意到其新聞文本背後受到的政治因素，或試圖從新史學的社會學理論角度提煉文本所體現的時間意識。周光明的《包天笑與上海記者視察團訪日》和代慧敏的《包天笑的新聞觀》，簡要提及包天笑長期被人忽視的新聞學著作《考察日本新聞記略》，後者結合包天笑基本報人經歷和書中部分論述，初步探討他作爲時評家的新聞觀，闡述其對新聞地位的看法、新聞理念和對新聞技術的認知〔註25〕。孫慧敏的《筆記傳統與現代媒體：包天笑在〈晶報〉的撰述活動》經過考察包天笑的日記和在小報發表的作品文本，證實包天笑是《晶報》的主要稿件作者，並發現包天笑將過去遊戲文章「嘲諷政治」的特點帶入小報撰寫，但最終仍難逃政治力的束縛〔註26〕。葉韋君的《時間意識的書寫：包天笑報刊生涯（1900～1936）》則指出，包天笑所創作的多種報刊文本體現出不同的時間節奏，將讀者帶入濃厚的時間感中〔註27〕。

由以上成果可以看出，從報刊編輯角度對包天笑新聞活動開展的研究已初步開展，沈慶會、夏淳的成果爲包天笑的報刊編輯思想的研究打下了一定基礎。但是，這些成果比較簡略零散，尚有很大的進取空間。一方面，相關研究存有根據包天笑的新聞活動事實「同義轉述」的嫌疑，尚止步於確認包天笑在報刊領域的基本史實，且有個別史實未經確查卻以訛傳訛；另一方面，已有成果主要著眼於包天笑報刊生涯中後期的文藝報刊編輯活動，而其前期出版譯刊、創辦白話報的新聞實踐，尤其同時期他在《時報》、《晶報》上留

〔註24〕聶淳：《包天笑與中國近、現代報刊業》，《新世紀圖書館》，2008年第1期。

〔註25〕周光明：《包天笑與上海記者視察團訪日》，載氏著：《近代新聞史論稿》，北京：社會科學文獻出版社，2014年版，第153～164頁；代慧敏：《包天笑的新聞觀》，《新聞研究導刊》（第7卷第21期），2016年11月。

〔註26〕孫慧敏：《筆記傳統與現代媒體：包天笑在〈晶報〉的撰述活動》，載連玲玲主編：《萬象小報：近代中國城市的文化、社會與政治》，臺北：中央研究院近代史研究所，2013年版，第191～226頁。

〔註27〕葉韋君：《時間意識的書寫：包天笑報刊生涯（1900～1937）》，「釧影留芳：包天笑與近代中國的媒體、文學與文化」國際學術研討會論文集，臺北：中央研究院近代史研究所，2017年3月2日～3日。按：據筆者瞭解，這一專門圍繞包天笑展開的國際學術研討會尚屬首次，提示著包天笑研究正獲致更多關注，且逐步走向深入。另須在此說明，臺灣中國文化大學新聞暨傳播學院的夏士芬副教授不辭辛勞，代爲聽取會議，並郵寄會議論文集，方使筆者得以瞭解包天笑研究的新近情況，謹向夏老師致以深深謝意！

存的大量新聞作品、新聞論述，以及新聞學著作的撰述經歷和具體內容，仍有待進一步的發掘整理和系統探究。

從這個意義上說，雖然先前的成果從多個角度對包天笑進行了研究，爲後人研究報人包天笑率先示範；但以整體的視野觀之，已有研究不無失之研究的統系性和分析性。對於一位報人來說，只部分地看到其外在的報刊活動、新聞實踐是遠遠不夠的，由表及裏、由淺入深地探尋和歸結其背後的新聞思想無疑更富價値。從新聞思想的實踐脈絡出發，包天笑的新聞思想具體包括哪些內容，這樣的新聞思想又受哪些因素影響而形塑，是本書探討的中心。

綜之，關於小說家包天笑的研究產出良多、樣態各異，而關於報人包天笑的研究正逐步開展、力求深化。相信隨著研究的累積，一個立體全面、鮮活生動的包天笑會呈現在我們眼前。

第三節　研究內容與方法

一、研究內容

本書以包天笑的新聞思想爲研究內容，力圖全面呈現包天笑的新聞實踐及觀念，分析其新聞思想的軌跡及成因，以期全面、系統、具體地呈現報人包天笑的新聞思想，爲中國新聞史的小說家報人研究，貢獻一個富於代表性的鮮明個案。筆者選取包天笑的新聞實踐、對新聞和報刊的原始論述爲研究對象，展現包天笑在報業或新聞事業中的實踐歷程，歸結和分析包天笑在實踐和論述中體現出的新聞思想，並對其新聞思想的形成原因進行整體地探析。除「緒論」與「結語」外，本書共分三章。

第一章介紹包天笑的新聞活動，主要分爲四個階段。要說明的是，包天笑實際的新聞活動並非線性呆板、截然分段的，這裡的劃分僅依據其新聞經歷的主要特徵大致而爲。第一階段「新派辦報：從試場到市場（1901～1902）」，介紹他早期出版譯刊、創辦白話報的報刊活動；第二階段「吃報館飯：從讀者到記者（1906～1911）」概括包天笑在《時報》前半段的新聞經歷，重點是撰寫時評、主編《小說時報》、《婦女時報》的報刊活動；第三階段是「由副及正：從文海到東海（1912～1919）」，反映包天笑就任《時報》總主筆後，編輯《時報》附刊《餘興》、《小時報》和文學刊物《小說大觀》、《小說畫報》，以及考察日本新聞業、撰寫新聞學著作的主要經歷；第四階段「步止『小』報：從全職到代職（1922～1936）」，是他報刊生涯的最後一個階段，即主編小型文學雜誌《星期》，以及「小型報」〔註28〕（亦可簡稱「小報」）翹楚《立報》副刊《花果山》的情形。

作爲本書最爲吃重的部分，第二章概括包天笑的新聞思想，筆者將其歸納爲文藝編輯觀、新聞事業觀、報刊功能觀和報人素養觀。包天笑是一位文藝編輯能手，他的報刊活動除了直接辦報和新聞編輯以外，絕大部分是主編副刊和文藝刊物，因此文藝編輯觀在其新聞思想中佔有首要地位。其次是包天笑的新聞事業觀，他的辦報活動和新聞經歷，處身於國人辦報的兩次高潮之中，逐漸形成了他對報業發展的理想期許。而報刊功能觀和報人素養觀，分別關涉其創辦《蘇州白話報》，在《時報》撰寫論說、時評，編著《考察日本新聞記略》，爲《晶報》撰稿等新聞活動，都是其新聞思想的有機組成部分。本書力求清晰、立體、全面、準確地呈現他的新聞思想。

第三章在前兩章的基礎上，探析包天笑新聞思想的成因及背景。作爲晚清由功名仕途轉入文化市場的傳統讀書人，包天笑的新聞思想與其兒時的教育經歷密切相關，而中國近代報業環境的影響、日本報業觀念的激蕩，也宏觀地濡染和具體地助益其新聞思想的啓沃和完善。應該說，包天笑的新聞思想歷經兒時家世教育的薰陶、中國報業環境的影響和日本報業觀念的激蕩，是三力共同作用的產物。

包天笑的新聞思想目前尚未得到系統的概括，其新聞思想散見於他三十六年報刊生涯過程中所寫相關論述和著作之中，其中主要是報刊上的論說、時評、筆記、雜文，以及一冊新聞學專著。另須申明的是，這些材料中的相當一部分，是以往的包天笑研究不曾利用的。筆者對包天笑新聞思想的提煉，即欲以這些未被廣泛注意到的原始史料爲切入口。

二、研究方法

1、歷史研究法：以包天笑新聞思想爲綱，在廣泛搜集史料的基礎上梳理

〔註28〕在中國，習慣上將「小型報」也喚作「小報」，但成舍我反覆強調二者的意義並不相同。在他看來，「小型報」（Tabloid）與「小報」（Mosquito Paper）的區別在於：前者是大報的縮影，重視言論、競爭消息、廣用圖片，工作重心在於改寫和精編；後者相反，不競爭新聞、不重視言論，以亂造謠言、揭人陰私爲首要任務。這裡爲方便歸類，重心落於小型報之「小」。參見成舍我：《由小型報談到「立報」的創刊》，載李瞻主編：《中國新聞史》，臺北：學生書局，1979年版，第271頁。

寫作框架，從宏觀上體認包天笑的新聞活動和報人角色。

2、文獻分析法：基於原始的一手資料和全面的間接資料〔註29〕，主要以包天笑除小說以外〔註30〕的新聞作品和論述爲分析對象，通過對文本的精細研讀，細緻而全面地提煉其新聞思想。

〔註29〕包天笑直接書寫的文字，主要包括五部分：1、自傳及回憶錄；2、著撰或譯著的小說；3、日記；4、發表在報刊上的論說、評論、筆記、掌故等雜文；5、唯一一部新聞學著作。其中，他晚年所撰關於人生精彩閱歷的《釧影樓回憶錄》、《釧影樓回憶錄續編》兩冊著作，已歷經多次翻印，成爲近現代文學與歷史研究的重要史料。而除此以外的絕大多數作品，迄今尚未引起學界廣泛注意。這主要是因爲有些作品過去未曾公開，或根本已不知去向；有些作品雖然出版了，如今卻難以覓得；而包天笑以不同筆名發表在各類報刊中的文章，更是數不勝數。這給後人的研究留下了屏障。近十年來，學界開始關注到《釧影樓日記》。首先，一般讀者都發現《釧影樓回憶錄續編》收錄了138頁的「1949年日記」及其「後記」，知道包天笑有記日記的習慣，但七十餘本不幸全盤散失，實在可惜。也有一些學者發現，在包天笑撰寫《釧影樓回憶錄續編》以前，於《晶報》、《茶話》、《海晶》等刊物陸續刊登了部分日記，並就此開展了一些研究（韓偉偉：《〈茶話〉（1946～1949）研究》，華東師範大學碩士論文，2008年）。而只有少數人知道上海圖書館收藏了十五冊包天笑自署的《釧影樓日記》手稿（筆者曾於2017年4月～5月，多次到上圖古籍部借閱無果），從2006年開始，這十五冊日記手稿被臺灣中央研究院近代史研究所孫慧敏教授進行抄錄整理，並恰與2012年在臺北發現的另一部分釧影樓日記手稿無縫匯合（時間竟全不重疊，記錄了包天笑從1925年2月11日至1969年12月31日的每日經歷），命名爲「包公毅先生檔案」，孫慧敏、林美莉等教授已經根據檔案開展了一些研究。限於客觀條件並結合本書主旨，筆者未親赴臺北翻閱檔案，但通過與孫慧敏教授的郵件聯絡，獲知了包天笑1925年在《晶報》撰稿時使用的六十九個筆名（見「附錄一」），這使得《晶報》上本屬包天笑的文章大量「浮現」，由此，他對於新聞和報紙的論述也變得豐滿起來。據孫教授介紹，這六十九個筆名是將《釧影樓日記》中提到的文稿篇目與《晶報》所刊文章一一對照確定下來的，而以此六十九個筆名檢索《晶報》篇目發現，僅1925年間，包天笑就至少爲《晶報》寫了三百三十餘篇文章，而當將時間擴大到整個《晶報》存續時期，更驚訝發現：單是以這六十九個筆名發表的文章，就多達五千餘篇！最早的以「白蘋」爲名，刊在《晶報》第2期；最晚的則以「天笑」爲名，刊在1940年5月23日《晶報》的休刊號上，包天笑與《晶報》的密切關係，由此可見一斑。而如果以眾所周知的「天笑」或「釧影」檢索，則1925年《晶報》只得天笑作品五篇，兩相對比之下，不得不讓人感佩孫教授的無私分享，筆者謹向孫教授致以最大謝忱！若沒有日記手稿的發現整理，以及孫教授的仔細比對確認，筆者的研究將失去許多重要一手史料的支撐。

〔註30〕個別相關小說也摻雜著包天笑對報業經歷的回憶與思考，亦納入史料檢視的範疇之中。

第一章　包天笑新聞思想的發展脈絡

包天笑出生於晚清江南的經商世家，但因太平天國事起，產業蒙災、家道中落，幼年的生長環境一般，僅憑父親包應壎在錢莊習業和母親日夜女紅爲生。包天笑的降生，爲包家力挽頹勢、重振家業陡增一絲生機，五歲時便被送去私塾就讀，接受傳統儒家教育，奠定傳統文化的紮實基礎。但外在時代環境的演變，也開始影響這位被譽爲「姑蘇才子」的少年，他開始在新氣氛、新潮流中瞭解時事、接受新知，不願再步舊式文人汲取功名之後塵。然而父親離世，導致家中遽然無倚，爲了卻父親期待，包天笑在十九歲時終憑藉舊學新知高中秀才，便以此爲基，謀起生路來。

第一節　新派辦報：從試場到市場（1901～1902）

鴉片戰爭以還，傳統社會結構發生巨變，舊有的士農工商秩序逐漸解體，古老中國和廣大士人開始向現代社會轉型。包天笑自不例外。自幼接受傳統教育洗禮的他，身上滿載著家庭對其通由讀書獵取功名的期望。1889 年，十四歲的包天笑第一次小考失利，而家人對其的鼓勵卻不降反增，尤其是二姑丈尤巽甫對其展開定期考察，親自擔負起監督制藝的職責。越三年，包應壎因疾去世，喪父之痛讓天笑扛起養家責任。嗣後，他走出私塾，一邊準備考試，一邊處館教書，以自己受教的方式授書於人。1894 年，包天笑再次應考終得秀才，此時對他而言，前途注定了只有兩件事可做：在平日即教書養家，到考試便應試求中。

同年甲午一戰，中國慘敗，翌年被迫簽訂喪權辱國的《馬關條約》，不僅割讓臺灣、澎湖列島和遼東半島給日本，而且還增闢沙市、重慶、蘇州、杭州爲通商口岸，西方列強的思想和價值觀念首次從通商口岸大規模地擴展，爲士紳文人中間發生的思想激蕩提供了「決定性的推動力」〔註1〕。1896年，維新派在上海創辦《時務報》，梁啓超任總主編，這事足以震動全中國青年學子，「好像是開了一個大炮，驚醒了許多人的迷夢」〔註2〕。變法圖強、興辦新學、廢止纏足、研究科學、籌辦實業、設立醫院等，《時務報》上的一言一詞，都被包天笑所在的勵學會〔註3〕奉爲圭臬。受到梁啓超等維新派的影響，包天笑自命「新派」〔註4〕，思想也自這時開始轉變。他自問道：「讀書人除考試教書之外，難道再沒有一條出路嗎？」〔註5〕

他認識到報刊是在民眾中間傳播新知識、新觀念以及促進思想一致的有力工具，便與勵學會首先合資開辦了東來書莊。之所以謂東來，一方面取「紫氣東來」之意，另一方面書莊所售書籍，皆自東洋日本而來〔註6〕。在包天笑的有心運作下，書店實現盈利，他便模仿東來書莊中所售留學生雜誌《譯書彙編》，於1901年4月辦起了木刻雜誌《勵學譯編》（1901年4月～1902年2月）。這份我國早期的翻譯刊物，是包天笑參與編輯的第一份報刊。

《勵學譯編》爲月刊，內容以譯載外國社會科學和自然科學爲主，囊括了政治、法律、人文等多類譯文，主要譯自日文書籍，由勵學會中懂得日文的包天笑等人負責翻譯，或邀約留日學生義務幫忙。包天笑認識到日本等國西方科學思想的發達，以及西方政治制度的進步，在發刊時聲稱：「日本之盛

〔註1〕〔美〕張灝：《思想的變化和維新運動，1890～1898年》，載〔美〕費正清、劉廣京編：《劍橋中國晚清史（1800～1911年）（下卷）》，北京：中國社會科學出版社，1985年版，第272頁。

〔註2〕包天笑：《釧影樓回憶錄》，香港：大華出版社，1971年版，第150頁。

〔註3〕包天笑在進學、處館的過程中，結識了志同道合的一班青年朋友。祝伯蔭、楊夢麟、汪棣卿、戴夢鶴、馬仲禹、包叔勤、李叔良，加上包天笑共八人，組成名爲「勵學會」的學會，推包天笑爲會長，會員們相互砥礪、切磋學問。

〔註4〕包天笑：《我與雜誌界（上卷）》，《雜誌》（第14卷第5期），1945年2月10日。

〔註5〕包天笑：《釧影樓回憶錄》，香港：大華出版社，1971年版，第143頁。

〔註6〕由於日本與中國相近，當時往來費用低廉，因此許多不意科舉的讀書人東渡留學，其中就包括包天笑在蘇州的朋友，如楊廷棟、楊蔭杭、周祖培等。加上，蘇州成爲通商口岸，日本在蘇州設立了郵便局，書信往來便利。包天笑手中擁有從日本留學生那裡寄來的書刊，構成書店的主要貨源。

也，其書足以資我，其學足以師我」〔註 7〕，「將採東西政治格致諸學，創譯本以餉天下」〔註 8〕。為此，《勵學譯編》所設篇目無不圍繞西學展開：《歐洲近世史》、《印度蠶食戰史》、《普通地理學》、《化學初桄》、《日本政體史》等，還有包天笑第一部翻譯小說《迦因小傳》。譯介這些普及西方科學、思想及制度的著作，表明包天笑正極力倡導思想啓蒙，不斷對傳統儒家知識、保守價值觀念進行超越，至此，他把「考書院博取功名膏火的觀念，改為投稿譯書的觀念了」〔註 9〕。

《勵學譯編》的創辦，可稱得上「破天荒」之舉。一方面是與其他刊物不同，《勵學譯編》採取木刻印刷。那時蘇州沒有鉛字印刷所，報刊無法鉛印出版，於是包天笑便和蘇州最大的刻字店毛上珍接洽，採用木刻印刊，「用最笨拙的木刻方法來出雜誌，只怕世界各國所未有」〔註 10〕；另一方面，《勵學譯編》甫一出版，即每冊銷售七八百份，轟動了蘇州文學教育界。從每期刊登的捐贈情況來看，除勵學會的創辦人以外，蘇州及周邊的社會有識之士亦紛紛捐款捐書表示支持。雖然後期陷入經濟困頓，僅發行十期便停刊，但從中體現的辦報經驗彌足珍貴，包天笑組織編輯《勵學譯編》對西學開展大力推介，表明他逐漸具備開闊的世界眼光，試圖以此實現教育大眾的目的。

有了編輯《勵學譯編》的經驗，包天笑又於同年 10 月，獨立〔註 11〕創辦木刻旬刊《蘇州白話報》（至 12 月）。至於辦報動機，他自稱，除了「想過一過這白話報之癮」外，更主要的原因是受到陳叔通、林琴南（名紓）創辦《杭州白話報》的觸發：蘇杭二城一向並稱，「蘇州是應與杭州看齊的」〔註 12〕。進而他表示，不僅蘇州，希望全國各地都趕上「雜誌潮興盛的當兒」〔註 13〕，

〔註 7〕秋心子（包天笑）：《勵學譯社緣起》，《勵學譯編》（第一冊），1901 年 4 月 3 日。按：「秋心子」即包天笑使用的號。參見沈慶會：《包天笑及其小說研究》，華東師範大學博士論文，2006 年，第 24 頁。

〔註 8〕尤志選：《勵學譯社敘》，《勵學譯編》（第一冊），1901 年 4 月 3 日。尤志選，亦名尤吳頤，號子青，係包天笑表兄。「將採東西政治格致諸學，創譯本以餉天下」一句，是尤志選記錄包山（即包天笑）對其所說的話。

〔註 9〕包天笑：《釧影樓回憶錄》，香港：大華出版社，1971 年版，第 174 頁。

〔註 10〕包天笑：《釧影樓回憶錄》，香港：大華出版社，1971 年版，第 166 頁。

〔註 11〕尤志選也偶而擔任一兩篇論說，但其時被其父尤巽甫管理甚嚴，主力還是落在包天笑身上。

〔註 12〕包天笑：《釧影樓回憶錄》，香港：大華出版社，1971 年版，第 168～169 頁。

〔註 13〕包天笑：《我與雜誌界（上卷）》，《雜誌》（第 14 卷第 5 期），1945 年 2 月 10 日。

「杭州、北京我們聯合起來，將來各處都有了白話報就好了」〔註 14〕。這表明，醉心維新的包天笑，從辦報之始便自覺將《蘇州白話報》放諸維新變法時期白話報潮流的橫向網絡之中。

包天笑集主編、撰述、校對、發行、會計於一身，「一個人唱了獨角戲」〔註 15〕，由此對辦報的所有流程有了全面認識；此外，也是更重要的，由《蘇州白話報》開始，包天笑開始確立起通俗化、大眾化、普及化的辦報思想。他意識到《勵學譯編》受嚴復、林紓、章炳麟、梁啓超的影響，譯作採用文言，文筆較爲高古，而「欲開民智，非用白話文不可」〔註 16〕，故而，《蘇州白話報簡明奉程》開頭即說道：「本報爲開通人家的智識起見，也教人家容易懂的意思。」〔註 17〕

爲此，他在內容上務求深入顯出、發人猛醒，包括論說、新聞、演報、歌謠雜錄等欄目，不僅介紹西方國家的民主制度，揭露、諷刺時弊，表達愛國主義思想，「對於腐敗的社會，多所攻擊，但從大處落墨，從不攻訐別人」〔註 18〕；而且宣傳戒煙、放腳、破除迷信、講求衛生等科學知識，倡導興辦新學、廢除科舉等改良新政措施，表明包天笑對於維新求變的熱衷態度，以及對不能培養眞才實學之科舉制度，所抱持的激烈批判態度。此外，天笑還會不時編寫一些有趣的故事、山歌等，以增強報紙的趣味性，使婦女、孩童們都喜歡看。

在銷售發行上，包天笑也遵循通俗化的路徑，除了銷給都市中的知識分子外，包天笑還有意向鄉村城鎮進攻，派人乘坐行船到鄉村張貼廣告，並在許多市鎮的小雜貨店寄售，以爭取更多的普通百姓成爲讀者。就這樣，《蘇州白話報》最初出版時銷量達到七八百冊，後來逐漸減少至一二百冊，做了一些「社會的細胞工作」〔註 19〕。雖然效力很微弱，但透過這次獨立辦報活動，包天笑開始樹立起「報刊要啓蒙大眾」的意識，他在辦白話報伊始，便想到了普通讀者，樹有分眾市場的考量，重視對普通民眾的點滴喚醒，本著無論城鄉、婦孺都要懂得的理念，傳播科學知識、愛國思想、民主制度等啓蒙內容。

〔註 14〕《蘇州白話報簡明章程》，《蘇州白話報》（第一冊），1901 年 10 月 21 日。
〔註 15〕包天笑：《我與雜誌界（上卷）》，《雜誌》（第 14 卷第 5 期），1945 年 2 月 10 日。
〔註 16〕包天笑：《我與雜誌界（上卷）》，《雜誌》（第 14 卷第 5 期），1945 年 2 月 10 日。
〔註 17〕《蘇州白話報簡明奉程》，《蘇州白話報》（第一冊），1901 年 10 月 21 日。
〔註 18〕包天笑：《我與雜誌界（上卷）》，《雜誌》（第 14 卷第 5 期），1945 年 2 月 10 日。
〔註 19〕包天笑：《我與雜誌界（上卷）》，《雜誌》（第 14 卷第 5 期），1945 年 2 月 10 日。

儘管兩份刊物發行時間都不長，總共歷時一年，又沒有高額利潤的誘惑，甚至一度入不敷出，但編輯《勵學譯編》和創辦《蘇州白話報》無疑是包天笑報刊活動的先聲，宣告包天笑新聞思想正式起步。他不爲牟利，只圖「開開風氣」〔註 20〕，辦報雖然面臨種種侷限，仍然獨立承擔，期冀藉由市場傳播啓蒙思想，表明包天笑已從企圖坐館授徒的試場舊文人，漸漸轉變成一個擁抱並實踐新潮的市場新報人。他對編創報刊的執著精神，對報刊大眾化、通俗化宗旨的熱切追求，以及開啓民智、啓蒙大眾的強烈時代感和使命感，爲新派的他日後正式進入新聞界鋪陳了堅實的經驗底色。

第二節　吃報館飯：從讀者到記者（1906～1911）

《時報》是近現代上海最有影響的全國性三大日報之一，1904 年 6 月 12 日創刊於上海（至 1939 年），早期在康有爲、梁啓超的直接指導下，由狄葆賢（字楚青，號平子）主持創辦，以在維新武力革命失敗後作文字上的鼓吹。狄氏辦此報「非爲革新輿論，乃欲革新代表輿論之報界」〔註 21〕，因此《時報》的出版，在新聞界如異軍突起，「一洗向者凡庸之習」〔註 22〕。此時，身在山東青州，擔任中學堂督學一職的包天笑，也訂了一份《時報》。作爲《時報》忠實讀者的他，對《時報》的新穎編輯很是贊成，愛讀上面的短評、小說、筆記、詩話一類，並時有投稿見登。與狄葆賢多番書信過從後，天笑接受時報館之邀請，於 1906 年 2 月赴上海《時報》就任新聞編輯，正式踏入新聞界，從此「吃了報館飯」〔註 23〕。

到《時報》成爲一名新聞人，包天笑由讀者成記者，看似偶然，其實是必然所致。《時報》爲適應日益增長的市場需求，創辦不久便亟需既能編輯新聞又能撰譯小說的人手，而經常投稿的天笑自然映入眼簾，成爲雀屏得中的首選目標。一方面，天笑擁有編創報刊的經歷，早已具備新聞工作的實踐經驗，在白話報潮流中湧現出一抹獨特蹤影；另一方面，天笑本身對小說創作

〔註 20〕包天笑：《釧影樓回憶錄》，香港：大華出版社，1971 年版，第 169 頁。
〔註 21〕戈公振：《中國報學史》，北京：生活・讀書・新知三聯書店，2011 年版，第 134 頁。
〔註 22〕天笑：《我與新聞界》，《萬象》（第 4 年第 3 期），1944 年 9 月 1 日。
〔註 23〕包天笑：《釧影樓回憶錄》，香港：大華出版社，1971 年版，第 322 頁。

充滿激情和才氣，符合《時報》提倡小說「以助興味而多資聞」〔註 24〕的理念，狄葆賢本人更仿傚師尊梁啓超之手筆，在後者所辦《新小說》上發表長論，力述「小說新民」的理想〔註 25〕。狄葆賢給天笑每月奉開薪水八十元〔註 26〕，以表誠摯攬才之盛情。

在時報館，包天笑起初負責每月寫論說六篇，如《論粵漢鐵路與津鎭題錄》〔註 27〕、《論江蘇官場之腐敗》〔註 28〕、《論國人對於立憲之觀念》〔註 29〕等，其餘寫小說若干。後來負責編輯外埠新聞，常撰寫短小時評〔註 30〕，單署一個「笑」字。其時，陳景韓（號冷血）負責要聞、專電，撰時評署「冷」字，「冷笑」並稱，以「閒逸超脫」〔註 31〕擅勝，一時傳爲報壇佳話。向例，上海的報紙每天必有一篇論說，這篇論說，行之數十年，到二十世紀初已成爲一種濫調，對這種不痛不癢、似通非通的文字，人稱「報館八股」，讀者

〔註 24〕《時報發刊例》，《時報》，1904 年 6 月 12 日。

〔註 25〕梁啓超曾在所創《新小說》上發表著名的《論小說與群治的關係》一文，主張「今日欲改良群治，必自小說界革命始；欲新民，必自新小說始」。見梁啓超：《論小說與群治的關係》，《新小說》（第一號），1902 年 11 月。維新派出身的狄葆賢自稱是任公弟子，對後者的「小說新民論」推崇備至，也曾在《新小說》發表《論文學上小說之位置》，認爲小說之感人力量遠在論說之上。見狄葆賢：《論文學上小說之位置》，《新小說》（第七號），1903 年 9 月。

〔註 26〕這個薪水，不算菲薄，因爲天笑的同鄉孫東吳 1904 年入《申報》當編輯時薪水只有二十八元，而孫感慨：「就是每月二十八元，也比在蘇州坐館地、考書院，好得多呀。」何況八十元的薪水，還比青州中學堂監督的一隻元寶還多，可見狄葆賢對包天笑入《時報》之重視。

〔註 27〕笑：《論粵漢鐵路與津鎭題錄》，《時報》1906 年 2 月 24 日。這是包天笑在《時報》上發表的第一篇論說，也是包天笑在《時報》期間的第一篇新聞作品。要說明的是，這篇論說發表之日是光緒卅二年二月初二日，其時天笑還尚未抵達上海，「光緒三十二年夏曆二月中旬，才到了上海」。見包天笑：《釧影樓回憶錄》，香港：大華出版社，1971 年版，第 313 頁。

〔註 28〕笑：《論江蘇官場之腐敗》，《時報》，1906 年 12 月 9 日。這是包天笑在《時報》發表的第二篇論說。

〔註 29〕笑：《論國人對於立憲之觀念》，《時報》，1907 年 1 月 21 日。這是包天笑在《時報》發表的第三篇論說。

〔註 30〕作爲《時報》新聞業務革新中的一項著名舉措，「時評」體裁由陳景韓創設，最早出現在《時報》1906 年 7 月 31 日，係署名爲「冷」的「時事評論」，後經「閒評」、「小言」等欄目過渡，1907 年 1 月 7 日正式出現「時評」二字。第一篇署名爲「笑」的時評，是發表於 1907 年 5 月 31 日的《嗚呼蘇州之警察》。

〔註 31〕靄如：《包天笑》，《新聞學刊》（第二期），1927 年 3 月。

很難有耐心讀下去。《時報》卻始創精短的時評體例，使讀者耳目爲之一新。針對當天最重要的新聞，天笑以「鋒厲冷峭」之風做時評，遵循「簡捷、輕鬆、冷雋」三種訣竅，從讀者的心理出發，強調時評對於讀者認識並判斷新聞的重要功用：

> 閱報人往往很忙，他不耐煩去看長篇大論，只要看一個時評，便明白大意了。而且他們先入爲主，有時以時評所說的話，簡斷老當，極以爲是了。〔註32〕

如包天笑在1909年11月19日所作時評：

> 報館之館，從食從館，或曰：官食歟？食官歟？曰：此可作兩解。右行則爲官食，以今之報館，常併吞於官簍，食於官也；左行則爲食官，言今之報館，資官津貼，則食於官者也。〔註33〕

不到百字的簡短筆墨，天笑以冷峻諧謔的腔調、趣味解字的筆鋒，諷嘲報紙爲權力鉗制、受政治左右的醜惡現象，對官員和報館的相互勾結給予無情撻伐。「就一事一人立言，以個人發表之意思，冀於時事有所裨益，此時評之本情」〔註34〕，這使讀者易於掌握新聞重點並接受意見引導，且獲得知識上的賞味，對「求新學」〔註35〕的知識青年有特殊的吸引力。少年胡適便坦言曾深受《時報》短評影響，痛恨「周生有案」中上海道袁樹勳的喪失國權，曾和兩個同學寫了長信痛罵，這也可見「《時報》當日對於一般少年人的影響之大」〔註36〕。

除了「笑」寫時評外，包天笑還在《時報》撰寫小說。他與陳景韓輪流任職小說一欄，或撰或譯，逐日刊登，成爲不同於《申報》、《新聞報》等老牌大報的重要革新。實際上，在天笑入職《時報》不久，他亦接受曾孟樸之請，到《小說林》撰寫小說並兼任編輯。他對《小說林》海量的徵稿進行審閱、遴選和潤色，無論長篇短篇、譯本創作、文言白話，都從頭至尾一一看過，然後「決定收受」，著實「很費工夫」〔註37〕。在兼任編輯過程中，天笑

〔註32〕天笑：《我與新聞界（續）》，《萬象》（第4年第4期），1944年10月1日。

〔註33〕笑：《寸鐵》，《時報》，1909年11月19日。

〔註34〕瑨：《時評與消遣》，《時報》，1912年12月14日。

〔註35〕羅志田：《再造文明的嘗試：胡適傳（1891～1929）》，北京：中華書局，2006年版，第52頁。

〔註36〕胡適：《十七年的回顧》，《時報》，1921年10月10日。

〔註37〕包天笑：《釧影樓回憶錄》，香港：大華出版社，1971年版，第324頁。

的創作，尤注重從讀者手中搜集新聞、舊聞、遺聞、異聞等多樣化素材，以爲撰述資料：

鄙人近欲調查近三年來遺聞軼事，爲《碧血幕》之材料，海內外同志如能貺我異聞者，當以該書單行本及鄙人撰譯各種小說相贈，並開列條件如下：一、關於政治外交界者；一、關於商學實業界者；一、關於各種黨派者；一、關於優伶妓女者；一、關於偵探家即劇盜巨奸者。其他凡近來有名人物之歷史，及各地風俗等等，鉅細無遺，精粗並蓄。〔註 38〕

天笑對讀者所掌握新聞資料的搜羅，除了表示認識到個人所掌握知識易於失之片面，更體現對於讀者閱讀喜好的重視和探詢，並將這種博採眾言、廣納群力的讀者本位想法不斷編織進其文藝編輯工作之中。1909 年，狄葆賢所創辦之有正書局，邀請包天笑編輯〔註 39〕《小說時報》（月刊），隔一年，再邀其主編〔註 40〕《婦女時報》（月刊），天笑亦在編輯中不斷踐行並發展著對讀者心理的拿捏與考量，廣泛徵集來自讀者的資料，資我所需、利我所用。

先是編《小說時報》時，天笑從讀者閱讀體驗入手，規定中短篇幅的小說務須一次登完，長篇分爲兩期，最多不超三期一定登完，以讓讀者知結構、看首尾，「最好是一氣讀完了它」，「從起原以至於歸結，方能滿意」〔註 41〕。倘若斷斷續續、支支節節，讀者會覺得沈悶，便不堪其碎亂，天笑爲的就是讀者閱讀一氣呵成，「以矯他報東鱗西爪之弊」〔註 42〕。此外，爲讀者閱報輕鬆和悅目起見，天笑與開設民影照相館的狄葆賢合作，在《小說時報》中安插多頁銅版美人照片，每期至少七八頁，最多達十餘頁，果然「引人興趣」、「別開生面」，「銷數很好」〔註 43〕。

後來，在編輯《婦女時報》時，天笑以「提倡女子學問、增進女界智識」

〔註 38〕《天笑啓事》，《小說林》（第 7 期），1907 年 7 月。

〔註 39〕《小說時報》1909 年 10 月 14 日創刊，最初由陳景韓編輯，後來歸包天笑編輯。見天笑：《我與雜誌界（上卷）》，《雜誌》（第 14 卷第 5 期），1945 年 2 月 10 日。

〔註 40〕1911 年《婦女時報》創辦，狄葆賢亦邀包天笑爲主編，後曾有一度歸畢倚虹編輯。見天笑：《我與雜誌界（上卷）》，《雜誌》（第 14 卷第 5 期），1945 年 2 月 10 日。

〔註 41〕天笑：《我與雜誌界（上卷）》，《雜誌》（第 14 卷第 5 期），1945 年 2 月 10 日。

〔註 42〕《本報通告一》，《小說時報》（第 1 年第 1 期），1909 年 10 月 14 日。

〔註 43〕包天笑：《釧影樓回憶錄》，香港：大華出版社，1971 年版，第 359 頁、第 361 頁。

爲宗旨，在關注文藝、教育、衛生、風俗、家庭等內容的同時，更是延續了《小說時報》這種圖文並茂的做法，設銅版精印插畫達數十種之多，體裁優美、趣味豐富，「足爲女學界上放一大光彩」〔註44〕。爲壯聲色，他不忘向女性讀者廣徵圖文，祈求邦人士女不吝賜教，以餉世界：

本報除聘請通人、名媛分司編輯、撰述之任外，更募集四方閨彥、才媛之心得，以貢獻於世界。邦人士女其亦樂爲之助歟？〔註45〕

凡有名媛照片，以及關於教育、家庭，並書法、作畫、刺繡種種照片，請寄望平街時報館內婦女時報部收。〔註46〕

爲此，天笑在《婦女時報》中專闢「讀者俱樂部」一欄，與愛讀諸君相互切磋，「藉是可以交換智慧、推擴見聞」，誠「至善之道也」〔註47〕。因之，各處女學雜著紛紛來稿，涵蓋蠶桑、放腳、婚姻、女勞工、女學堂等多項議題，大幅擴展了《婦女時報》的內容面與感召力。天笑對讀者與記者之間的相互助益，頗以爲慰：「讀者俱樂部，本極自由，逞肊而談可也！」〔註48〕

從編輯新聞、撰寫時評，到編輯小說、婦女雜誌，原本作爲報刊讀者的包天笑，在成爲報刊記者和編輯之後，時刻不忘以讀者的需求爲出發點，力求爲讀者提供連貫、有趣且充滿智識、見聞的精彩內容，以使其通過閱報增長新知灼見。另外，在當時報刊業依靠專電、特約通訊增加獨特新聞的客觀條件下，天笑還注重發掘讀者的力量，廣泛搜集圖文資料以充實版面，既能將讀者想看、愛看、樂看的內容登諸報端，實現讀者的期待和想像，也使包天笑通俗化、大眾化的辦報理念在實踐中得到進一步延展。「吃報館飯」後的天笑，辦報編刊的理念開始從開啓民智、啓蒙大眾，逐漸轉變爲饜足民需、動員大眾。相比在家鄉的獨立辦報，入職《時報》的天笑，新聞思想正在不斷升等、完善。

第三節　由副及正：從文海到東海（1912～1919）

1912年，史量才接辦《申報》，瞞著狄葆賢從《時報》挖走其「開國功臣」

〔註44〕《發刊 婦女時報徵文 第一期四月十五日出版》，《時報》，1911年4月9日。
〔註45〕《發刊 婦女時報徵文 第一期四月十五日出版》，《時報》，1911年4月9日。
〔註46〕《婦女時報照相徵集》，《時報》，1911年4月17日。
〔註47〕《編輯室》，《婦女時報》，1911年第1期。
〔註48〕《編輯室》，《婦女時報》，1911年第3期。

陳景韓，葆賢怒不可竭，連向史氏責難，怒曰「勢不兩立」，量才卻笑著說道：「貴報有冷笑二君，今冷血既去，尚有天笑，庸何傷？」〔註49〕包天笑旋即〔註50〕被立爲《時報》總主筆（即總編輯）。雖不無臨危受命之況味，但亦可想見天笑在《時報》中被信任和受倚重的程度之深。而從類似副手的一名外埠新聞編輯，升任總主筆、總編輯，包天笑肩上的責任不可謂輕小。有趣的是，自是年開始，他的報業經歷恰好呈現爲報刊版面上的「由副及正」（從副刊到正刊），報人足跡跨越「文海」（指文藝刊物，編輯副刊《餘興》、《小時報》，文學刊物《小說大觀》、《小說畫報》）和東海〔註51〕（指東海日本，考察日本新聞業並撰寫新聞學著作），直至1919年脫離《時報》而止。

任總主筆的包天笑，除了擔負每日「等電報」〔註52〕、「詳電報」〔註53〕、「看大樣」等統籌工作外，編輯亮點即在於對副刊的花樣翻新，從副刊《餘興》到《小時報》，他爲中國日報界開闢出一種「帶文學興趣的『附張』」〔註54〕，「開出了新聞文學的規模」〔註55〕。爲副刊爭取到一塊屬於自己的固定版塊，且頗富文學趣味，這是令包天笑相當得意的創舉。

在此之前，上海各報也頗有登載文藝者，只是採用混合編輯，或使之雜廁於新聞之列，或命其附載於新聞之尾。天笑有感於一些文字美似瓊瑤，卻只能補空溜縫，殊感棄之可惜。爲了提供一個適宜的發表園地，1914年2月

〔註49〕釧影：《追憶史量才先生（下）》，《晶報》，1934年11月17日。

〔註50〕張謇、史量才從席子佩手中買下《申報》的時間是1912年9月23日，正式移交在10月20日，這大概是陳景韓成爲《申報》總主筆的時間。據此推斷，包天笑就任《時報》總主筆時應在10月左右。

〔註51〕「東海」字面意爲「東亞海域」，實際指稱一個相當有意義的「歷史世界」，中國、日本、朝鮮、琉球等在空間內上形成彼此交錯的歷史關係。這裡僅指東海之日本。見葛兆光：《宅茲中國：重建有關「中國」的歷史敘述》，北京：中華書局，2011年版，第261頁。

〔註52〕從北京發到上海的新聞專電，因其時北洋政府對新聞界施行優待政策，取費便宜，但發報時間被壓到最後，「越是重要的電報，越是來得遲，午夜兩三點鐘還沒有電報來」。見包天笑：《釧影樓回憶錄》，香港：大華出版社，1971年版，第415頁。

〔註53〕電報常極爲簡略還多錯訛，有些參照上下文可以看得出，有些卻錯誤不易察覺，而且還是緊要的字，這很費包主筆的腦筋。見包天笑：《釧影樓回憶錄》，香港：大華出版社，1971年版，第415頁。

〔註54〕胡適：《十七年的回顧》，《時報》，1921年10月10日。或稱《餘興》爲「副刊文學趣味性之始」，參見李瞻：《世界新聞史》，臺北：三民書局股份有限公司，1986年版，第959頁。

〔註55〕曹聚仁：《文壇五十年（正編）》，香港：新文化出版社，1973年版，第86頁。

他創議另闢專欄，以吸引並整編讀者投稿，《餘興》由此而來，專載除新聞及論說以外的雜著〔註56〕，成爲報界文學副刊之濫觴〔註57〕。因深受讀者歡迎，投稿紛至沓來、美不勝收，一月後即行擴充。包天笑自命「餘興部總長」，制定「官制」、下發「法令」、批覆「呈文」，指揮靈活，運籌帷幄，好不愜意：

> 本部自設立以來，未及一月，而各投稿家瓊琚雜投，實屬美不勝收。茲自本月十九日起，特擴充本部篇幅，凡種種滑稽遊戲、雅俗共賞、趣味豐富之件，爲本部所專掌，所有各投稿家關於此項稿件，請即隨時投送來部，切勿遲誤。〔註58〕

包天笑延續著他對愛讀諸君的趨好，爲邀請讀者投來各種體裁趣味圖文，還特別設置有正書局書券、精印珂羅版書畫作爲獎品以示嘉賞，激發讀者的投稿欲望，「鼓舞投稿人的興趣」〔註59〕。一時稿件如雲，且不乏名家（如周瘦鵑、秦墨哂、范煙橋等）之作。因稿量豐富、積壓至多，還望投稿家「靜待披露，勿事躁急」〔註60〕，「報紙篇幅限不能，只好等一等，文字好，決不埋沒人」〔註61〕，表示對讀者望求刊登的熱切回應。自《餘興》出刊後，訂閱量隨之增加，其後還曾出版單行本月刊。當時《時報》讀者尤其以青年學子等智識階層居多，上海及外埠的學校甚至訂閱《時報》作爲語文教材。《申報》、《新聞報》兩報眼見利好，亦先後跟進，分設副刊《自由談》、《快活林》，報紙另闢副刊因而蔚然成風。

在《餘興》之後，爲了滿足讀者日益旺盛的發表需求，加之新聞豐富、告白擁擠，《時報》版面再行擴充，包天笑又於1916年11月另闢別開生面的副刊《小時報》，與畢倚虹共同設計、編輯。這起因於二人覺察《餘興》正漸漸失去原有趣味，因此另闢新副刊取而代之，因處於報張末頁，畢倚虹名

〔註56〕包天笑：《釧影樓回憶錄》，香港：大華出版社，1971年版，第349頁。

〔註57〕「我國報紙闢副刊專欄，當始於《時報》的《餘興》」，見劉家林：《中國新聞史》，武漢：武漢大學出版社，2012年版，第350頁。對於中國近代第一張副刊究竟爲何，根據不同標準，存在多種說法。一般認爲，我國報紙第一張正式或成形副刊，是1897年11月24日《字林滬報》附出的《消閒報》，參馮并：《中國文藝副刊史》，北京：華文出版社，2001年版，第47～48頁。而包天笑、胡適和劉家林，是在「文學趣味」和「專欄刊登」的意義上強調《餘興》之於副刊的先驅地位，這裡需要細辨。

〔註58〕《通令》，《時報·餘興》，1914年3月19日。

〔註59〕包天笑：《釧影樓回憶錄》，香港：大華出版社，1971年版，第350頁。

〔註60〕《法令》，《時報·餘興》，1914年3月28日。

〔註61〕江濤：《餘興曲（仿碼頭調）》，《時報·餘興》，1914年7月4日。

之爲「報屁股」，形象生動，傳誦人口。較之《餘興》不關注新聞及論說，《小時報》一如其名，欄目全面但具體而微，一切都是小型的，儼然一張袖珍《時報》，「小評論」、「小專電」、「小新聞」，無不俱全。其中，「小評論」由包天笑和畢倚虹輪流撰寫，以言簡意賅爲原則；「小專電」又稱「特約馬路電」，類比《時報》專電，由讀者來「電」〔註62〕，屬外稿性質，仍以短小爲原則；「小新聞」則類似花邊新聞，刊登里巷街邊碎屑奇怪的瑣事，雖爲花邊性質，但天笑仍樹立嚴格要求，凡誨淫誨盜之事概不錄用，這是他在報人職業道德上一貫的堅持；此外還設「菊部叢談」、「硯滴」等欄，刊登戲劇花界、詩詞歌曲、遊戲文章等文藝。總之，不論事之瑣碎纖細，專門搜輯、刊載社會上種種「富有趣味之新聞」〔註63〕。

在主編與副刊同屬文學陣營的小說刊物《小說大觀》、《小說畫報》時，包天笑亦注重趣味、特色和格調上的追尋，力求別出心裁，與尋常小說刊物不同。也正因如此，兩種刊物矯避時下之眾短、「奄有時下之眾長」〔註64〕，最終銷量可觀、一時風行，受到海內歡迎。

先是1915年8月，天笑主編《小說大觀》〔註65〕，其最大特色和突出賣點在於屬季刊性質，這在當時爲創始，後來遂有文學季刊之門類。編輯時，天笑首先強調趣味，小說「無論文言俗語，一以興味爲主，凡枯燥無味暨冗長拖沓者皆不採」，其他「種種有興味之雜錄，亦無美不備」〔註66〕，頗能引人入勝。他延續《小說時報》時的做法，處處爲讀者閱讀感受著想：除篇幅極長至十餘萬字分卷登載之外，刊登小說首尾完全，爭取一次登完，「讀小說要如聽說書一般，要繼續讀下去，方有興味」〔註67〕；每集長篇、短篇搭配登載，前者約十篇以上、後者約三四種，支配適宜，無重贅複沓的習氣；每集用潔白大本紙張，以四號字排印，閱讀不傷目力；每集卷首設種種插畫，如近世美人、各地風俗、佳勝風景、珍秘名畫等，搜羅咸備，蔚爲大觀，各種小說中也均配有名家繪製圖畫，以鋅版或銅版印刷，給人圖文豐茂、鮮明可喜之觀感。另外，他的編輯尤其強調稿件在格調、思想上的進取姿態，選稿標準精嚴，僅登宗旨純正、「有益於社會，有功於道德」之作，杜絕「浮薄

〔註62〕按：指電話，而非電報。

〔註63〕《小時報特別啓事》，《時報・小時報》（第1號），1916年11月22日。

〔註64〕《小說畫報》，1918年第15期。

〔註65〕由文明書局出版，1922年6月終刊。

〔註66〕《例言》，《小說大觀》（第一集），1915年8月。

〔註67〕包天笑：《釧影樓回憶錄》，香港：大華出版社，1971年版，第378頁。

狂蕩、誨盜誨淫」之風，稿件作者均爲當時名家，所有選譯皆負文責，絕無「東抄西襲、改頭換面」〔註68〕之弊，體現對職業道德的嚴格訴求。

後來，包天笑又於1917年1月主編月刊《小說畫報》〔註69〕，結合文學刊物面臨現狀，採用「通俗、趣味、有益、美觀」四項富於針對性的編輯原則，體現爲構成此刊的四大特色。一是小說語言全用白話。天笑認爲當時滬上的小說雜誌文白兼收，有些堆砌辭藻，令人望之生厭，爲一矯此弊，他以白話爲正宗，取其雅俗共賞、深入淺出之效，舉凡閨秀、學生、商界、工人無不咸宜；二是小說只採創作、不徵譯文。天笑發現當時譯文氾濫且良莠不齊，或外文不通，只爲博稿費，致錯訛百出；或外文雖好，但國文欠佳，又辭不達意。便要求小說以自行撰述爲正宗，所定者除天笑本人外，皆一時文家、「我之健將」〔註70〕，包括陳蝶仙、葉楚傖、周瘦鵑、畢倚虹、徐卓呆、張毅漢、劉半農等諸君，內容則關乎道德、政治、科學等，係「最益身心、最有興味」〔註71〕之作；三是印刷風格具復古意味。《小說畫報》的印刷，採用石印而非鉛印，「版式特殊而精妙，紙張潔白而細緻」，同時仿日本形式，採用線裝裝訂，「雖是仿古，卻有新趣味」〔註72〕；四是配搭工筆精畫，圖文並重。《小說畫報》自然離不開畫作配合，但所採不用其時流行的照相銅版圖畫，轉而仿傚《點石齋畫報》製圖，由錢病鶴、丁悚（字慕琴）等名手繪製，引起讀者之美觀，愛不釋手。

當然，包天笑在《時報》後期的履歷，並不止於編輯文藝刊物，更值得留意的是他曾於1917年11月由藝苑文海，而渡跨東海，位列上海新聞記者赴日視察團到日本考察新聞業〔註73〕，歸國後著得江蘇報人最早的新聞學著作

〔註68〕《例言》，《小說大觀》（第一集），1915年8月。

〔註69〕由文明書局出版，共出22期，至1919年終刊。

〔註70〕天笑：《我與雜誌界（上卷）》，《雜誌》（第14卷第5期），1945年2月10日。

〔註71〕《別開生面之小說畫報出版預告》，《小說大觀》（第七集）。

〔註72〕包天笑：《釧影樓回憶錄》，香港：大華出版社，1971年版，第380頁。

〔註73〕此次考察受日本東方通訊社之波多博邀請，由日本各新聞社負責招待。視察團成員有《申報》張蘊和（後改伍特公）、張竹平，《新聞報》馮鏡蓉，《時報》包天笑，《神州日報》余大雄，《時事新報》馮心支，《中華新報》張群、曾松翹，《民國日報》吳葭生，《新申報》沈伯塵，《亞洲日報》薛德樹，等等。見包天笑：《釧影樓回憶錄》，香港：大華出版社，1971年版，第430頁；趙建國：《分解與重構：清季民初的報界團體》，北京：生活·讀書·新知三聯書店，2008年版，第278頁；周光明：《包天笑與上海記者視察團訪日》，載氏著：《近代新聞史論稿》，北京：社會科學文獻出版社，2014年版，第154～157頁。

——《考察日本新聞記略》。既是考察「新聞」，就不能只盯副刊不放，而需從副及正、由點到面，將視野拉至全景，觀察整個日本新聞事業的全面運作，以期爲中國新聞事業發展提供參考。

天笑於所謂日本新聞兩大勢力之東京、大阪，得以「參觀一切」。包括報紙的起源與沿革、報紙生產流程、報紙職務分任、新聞社設備、報紙經濟、報紙之交通上特例、新聞社預算實施、報紙的盛衰演變、新聞社員之養成、新聞勢力與進步、新聞界兩大供給、新聞聯合團體等。以目之所及，結合考察資料，對當時日本新聞的實際業態展開細緻、全面的介紹。他反覆強調的，應讓其印象最深，要數日本突飛猛進而發達異常的報業條件：機器房排列的輪轉機無數，除舶來品外，還有自造機器；紙廠林立、紙業發達，不須仰仗外力；電報電話收發裕如，線路四通八達，大大有益於新聞的報導；採用「改版法」，隨電報更新，在印刷時根據次序增新去舊，有條不紊，不致遺漏。

進而由彼至此，在觀察日本新聞業的同時，天笑始終不忘反觀吾國報業，即便報業最盛的上海，與東京、大阪相比，程度亦相距甚遠。這使他真切地認識到日中兩國差距的存在，「一爲英英露爽之青年，一方爲牙牙學語之稚子」〔註 74〕，我們「老大帝國」，實該「大爲汗顏」〔註 75〕。他反思道：

> 然此亦不能徒爲新聞業之罪，上自政府，下至國民，先不能重視新聞業，而國中交通不便利、實業不發達、教育不昌明，尤爲最大之原因。可知凡一國之事業，必有相互之關係，新聞事業者，文明事業也，新聞紙之發達，所以伴文明之進步。謂吾國新聞業而永永停頓於此，乃無進步，吾不信也，然必努力經營，始足以打破種種之難關，吾述此書畢，願與吾同業共勉之。〔註 76〕

可見，通過考察，包天笑認識到新聞業的發展，並非一蹴而就，要想實現報業進步，則須社會文明整體進步。而新聞業也務必努力經營，突破種種難關，使中國新聞事業昌熾光明，更好服務於社會前進的腳步。

雖然不是《時報》的創辦人，可要論服務於此的時間，包天笑要算最長。以辛亥革命爲界限，天笑將自己在時報館的經歷分爲前後兩期。前期他雖然只是編輯之一，卻認爲很熱鬧，那時初入報館，恰逢新聞界革創時代，《時報》

〔註 74〕包天笑：《考察日本新聞記略》，上海：商務印書館，1918 年版，第 90 頁。
〔註 75〕天笑：《我與新聞界（續卷）》，《萬象》（第 4 年第 5 期），1944 年 11 月 1 日。
〔註 76〕包天笑：《考察日本新聞記略》，上海：商務印書館，1918 年版，第 90 頁。

正鼎新去故、一馬當先，加上息樓〔註77〕之中各界友朋往來密切，身在其中的天笑，得拂八面來風，新聞思想如嫩芽新枝，隨之漸漸舒展；後期雖升任總主筆，卻感些許冷清，景韓已他去、編輯部人員亦頻繁變動、息樓中人「做官的做官，遠遊的遠遊」〔註78〕。但「舊的不去，新的不來」，館內稍顯「冷清」的局面，客觀上恰爲天笑的報刊活動提供了充足的施展空間，並將其新聞思想完善昇華。從編輯副刊《餘興》、《小時報》，及文學刊物《小說大觀》、《小說畫報》，到由副及正、「由偏至全」地考察整個新聞事業，成爲《時報》總主筆的包天笑，新聞足跡起自文海，至於東海，新聞思想亦隨之臻於峰端。《時報》成爲他人生道路上最富有成就的時期〔註79〕，至老還寤寐不忘。

第四節　步止「小」報：從全職到代職（1922～1936）

小是與大作對待的。《中庸》上說：「語小，天下莫能破焉。」〔註80〕

在編輯《小時報》時，包天笑即對相對「大」報而言的「小」報表露出豪情，故而出此援引經典以爲「小」背書的辯證言語。離開《時報》後的他，便主要從事於「小」報：或是主編體積小巧的刊物《星期》（1922年3月～1923年3月），或是編輯小型報《立報》副刊《花果山》（1935年12月～1936年6月）〔註81〕。在前者時，天笑因不做新聞記者，一直沒有固定職業，尚能全

〔註77〕係由狄葆賢創設的俱樂部處所，位於時報館樓上。與《時報》員工關係親密的報界、學界、政界、商界人士頻繁前來，如著名報人史量才、上海龍門師範學堂校長沈信卿、著名教育家黃炎培、實業家張謇、憲政預備會組織者楊廷棟等。息樓成爲懷著信仰的改革派人士聚會和交換意見的場所，培育著將深刻影響晚清改革政治、逐漸興起的新文化與社會力量。見〔加〕季家珍：《印刷與政治：〈時報〉與晚晴中國的改革文化》，王樊一婧譯，桂林：廣西師範大學出版社，2015年版，第60、62頁。

〔註78〕包天笑：《釧影樓回憶錄》，香港：大華出版社，1971年版，第408頁。

〔註79〕欒梅健：《通俗文學之王包天笑》，上海：上海書店出版社，1999年版，第138頁。

〔註80〕天笑：《我與新聞界（續）》，《萬象》（第4年第4期），1944年10月1日。

〔註81〕張恨水答應幫成舍我編輯《花果山》，但以三個月爲期限，故應至1935年12月；而包天笑回憶，他答應代職一月即止，卻被成舍我一再挽留，遂在代職半年後堅決請辭，故這裡謹估至1936年6月。但檢索《立報》發現，天笑在《立報》上發表的第一篇文章是1935年9月20日《立報》創刊號上的《丹桂第一臺》（《花果山》），最後一篇文章是發表於1937年9月15日的《修改教科書（下）》（《言林》）。這應該作如下理解：1937年天笑雖不編輯《花果山》，但依然爲《立報》供稿。同樣的例子是張恨水，即便後者於1935年脫離《立

職在崗，刊物滿出一年，未曾脫版；而在後者時，家庭經濟負擔已轉交兒子包可永，天笑無事一身輕，因前任主編張恨水北上而倩天笑代庖，他抱著好奇心，在《花果山》權代其職。以報刊活動視之，從全職到代職的時間付出，提示著包天笑的報刊生涯正逐漸步入尾聲。

沁淫文海良久，主編《星期》對於包天笑來說，好似軍家練兵。惟是週刊之故，需七日一來復，追緊在後面，天笑擔心吃不消這樣的出刊節奏。所以，當大東書局負責人沈駿聲請他出任主編時，他未能立即承應。沈氏卻極力慫恿，表示擔負印刷全責，力贊其成。

雖是小型刊，卻也色色俱備。1922年主編《星期》，天笑不再如往昔編輯《小說時報》、《小說大觀》、《小說畫報》時只刊登小說，特增闢「編輯室餘墨」、「星期談話會」、「社會百問題」、「交易所現形記」、「膩友霄談錄」等欄目，刊載長短小說、筆記雜俎、生活紀事、讀書心得、名人軼事、隨感小品等。作者群全是天笑的舊班底：畢倚虹、徐卓呆、范煙橋、胡寄塵、向愷然、鄭逸梅、姚蘇鳳等通俗作家。之所以謂其「通俗」，蓋與五四運動以後湧現的新晉作家相區分。其時新文化運動潮流來勢洶洶，後者號召文學使用白話、關注社會問題，斥前者爲舊派，對其展開猛烈攻擊。但通俗陣營保持了出奇的沉默。其實，清季以降不同時段的各種所謂「舊派」，其對問題的認知與各種新派實相近，而對新派的各種解決辦法卻又不能苟同〔註82〕。包天笑的思想隨時代而轉移，「不願意落在時代之後」〔註83〕。《星期》所刊文章即亦以白話文爲主體，惟筆記小品等亦酌用文言，刊文皆圍繞社會問題展開，包括社會習俗、婚姻家庭、文化教育、政治經濟等各方面，以多種側面反映社會現實。

爲此，天笑還曾規劃四次專題特刊：「婚姻號」、「生育號」、「婢妾號」和「武俠號」，除最末一號仍屬文學類型外，其餘三種均圍繞現實熱點集中發聲。譬如，爲出「婢妾號」一期，天笑即在「編輯室餘墨」中擺明他對此項議題的看法：

報》，但《立報》對其小說《藝術之宮》的連載卻從未中斷。參見許戀戀：《小說家背後的名報人——張恨水新聞思想研究》，南京師範大學碩士論文，2015年，第10頁。

〔註82〕羅志田：《再造文明的常識：胡適傳（1891～1929）》，北京：中華書局，2006年版，第133頁。

〔註83〕羅孚：《包天笑答外國學者問》，載欒梅健：《通俗文學之王包天笑》，上海：上海書店出版社，1999年版，第138頁。

本刊第三次特刊，現已擬定爲「婢妾號」，因人類之至不平等者，莫如婢妾。而中國近來雖廢除婢妾之呼聲甚高，仍不能解除婢妾之惡俗與苦痛。務望同人，關於婢妾之小說、戲劇、筆記、歌謠等等，不吝賜教，實所感佩。〔註84〕

天笑圍繞社會新近事，陳述其面臨的困境與爭議，提請讀者予以關注和思考。爲保證按時出刊，他還延續之前做法，廣泛動員愛讀諸君，或來稿以助稿源，或投函加以攻錯。果然，有讀者來函敦誡，天笑在對之回應的同時，不忘再藉機申明辦刊所宗：

愛讀本刊者，均來函加以黽勉：勿學時下的那種「攤簧式」、「小熱昏式」的雜誌。同社雖不敏也，自有立足之道，請讀者放心。雖然，很謝諸君的好意。〔註85〕

「攤簧」、「小熱昏」係蘇滬地區兩種民間曲藝，皆由藝伶演唱。投函讀者以之類比市面上只圖謔戲取樂，並無多少營養的文學雜誌，意在提醒《星期》切勿蹈其覆轍。天笑對此的承諾，是對辦刊「癖伶嗜妓」之豔俗風氣的因應，「關注社會」也毋寧是《星期》受到當時讀者一定程度歡迎的重要原因：出刊以後，銷數至多近於三千份水準線之兩倍，但基本徘徊在三千份。顯然，這與出版家之理想銷量仍有不少差距〔註 86〕，加之天笑覺得不適應編輯強度、漸生倦意，且自承「想不出新花樣」〔註 87〕，於是《星期》整出一年共五十期後，遂告停刊。

《星期》停辦以後，包天笑便不再編輯雜誌。有幾家出版商誠意相邀，也被他一概謝絕。原因在於，一方面他認爲自己在新文學運動中已漸趨「落伍」了。即不必談到意識、觀念，便是作風、型式等依舊是「老套子」，編刊的班底「都是唱老戲的，唱新戲是唱不來的」，「我的觀眾也是看老戲的觀眾」〔註 88〕。另一方面，天笑覺得對編輯雜誌的興味，尤其是編輯文藝雜誌的興味，變得漸次淡薄。「人的心理，總是喜新厭故的，老是玩這一套把戲，不但是玩把戲的生了厭心，即便是看把戲的也生了厭心」〔註 89〕，他萌櫱起「脫

〔註84〕 記者（包天笑）：《編輯室餘墨》，《星期》，1922 年第 31 期。
〔註85〕 記者（包天笑）：《編輯室餘墨》，《星期》，1922 年第 25 期。
〔註86〕 沈駿聲本以爲小型本，易於出手，或可銷至萬份，則可以多賺錢。見天笑：《我與雜誌界（下卷）》，《雜誌》（第 14 卷第 6 期），1945 年 3 月 10 日。
〔註87〕 天笑：《我與雜誌界（下卷）》，《雜誌》（第 14 卷第 6 期），1945 年 3 月 10 日。
〔註88〕 天笑：《我與雜誌界（下卷）》，《雜誌》（第 14 卷第 6 期），1945 年 3 月 10 日。
〔註89〕 天笑：《我與雜誌界（下卷）》，《雜誌》（第 14 卷第 6 期），1945 年 3 月 10 日。

離新聞事業、文字生涯」〔註 90〕的一點「野心」——眼見社會新舊變遷，無奈面臨邊緣化的報人心曲，由此足見一斑。

不過，包天笑的野心並未達成。因爲即使脫離了新聞界、雜誌界，他所從事的業務，仍與文字爲緣。1935 年 12 月，他即應成舍我、張恨水之力邀，至《立報》主編副刊《花果山》，與後者結「半年多的文字因緣」〔註 91〕，這也是包天笑生平最後一次編輯報刊。

兩個月前，小型報《立報》方以「最新穎的姿態」〔註 92〕在上海出版，倡導「大報小型化」、「新聞大眾化」風格，天笑贊其像獅子搏兔的「新聞精」一樣，「不在量而在質」〔註 93〕；精簡新聞、重視言論、競爭消息、應用圖片，「以小報的型式，而有大報的體格」〔註 94〕。因其小型，成舍我發誓在報館每日銷數未達到十萬份以前絕不登刊廣告，以避免侵蝕新聞版面，且省去爲商業左右的煩擾。而最令天笑感到特異的，是這張四開小型報竟設有三個副刊〔註 95〕，佔據全部版面的八分之三。其中，第二個副刊《花果山》爲上流社會、白領階層而設，講求高雅不粗俗的趣味，本由張恨水主編，因其表示需回北平看望家眷（按：其實是趕到南京辦《南京人報》），便邀請天笑代職一月。天笑以手生荊棘爲由本欲推辭，成舍我則力邀其成：「《花果山》一欄，爲讀者所歡迎，務必藉重先生代勞。」就這樣，時壽六十、年洽花甲的包天笑，沒有家庭經濟的後顧之虞，暫且到《花果山》代職主編。

透過歷練的眼光，包天笑編輯的《花果山》，以閒話軼事、人情掌故爲主，亦用影射、轉喻、幽默的筆法品評人事，獨樹一幟。或許深受時評經歷之影響，他的編輯絕不滿足於僅僅述而不評。他並不囿於張恨水「偏於敘述、少發議論」、避免「耘人之田」〔註 96〕的稿件要求，在駕輕就熟地撰述新聞之餘，

〔註 90〕天笑：《我與雜誌界（下卷）》，《雜誌》（第 14 卷第 6 期），1945 年 3 月 10 日。

〔註 91〕包天笑：《釧影樓回憶錄續編》，香港：大華出版社，1973 年版，第 38 頁。

〔註 92〕天笑：《我與新聞界（續卷）》，《萬象》（第 4 年第 5 期），1944 年 11 月 1 日。

〔註 93〕天笑：《新聞精》，《立報》，1935 年 9 月 22 日。

〔註 94〕包天笑：《釧影樓回憶錄續編》，香港：大華出版社，1973 年版，第 38 頁。

〔註 95〕第一個副刊爲《言林》，顧名思義含有多種言論，是專供文化界學校中一般教師、學生們讀的，重視知識性與文化水準；第二個副刊爲《花果山》，名字係孫悟空棲息地，比喻花果繁盛、多姿多彩，因而講求趣味，係專爲高、中產階級、自由職業和商業界人士而設；第三個副刊爲《小茶館》，則爲一般下層勞動人民服務，要求有故事性、娛樂性和趣味性。初期主編分別爲謝六逸、張恨水、薩空了。

〔註 96〕恨水：《我們的態度》，《立報》，1935 年 11 月 2 日。

更多發時事議論，表達諷世刺世的看法。例如，在自家園地《花果山》中，由「一家之開門揖盜」諷刺「一國之開門揖盜」〔註 97〕，由「洋娃娃都有病院」引申到許多兒童「有病而不能醫治」〔註 98〕；且不時耘人之田地，到《言林》談「修改教科書」〔註 99〕，到《小茶館》議論「催租慘劇」〔註 100〕，呼籲「廢除非刑運動」〔註 101〕。「笑海爲桑尚玉顏」〔註 102〕的天笑，卸下養家的包袱，以「玩票」〔註 103〕的方式編自己高興編的副刊，寫自己高興寫的文章。

雖是代人之職，在編輯副刊的同時，包天笑還不忘對這份小型報進行既整體又細微的觀察，從主筆房到排字房，的確看出「不同凡響的新穎之處」〔註 104〕。編輯室（主筆房）中有一張定製的半圓如月的大桌，編輯坐在正中，其餘編輯、校對環坐周圍。這種編輯與校對同坐一桌的「編校合一」做法最令天笑欣賞，不但表示編校平等，而且收隨編隨校之效力。若校對超出錯字額度，便有對應罰款用於充公，故《立報》錯字極少。此外，編輯上所招練習生，天笑覺得頗合用，「對於新聞事業有一種天才」〔註 105〕。他們或高中畢業、或初入大學，或適於外勤，或宜於內勤，各就其性之所近，可以分任，又可以互相摩擦，他認爲這比「在學校中死學新聞學的人要好得多」〔註 106〕。排字房中的工友，則是成舍我從北方帶來的一班青年子弟〔註 107〕，他們雖僅受過兩年初級訓練，但意識頗先進，排字、校對、譯電、編寫短稿及採訪新聞，都能勝任愉快，包天笑的《花果山》便經常收到他們的短稿。天笑爲此頗爲感慨：「現在辦小型報的，都想追蹤立報，雖然，談何容易呢？」〔註 108〕晚年

〔註 97〕天笑：《開門揖盜 請從一家之開門揖盜 想到一國的開門揖盜》，《立報》，1935 年 12 月 13 日。

〔註 98〕天笑：《洋娃娃病院》，《立報》，1935 年 11 月 9 日。

〔註 99〕天笑：《修改教科書（上）》，《立報》，1937 年 9 月 14 日；天笑：《修改教科書（下）》，《立報》，1937 年 9 月 15 日。

〔註 100〕天笑：《談蘇州催租慘劇 法院解決的了這們大的問題麼？》，《立報》，1936 年 7 月 2 日。

〔註 101〕天笑：《廢除非刑運動 請救救那些受難者》，《立報》，1936 年 7 月 17 日。

〔註 102〕楊天驥：《壽天笑六十》，《立報》，1935 年 12 月 9 日。

〔註 103〕高伯雨：《記最老的作家——包天笑先生》，載《大成》（第 2 期）（香港），1974 年 1 月 1 日。

〔註 104〕天笑：《我與新聞界（續卷）》，《萬象》（第 4 年第 5 期），1944 年 11 月 1 日。

〔註 105〕天笑：《我與新聞界（續卷）》，《萬象》（第 4 年第 5 期），1944 年 11 月 1 日。

〔註 106〕天笑：《我與新聞界（續卷）》，《萬象》（第 4 年第 5 期），1944 年 11 月 1 日。

〔註 107〕按：指成舍我從北平帶來的一批新聞專科學校初級班畢業學生。

〔註 108〕天笑：《我與新聞界（續卷）》，《萬象》（第 4 年第 5 期），1944 年 11 月 1 日。

尙將對《立報》的深刻印象，證諸兩首詩中：

高樓燈火語生春，立報風光殊可親。長著爛衫謝教授，細搜抽斗褚夫人。

小茶館裏歌忽起，花果山前跳躍頻。三十年來如一瞥，海隅一老感沈淪。

諸君意態各縱橫，小記匆忙嚴謣聲。堪喜工徒寫稿子，劇憐校對嚼花生。

座環半月眾星拱，車走千街萬馬行。大未必佳小了了，一般輿論最分明。〔註 109〕

內中提及的《立報》景象，鮮活生動、踔厲風發，分明表徵出這份小型報意態縱橫的井然姿態和別具一格的專業志趣。天笑對其的評說，也不無提示著曾處身其中的他，對這份報業經歷的殷切懷念和對《立報》「身雖小、氣尤宏」精神的深度服膺。

本來與成舍我約定好只代職一個月，在後者一再挽留之下，包天笑主編《花果山》實際期滿半年。1936 年 6 月，因年歲已高，不能保證每日上班，天笑只好堅決辭掉，隨著此次代職結束，其三十六年的報刊生涯也隨之正式落下帷幕。

1922 年至 1936 年，跨度計十五年，而包天笑的報刊編輯活動僅占其十分之一，其餘九成時間，他曾轉謀多職：寫小說、編教科書、作電影編劇、甚至擔任國民政府軍政部中校秘書〔註 110〕，原因即在於他對一種職業積久生厭，而自身經濟處境常陷困窘，故頗思出其文力，以爲世用。即就報刊活動而言，包天笑「不辦新聞，即編雜誌」〔註 111〕，但投入時間越來越短，從

〔註 109〕詩名爲《懷立報東薩空了先生》，寫這兩首詩的時候，天笑已身在香港。1949 年以後，內地派了一個京劇團到香港，戲團的領導人薩空了先生，即是「三十年前上海立報的總編輯，故有此詠」。包天笑：《釧影樓回憶錄續編》，香港：大華出版社，1973 年版，第 36～37 頁。

〔註 110〕1931 年，包天笑由時任國民政府軍政部次長的陳儀推薦，到軍政部擔任中校秘書。「曾有一度，忽動彈冠之慶，到南京政界去混了兩年多（十年以前的事），更其沒有意思了。還是回到上海來，做一個市民」，可見這一次短暫入仕，並不得天笑歡心，見包天笑：《我與上海》，《申報》，1943 年 8 月 1 日。「1931 年 8 月 11 日任，1933 年 10 月 11 日免」，見劉國銘主編：《中華民國國民政府軍政職官人物志》，北京：春秋出版社，1989 年版，第 42 頁。

〔註 111〕天笑：《我與新聞界（續卷）》，《萬象》（第 4 年第 5 期），1944 年 11 月 1 日。

一年的全職編輯到半年的代職玩票，包天笑的新聞生涯如靜水推舟，漸航漸止。不過，生有涯而思無涯，雖身不在報界，終生與文字打交道的他，對新聞和報業的觀察、思考和展望卻從未停止〔註 112〕。由於思想和「知識裏面還有願望、意志，影響於他的『信仰的意志』」〔註 113〕，天笑對新聞的「我道」〔註 114〕和報業的「希望」，即是其新聞思想的一種體現，因為他對於心目中的報業和新聞界存有一種未被完全揭示和整理的信仰，正是這樣的信仰，促使他針對報業百態大量發聲，也促成我們對其新聞理想展開回視。當有關新聞的觀察、思考和展望，不斷與他自身的新聞經歷互相激蕩、彼此證悟，便最終沉澱出包天笑獨有的新聞思想。

〔註 112〕最典型的是，從 1924 年 2 月（那時天笑還未脫離新聞界）起至 1940 年 5 月，包天笑在《晶報》上頻繁投稿，共計五千餘篇。其中對新聞業發展和現狀多有觀察和反思。這些文字既表現為對現實新聞界的時事評論，還不時化成小說等虛構性文字，或諷刺記者動輒受限的逼仄環境，或展望新聞事業發展的未來遠景。分別見天笑：《一星期的新聞記者》，《小說世界》（1 卷 1 期），1923 年 1 月 10 日；天笑：《三十年後之申報》，《申報》（元旦增刊第一張），1924 年 1 月 1 日。

〔註 113〕王汎森：《思想是生活的一種方式：中國近代思想史的再思考》，臺北：聯經出版事業股份有限公司，2017 年版，序第 12 頁。

〔註 114〕「我道」即包天笑在《三十年後之申報》一文中表示「我認為報業當如何」的慣用語，顯示天笑的新聞理想充分飽蘸其親身經歷和個人體會。茲略引數條，以備參證。如「我道現在報館裏有了自己的電報房，何等便利。記得從前我們在報館裏看專電的時候，總在深夜兩三點鐘的時光，電報絡繹而至，排字房又來催促，偏偏訛字甚多，有時接連著差了三四個字，教人無從洋□。還有時一條電報只有半段，下面沒有了，說是被檢查電報的人裁去了，而且是正在倦眼惺忪的當兒，越是要緊，他那電報越差的多，教人急煞。此刻只怕沒有此弊了。」「用電話通信當然有幾種便利。譬如，五分鐘可以扼要的說許多話，倘有不明了處便可以通話和對方的通電員說話；無論哪裏出一件新聞，就可以詳細披露，不必似電報那樣的簡略了。我道從前歐美的各大新聞社常常的自誇說他們的新聞是剛從屋頂上飛進來的，不是從大門裏送進來的，就是說他們自己有電報電話，此刻我們也是這樣了，何足為奇。」又如「我道我一向主張報館裏應有一個圖書室，至少的限度也得安有新舊普通的書數萬冊，因為報館就是一個宣傳文化的總機關。」見天笑：《三十年後之申報》，《申報》（元旦增刊第一張），1924 年 1 月 1 日。

第二章　包天笑新聞思想的主體內容

「新聞引客，副刊留客」——這句俗諺形象地揭示了副刊之於報紙銷售發行上的重要作用。報紙有好新聞，讀者易被吸引；而要使報耐看，副刊至爲關鍵。作爲與新聞、評論、廣告並稱的報紙「四大件」之一，副刊是與報紙正刊相對而言的。在中國，報紙的副刊和正刊可以是密切配合的，也可以是相對獨立、相對游離的〔註1〕，因此，文藝刊物，一定程度上可以看成是副刊擺脫正刊的影響，而單獨發揮作用的產物。在包天笑長達三十六年的新聞生涯中，他最擅長、也最爲人所稱道的非編輯文藝刊物莫屬，也因此形成了包天笑自己獨特的文藝編輯觀，在中國報刊史上繪下濃墨重彩的一筆。包天笑的文藝編輯觀、新聞事業觀、報刊功能觀和報人素養觀是其新聞思想的四大組成部分。他對文藝刊物編輯的總結，對新聞事業的展望，對報刊功能的見解以及對報人素養的要求，構成了其新聞思想的支流，讓包天笑新聞思想這條大河匯流交聚、奔騰不息。

第一節　興味有益：包天笑的文藝編輯觀

板起面孔，向人說教，誰要聽你的濫調呢？〔註2〕

如果說新聞和言論賦予報紙以靈魂，那麼副刊則豐滿了報紙的器官和

〔註1〕方漢奇：《代序》，載馮并：《中國文藝副刊史》，北京：華文出版社，2001年版，第1頁。

〔註2〕包天笑：《釧影樓回憶錄》，香港：大華出版社，1971年版，第392頁。

血肉〔註3〕。從初期一種冗餘式附送品，副刊逐漸發展成為「佐於報紙，副而成刊」、具有獨立地位的報紙構成要素。「近代的報紙副刊開闢了我國報紙副刊的先河，奠定了我國報刊副刊的基本格局，並初步形成了我國報紙副刊的基本思想，積累了豐富的報紙副刊編輯經驗。」〔註4〕包天笑自陳，與報刊雜誌的關係，「大概都是屬文藝的」〔註5〕：他主編過文學刊物《小說時報》、《小說大觀》、《小說畫報》、《星期》，綜合刊物《婦女時報》，副刊《餘興》、《小時報》、《花果山》，在長期的編輯實踐中形成「興味有益」的文藝編輯思想。具體包含以下兩方面的內涵。

一、變換技巧 讀者本位

「興味」是包天笑的文藝編輯思想始終追求的理念。早在蘇州辦《蘇州白話報》時，包天笑就有意地刊登一些淺白有趣的故事、山歌等，以使婦女、孩童們都喜歡看。主編文藝報刊時，更是將這一理念加以貫徹延續：從《小說時報》的「引人興趣」〔註6〕，到《婦女時報》的「體裁優美，趣味豐富」〔註7〕；從《餘興》徵集「趣味豐富之件」，到《小時報》專登「富有趣味之新聞」；從《小說大觀》的「無論文言俗語，一以興味為主」、「種種有興味之雜錄，亦無美不備」〔註8〕，到《小說畫報》的「最益身心、最有興味」〔註9〕、「雖是仿古，卻有新趣味」〔註10〕，再到《星期》的「必須引閱者之興味濃厚」，甚至擬闢「有興味之增刊」〔註11〕——種種言詞，均提及「興味」，也成為把握包天笑文藝編輯觀的入手處。興味被他尊尚，蓋與讀者的閱讀感受密切相關：面對市場銷售的刊物，須從根本上顧及厭惡枯澀說教的讀者。從此進入，我們看到包天笑為實現「雅而多趣」〔註12〕，所經常運用並不斷變

〔註3〕許戀戀：《小說家背後的名報人——張恨水新聞思想研究》，南京師範大學碩士論文，2015年，第14頁。
〔註4〕田建平：《當代報紙副刊研究》，保定：河北大學出版社，2006年版，第59頁。
〔註5〕包天笑：《釧影樓回憶錄》，香港：大華出版社，1971年版，第357頁。
〔註6〕包天笑：《釧影樓回憶錄》，香港：大華出版社，1971年版，第359頁、第361頁。
〔註7〕《發刊 婦女時報徵文 第一期四月十五日出版》，《時報》，1911年4月9日。
〔註8〕《例言》，《小說大觀》（第一集），1915年8月。
〔註9〕《別開生面之小說畫報出版預告》，《小說大觀》（第七集）。
〔註10〕包天笑：《釧影樓回憶錄》，香港：大華出版社，1971年版，第380頁。
〔註11〕記者（包天笑）：《編輯室餘墨》，《星期》，1922年第10期。
〔註12〕靄如：《包天笑》，《新聞學刊》（第二期），1927年3月。

換的「種種技巧」，終致引人入勝、興味盎然。

（一）整體擘畫 圖文大觀

在包天笑的編輯觀念中，報刊既屬文藝，則應多樣備載、專門編輯，「凡種種滑稽遊戲、雅俗共賞、趣味豐富之件，爲本部（指餘興）所專掌」〔註13〕。當時他之所以創議設立副刊《餘興》，即出於不忍文藝只作爲新聞補白或應稿缺之急。他敏銳地意識到文藝是具備長久生命力的介質，其之於報紙，並非可有可無，故地位應該獨立，並以整體的視角編輯。而不是之前僅僅依附在報後，載著奏摺、夾片之類，或「半年以前的陳腐舊文的」附張，「這附張我們從前是不要看的」〔註14〕。於是，眞正意義上的副刊《餘興》由此得來，既在版面位置上不同於《時報》發刊時就有的隨版「分欄」〔註15〕，又在欄目內容上獲致整體編輯的規置與統合，以將文藝的興味集中呈現。作爲「餘興總長」的包天笑，對整體編輯的觀念了然在胸，特意制定了「餘興部官制」：

> 餘興總長，管理遊戲、滑稽、興趣、文藝小品、詩詞歌賦、筆記叢談，及種種編輯事務，監督所轄各欄及排字手民。〔註16〕

包天笑總管「種種編輯事務」，總長之下，還設總務廳及八司：遊戲司、滑稽司、藝術司、詩詞司、歌謠司、小說司、雜稿司、圖畫司，對各司所掌事務做了詳盡劃定，表明《餘興》欄目設置之全面、細緻，以滿足讀者歧異的需求和多樣的興趣。部長「關心餘興，擘畫周詳，無微不窺」，投稿人「興高采烈，各抒錦思，聚爲大觀」，讀者則「無不搖頭擺尾，各賞所好」〔註17〕。當讀者們作詩回味其閱讀報刊的歷程時，恰是對包天笑有心於欄目設置、整合編輯的最佳映照。一位叫振華的讀者，最喜歡遊戲文和新戲劇，他總結道：

> 茶餘酒後罷，手一時報，細細讀之，除緊要新聞外，更有餘興部之餘興，以助吾人之餘興。五花八門，光怪陸離，計其內容……

〔註13〕《通令》，《時報・餘興》，1914年3月19日。

〔註14〕釧影（包天笑）：《新聞舊話（十九）》，《晶報》1939年8月6日。

〔註15〕《時報》本來就有文藝的偏好，在發刊時備有六類「右分欄」，分布於各版，分別是：小説、新書、詞林、插畫、口碑叢述、瀛談零拾（即小說欄、書評欄、詩詞欄、美術插畫欄、筆記欄、海外珍聞欄）。見《發刊詞》，《時報》，1904年6月12日。

〔註16〕《法令》，《時報・餘興》，1914年3月20日。

〔註17〕《投稿家須盧上餘興部條陳》，《時報・餘興》，1914年4月29日。

無非諷時嫉世之言、燭奸照妖之事，命意新奇、措詞詭譎，耗文人學士之將神，誌山陬海澨之怪事，篇幅雖小，而令閱者讀之，無不哈哈大笑、拍案叫絕。方之東方朔之詼談雄辯，繆蓮仙之夢筆生花，其興趣殆有過之，誠中西報紙所罕見、古今小說所難得者也。〔註18〕

包天笑編輯下的文藝，興趣濃郁、洵稱大觀，令人粲然拍案，直被振華褒藉進東方朔、繆蓮仙等古代俳優的滑稽傳統之中。「巧發微中，有足稱言者」〔註19〕，這個傳統在中國戲臺上未曾斷過，形成直觀的興味圖景，以調人興趣。振華的話是否諛頌我們姑且不去判別，但包天笑在編輯文字使成大觀之餘，其尤注重圖畫卻是顯在的事實，時人譽其編輯之精審、排列之鮮明，極富「文學與美術之興味」〔註20〕，他自言「從前辦那種文藝雜誌，也很注意於圖畫」〔註21〕「彼東西洋文明國，雜誌往往圖畫幾占原書之半，誠以增進閱者興味，喚起美術精神」〔註22〕。文學加藝術，方構成一個「文藝」〔註23〕整體，歌墨舞筆之外，他不忘設像寓形。

《餘興》除專設圖書司，負責種種滑稽圖畫、插入藝術圖畫、美術時裝、意匠圖畫事項以外，即便刊頭題名都巧妙地融入生活情景：或女子吹水成泡沫，上現「餘興」二字，或女子書「餘興」於黑板，或女子倒茶之茶壺，壺壁銘「餘興」，無不體現貼近日常、以動寓靜的考量，使刊物圖文共茂、趣味橫溢。在《小說時報》中，爲「引人興趣」、「別開生面」〔註24〕，包天笑每期在封面、插圖中刊登約十頁銅版時裝美人（按：多妓女，求自曲院中人）照片，得名「十二金釵」、「八寶圖」之類，一改清季以來小說刊物如《新小說》、《小說林》等封面一成不變的時習，引領了民初眾多文藝刊物的編排體例。

〔註18〕振華：《說餘興》，《時報·餘興》，1914年8月27日。

〔註19〕見《齊東野語·優語》。

〔註20〕靄如：《包天笑》，《新聞學刊》（第二期），1927年3月。

〔註21〕包天笑：《釧影樓回憶錄》，香港：大華出版社，1971年版，第359頁。

〔註22〕《編輯室》，《婦女時報》，1916年第18期。

〔註23〕「文藝」是個複合詞組，可指文學和藝術，也同時指涉文學、文學藝術、視覺藝術和表演藝術；此處取前者。作爲從日文轉借的外來詞，文藝最初指的是翻譯文學，後來演變成西方文學的同義詞。文藝在民國時期所代表的意義不僅多元，而且包含了當時幾個語境的核心觀念，包括文化改良、世界主義和萌芽中的文化產業。參見葉月瑜：《民國時期的跨文化傳播——文藝與文藝電影》，載肖小穗、黃懿慧、宋韻雅編：《透視傳播與社會》，香港：香港中文大學出版社，2016年版，第261～262頁。

〔註24〕包天笑：《釧影樓回憶錄》，香港：大華出版社，1971年版，第359頁。

《婦女時報》極力「於圖畫上助益」〔註25〕，搜輯、印刷圖畫不肯爲濫竽充數、敷衍塞責之計，故向投稿諸女士邀約各賜以玉照，並希望寄圖者，能「於圖片中寓動作之意思者爲最佳」〔註26〕，圖片場景涵括了女學校、女工場、女商店以及一切正當營業之狀態。當各種雜誌模仿沿襲，紛紛以美人照片來招徠讀者時，包天笑主編的《小說畫報》又另闢蹊徑，以獅、虎、象、孔雀、鸚鵡等珍禽猛獸取代美人圖，以彩印之，裝幀封面。《小說畫報》創辦的第二年（1918年）爲戊午馬年，每期封面都繪以與馬相關的圖案，如「駿馬嘶風」、「走馬觀花」、「檀溪躍馬」、「馳馬試劍」、「懸崖勒馬」等，畫工精熟、筆下生趣，刊物「隨時隨節插發圖畫」〔註27〕，大大提高了觀賞性與藝術性。

以上種種皆說明，包天笑在整體編輯的視野下，設置全面、生動、多樣、輕鬆的圖文內容，以求取濃厚興味，引起「讀者之美觀」〔註28〕，體現對讀者閱讀感受的尊重與關照，並在與讀者的頻繁互動中實現內容的動態更新和實時調整。

（二）讀者互動　納力採言

在文藝編輯中，包天笑十分重視與讀者展開互動，「愛讀諸君」是他常用的讀者敬稱，表示報刊讀者在其心目中佔據著親切友朋般的位置。他以整體編輯的方式，目的即在於爲讀者提供興味。考慮到讀者的心理和感受，天笑能夠將編輯的工作做得貼近和適應受眾的需求。前述編輯《小說時報》時，不同於其他雜誌將長篇小說分期刊出的做法，他規定中短篇幅的小說必須一次登完，以使讀者對文章結構、故事情節保持連貫，一氣讀完暢快淋漓，閱讀不「悶損」〔註29〕，諸君才滿意；月刊尚且如此，季刊《小說畫報》三個月才重與讀者相見，則更當用此法。在編輯《婦女時報》時，他還專設「編輯室」一欄，向讀者報告來稿處理情況，預告下期文章或新增欄目，並不時解答讀者疑問。

連通編輯與讀者之間的，基本是信件。一紙魚雁間，滿載力與言。「力」指廣納群力，報刊編輯的對象，主要來源於讀者投稿，即有稿可編；「言」係博採眾言，辦好刊物除了編輯意圖，還須依託讀者意見，以聽言聞諫。包天笑說：「我常是爲投稿人設身處地想想，投稿而不用【並】退還，是多麼使人

〔註25〕《編輯室》，《婦女時報》，1916年第18期。
〔註26〕《編輯室》，《婦女時報》，1916年第20期。
〔註27〕《例言》，《小說畫報》，1917年第1期。
〔註28〕《例言》，《小說畫報》，1917年第1期。
〔註29〕包天笑：《釧影樓回憶錄》，香港：大華出版社，1971年版，第359頁。

難堪呀！」〔註 30〕顧及讀者投稿盼登的心曲，無論力、言，他都爭取擇優吸收，以副讀者襄持之盛意。

一方面，包天笑十分鼓勵讀者來稿，並施以鼓勵舉措；但並非來稿即登，他自有一套圍繞刊物定位而導出的選稿標準。《餘興》自闢設之日起，天笑便歡迎「海內外讀者諸君，時賜佳稿」〔註 31〕，以搜羅種種雅俗共賞之材料，並酬以有正書局的書券，一來鼓舞投稿人的熱情，二來因有正、《時報》本一家，可保利權不外泄，三來恰爲有正作宣傳。一時《餘興》合眾人之餘興而熔冶一爐，儼然一個「讀者俱樂部」，「不然，何以文人學士，弄翰投之？」〔註 32〕

編輯《小時報》時，天笑更是公告讀者諸君：「如有所聞聞見見，能有所報告於本報，尤所歡迎，一經登出，略有微酬」〔註 33〕，他此時已將報酬形態從書券變爲現金。因投稿人多得書券無用，還需憑書券到店換書，有所不便；而稿酬換作現金，以文品定級不以字論值，今日刊出的東西，明天便可取酬，這一件「足便投稿人興奮」。甚至，如與時報館中人相稔，更可以不用等到明天，當天便可結算派上用場，「何等爽快」〔註 34〕！可見包天笑的這一酬報舉動多麼得投稿人之歡心。

更堪一書的是《小時報》上的「特約馬路電」，曾得到比上海各報正刊都早的新聞，像極了今日「公民記者」發來的現場視頻。特約馬路電取文簡短精練，模仿電報體裁，酬資分三等〔註 35〕，尚有一種特等者，則酬資一元，此非極珍貴之消息不可得。遭遇緊急新聞，讀者或徑來《小時報》報告，或急忙打電話至館內，及時報告特約馬路電，「當時轟動上海之閻瑞生謀斃王憐影一案，即特約馬路電比各報先登出者。蓋以某君在深夜報告，而臨時加入者也」〔註 36〕。在電報發明之前，受限於技術，能以「新聞故事」方式描述的新聞事件，都是最近發生在身旁的〔註 37〕，據此觀之，特約馬路電毋寧是包天笑廣納群力收獲意外驚喜的最生動例證。

〔註 30〕包天笑：《釧影樓回憶錄》，香港：大華出版社，1971 年版，第 358 頁。

〔註 31〕《本館特別啓事》，《時報》，1914 年 3 月 16 日。

〔註 32〕媚娟：《餘興》，《時報》，1914 年 10 月 18 日。

〔註 33〕《小時報特別啓事》，《時報・小時報》，1916 年 11 月 22 日。

〔註 34〕辰龍：《談談小時報 新聞舊話之舊話》，《晶報》，1939 年 8 月 23 日。

〔註 35〕字酬體例：頭等三角，二等二角，三等一角。見釧影（包天笑）：《新聞舊話（廿一）》，《晶報》，1939 年 8 月 21 日。

〔註 36〕釧影（包天笑）：《新聞舊話（廿一）》，《晶報》，1939 年 8 月 21 日。

〔註 37〕潘光哲：《晚清士人的西學閱讀史》，臺北：中央研究院近代史研究所，2015 年版，第 198～199 頁。

不過，對於讀者來稿，包天笑並非一味納下，他對抄襲、陳舊、不符要求的「惡稿」，一概敬謝不敏。《餘興》每日收函至百餘件之多，但他要求務須剔除「剿襲成文及不堪錄用者」〔註 38〕；對於「現在可用，隔了兩三年以後，仍舊可用；或是現在可用，兩三年以前，也已用過」的那種陳腐文字，天笑亦不歡迎，斥之老生常談、無人欲觀，「此在落伍之報紙，或向來不注意副刊者，或可獲售。否則……亦爲字紙簏中的材料而已」〔註 39〕。對此，天笑在日記中仍不忘自省，認爲惡稿的危害對刊物有致命損傷，編刊者應謹慎明察：「惟有一事，凡編輯副刊及小報者，惡稿有驅逐良稿之力，倘多登惡稿，良稿即裹足不前，此不可不知也」〔註 40〕。

此外，對於不符合所辦刊物定位的稿件，無論質量好否，包天笑也概從割愛，謝而不登。早在《婦女時報》創刊之日，天笑就清楚表明刊物屬綜合性，不專談文藝，但裏面的作品最好出之於「婦女的本身」〔註 41〕，偉岸丈夫投稿於婦女刊物，畢竟非天笑編刊定位所願。除畢倚虹曾代其妻楊芬若投稿詩詞外〔註 42〕，類似的狀況尚多，他終於忍不住小小發難：

> 本報向例除家庭攝影外，鬚眉之造象，抒無存在本報之餘地，唯有寄還之一法。寄語非女界之投稿家，幸勿再【以】褒鄂之英姿見示也。〔註 43〕

另一方面，包天笑在編輯過程中還注意虛心納言，希望讀者針對刊物多提意見。《婦女時報》初創，體例未完備，一切至幼稚，包天笑即以得到讀者的鞭策箴言爲大幸，盼望海內時彥閨秀，「加以匡捄，錫以箴貶」〔註 44〕；編輯一段時間後，他對讀者來言依然不變地抱持歡迎態度。他說：

> 閱者諸君對於本報，或有所糾正或有所商榷，盡請賜示，本報必盡衷受教。蓋記者無絲毫之成見，亟願與閱者共同鑄造一極完美良好之雜誌也。〔註 45〕

〔註 38〕《法令》，《時報》，1914 年 3 月 28 日。

〔註 39〕曼妙（包天笑）:《副刊要新聞化 新聞卻要副刊化》，《晶報》，1936 年 5 月 9 日。

〔註 40〕天笑選錄 :《釧影樓日記（六五）》，《晶報》，1940 年 2 月 22 日。

〔註 41〕包天笑 :《釧影樓回憶錄》，香港 : 大華出版社，1971 年版，第 362 頁。

〔註 42〕包天笑和畢倚虹相識，就是因畢氏曾代其夫人投稿，後來見訪而成朋友——這多少令包天笑感到「可異」。見包天笑 :《釧影樓回憶錄》，香港 : 大華出版社，1971 年版，第 362 頁。

〔註 43〕《編輯室之談話》，《婦女時報》，1916 年第 19 期。

〔註 44〕《編輯室》，《婦女時報》，1911 年第 1 期。

〔註 45〕《編輯室》，《婦女時報》，1916 年第 18 期。

「造」字是很扎眼的字眼，暗示著現狀必然是不夠完美的。包天笑歡迎讀者高見，目的即在於與閱者攜手，摒除自身成見、發揮後者智慧，共同構造鑄就一份近乎完美的刊物。對於讀者的建議或意見，天笑儘量在版面上予以回覆，並利用版面與讀者往來互動。《餘興》時有讀者條陳見解，在餘興部內以「芻蕘之見，敢爲大部一陳」。《餘興》設立未久，讀者阿呆便呈書天笑，建言兩點：一是呈請《餘興》再辟「地方新聞」一欄，並願自任訪事員；二是要求設置「徵對」或「詩鐘」之定課，並分別陳述其理由：

今日專制共和之過渡時代，各埠新聞足充貴部之材料者，不一而足。泊沒無聞，殊非貴部采風風世之意……

滑稽材料之趣味豐富者，寥落晨星、渺難多得，設無善後持久之計，終必流於抄剿陳舊、老生常談之弊。雖今日各稿，未始無散，見筆記説部及習聞街談巷語之内，然一見之猶覺不妨，誠恐後來者流，或將悉是此等物，則味同嚼蠟……〔註46〕

期盼之情、建議之殷，躍然紙上。讀者爲長久計，關注的是《餘興》的持續發展，希望它規避陳腐、枯燥的弊端。這與包天笑的興味編輯理念實相吻合。在反饋溝通的過程中，他謙虛地將意見加以吸取，並表示願意落實到施行的行動中。他回信說：

條陳頗有見地，查本部甫經設立，疏漏殊多，正擬召集各投稿家，組織投稿聯合會，公同討論所陳各節，足資參考，自當採擇施行。〔註47〕

博採讀者稿源之力，使刊物內容豐沛，一人知而眾人皆知、「一人之喜，千萬人之喜也」〔註48〕；廣納讀者商議之言，使包天笑不斷對刊物內容和形式進行動態調整。與讀者互動的過程，不僅有經濟因素的考量，以爭取更多的讀者，更是天笑所編刊物之興味得以豐厚勃興、綿延持續的有力手段，最終有助於實現編刊「材料不虞缺乏」、「趣味益臻雋永」的理想境地。

二、社會視角 因事屬詞

對興味的追求，曾一度在革命主義範式的文藝話語中被貶爲「趣味主

〔註46〕《投稿人阿呆呈餘興部文》，《時報・餘興》，1914年3月23日。
〔註47〕《餘興部批》，《時報・餘興》，1914年3月23日。
〔註48〕小梵：《餘興部賦（仿阿房宮賦）》，《時報・餘興》，1914年7月10日。

義」。辛亥革命事起，歷經五四新文化運動，以至二十世紀三十年代的左翼文化運動，這幾十年的社會思潮迭起不窮，最終革命主義因具有不可比擬的趨新性和破壞性而佔據上風。與此同時，傳統失去了約束力，舊傳統中的節慨與風操，倏而成爲革命主義眼中的過時煙雲、退步之物。包天笑的「興味」也被目之「無用」而掃入其中。

但是，正如胡適所言，「主義」的弱點和危險就在於，「世間沒有一個抽象名詞能把某人某派的具體主張都包括在裏面」〔註 49〕。天笑的興味文藝編輯觀，並非唯興味是圖、非興味不錄，停留於青樓覓醉、北里買笑的膚淺層次，或塗抹風月、餖飣脂粉的低級趣味。他編輯文藝刊物，在追求興味的前提之上，透射關注時事、因事屬詞的社會視角，因「有益於社會、有功於道德」〔註 50〕，故體現出的興味之於社會是葆有益處的。

1916 年 11 月，對於開闢副刊《小時報》的目的，包天笑在《發刊詞》中這樣申明：

> 小時報何爲而作也？曰中國之稱報紙也，有大報、有小報。大報者，談政治、議國家，軒眉攘臂，各尊所聞，而於社會事，則以瑣屑猥陋之；雖有小報，亦不過紀載菊部花叢，陳陳相因。其實社會事務，千頭萬緒，任舉一事，皆有研究之價值。同人等編輯之餘，掇拾築頭木屑之棄物，匯而錄之，無以爲名，名之曰：小時報。〔註 51〕

在他看來，《小時報》關注的是社會事情，而這是談政治、議國事的大報或正刊所鄙夷的，又不同於小報只陳舊地記述娼伶豔事。在登載興味文藝的基礎上，刊載千頭萬緒的社會事務於報端，強調其之於「研究」的價值。這與戈公振的看法不謀而合，可遙相呼應：

> 吾意副張之材料，必以文藝爲基礎。如批評、小說、詩歌、戲曲與新聞之類，凡足以引起研究之興味者，均可兼收並蓄，而要在與日常生活有關，與讀者之常識相去不遠。〔註 52〕

〔註 49〕胡適：《多研究些問題，少談些主義》，載氏著：《問題與主義》（胡適文存／第一集・第二卷），臺北：遠流出版事業股份有限公司，1986 年版，第 115 頁。

〔註 50〕《例言》，《小說大觀》（第一集），1915 年 8 月。

〔註 51〕小生（包天笑）：《發刊詞》，《時報・小時報》（第 1 號），1916 年 11 月 22 日。小生即包天笑，見包天笑：《釧影樓回憶錄》，香港：大華出版社，1971 年版，第 350 頁。

〔註 52〕戈公振：《中國報學史》，北京：生活・讀書・新知三聯書店，2011 年版，第 228 頁。

這樣的編輯思想，不是脫離文藝，相反，要以文藝爲基石，再謀求社會日常生活的研究興味。「研究的態度」使得知識和思想「礦物化」〔註53〕，將刊物對社會思潮和讀者心理的把握剝離出來。包天笑覺察到讀者的需求「不喜長篇大論，頗喜小言短語」，因之其報紙副刊的編輯取向從主要注意文藝轉向全面關注社會，由此編輯作風「一變」〔註54〕。這裡，「變」字殊爲重要。它提示著，在包天笑心目中，「文藝（小說）」與「社會」二者之間的決定關係已悄然發生對換。蓋清末社會晦黯，天笑尚能順從梁啓超、狄葆賢的觀點，認爲惟文藝新，社會方新，文藝在實現新社會的過程中先出現，並一定程度決定著後者；而現在已屆民初，社會總體呈現一片進取新氣象，他逐漸意識到二者關係需要置換，把充滿萬千頭緒的新社會先擺在首位，小說、文學、文藝才能隨之而新。

這條脈絡，包天笑持之爲帆遨遊「文海」。在主編《小說大觀》時早露端倪，後在編輯《小說畫報》時又再次強調。與之相似，在《小說大觀》的《宣言短引》中，天笑通過比喻手法闡述關於小說功能被拔高的看法。他說：

> 則曰群治腐敗之病根，將藉小說以藥之，是蓋有起死回生之功也。而孰知憔悴萎病、慘死墮落，乃益加甚焉！是則惟恐其死之不驟，而以穢惡之風氣、腐毒之流質，日日供養之、食息之，以至於此乎？群譁然曰：「庸醫之誤人也。」夫固然矣。抑知社會何故產出此無量庸醫，日操不律以殺人哉？我固謂：「欲治病，先培醫。今之醫者，自溷於穢惡空氣、腐毒流質中，救死不暇，悉暇救人哉？嗚乎！向之期望過高者，以爲小說之力至偉，莫可倫比，乃其結果至於如此，寧不可悲乎也耶？」客曰：「否。子將以小說能轉移風俗耶？抑知人心風俗，亦足以轉移小說。有此卑劣、浮薄、纖佻、媟蕩之社會，安得而不產出卑劣、浮薄、纖佻、媟蕩之小說？供求有相需之道也」。則將應之曰：「如子所言，殆如患傳染病者，不能防護撲滅之，而反爲之傳播菌毒，勢必至於蔓延大地不可救藥，人種滅絕而後止。人即冥頑，何至自毒以毒人哉？」〔註55〕

〔註53〕熊十力語。見王汎森：《執拗的低音：一些歷史思考方式的反思》，北京：生活·讀書·新知三聯書店，2014年版，第15頁。
〔註54〕天笑：《我與新聞界（續）》，《萬象》（第4年第4期），1944年10月1日。
〔註55〕天笑生：《宣言短引》，《小說大觀》（第一集），1915年8月。

在這段用以自勉的文字中，包天笑給以小說爲代表的文藝之功能，降了不少維度。誠然，小說「能轉移人心風俗」，對社會產生巨大影響，但反之亦然，人心風俗也能轉移小說。當社會腐毒如人患病，小說若非良醫，非但不能療愈社會，反而爲虎作倀，將菌毒傳播散布開來，後果不堪設想。於是，小說等文藝之力量至偉、幾乎無可倫比的觀點已發生動搖。

職是之故，天笑要求《小說大觀》所載小說，務必精嚴選擇，一以興味爲主，只刊錄有益於社會、有功於道德之作，具有「高尚優美之精神」〔註 56〕，力匡浮薄狂蕩、卑劣纖佻、誨盜誨淫之時風；《小說畫報》亦許載關於道德、教育、社會、政治、科學等，「最益身心、最有興味之作」〔註 57〕。讀者閱讀的興味不可少，而興味有助於讀者廣增見聞、習得新知同樣重要。因此，「社會」不可不細細研究之。

基於社會事務任舉一端、莫不有益，「皆有研究之價值」的視角，包天笑的編輯還呈現因事屬詞的特徵，即強調根據新近發生事而撰寫文章。前已提及，天笑厭惡刊登陳腐舊文，不歡迎那種兩三年前後均可用的文字。針對有一部分「機靈」人士，將民國初元之平、滬各報副張，剪裁下來，將原文以白話譯出，每日分別供給各報的文人「新職業」，他目爲滑稽笑談，主張文藝編輯「要與現代所發生的事，有點聯繫性質，才能合用」，一如所謂「副刊新聞化」〔註 58〕。

1922 年 4 月，美國山格夫人〔註 59〕來華，在北京大學發表了《生育限制的過去、現在與未來》和《生育制裁的什麼與怎樣》兩場演講，指陳節育對於人口、教育、經濟以及女性的社會意義。這是節制生育理論首次在中國得到宣傳，林語堂稱「這可說是倫理革命的唯一原動力」，因之「節制生育及性教育漸見普遍」〔註 60〕。實際上，節育思想的普及，離不開當時報刊對其的大力宣傳與報導。《晨報》、《民國日報》、《申報》等連續介紹山格夫人的主張，並對其展開評論；各類雜誌也開闢「生育節制」的專號特刊，如《學燈》的

〔註 56〕《小說畫報》，1918 年第 18 期。
〔註 57〕《例言》，《小說畫報》，1917 年第 1 期。
〔註 58〕曼妙（包天笑）：《副刊要新聞化 新聞卻要副刊化》，《晶報》，1936 年 5 月 9 日。
〔註 59〕本名瑪格麗特・桑格（Mrs. Margaret Sanger），或稱珊格爾夫人、桑格夫人，美國控制生育運動領導人，美國生育控制聯盟（American Birth Control League）創辦人。提倡優生學，曾來華宣傳生育控制。
〔註 60〕林語堂：《吾國吾民》，臺北：金蘭文化出版社，1986 年版，第 155 頁。

「節育運動號」、《婦女雜誌》的「產兒限制號」、《家庭研究》的「生育限制號」等。

這件堪稱轟動的社會熱點事件，很快進入天笑的社會性編輯視野。他嗅覺到生育問題正成爲一件引發極大關注的討論對象，「識者皆認爲今日重要學說」〔註 61〕，便醞釀起出版「生育號」特刊的事宜。那時，「婚姻號」特刊才剛剛出版不久〔註 62〕，包天笑主編的《星期》也正式出版「生育號」專刊。他在「編輯室餘墨」的互動園地中，向讀者告示：

> 本刊下一次的特刊，已擬定爲「生育號」。關於生育問題，已經惹起世界的討論了，在我們中國，尤其是一個討論的問題。如近日珊格爾夫人來華，已經引起多數人的注意。本社除囑託社友撰述外，尚望海內外文家賜我們幾篇好稿子。〔註 63〕

「生育號」上的稿件，天笑要求概與生育相關，對生育問題取一種「研究的態度」〔註 64〕。在「公開主義」的原則下，包天笑主張不拘於「限制生育的一種流行學說」，號召讀者一起來研討限制與否的利弊得失，雖然「限制生育這個彩色，已經佔了我們篇幅不少」〔註 65〕。周瘦鵑的《生育上之加減乘除》、徐卓呆的《半胎主義》、羅獨清的《一個接生婆的自述》、胡寄塵的《生育問題中的閻王》、江紅蕉的《新生殖率》、范煙橋的《綠葉成陰子滿枝》、樂生的《貧民和生育》、海鳴的《兒童公育》等，從文章題目即可管窺它們與「生育」主題的高契合度。而即便是補白之作，也全部關涉主題。

在這期專刊上，天笑還發揮自身優勢，集中輯編稿件之餘，不忘以身垂範，自任一篇理想未來小說——《專制的人類》，對「限制生育」學說形成勢力之後的專制可能進行冷靜反思。因與論述相關，茲概引之。他將情境設定在十餘年後（1935 年），那時由於歐戰已停，各國的人口出生率驟然增加，便有許多社會學家憂慮起來，認爲這樣的增殖，是世界上一大恐慌。行筆至此，他不忘點明屬作是文的因起之事：「因此幾位知識階層的人，想用人爲的方法，去抑制人口的增加，像珊格爾夫人和各國的名流，都提倡生育制限。」〔註 66〕

〔註 61〕黃湘雅：《關於生育限制之一問》，《星期》，1922 年第 6 期。

〔註 62〕「婚姻號」特刊是《星期》1922 年第 13 期。不久，在 16 期上，天笑便擬定下一期特刊的名稱是「生育號」。

〔註 63〕記者（包天笑）：《編輯室餘墨》，《星期》，1922 年第 16 期。

〔註 64〕記者（包天笑）：《編輯室餘墨》，《星期》，1922 年第 26 期。

〔註 65〕記者（包天笑）：《編輯室餘墨》，《星期》，1922 年第 26 期。

〔註 66〕天笑：《專制的人類》，《星期》，1922 年第 26 期。

可是果聽其言，天笑預計世界人口將減少泰半，原因包括國家的法律、婦女的反抗、知識界的提倡、機械學的進步。推至極端，他恐怕未來出現一種認爲「人口繁殖的弊害重於人口減少」的學說，若依照他們的意思，結果竟是：「第一、地球上只許有他們這高貴的一萬萬人，不許世界有下劣的人種，凡是劣種，皆應滅絕；第二、他們極力講求長壽之法，預備現在人類，永遠佔據這地球，不大願傳與後代的人；第三、他們寧可地球上沒有人住，卻不願人口增殖，擠他的房屋、搶他的飯碗。咳！人類啊，何等專制的人類啊！」〔註67〕

顯然，在他看來，限制生育的學說如果成勢，也並不一定就是人類的好事。我們姑且不論其觀點正確與否，但通過因事屬文的做法，包天笑對社會事情抱持的「研究之態度」卻表露無遺。雖然是「理想未來小說」，但「似乎很有研究的價値」〔註68〕，傳達出包天笑對生育等社會問題的具體關切與眞實思考，這也引導讀者對社會上問題的出現或學說的發展，持冷靜、審愼的研究態度，在文藝閱讀與研思中展開瞻念，最終得出自己的觀點及結論。可以看出，包天笑所提倡的興味，符合他有益於社會、有功於道德的期許，絕非純粹的「趣味主義」。

歸納起來，「興味有益」允稱包天笑文藝編輯觀的核心概況。面對瞄向市場、謀求利益的文藝報刊，天笑在編輯過程中首先強調對興味的追求，通過運用整體擘畫、圖文大觀的編輯技巧，他力求爲讀者提供全面、集中、生動、美觀的興味饗宴。並且，他善於廣納群力、博採眾言，站立在讀者的立場上，使興味更形豐厚與綿延。另外，天笑還在追求興味的基礎上，透射關注時事、因事屬詞的社會視角，使經由他編輯的文藝刊物之興味層次得以昇華，更顯文章合世、觀照社會的剴切深意。

第二節　因緣相伴：包天笑的新聞事業觀

想起了吾國新聞事業的猛進，令人有忍死須臾、樂觀厥成的感想。然而時不吾待，不知能否如我所期呢？〔註69〕

中國近現代新聞事業的發展委實篳路藍縷。她歷經報刊誕生與初步發

〔註67〕天笑：《專制的人類》，《星期》，1922年第26期。

〔註68〕記者（包天笑）：《編輯室餘墨》，《星期》，1922年第26期。

〔註69〕天笑：《我與新聞界》，《萬象》（第4年第3期），1944年9月1日。

展、民族報業日趨興旺與全面發展、兩極新聞事業的出現與發展等多個階段〔註70〕，依循從無到有、從弱到強的進化軌跡，而不斷完善壯大以至於今。1815年，由外國傳教士在南洋創辦的《察世俗每月統計傳》，是中國歷史上第一份近代化報刊，標誌著中國新聞事業發展的開始。至1895年後興起的資產階級維新變法運動，以民辦報刊爲主體的民族報業崛起，結束了外報長期壟斷中國報業市場、主宰中國新聞輿論陣地的局面，並隨之湧現出國人辦報的兩次高潮（1895年、1901年）。包天笑的辦報活動和新聞經歷，便處身這樣的背景而起步，並逐漸形成了「因緣相伴」的新聞事業發展觀，勾勒出一條報業發展的理想進路。

一、完善設備 國盛報強

在世界範圍內，報紙產生經歷手抄新聞、不定期印刷新聞出版物和定期印刷報紙三個基本階段〔註71〕。其不斷演變的過程取決於隨著資本主義商品經濟的發展，社會對信息的需求日益增長；以及報紙運行所依賴的物質技術，如造紙工業、印刷技術、水路交通等日趨發達。中國近現代新聞事業的產生，同樣是資本主義生產方式發展的結果，同時，它與社會生產力水平、物質技術條件、科學文化水平同步發展，且受到社會政治、經濟、法律環境的極大影響。

有了國家、社會整體生產力的發展，新聞事業才能隨之發展，這一點毋庸置疑。這樣說，雖不無「後見之明」的嫌疑，但也恰好凸顯包天笑新聞事業觀的純熟之處。考察過日本新聞事業以後，包天笑認識到，日本新聞事業發展成就之取得，也並非一蹴而及，關鍵是看到新聞事業與物質文明之間的正相關性。他說：

> 以物質文明進步之迅疾日新月異，新聞事業亦隨之而進。我國於此業，雖幼稚又豈敢故步自封者？〔註72〕

看到了日本的進步，天笑便想到中國的幼稚。新聞事業的發展，即如人的生長，他又說：

〔註70〕黃瑚：《論中國近代新聞事業發展的三個歷史階段》，《新聞大學》，2007年第1期。

〔註71〕袁軍：《新聞事業導論》，北京：北京廣播學院出版社，1997年版，第16頁。

〔註72〕包天笑：《考察日本新聞記略》，上海：商務印書館，1918年版，第2～3頁。

> 誰不是從幼稚生長起來呢？凡百事業皆然，新聞業亦然。不但是中國新聞事業然，各國的新聞事業亦然，誰能一出娘胎，便是一個成人呢？〔註73〕

人欲生長，須以食養；工欲善事，必先利器。新聞事業欲求發展，離不開新聞製造設備的不斷完善。對於新聞事業的最初形態——報紙而言，其「最基本的結構」或「最基本的服務」不外乎兩點：搜集和放送〔註74〕。因此，搜集、編輯、印刷、發行，每一項環節對報紙來說都不可或缺。青年時期即在家鄉譯刊辦報的包天笑，對此早有體會，後赴日考察新聞事業，體會更形深刻。在他看來，新聞事業欲尋發達和發揮作用，首當其衝的便是完善設備：

> 夫欲求一國國民之尊重新聞事業，雖有種種之因緣與之相伴而助其發達，然而主觀之點，則在新聞事業之設備完善，逐漸加以改良。〔註75〕

前已提及，對日本新聞業的考察，使包天笑覺得實在汗顏有加。如果不是這次考察，他恐怕難以預料日本這個與中國同文的小國，新聞事業的條件發展到了何種地步。與東京、大阪相比，即便是我國新聞事業最發達的上海，差距也是相當明顯，遑論其他落後地區。他不禁問道：「爲什麼人家有長足的進步，而吾們卻濡滯不進？這個癥結在什麼地方呢？」〔註76〕新聞事業的發展，雖然有種種「因緣相伴」，癥結亦所在多有，但「主觀」上仍需完善設備，如有弱點，便須設法改良精進。這裡，「主觀」應理解爲：在社會生產力（客觀條件）充分發展的前提之上，新聞事業主體（主觀，即新聞社或報社）等力圖設備完善。雖言「主觀」，但實際重心卻落在「客觀」。

包天笑認爲，完善設備應首先保障新聞界的「兩大供給」，即機器和紙。很明顯，他已預設，提供保障的主體是客觀之社會。若主體是報館的話，即用紙一項，單憑報館之力，很難左右整個客觀的用紙市場及主觀的用紙習慣，原因在於外國紙「太便當了」。「上海有許多外國商行，紙商也是一種（外國紙），中國是一個用紙的大市場，他們都傾銷到中國來了」〔註77〕，加上中國

〔註73〕天笑：《我與新聞界》，《萬象》（第4年第3期），1944年9月1日。

〔註74〕胡道靜：《新聞史上的新時代》，載氏著：《胡道靜文集・上海歷史研究》，上海：上海人民出版社，2011年，第407頁。

〔註75〕包天笑：《考察日本新聞記略》，上海：商務印書館，1918年版，第2頁。

〔註76〕天笑：《我與新聞界（續卷）》，《萬象》（第4年第5期），1944年11月1日。

〔註77〕天笑：《我與新聞界（續卷）》，《萬象》（第4年第5期），1944年11月1日。

的報館，向來是外國人開創的，外國人開的報館，當然是用外國紙，於是用紙習慣相沿下來。這導致中國「竟不必自造報紙」〔註 78〕，紙的利權完全操於外人手中。他深知，發行新聞，第一的泉源是紙，既稱「新聞紙」，那麼新聞與紙，便有「不可分離之勢」〔註 79〕。全國有如許新聞社、報社，發展了數十年，卻直到二十世紀三、四十年代，仍無一家可以自造報紙的紙廠，這讓包天笑不禁自嘲：「這恐怕也是世界各國所罕有的吧？」〔註 80〕他對此警告道：「凡人必仰給於人，而人可以操縱我矣。」〔註 81〕故而，他所言「主觀」，其實分明指向客觀上的社會生產條件。

有兩件事讓包天笑覺得，若非我國客觀社會生產條件率先達成，則報館主觀用紙習慣幾乎不能扭轉。一是他曾建議上海的文化事業界，像《申報》、《新聞報》等幾家大報館，商務印書館、中華書局等幾家大書店，群策群力，開一家大紙廠，專造印刷用紙，其力「固綽有餘裕」，然而無論如何竟合不起來，原因是「反正有進口的紙，人家造好了，我湊現成，豈不是很好嗎？」〔註 82〕二是歐戰期間，上海舶來紙張斷絕，本埠華商紙廠龍章乃仿造報張所用捲筒白紙，並請申報館試用，後來卻忽然不用了。包天笑問起史量才原因，史氏說：

> 我聽得版子上了架子（有一時代，量才住報館中），印了一刻鐘停了。說是紙破了，接好要十餘分鐘，剛印了一刻鐘，又停了，又破了，又接了。天亮是很快的，哪裏敢耽擱得起呢？我不是不肯提倡國貨，然而叫我失敗，如何可以呢？〔註 83〕

國產紙張質量不精，新聞事業在客觀上的供給保障自然無從談起。爲此，天笑在《考察日本新聞記略》中，特意分別介紹了日本在機器和紙張上的發展經驗，以期給我國新聞事業提供借鑒和反哺。在將日本新聞事業樹成理想模範的同時，也側面表露出他對新聞事業發展之客觀條件所持觀念。包天笑注意到，日本新聞業起初和我國一樣，機器和紙必仰賴舶來品，中日起初情況實相類。然而到 1917 年，日本這兩大供給發展之迅猛，不僅不需向外求助，而且尚有餘力分售給國外需求者。成就之取得，有賴其國人之刻苦精勵、潛

〔註 78〕天笑：《我與新聞界（續卷）》，《萬象》（第 4 年第 5 期），1944 年 11 月 1 日。
〔註 79〕天笑：《我與新聞界（續卷）》，《萬象》（第 4 年第 5 期），1944 年 11 月 1 日。
〔註 80〕天笑：《我與新聞界（續卷）》，《萬象》（第 4 年第 5 期），1944 年 11 月 1 日。
〔註 81〕包天笑：《考察日本新聞記略》，上海：商務印書館，1918 年版，第 79 頁。
〔註 82〕天笑：《我與新聞界（續卷）》，《萬象》（第 4 年第 5 期），1944 年 11 月 1 日。
〔註 83〕釧影（包天笑）：《新聞舊話（廿二）》，《晶報》，1939 年 8 月 14 日。

心研究並多加改良。其對自造石川式輪轉機、朝日式輪轉機、山陽式輪轉機等「頗事研究」〔註84〕，「派遣技師於歐美研究改良」〔註85〕，經精密調查及實驗，質量「決不輸於外來品」〔註86〕；當歐戰爆發，我國各報因舶來紙張斷絕而發生恐慌、「尤為岌岌可危」〔註87〕之時，日本卻目之為製紙技術進步的大好時機，從製紙、販紙、紙稅等各方面對新聞業需求予以保障。結合日本的經驗，天笑再次確認完善設備、保障供給的主體責任在於客觀社會，非新聞業之咎。他總結道：「雖然此（造紙業）依於一般文明進步之事，亦非新聞當業者之罪也」，接著筆鋒一轉，然而每年巨量的新聞料紙，「其銷耗之方何在」〔註88〕？機器和紙張的供給之責固不在新聞業，但作為重要需求方，新聞業不該坐以待斃、只待他人，理應主動出擊、細細審量，以危患感自警，以需求促動「供給側」改革。正如包天笑所言，機器和紙張兩大供給，關乎「各新聞社之勢力，及其發達之大勢，皆為不可不知之要點，而當一一加以研究者也」〔註89〕。雖稍嫌曲折，但已將主觀、客觀之間的邊際明確並融貫，難怪其將設備完善歸為「主觀之點」。

依循著由「兩大供給」引申而來的主客關係，包天笑認為，新聞事業的發展需納入「國盛報強」的軌轍中觀照，「新聞紙之盛衰，實與國家文化之進步上，有比例者也，故苟為文明之國家，無不願提倡新聞事業者」〔註90〕。國家和社會生產力、物質技術、教育文化等發展強盛，才為新聞事業發展強盛提供客觀上的可能。在這個意義上，他認為新聞事業「不是一種獨立事業，而必需有其他事業為之扶助」〔註91〕，對於新聞事業來說，除了完善機器、紙張等印刷設備以外，教育和交通（郵電）等事業的發展，莫不重要而關切。

首先是教育發達。從讀者的角度考慮，是包天笑新聞思想的一貫堅持，從文藝副刊到新聞正刊，概莫能外。因而他說：「新聞第一要有讀新聞的人，因此必須教育發達，識字者多了。」〔註92〕這是天笑思慮成熟之所在。因為

〔註84〕包天笑：《考察日本新聞記略》，上海：商務印書館，1918年版，第82頁。
〔註85〕包天笑：《考察日本新聞記略》，上海：商務印書館，1918年版，第81頁。
〔註86〕包天笑：《考察日本新聞記略》，上海：商務印書館，1918年版，第80頁。
〔註87〕神獅（包天笑）：《報館紙荒記》，《晶報》，1931年2月15日。
〔註88〕包天笑：《考察日本新聞記略》，上海：商務印書館，1918年版，第85頁。
〔註89〕包天笑：《考察日本新聞記略》，上海：商務印書館，1918年版，第85～86頁。
〔註90〕包天笑：《考察日本新聞記略》，上海：商務印書館，1918年版，第43頁。
〔註91〕天笑：《我與新聞界（續卷）》，《萬象》（第4年第5期），1944年11月1日。
〔註92〕天笑：《我與新聞界（續卷）》，《萬象》（第4年第5期），1944年11月1日。

報紙的進步與社會及閱報者程度的進步，是「成爲連環」〔註 93〕、相互影響的，在彼此推進中，新聞事業遂逐漸進展。中國報紙草創之時，讀者主要來自政府、官場、學界、工商界四種領域〔註 94〕，天笑所曾供職的《時報》，便在學界和工商界擁有眾多讀者。農民則起初不知有所謂報紙，「向不閱報，困困於生計，不及夠閱新聞」〔註 95〕，進入二十世紀才始知有報紙一物，「聞講報社之講演，則鼓掌歡呼，惟恐其詞之畢，而恨己之不能讀者」〔註 96〕。經濟困窘、教育不普及，致使識字率低、文化程度低，制約了廣大農民的閱報行爲，也自然限制了新聞事業的拓展。

其次是交通便利。新聞紙雖被譽爲「人類思想交通之媒介」〔註 97〕，但發揮作用的前提是通由實體的物質交通而傳播。天笑嘗言：「倘然是交通不便利的地方，新聞不能進來，報紙便不得出去，那種新聞怎能與人爭勝呢？」〔註 98〕這裡「交通不便利的地方」，不僅指的是中國交通欠發達地區，更在中日對比的橫向視野中，指向我國交通不便的新聞業整體。他羨慕日本政府對於新聞事業多有優待，如在交通郵電上，便施行新聞電報和新聞運費兩項特例。他介紹道：

> 以中國之新聞電報，與日本之新聞電報相比較，日本之新聞電報每千字需費僅四圓，而中國之新聞電報，則每千字需費至於三十圓，非特七倍半於日本之新聞電報，抑且三倍於日本之普通電報，則無怪日本新聞之消息靈通而報導迅速也。又日本新聞，有裝置電報機器於社中者，可以直接發電，如東京之時事新報社是也，而以較吾國之新聞電報，動多抑壓，有遲至二十餘小時者，加以檢查留難，或至刪減竄塗，又安望新聞紙之消息靈捷乎？
>
> 關於新聞紙之運費，日本國內，鐵路貫通，故國內之運送，大抵經由火車，火車上之運費，每五斤收費二錢五釐（即吾國銀幣二

〔註 93〕胡道靜：《上海新聞事業之史的發展》，載氏著：《胡道靜文集·上海歷史研究》，上海：上海人民出版社，2011 年，第 321 頁。

〔註 94〕《論閱報者今昔程度之比較》，《申報》，1906 年 2 月 5 日。

〔註 95〕包天笑：《考察日本新聞記略》，上海：商務印書館，1918 年版，第 57 頁。

〔註 96〕《論閱報者今昔程度之比較》，《申報》，1906 年 2 月 5 日。

〔註 97〕曹用先：《引言》，載氏著：《新聞學》，上海：商務印書館，1934 年版，第 1 頁；戈公振：《自序》，載氏著：《中國報學史》，北京：生活·讀書·新知三聯書店，2011 年版，第 1 頁。

〔註 98〕天笑：《我與新聞界（續卷）》，《萬象》（第 4 年第 5 期），1944 年 11 月 1 日。

分半），蓋每斤即收費五釐也……每份之運費，僅得五毛耳。……顧以我國交通上之不便利，運費稍昂，自在意中，而最可痛歎者，則以新聞紙之觸忌於政府，而往往受停止寄報之苦痛，夫新聞紙之違法，自當受法律之裁制，今不訴諸法律，而惟陰扼其吭，使之不得流通，此則僅可謂之陰謀，試問各國有是例乎？〔註 99〕

所以，交通便利不僅體現爲物質交通（火車、輪船等）的完善，更包涵對政府之於新聞事業不予限制、儘量優待的渴望。在包天笑看來，新聞紙之於交通上「最有密切之關係」，故希望國家欲優待新聞紙，必於「交通」上予以「特殊之利益」〔註 100〕。譬如，有一事使我國新聞事業不能發達，即未開通長距離電話。天笑感到，就新聞事業發展範圍而言，日本大阪猶如我國上海，東京猶北京，距離並不相近。然而自京阪間電話開通以後，東京與大阪，如坐一室而談話，政府之政策、議院之議論，在東京甫出諸口，而大阪之速記生已稿成。他於是意識到，長距離電話對於新聞事業迅捷需求之必要性。他繼續說：

非特此也，經濟上社會上重大之事發生，亦瞬息可通消息，其便利何如乎？……吾國雖京津間亦有電話，然但覺其遲鈍，故欲求新聞紙之發達，須多開通長距離電話，第一、須上海與北京之電話開通，其次長江一帶，以及滬寧、滬杭間之電話開通，夫而後消息乃可靈通也。〔註 101〕

可以發現，包天笑的新聞事業觀，深深嵌入到物質文明發展的環絡中。新聞事業的發展，離不開國家、社會整體生產力的發展。從發展生產和物質技術，以保障印報機器和印刷紙張這「兩大供給」，到發達教育、便利交通，以擴大新聞事業的輻射面積、提高新聞事業的傳輸速度，國家整體實力的不斷前進，才能使物質技術、教育文化等趨於興盛，進而爲新聞事業發展強盛提供客觀上的可能，即包天笑總結的，「別種事業在進步，新聞界當然也隨之而進步」〔註 102〕。在這個意義上，包天笑認識到新聞事業如欲發展，須以其他事業爲扶助，但並不意味著新聞事業發展主體坐享其成、全恃他人，而理應主動籌劃、研究審量，以危患意識，促進國家整體實力的抬升。這對新聞

〔註 99〕包天笑：《考察日本新聞記略》，上海：商務印書館，1918 年版，第 44～47 頁。
〔註 100〕包天笑：《考察日本新聞記略》，上海：商務印書館，1918 年版，第 47 頁。
〔註 101〕包天笑：《考察日本新聞記略》，上海：商務印書館，1918 年版，第 48 頁。
〔註 102〕天笑：《我與新聞界（續卷）》，《萬象》（第 4 年第 5 期），1944 年 11 月 1 日。

事業發展主體——報館，在主觀的作爲上無疑提出了更高要求。

二、隨時進展 合理聯絡

社會生產條件具有客觀性，但是社會的客觀性不能取代新聞事業的主觀能動性。新聞事業雖「扶助」於其他社會事業而發生，卻只有在被報館或新聞社等新聞事業主體實踐之後，始能獲得進步的意義。在包天笑的新聞思想中，新聞事業的主體實踐，可概括爲隨時進展、合理聯絡兩個層面。前者側重時間性，指新聞事業圍繞新聞的趨時屬性，聚焦社會的時代精神、新聞的即時發生，而隨之動態移轉；後者偏向空間性，指的是新聞事業內部的部門聯絡、新聞事業相互之間的組織協調，以運轉自如、形成合力，謀求合理化發展。應該說，這才是嚴格意義上包天笑所言，新聞事業發展相伴種種因緣的「主觀之點」。

（一）新聞隨時進展

> 惟我所希望者，凡百事業，隨時代爲進展，吾報界雖不至於開倒車，但停滯不進，亦殊非宜。〔註 103〕

1937 年 7 月 7 日，包天笑在《晶報》上發表了《大可希望之望平街：忍死須臾以觀 諸公奮鬥猛進》一文。此時，距離他辭去《立報》副刊《花果山》的主編職務已愈一年，天笑雖身已不在新聞事業，卻一直心繫戀之，故不忘在「報界」之前，冠上一個「吾」字。當得知他所撰稿的《晶報》要大事修葺，須遷離望平街時，還因之流連「低徊弗已」〔註 104〕。在連日閱讀露軒所寫《新聞業之末路》後，他察覺露軒對新聞業充滿了悲觀意思；昨天又讀到憩庵寫的《無可繫戀之望平街》，發現憩庵對其新聞經歷更無良好印象。這讓天笑覺得立論未公，他估計憩庵先生是因爲站在「對己而言」〔註 105〕的立場，才對象徵新聞業的望平街無可繫戀。若爲新聞業之前途著想，他以爲新聞事業尚有極大希望，因此屬文如上，表露樂觀厥成、隨時進展的態度。

對於新聞事業，爲什麼露軒歎之「末路」，憩庵言之「無可繫戀」，甚至

〔註 103〕微妙（包天笑）：《大可希望之望平街：忍死須臾以觀 諸公奮鬥猛進》，《晶報》，1937 年 7 月 7 日。

〔註 104〕微妙（包天笑）：《別矣望平街 此全中國輿論集中地也》，《晶報》，1937 年 7 月 5 日。

〔註 105〕憩庵：《無可繫戀之望平街》，《晶報》，1937 年 7 月 6 日。

連業外人士都感慨新聞界今不如昔？天笑析解道：

> 我常聞頗多業外人言：今之新聞界，未必勝於前之新聞界。前之操筆政者，雖拘迂，然頗有風骨，尚能據事直書，倘有非分之壓迫，猶能併力與之抵抗，今何如耶？我輩聞此言者，不能與之辯，亦未敢謂其然。因我輩雖爲新聞中落伍之徒，亦尚出於嫌疑之地，況一時代有一時代之對象。當日之對象，爲軍閥官僚土豪惡勢力之對象；今者吾國家有賢明之政府，高於一切之黨權，已將昔日之軍閥官僚土豪惡勢力之對象而擴清之，則輿論界自無所用其劍拔弩張之力。即偶而報上有「開天窗」、「拔蠟燭」之怪現象，此不過誤解「有聞必錄」之記者爲之耳。〔註106〕

包天笑這段回答提供的訊息頗多。姑就新聞事業的發展而言，他所揭櫫的主張，則主要關乎「時間」：在一個新聞業「落伍之徒」看來，新聞事業發展的「今」與「昔」，是放諸前後兩個時代中，分別對應著不同對象的「今者」與「當日」。顯然，天笑切分了二者，並樂觀地站在了前者。可見，這位自命爲「落伍之徒」的報人，實際上一點都不落伍，因爲他所抱持的理念仍高度提示並合契著新聞事業的時間性格，他號召新聞事業勿停滯，「隨時代爲進展」。

在天笑看來，有幾家報紙堪稱隨時代進展的典範，一出世就流露切中時需的簇然新意。首當其衝的，是他的老東家《時報》。《時報》一如其名，創刊即隨時而動、不落舊習，謀求報紙業務革新，其「立場姿態，別具一格」〔註107〕。它嗅知閱報者較前進步，不但在編排上用短行，而文字上亦以精悍短峭爲尚，深入顯出，力求醒快明決。即其所創之時評，往往不過寥寥數行，有如老吏斷獄。既而又於報上添小說、增副刊，以鼓勵讀者之興趣。天笑是《時報》改革的親歷者和見證者，參與其中的他感受尤眞，故對之不吝讚美：「以紙面上之種種改革者，時報實可謂當時一革命之報紙」〔註108〕。

由上所述不難覺知，隨時代進展並非讓新聞事業貼標籤、喊口號，「時代」在這裡，先具象成新聞業務的嶄新姿態和閱報讀者的思想狀態。新聞業要把握時代的躍動脈搏，需體現迥異於既有報紙的新意，聆聽來自讀者的微妙心曲。世變日亟，不進則退，若不注重出新、不顧及讀者感受，報紙往往難以

〔註106〕微妙（包天笑）：《大可希望之望平街：忍死須臾以觀　諸公奮鬥猛進》，《晶報》，1937年7月7日。

〔註107〕朱宗良：《民國初年之上海報業》，《報學》（臺北），第1卷第9期。

〔註108〕釧影（包天笑）：《新聞舊話（一）》，《晶報》，1939年6月22日。

持續。故而，在國民革命成功後，報業逐漸「托拉斯」化的時代環境中，《時報》處身托拉斯圈外，憑藉新主人黃伯惠〔註 109〕的資本挹注，爲謀求營業維持，乃趨向黃色新聞來迎合「低級趣味」〔註 110〕，「以其醒目、以其注重社會新聞、以其有刺激力」，而銷路突增。其時，包天笑雖已脫離《時報》十餘年，但對《時報》仍深沉戀念、十分關注，對於《時報》在新聞業務上的再革新，他即揭示道，「日趨簡單」迎合近來一般人之心理，因閱報者不喜讀無趣味之長文字；「注重於社會新聞」，加以報紙上印以紅字等，其刺激力「頗足以引起閱者」。原因在於，「閱報者最厭惡陳陳相因，翻開一張報來，甲報如此記事，乙報亦一字不易，陳腐之氣，使人欲嘔，此中國各報之通病」〔註 111〕。

但他馬上一針見血地指出，憑刺激力引起閱者注意，「不過爲打幾下嗎啡之針」，並不意味著注意力的持久，若欲持久，則須加以實力。以社會新聞而論，他報亦得同樣新聞，《時報》不過加以大大小小無數之標題，此足爲「動庸俗」，而不足以「引高明」。高明的實力，不能只限於字體、標題、顏色等形式變換，更應體現在對待同一社會新聞，有「更詳細繼更興味」的內容記載上，如此方足勝人一籌。進而，他將《大公報》與《時報》對比審量，認爲前者似猶「腳踏實地」，通信固有可觀，以保障記載詳細，小品文亦文采斐然，以提供閱讀興味。這樣一來，滿足讀者時需，營收當有保障，雖其稿費較他報爲增加，卻自有收回之望。〔註 112〕

此處可以看出，當新聞事業亮出新聞業務的新意，並抓住閱報讀者的心理時，並非毫無原則、爲新而新，是否新得高明、不落庸俗，是辨別「隨時代爲進展」的重要標準。持此判準，《大公報》被贊腳踏實地，《時報》卻顯得浮躁低級。在寫就《大可希望之望平街：忍死須臾以觀 諸公奮鬥猛進》一文的同一年，爲響應國民黨中宣部部長邵力子的「言論界精兵主義」，包天笑

〔註 109〕1921 年，狄葆賢辦《時報》多有虧折，積勞成疾、筋疲力盡，經陳景韓介紹，將《時報》轉讓給商人黃承恩（伯惠）。見戈公振：《中國報學史》，北京：生活・讀書・新知三聯書店，2001 年版，第 137 頁；高拜石：《古春風樓瑣記（第八集）》，臺北：臺灣新生報社，1981 年版，第 56 頁。按：高拜石說轉讓時間在 1923 年，因高氏屬晚年回憶，而戈氏寫作《中國報學史》距離轉讓事更近，故謹從戈說。

〔註 110〕胡道靜：《上海新聞事業之史的發展》，載氏著：《胡道靜文集・上海歷史研究》，上海：上海人民出版社，2011 年，第 361 頁。

〔註 111〕微妙（包天笑）：《紀中興之兩報社》，《晶報》，1931 年 11 月 6 日。

〔註 112〕微妙（包天笑）：《紀中興之兩報社》，《晶報》，1931 年 11 月 6 日。

爲上海未來創興新聞事業者，拉雜寫了十條基本先決條件，這可看作包天笑的新聞事業觀歷經實踐、觀察等經驗積累之後，沉澱出的一條重要線索。除了對資本、後臺老闆、主政人、主筆政人等辦報要素分別提出要求外，天笑將新聞事業隨之進展的時代精神，作爲最根本要義，總結得也更爲明白。他說：

> 最要者是合乎一般前進知識階層的心理，不能違反時代精神，否則既耗資本，亦何必辦報？他種營生，也可以幹呢。或曰：「今之以小資本辦報者，不無有一點冒險精神。」則曰：「本未有險，冒於何有？此不過開春聯店性質，一時高興，用完蝕完，不能稱爲一種事業者也。」〔註 113〕

新聞事業要迎合而不能違反的時代精神是什麼？包天笑稱，最要緊的是合乎一般前進知識階層的心理。因此，爲不動庸俗，任何小眾個別的、落後退步的、非知識階層的趣味，皆不足取。報紙如注意於社會新聞，決不恃舞弄題目以爲新奇，若長此以往，他擔心上海各大報，將降格而入於所謂「穢褻之横報」〔註 114〕之流。在規避庸俗的前提上，加諸詳細記載、斐然文采，呈獻開人智識的興味，最終達致高明，合乎時代精神。也只有這樣，辦報「營生」才能幹成，新聞事業的發展才能持久並實現盈利。發展新聞事業，須高明地置諸前進的時代精神之中，它不像開春聯店，若只圖「一時」高興，則待資本蝕完便旋即關張，這根本不叫辦報，毋寧稱之「投機」。

實際上，新聞業務的嶄新姿態合乎時代精神和閱報讀者的思想狀態，指向新聞事業發展舉措及其背後的發展理念，側重於新聞事業之「事業」；而圍繞新聞的日常發生開展的即時報導，則提煉出新聞事業所本之新聞的極端重要性，重心落於新聞事業之「新聞」。此時，「隨時代爲進展」，又具體爲新聞的基本特性。

隨時代進展，非獨新聞事業應然，凡百事業皆然，「你縱然要墨守舊法，卻爲時勢所不許」〔註 115〕。而新聞事業的一切活動都是圍繞「新聞」展開的，故尤當如此，並力爭顯現自身的新聞特性。新聞是新聞事業的「脊樑」或「骨幹」〔註 116〕，是新聞事業的核心要素，離開新聞，新聞事業就失去了存在的

〔註 113〕微妙（包天笑）：《上海新報館之先決條件——根據于邵力子精兵主義》，《晶報》，1937 年 6 月 29 日。

〔註 114〕天馬（包天笑）：《上海各報之怪題目討論》，《晶報》，1927 年 5 月 27 日。

〔註 115〕天笑：《我與新聞界（續卷）》，《萬象》（第 4 年第 5 期），1944 年 11 月 1 日。

〔註 116〕袁軍：《新聞事業導論》，北京：北京廣播學院出版社，1997 年版，第 43 頁。

依據和基本理由。包天笑雖然並未直接給出他對「新聞」的定義，但在其新聞論述中，已言及新聞的基本特性，如眞實性、新鮮性和時效性等。新聞的基本特性，即新聞所具有、而其他事物所不具有的獨特個性，亦即新聞特有的質素。故而，將這基本特性反推回去，便共同定義出包天笑視野中的「新聞」面貌，並因此發現其標識並刻畫新聞事業特徵的即時圖景。

首先是新聞的眞實性。眞實是新聞的生命，包天笑在論析新聞不確時，即指出「爲新聞事業者，第一在事之正確」，又說「事之不確者，爲新聞家之大污點」。也就是說，在他看來，不確實的新聞，攸關新聞事業及其從業者的榮譽和品德，這反映出眞實之於新聞的極端重要性。進而，天笑仔細辨析了「造謠」與「錯誤」兩種新聞失實的現象。造謠與錯誤，「皆事之不確者」，然而「錯誤可恕，而造謠不可恕」，原因何在？他答道：

> 蓋錯誤者，僅一時之傳聞失實，初無成見於其間，錯誤而知其爲錯誤，則當更正之，甚而至於表其歉忱，此爲光明磊落之行爲，而新聞界亦不墜其信用；至於造謠者之所爲，則有意於誣其人，此其用心，已不堪問，且又其人不可誣，蓋彰彰在人耳目，於是又欲自圓其謊，而謊乃愈見，其結果則自以其不信實者示人。〔註117〕

內中提示的有關報人素養的部分，接下來將做分析。這裡可略作說明的是，天笑對於錯誤和謠言的區別，暗含著一個隨時間進展的線索。錯誤是由「一時」（表暫時）的傳聞失實導致，無主觀成見夾雜其中，因屬無心之舉，由失實造成的錯誤，可以放在新聞隨時發生、報紙即時刊布的動態過程中去更新更正，他說這不失光明磊落的做事風範，新聞事業也不會因此墜落信用；而造謠除了存在主觀故意誣陷的用心外，一旦開始，便只得藉由新聞繼續自圓其謊，結果露出狐狸尾巴，終究落得不信實的後果。換言之，錯誤與造謠，本質上都是事不信確、新聞失實的表現，天笑認爲其區別即在於是否有主觀故意的動機，這無疑是十分深刻的認識。並且，二者展開的過程都隨著新聞事業的時間屬性而運轉，在報刊「有機地運動」〔註118〕中，錯誤會得到更正，謠言則暴露本相。

基於對新聞眞實性的這樣認知，天笑對於新聞中的造謠和錯誤，多有諷

〔註117〕天馬（包天笑）：《造謠與錯誤》，《晶報》，1927年6月21日。

〔註118〕馬克思語。見中共中央馬克思恩格斯列寧斯大林著作編譯局編譯：《馬克思恩格斯全集（第1卷）》，北京：人民出版社，1956年版，第211頁。

刺和批評。1925 年 10 月，其時上海各報對於時事評論極少，他們固知新聞須「確捷」，然而天笑指出，其「新聞訪稿之紕繆可笑，隨地皆是」，因不爲人所發現，則抱著僥倖心態隨時滑過。他舉出兩個例子。一是 12 日天笑因訪友至南京，在車中購讀《新聞報》，見其「南京專電」欄目有一條說：「省署十日晚失慎，焚交涉處洋房一幢」。待至寧後，恰有任事於省公署的友人宛君，至下關拜訪天笑，天笑趕忙慰問：「前日公等受驚矣！」宛君則不解所謂。天笑說：「非省公署失慎乎？」即以《新聞報》爲證。宛君閱之大笑不已，說道：「根本上省公署即無交涉處，更何來失慎事？」但這條新聞最終訪員未更正，省署亦不更正，雖事不確，但涉事兩方竟習以爲常，「一以造謠爲固有事，一以被造謠爲不足異」〔註 119〕。二是 18 日《新聞報》載蘇州馬路一帶，被江浙戰爭中敗走之奉軍大肆劫掠，其實並無此事。蘇州馬路市民公社，即快函《新聞報》，望迅爲更正。《新聞報》卻以「未得訪員覆函」爲由置之不理，於是市民公社，乃轉而登《申報》告白。天笑對《新聞報》的做法大爲不解，並提出嚴肅批評：

> 夫新聞紙錯訛，亦常事耳，況在兵亂之中。然以市民公社之名義而請求更正，則何爲置之不理？此則近於恬過矣。以新聞事業而怙過，則影響滋大也。胡適之先生告我，渠友王君，其夫人在滸關蠶桑女校肄業，聞蠶桑被搶劫之謠，幾至發狂。不信實之新聞，影響於社會及個人者甚大，而新聞當局盡信訪稿可乎？〔註 120〕

在包天笑看來，新聞事業若恬恥怙過，不僅毫無光彩，更會對社會及個人產生難以估量的惡劣影響。其實，新聞出現錯訛，本屬難以避免的常事，但當與事實不相符合時，即應隨時進展，在後續新聞中予以更正；尤其當涉事方指出錯誤、請求更正時，就更應如此。

其次是新聞的新鮮性和時效性。對於包天笑來說，這兩個特性相互綁定，須同時而言。1917 年在日本考察新聞業時，他即認識到新聞之「爲義」，固「以新爲貴」，而「欲求其新，必求其捷」〔註 121〕，又說新聞紙之事業，最要在一「捷」字。他還將日本報社內部排版、印刷、分送的工作實況，付諸熱火朝天的一幅速寫。個中利落幹練的情形，怎一個「快」字了得：

〔註 119〕曼妙（包天笑）：《箴新聞》，《晶報》1925 年 10 月 24 日。
〔註 120〕曼妙（包天笑）：《箴新聞》，《晶報》1925 年 10 月 24 日。
〔註 121〕包天笑：《考察日本新聞記略》，上海：商務印書館，1918 年版，第 77 頁。

> 自排字房成版後，打紙板、澆鉛版，爲時每頁不超十五分鐘，於是即上輪轉機。輪轉機每轉一度，新聞紙可印二十頁。裁開落下，別有一種機器，落下時已折好者，此便於郵局分送及直接分送者，其他由火車輪船發送，成捆包紮者，無須折就。故機器上印就一百紙二百紙或即行取去，或每印一百紙，機上即有一鈴，丁零作聲，即有人肩往發報處，立刻分頭發送矣。〔註122〕

顧名思義，新聞本就關乎「新」，且「愈快愈新鮮，否則不成其爲新聞了」〔註123〕。對於即時發生的大小事實，只有報導速度快，才能體現時效，保證新聞的新鮮程度，縮短事實發生與新聞報導的時間差。天笑因言：「時效是不可失去的」，假使「離了這個『時』字，新聞便變成舊聞了」〔註124〕，又說「報紙的發行，第一是敏捷」，最好是「從機器中出來，立刻就飛到了讀報者的手中」〔註125〕。爲此，他以兩個國外的實事，表達對新聞事業「既新且捷」的期待：在美國紐約有一次開會，會還沒有散，而街頭叫賣的報紙，已將會中人的演說、主席的照片，都登出來了；1936 年在柏林開辦的世界運動大會，藉了電傳照相之力，同時歐美各國都發了運動會中的照片。

聞乎此，天笑不禁感慨繫之：「以後的新聞，必有種種超越於現代的事」，當他參觀日本報社時，尚未看到如此的進步，然而與我國的報社一比較，差距仍「夐乎遠」〔註126〕。日本新聞事業的發達，除借力於物質上如輪轉機、製紙事業的日益興盛外，而於新聞本身，亦不可稱不日謀進步。其新聞隨時間進展，並整理刷新，有兩事令天笑印象最深，分別是增加夕刊和隨時改版。向者日本新聞，並無所謂夕刊，亦如我國每日僅發行一次朝刊。後來，以信息之迅捷、圖讀者之便利，各新聞社均發行夕刊。凡有要事，不及明晨發表者，即於夕刊中發表。向之以二十四小時發行新聞一次者，今則縮而爲十二小時發行新聞一次。至於改版法，則起因於排版結束後而新聞又陸續而至，爲增強時效起見，勢不能待至明日或夕刊發表，則在將印刷之鉛版中插入新來之新聞而替換舊者，在考慮發送地點的遠近距離中，配合火車、輪船的運

〔註122〕包天笑：《考察日本新聞記略》，上海：商務印書館，1918 年版，第 17 頁。
〔註123〕天笑：《我與新聞界（續卷）》，《萬象》（第 4 年第 5 期），1944 年 11 月 1 日。
〔註124〕天笑：《我與新聞界（續）》，《萬象》（第 4 年第 4 期），1944 年 10 月 1 日。
〔註125〕天笑：《我與新聞界（續卷）》，《萬象》（第 4 年第 5 期），1944 年 11 月 1 日。
〔註126〕天笑：《我與新聞界（續卷）》，《萬象》（第 4 年第 5 期），1944 年 11 月 1 日。

送時間，使後版較前版更「優良新捷」〔註 127〕。

應該說，包天笑所論及的眞實性、新鮮性和時效性等新聞基本特性，雖然論述缺少系統，但已充分表徵出隨時進展、與時偕行的新聞運轉樣態。當報導圍繞新聞的日常發生而即時開展，新聞事業所本之新聞的豐滿時間性格便呼之欲出，並因此標誌出新聞事業的特徵景象。此外，隨時進展還體現爲新聞業務上的全新姿態，指向新聞事業發展舉措及其背後的發展理念，以期眞正合乎時代精神和閱報讀者的思想狀態。

（二）事業合理聯絡

相較於新聞隨時進展的時間性格，部門合理聯絡則偏向空間性，意指新聞事業內部的部門聯絡，以及新聞事業相互之間的組織協調，爲的是運轉自如、形成合力，謀求新聞事業的合理化發展。對此，包天笑強調新聞業當「覺悟二事」：一是各報館內部事宜，當「自有主宰」，「俾免臨時失措」；二是各報館當「整理公會」，「謀所以一致對外」〔註 128〕。

一方面，新聞事業內部應加強部門聯絡，實現「三位一體」。天笑指出，無論何國，凡新聞社內部之組織，主要分三大部：編輯部、印刷部和營業部。大之數百萬資本之報館，小之僅以油印出版之壁報，均不能離此三部。一新聞紙之成立，必經此三種手續，姑無待言；只是此三大部，實有「聯絡之必要」〔註 129〕。譬如一部機器，大小機輪數百具，必全體無缺，乃能運轉自如。假如編輯部已稱完善，而營業部頗多缺點，則於此新聞社，實多遺憾；或營業部漸臻美備，而印刷部又生障礙，則亦阻此新聞社之進步。因此，務令三個部門皆完善美備，然後此新聞社才有發達的可能。

在《考察日本新聞記略》一書中，包天笑分別對三個部門展開詳細介紹。在他看來，新聞事業的內部空間，儼然一個微型社會，不同部門發揮各自功能，最終共同合作完成一張新聞紙。他對編輯部、印刷部、營業部三個部門的功能，有句精闢的比喻：

> 譬如成一器物也，編輯部爲其原料，屬農者也；印刷部施其工作，屬工者也；營業部爲之營運，屬商者也。〔註 130〕

〔註 127〕包天笑：《考察日本新聞記略》，上海：商務印書館，1918 年版，第 77～79 頁。
〔註 128〕神獅（包天笑）：《申新諸報休刊之回顧》，《晶報》，1927 年 2 月 28 日。
〔註 129〕包天笑：《考察日本新聞記略》，上海：商務印書館，1918 年版，第 4 頁。
〔註 130〕包天笑：《考察日本新聞記略》，上海：商務印書館，1918 年版，第 10 頁。

類比於農、工、商三種社會職業，三大部門特徵分明、職務明確，於新聞事業的發展不可或缺。具體來說，日本新聞社之編輯部，各社組織均有不同，或就其新聞紙性質，或繫於發行地之關係，各設部課。但大體言之，每社必有政治部、通信部、經濟部、社會部、學藝部五部，與校正課、速記課二課。於此五部、二課之外，各新聞社以辦事上之利益，與業務之進步，或增設數部，如聯絡部、整理部、調查部、地方部之類。種類繁多、內容豐富，從內容來源上爲新聞紙提供紛繁多樣的素材資料。新聞社之印刷部則分爲文字場、鉛版場、機械場，於編輯部取得原稿後，即在是部歷經文選、植字、解版、差替、大組等工序，隨後排小樣、裝大版、打紙版、澆鉛版等，直至上機印刷。在新聞製作的過程中，用機械愈多，愈覺快捷、省時，順序而進、按部就班，無稍紊亂。至於新聞社之營業部，對發達健全新聞事業決不可少，除編輯外，日本新聞社莫不注重營業。集重要人材於營業部，分發行、廣告、會計三課，經營行銷、告白、收支業務，努力將報紙賣出並吸納廣告費，蓋「廣告費者，新聞社經營上唯一之財源也」〔註 131〕。

當然，對於新聞事業來說，劃分並設定編輯部、印刷部、營業部，並不意味著新聞生產的過程自然趨於順遂。中國規模較大之報館，於三部之上，常設一總管理處以統屬三部。在天笑看來，這樣做的目的，即在於摒棄部門之間失之隔絕的分化。不過，規模大的報館尙能如此，規模小的又將何以自處？其實，對於報館而言，無論規模大小、有無總管理處，此三大部應有「互相聯絡之妙」，亦即做到所謂「三位一體」，實現中國新聞界之「合理化」〔註 132〕。

所謂合理，意即新聞事業內部一種互通聲氣、聯絡協同的運作形態。日本《每日新聞》社中編輯部的空間布置，被稱與眾不同的「特異之點」，即是部門之間合理聯絡的絕佳體現。他項（如公司、銀行等）人員辦事恒獨據一室，外人不得擅入，《每日新聞》社之三位部長則不然，各部長不僅同處一室，且並坐一張極大之編輯桌邊，各社員亦環坐其旁；編輯部中更是全部編輯員，居一室之中。然而，新聞社內何以必如此辦法？

> 蓋新聞社中，各人均分室辦事，則非常迅速之事，必致阻滯，而至相互之間氣脈不通。例如東京忽有大火或倫敦突有大事發生，

〔註 131〕包天笑：《考察日本新聞記略》，上海：商務印書館，1918 年版，第 19 頁。
〔註 132〕釧影：《新聞舊話（卅三）》，《晶報》1939 年 10 月 28 日。按：根據《新聞舊話》一文的連載次序，此處應爲「卅四」，但引用時仍依原文。

> 使各部長別居一室，不可一一向各室報告，詎不周折費時？又內外、各地、大小新聞往往集於一處，分派各員且有相互之關係，否則即別用一人，從中一一報告，亦必至蹀躞往來，不勝其煩，而彼此終不免有隔膜也。今集眾於一廣室之中，既免報告之煩，而於各人辦事之間，自然入耳，或有一電話至，則聽者當眾宣讀一過，人人皆已知悉。設此時主筆者方撰論說，而此事適與所論者有關，即可以之立論，而論鋒因之尤勁，其利何可勝道？〔註133〕

通氣脈、省周折、消隔膜、免瑣繁、增時效、利論調等等，內中提說出部門合理聯絡為新聞事業帶來的諸多益處。《每日新聞》這項經驗上的心得，後也被《朝日新聞》社新建築中的編輯室所仿傚，考察一過的包天笑亦心生同感。除了看到合理聯絡的如許便利，他之所以這樣要言不煩，也源於他對各自為政、各行其是，甚至互相矛盾、互相衝突的「不合理」現象久覺抱憾。或編輯與印刷兩部彼此責難，如鉛字之不清楚、銅版之模糊，使新聞失去價值，編輯部嘖有煩言，而發稿之遲緩、版式之頻易，印刷部亦反唇相譏；或營業部中廣告課干涉編輯事，如硬欲塞一條類乎廣告的新聞；或發行部非難印刷部事，如趕印不出火車報等。

以上種種，天笑特別提到，廣告與編輯之間「最易起衝突」。上海之報館，向來以營業著稱，且所以表示無所偏倚。營業之報紙，自以廣告為其「養命之源」，故廣告部可挾其雷霆萬鈞之勢力，以壓倒編輯部。假如今日廣告多，則新聞地位自當縮小。蓋廣告多則收入亦多，且報館老闆色然以喜。在這種情形下，他亦感無奈，難道有此「不識相之編輯先生」，與之「齦齦以爭乎」？而登廣告者，似故與編輯部為難：有時橫七豎八，將廣告插入新聞中，或作「十」字形，或作「卍」字形，務使此新聞七零八落，成為敗甲殘鱗；有時或與新聞言論之論調，故意相背馳，譬如你方言賭博之害，而即在你言論之下赫然登幾條賭博廣告，你方言淫書之害，而淫書之廣告，即在本報當日登出。又有廣告主，撰一則廣告，其形式絕似新聞，亦有大小標題，或亦記載一故事，必使讀至最後，方知此為一廣告，天笑毫不留情地指出這就是赤裸裸的欺騙讀者，他因而主張此種廣告，必須「與新聞相隔離」〔註134〕。

編輯屈從於廣告，固然引發商業資本凌駕於新聞事業之上的立場隱憂，

〔註133〕包天笑：《考察日本新聞記略》，上海：商務印書館，1918年版，第28頁。
〔註134〕釧影：《新聞舊話（卅四）》，《晶報》，1939年10月27日。按：根據《新聞舊話》一文的連載次序，此處應為「卅三」，但引用時仍依原文。下引同。

侵蝕新聞事業賴以立足而發展的獨立性；若細究下去，這種現象之所以形成，也正突顯出編輯與廣告部門之間隔絕不通的狀態。包天笑注意到，至二十世紀四十年代，上海報紙的編輯諸公，仍多數不管廣告事，以為廣告自廣告、新聞自新聞，「不相聯屬然」。然而他曾記得「有一次上海租界之報館，以登有穢褻之廣告，而總編輯亦連帶吃官」。既屬同一報館，則相互之間本蘊含了「連帶」的責任與關係，即如歐美各國，「固有廣告文字」，也須「由編輯部鑒定者也」〔註 135〕。

進而，非獨新聞事業內部的三大部門之間需要合理聯絡，部門各自下設的課室亦然。以營業部為例，除會計外，以發行與廣告為兩個主要課目。對上海報紙來說，若恃發行，則小型報紙，或可獲利；而大報僅以紙張而論，即已超越批發價數倍，此尚指紙價相當便宜時而言，若紙價騰貴，則更不能恃發行，甚且有「多銷一份報」，則「多蝕一份本」者。然則，將何以「失之東隅，收之桑榆」？則惟靠廣告以為彌補，非特可以彌補，在補償紙張上之損失外，尚有盈餘。上海之《申報》、《新聞報》，在抗日戰爭爆發前，每歲盈餘動輒數十萬，皆因廣告而獲利。也正是因為這個緣故，廣告成為報紙的「養命之源」。既如此，自然有人出言：「上海之辦報，但致力於廣告可耳」，天笑則斬釘截鐵地予以否定。他答道：

> 廣告與發行，如車之有兩輪，相輔而行者也，發行不多，則廣告不來，何以謂之廣告？即以其告白，廣告宣傳於閱者也，閱者愈多，則廣告之效力愈大，此自然之勢也，今有一報，每日銷三千份，而又有一報，則每日銷十萬份，則試問登廣告者，其擇取何報耶？〔註 136〕

正如包天笑所喻示的，廣告與發行，如車之兩輪，相輔相成方能同行。很明顯，忽視一方，則另一方亦不能獨行，這凸顯出新聞事業中，不同部門或同部門不同課室之間合理聯絡的重要性與聯動性。實際上，如果試著將新聞事業的景別放大，則不獨新聞事業內部應然；以新聞事業的全稱範疇審之，為了中國整體新聞事業之漸臻昌盛，全部新聞機構（新聞社或報社、通訊社等）之間莫不有合理聯絡的需求與必要——這構成新聞事業合理聯絡的另一層面。

先說新聞社之間的合理聯絡，這突出體現為報界團體的組建及聯動。隨著報業數量的增長和社會影響的逐步改觀，中國報界開始倡導並組建團體。1905 年，

〔註 135〕釧影：《新聞舊話（卅四）》，《晶報》，1939 年 10 月 27 日。
〔註 136〕釧影：《新聞舊話（卅五）》，《晶報》，1939 年 11 月 17 日。

《時報》刊載《宜創通國報館記者同盟會說》，謂「有可祛之害三，有可興之利三」〔註 137〕，報界之知有團體，即自此始。經過醞釀，適五年（1910 年），藉南洋勸業會開會、全國報人匯聚南京之便，《時報》聯合各報發起中國報業俱進會〔註 138〕，以開會研求共進之策，包天笑和狄保豐（南士）〔註 139〕即代表《時報》加入〔註 140〕。《中國報界俱進會章程》宣稱，該會由國人自辦報館組織而成，以「結合群力、聯絡聲氣、督促報界之進步」〔註 141〕爲宗旨。因章程的確立，經與會報界代表數次討論而成，故而相當程度上表明包天笑已就新聞事業加強聯絡、以通聲氣，與全國報界代表達成了統一共識。

憑此認識，天笑對報界隔絕閉塞、失之聯絡的行爲深表遺憾。1925 年，象徵近代中國民族解放運動開端的五卅運動爆發，中國民眾激於公憤，聯絡抗爭，造成空前未有的反帝示威。相形之下，報界卻顯得態度淡漠，相互之間充滿隔閡。茲舉「紅錫包」廣告案，以例示之。

前述上海報紙因注重營業之故，均賴廣告爲生命線，而上海是外商對華貿易的總樞紐，報紙幾乎成爲外貨宣傳的總機關。五四運動後，報紙嘗拒登日商廣告；五卅慘案起，各界又要求報紙拒刊英商廣告。而首當其衝者，要算由英美煙草公司發售、永泰和煙行經理的大英牌香煙。6 月，各報忙開公會〔註 142〕，主張不登，但受限於合同〔註 143〕，又不能自由停載，便想出各種變通舉措。《新聞報》本擬製一種標明「由美國製造」和「永泰和煙草

〔註 137〕冷：《宜創通國報館記者同盟會說》，《時報》，1905 年 3 月 13 日、14 日、16 日、17 日。

〔註 138〕中國報界俱進會係近代第一個全國性的報界團體。趙建國：《分解與重構：清季民初的報界團體》，北京：生活・讀書・新知三聯書店，2008 年版，第 97 頁。

〔註 139〕狄保豐，字南士，係狄葆賢之胞弟。

〔註 140〕《報界俱進會大會紀事——大會與勸業會開歡迎會》，《時報》，1910 年 9 月 7 日。

〔註 141〕《報界俱進會開會續紀》，《時報》，1910 年 9 月 9 日。

〔註 142〕按：此指上海日報公會，係「我國報界團體之始」。不同於中國報界俱進會的全國性，該會屬上海地方性質。見戈公振：《中國報學史》，北京：生活・讀書・新知三聯書店，2011 年版，第 272 頁。據趙建國考證推斷，該會大致於 1906 年 7 月～9 月間成立，包天笑其時入《時報》近五個月。見趙建國：《分解與重構：清季民初的報界團體》，北京：生活・讀書・新知三聯書店，2008 年版，第 56 頁。

〔註 143〕二十世紀二、三十年代，英美煙草公司與上海的九種主要報紙——《申報》、《新聞報》、《時報》、《時事新報》、《神州日報》、《中華新報》、《新申報》、《民國日報》、《商報》，都訂有長年合同。見胡道靜：《上海新聞事業之史的發展》，載氏著：《胡道靜文集・上海歷史研究》，上海：上海人民出版社，2011 年版，第 357 頁。

有限公司總理」字樣的「紅錫包」圖版，於 14 日一致分送給各報，圖各報分擔責任；而 18 日，當其他報紙替換爲「紅錫包」版時，《申報》、《新聞報》、《時報》三家卻一律登出空白一大方，旁僅注「永泰和煙草有限公司總理」字樣，令其他六家譁然不已、至爲「詫怪」，責問三家何以「不關照各家，爲一致之行動，而弄此巧計乎」？對此，包天笑覺察出日報公會「幾將破裂」，並對報界之間不合理聯絡的原因展開透徹分析：

> 蓋申報空不在公會，時報則隨申報腳跟而走，新聞亦無操持各報之力，於是外人表面觀之，則申、新、時登三個空白廣告者爲一組，而其餘六家，則爲一組。蓋以銷數及告白費而論，申、新兩報足以突過其餘七家而有餘，亦無須公會，亦無須與其他七家合作（若時報則爲彼之附庸而已）。六家之能力，均不足與申、新抗，故常遭失敗。〔註 144〕

對於因實力差距所致，報界貌合神離、「各不相謀」〔註 145〕的離心狀況，包天笑的無奈和惋歎溢於言表，而這恰恰比照出，他所企盼報社或新聞社之間合理聯絡的緊迫性和必需性。「紅錫包」廣告案的後續發展，似乎能使他感到些許寬慰。19 日，各報接到工商學聯合會及學生會公函，要求「於二十日起，一律停登廣告」，遂即開會討論，決議於明日暫停英美煙草公司廣告，並各派代表至公司切實解釋，不過公司堅以合同爲言，斷不同意。「雖然此案似猶未克告一結束也」，天笑說道，然而他視各報開會討論時拿出的「開誠布公」態度已爲進步。畢竟，自此案起，日報公會一矯互不聯絡的積弊，「開會集議者屢」，其間雖不乏各行其是者，但仍保持團結爲一，「是誠差強人意之事」。報界「以形跡之聯絡」，而意見「即藉以疏通」，朝向合理化發展的路徑，可以說，新聞事業組織之間從閉到連、由塞及通，「殆亦拜紅錫包一案之賜也」〔註 146〕。

再言新聞社與通訊社（通信社）之間的合理聯絡。包天笑認識到，通信社是新聞事業「不可少的機關」，「要是有一天，什麼中國外國、大大小小的通信社，同盟罷工、一概不送」，那麼「這一天的報紙，竟有些不能出版了」〔註 147〕。可見，新聞社對提供殷繁新聞材料之通訊社，倚重程度之深。論之

〔註 144〕神妙（包天笑）：《上海報界之紅錫包案》，《晶報》，1925 年 6 月 21 日。

〔註 145〕神妙（包天笑）：《報界之紅錫包案後聞（二）》，《晶報》，1925 年 7 月 18 日。

〔註 146〕神妙（包天笑）：《報界之紅錫包案後聞（三）：工商學界之質問 九家報館之團結》，《晶報》，1925 年 7 月 21 日。

〔註 147〕微妙（包天笑）：《通訊社與編輯部：兩方面有密切之關係（上）》，《晶報》，1936 年 9 月 8 日。

所及，其實恰恰指向新聞社與通訊社之間聯絡的不合理：二者本是現代新聞事業「平行而協進」〔註148〕的兩大臺柱，起初都是以搜集與分送新聞爲職務，後來分化成兩個職業，雖說是相互爲用，但實際情形往往前者依賴後者爲多、爲重，於是通信社之勢力，「駸駸乎駕報館而上之」〔註149〕。

天笑觀察到，新聞社依賴通訊社的趨勢，中外皆然，而中國尤甚。在他看來，原因來自新聞社和通訊社兩方面。「我記得北京政府軍閥時代，北京的通信社有六十多家，那時在北京辦報，用不著探訪新聞的人，只要到華燈初上，各通信社的稿子都來了，拼拼湊湊、剪剪貼貼，就成了一張報。好在大家都如此，到明天早晨所出的報，也是千篇一律。」〔註150〕不必親自探訪新聞，表示新聞社之懶惰成性；拼湊剪貼即成報紙，體現新聞社之水準低劣；千篇一律而見怪不怪，呈明新聞社之整體沉淪。三種原因加諸一起，共同呼喚新聞社獨立獲取新聞材料的執業態度和探訪能力，同時也客觀上爲作爲新聞材料供應商的通訊社提供了廣袤的需求土壤。

而通信社比新聞社卻「好辦得多」。有一位辦通信社的先生告訴天笑，只要有兩百塊錢一月的開銷，就可以辦一個通信社了。「買一副油印器具，用一個抄寫員，此外再有一名專差，送送稿子，不是就成了嗎？」關鍵要覓到一位後臺老闆，請其擔綱經濟，「好在軍閥、財閥多，每月幾百塊錢不算什麼事，只要多捧捧就是了」。但是既然名爲一個通信社，總要有些材料送給人家，「除了恭維他的後臺老闆、出錢施主以外，也要供給人家一點新聞」。譬如，「每天送一次稿子，疏疏落落的幾條新聞，湊滿幾張紙，白紙上的黑字，到底也要各處去跑跑，其名之爲『跑新聞』。這一點，要看各新聞通信社的能力了，有的可以跑著很好的新聞，有的跑不進，只好東抄西襲，還有把晚報上的新聞，送給人家的」〔註151〕。

針對新聞社與通訊社之間不合理聯絡的局面，包天笑對二者皆提出改進建議，以副平行而協進的期許。他忠告道：

〔註148〕胡道靜：《新聞史上的新時代》，載氏著：《胡道靜文集·上海歷史研究》，上海：上海人民出版社，2011年版，第481頁。

〔註149〕戈公振：《中國報學史》，北京：生活·讀書·新知三聯書店，2011年版，第234頁。

〔註150〕微妙（包天笑）：《通訊社與編輯部：兩方面有密切之關係（上）》，《晶報》，1936年9月8日。

〔註151〕微妙（包天笑）：《通訊社與編輯部：兩方面有密切之關係（上）》，《晶報》，1936年9月8日。

> 辦通信社的人，要負起一點責任，而報館裏用他通信稿子的人，也要細心謹愼一點，不能抓到籃裏就是菜。第一、通信社不能亂造謠言。譬如前月廣東陳濟棠未下臺的時候，通信社常常報告「某人死了」、「某人被斃了」，但結果是死的、槍斃的，都一點沒有影響。雖然這種謠言，也許有來源的，但究與通信社的信用有礙；第二、通信社的報告，錯誤是不能免的，但既然發覺了錯誤以後，不能以訛傳訛、使人上當，應得加以更正。往往有一件事，報館根據了通信社的稿子登載了，實在是錯誤的，而這個錯誤，就此蔓延開來了；第三、報館記者，不要太相信通信社的稿子，一則新聞在編報的時候，要考量考量。前此爲了日文報誤譯「書寓」爲「書店」，而中國報又把日文報所載的轉譯過來，恐怕也是上了通信社的當，所以這也是與記者的常識有關咧！〔註 152〕

可以看到，除了對新聞社在新聞業務上提出細心謹愼、考量辨別的要求，「不能亂造謠言」、「發覺錯誤加以更正」兩點不惟通訊社適用，前已提及，新聞社同樣應該遵循貫徹，以「負起責任」、維護自身信用。而在期許內容適用性的背後，內中更提示著新聞社與通訊社二者同樣的起源與屬性，以及二者本該相聯而動、相輔而行的訴求與旨歸。如果名稱不同、性質相同的新聞社與通訊社之間，尙該如此；那麼同爲新聞事業組織的不同新聞社之間，以及新聞社內部部門之間，就更當如此。處身新聞事業的空間版圖之中，天笑期待它們裕如轉動、匯聚合力，最終實現新聞事業發展的合理化。

歸結起來，隨時進展和合理聯絡，共同構成包天笑眼中新聞事業的主體實踐。前者強調新聞的趨時屬性，著眼社會時代精神、新聞即時發生的時間性格，「新聞」事業乃隨之動態進展；後者關乎新聞事業內部的部門聯絡、不同新聞事業之間的組織協調，期冀新聞「事業」以相互聯絡的方式，實現合理化發展。二者合而統一，在其他社會事業因緣相件、爲之「扶助」的前提上，展現新聞事業主體歷經時空實踐、求取進步意義的全息圖景。

第三節　導民督政：包天笑的報刊功能觀

> 惟此報章者，略能指導國民、監督政府，正能帖帖就諸公之範

〔註 152〕微妙（包天笑）：《通訊社與編輯部：兩方面有密切之關係（下）》，《晶報》，1936 年 9 月 9 日。

圍，而以我國報界之發達幼稚，亦漸漸爲輿論之萌蘖，宜乎爲政府諸公之所不悖矣。〔註 153〕

新聞事業之所以產生，並且長盛不衰、不斷發展，根源就在於新聞事業之於社會具有重要功能。中國近代報刊，從誕生之初，到歷經不同階段而發展，其功能得以施展、作用得以發揮，往往構成辦報者、新聞人的起步初衷和參與動力。而報刊具有什麼角色、能夠發揮什麼功能，又印刻著近代社會變遷對其施加的深刻影響；甚至可以說，中國近代政治和社會需求，即是推動新聞從業者們認定報刊角色和功能、開展報刊論述和活動的根本原因。〔註 154〕清季以降，面對民族危機和社會矛盾不斷加深的內外憂患，近代士紳文人不斷尋求解決問題的應對之道，而報紙作爲刊載新聞時事、發表見解主張的手段，成爲解決渠道中的重要一環。包天笑雖然不是一位振臂高呼的政治家，但他從事報業多年，對報刊功用有自己的認識，在他看來，報刊的功能應是指導國民和監督政府。

一、開通風氣 指導國民

列位想山西地方，從來沒有設立過報館，現在他們的官紳，提倡這件事，很極認眞。山西地方的人，樸實得很，開通了這省人，將來的進步，一定是極快的。〔註 155〕

這則由包天笑撰寫、題爲《晉設報館》的新聞，發表於《蘇州白話報》第四期上。天笑注意到，從來不曾設立過報館的山西，近來新設一個《晉報》。憑藉官報身份，可以分派給文武衙門、書院局所，以及票莊當鋪大商號，並且隨時交驛站傳送各處，倘有驛站不通的地方，則由沿路的州縣負責專差傳遞。他於是述而後議，稱讚官紳提倡有力、辦事認眞，並預感山西人將來的進步一定極快，而實現進步的前提和手段，則繫於報館（報紙）。沒有報紙的開通，便幾乎無所謂進步，即便有，也是速度緩慢的。這明確點出包天笑對報紙功能的認識之一，即開通風氣、引導國民之進步。

若報紙對處於內陸的山西，尚俱如此開通風氣的作用，則報紙在沿海沿

〔註 153〕笑：《論政府對於報館之觀念——所謂庶政公諸輿論者如是》，《時報》，1907 年 12 月 26 日。

〔註 154〕參見李濱：《中國近代報刊角色觀念的發展和演變》，長沙：嶽麓書社，2011 年版，第 209 頁。

〔註 155〕《新聞：報務雜誌》，《蘇州白話報》（第六期），1901 年 11 月 25 日。

江的蘇州，發揮作用的程度亦不難想見。所不同的是，山西《晉報》的創辦，屬地方督撫以提倡新政為標榜而「裝點門面」〔註 156〕的行徑；而包天笑所辦的《勵學譯編》和《蘇州白話報》，區別於「無民意可言」的官報和「代表外人意思」〔註 157〕的外報，眞正是中國的知識分子開始主動與期刊雜誌的出版工作打交道的具體實踐，也成為包天笑視野中報刊開通風氣作用的最好見證。

包天笑曾與表兄尤子青達成共識，表示辦《蘇州白話報》本意並非牟利賺錢，只是想開開風氣。天笑認為，「開風氣」的首要涵義就是「疏通民智」〔註 158〕，這指向晚清以來民風錮弊、民智閉塞的現狀。「中國向以甘其時、美其業、安其俗、守其轍、至老死不相往來以為務，所以草野人民不通時務，足不出九州禹治之地，耳不聞四海以外之事，所讀者古人之書，所見者、習者一鄉一邑之瑣務，識見孤陋、學問鄙瑣，理所固然也」〔註 159〕。而欲開民智，天笑堅持「非用白話不可」，他之所以將《蘇州白話報》的銷售面向環城的鄉鎮，也無不出自這樣的考量，「就這樣的唸唸，農民亦可以懂得」〔註 160〕。這表示，天笑辦報所要面對的對象，是囊括農民等社會普通民眾在內的「中層社會成員」〔註 161〕，而非僅指士紳和知識分子。如此一來，《蘇州白話報》就一定程度上規避了《勵學譯編》採用古文、面向讀書人的弊端，而在更廣泛、更全面、更細微的層面，朝著「進運開化、無復波折」、「激動中國文明之進步」〔註 162〕的方向邁進。

言及報刊在「更廣泛、更全面、更細微」的層面上開通風氣、增加智識，包天笑沿用大阪《每日新聞》社長本山彥一的說法，直將報刊比作「智識之兌巴門脫司他」〔註 163〕（Department Store 的音譯，即智識商店），以突出報紙提供智識的種類之多、名目之繁。從日常生活的知識，到改良新政的舉措，

〔註 156〕方漢奇主編：《中國新聞事業通史（第一卷）》，北京：中國人民大學出版社，1992 年版，第 946 頁。

〔註 157〕戈公振：《中國報學史》，北京：生活・讀書・新知三聯書店，2011 年版，第 108 頁。

〔註 158〕秋心子（包天笑）：《勵學譯社緣起》，《勵學譯編》（第一冊），1901 年 4 月 3 日。

〔註 159〕《擬仿英國泰晤士日報例各省遍設官報局以開風氣說》，《大公報》，1902 年 12 月 22 日。

〔註 160〕包天笑：《我與雜誌界（上卷）》，《雜誌》（第 14 卷第 5 期），1945 年 2 月 10 日。

〔註 161〕〔加〕季家珍：《印刷與政治：〈時報〉與晚晴中國的改革文化》，王樊一婧譯，桂林：廣西師範大學出版社，2015 年版，第 116 頁。

〔註 162〕尤志選：《勵學譯社敘》，《勵學譯編》（第一冊），1901 年 4 月 3 日。

〔註 163〕包天笑：《考察日本新聞記略》，上海：商務印書館，1918 年版，第 24、31 頁。

凡屬開化、進步的見聞與智識，無論大小、中外、上下，報刊均多有備載，而對錮舊、陳腐的時風則展開鞭撻。尤其值得注意的是，如前所引，天笑在撰述這些知識性新聞、時事性譯演時，並非止步於述而不作，他或隨文解釋名詞，或即行論評現象，或文尾提出期望——因是，報刊袪除陳弊陋習、指引風氣軌轍的態勢已蘊藉其中。

先看知識性新聞，如《貯蓄銀行》，包天笑向讀者解釋什麼喚作「貯蓄銀行」：它本來是「西洋的法子」、「專爲要教人積蓄些資財的意思」，並且「這個法子，最便貧民」，「他的章程，凡有洋錢一圓以上，不論多寡，都可以隨時存在這個銀行裏，倘要用錢亦可以隨時取出……」，在讓大家明解儲蓄原理後，不忘追問讀者感受：「你道便不便呢？」〔註 164〕再看時事性論說，如《對清策》，包天笑將日本人添田壽一的《對清策》翻譯並演成白話後，介紹給「你們大家聽看」，還要大家想想：「要曉得他們（按：日本）很留心我們中國的事呢！」在分六次將這篇演說刊畢後，天笑在文尾設問，我們中國土地多、人口多、物產多，爲什麼要人家替我們「想法子、求改良」？因爲「上下都糊塗慣了」：土地雖然多，但鐵路不興、礦務不開；人口雖然多，但學校不立、民智不開；物產雖然多，但製造不興、商務不興。總之雖地大物博，卻沒有一件靠得住，他因而警示道，即便「你自己不肯改良，也終究不得安逸的」〔註 165〕。

說起來，不肯改良導致國家積貧積弱，除了利益的牽絆，更多是陳舊不更的風氣和落後保守的觀念使然，「習氣太深、文法太密」，而作爲「聯繫社會最爲廣泛」〔註 166〕的一種傳播手段，報刊憑藉開通風氣、啓蒙民智的功用，可謂生逢其時。報刊所及，如春風化雨，吹來新的見聞與智識；其潤物無聲，開展「社會的細胞工作」〔註 167〕。正因如此，報紙開風氣、增智識的效力不能被理解成一蹴而就，如「飛機場裏顯示班表的鐵片，乍然間翻了一遍」〔註 168〕，而需細胞裂變，集腋成裘、持久爲功。要知道，新現象、新知識層出不窮，

〔註 164〕《新聞：貯蓄銀行》，《蘇州白話報》（第二期），1901 年 10 月 28 日。

〔註 165〕〔日〕添田壽一：《對清策（續）》，天笑生譯演，《蘇州白話報》（第四期），1901 年 11 月 11 日。

〔註 166〕方漢奇主編：《中國新聞事業通史（第一卷）》，北京：中國人民大學出版社，1992 年版，第 439 頁。

〔註 167〕包天笑：《我與雜誌界（上卷）》，《雜誌》（第 14 卷第 5 期），1945 年 2 月 10 日。

〔註 168〕這個表述來自王汎森。王汎森：《思想是生活的一種方式——兼論思想史的層次》，載氏著：《思想是生活的一種方式：中國近代思想史的再思考》，臺北：聯經出版事業股份有限公司，2017 年版，第 37 頁。

對知識的補充與更新，一旦出發，便更新無止境。

這個道理，在創辦《蘇州白話報》的二十年後，包天笑依然在強調：中國向來「知識很舊」，民眾「讀了報刊，當然要開通不少」。1922年2月，《新聞報》新添一欄「新知識」，其中「天文類」說明地球爲繞行太陽的一物體，天笑謂之「此何等新穎」，「向來中國人，還不知道地是圓的咧！諸如此類，開通中國人的新知識正不少啊」。他還描摹起讀者讀報紙得新知的日常場景：「愚魯的商界中人，譬如在澡堂中洗澡、剃頭店剃頭，於無意中讀了這一紙新知識」，「登時知道地是圓的咧」！至於有人說這「新知識」一欄，有些像《格致彙編》中的新知識，有些像傅蘭雅式的新知識，天笑的回答，諧趣但耐人尋味。他說：

> 管他呢，橫豎中國人還是十八世紀的，中國報館至少也是十八世紀半的，十九世紀的新知識，豈不是很配嗎？〔註169〕

這裡，不去判議天笑的說法是否精準，關鍵是看到由此暗示的報刊與民眾之間的關係，從而更好地理解何以天笑認爲報刊能開風氣、瀹民智。在西力東漸的衝擊潮流中，「西方新知」、「中國報紙」與「中國民眾」，三者之間似乎恰好構成一個層階分明、依次嬗變的光學系譜，分別對應著發射、散射和吸收三種表徵。在系譜的這端，西方的新知識憑藉科學技術的突飛猛進，而自行發光、向外擴散；在系譜的那頭，中國的民眾由於閉關鎖國的限制，而視野窄促、知識陳舊。在包天笑看來，報紙則處身二者中間，率先接觸並紹介新知，將「十八世紀」、落後的中國民眾接引到「十九世紀」、先進的西方知識之中，它雖歸屬於「十八世紀半」，但仍具「先覺」的資格，並因而擔起「覺民」的職責。

覺民不僅僅意味著輸送新知，爲了有效地動員起同胞們爲國家利益而戰，包天笑認爲報刊還需開啓國民的「覺悟」和「實力」，以報刊描繪、企及和動員所謂國民，實現報刊對國民的指導和教化。這裡的「覺悟」，是指國民從昏沉中蘇醒，確認自己在國家中的主體地位， 明晰國家發展須「恃國民之能力」，而「政府之不可恃」。至於「實力」，天笑嘗問：「安有如此芸芸之眾，而謂無實力者？」所可惜的是，國民之「自爲放棄也」，故不能爲強有力之國民，「咎不在政府，而在國民自身」〔註170〕，並由此彰顯出報刊指導國民的價

〔註169〕愛嬌（包天笑）：《十九世紀之新知識》，《晶報》，1922年2月3日。
〔註170〕笑：《強有力之國民（八）》，《時報》，1918年5月10日。

值和意義。

1914 年 7 月，《時報》十週年慶時，作爲主筆的包天笑，回顧時代遷流、政體改革的十載歷程，對報紙指導國民的職責有自謙的體認：「雖未敢謂有益於社會，亦頗思盡天職於國民」。他將十歲《時報》比作人之少年，「譬諸兒童，十年方爲就傅之期」，師長之所督策，父兄之所詔勉，「庶幾得成爲有望之青年」；而教育之猛進，「固亦在此時期也」。接著，他有所發願：

> 記者不敏，竊願以少年之《時報》，扶助此少年之中華民國，則前途希望，正開燦爛之花，當於此雛鳳聲中卜矣。〔註 171〕

結合前後文視之，即見天笑所言報紙於國民所盡之「天職」，同時也是對中華民國這一新造國家的「扶助」，言之報刊所指導之「民」實屬諸「國」，表明在包天笑眼裏，二者有彼此靠攏的相生面向，即他所謂「國之主權在國民」〔註 172〕。盡職於民即扶助於國，這是天笑透由定義「民」與「國」的關係，爲報刊功能定下的基調。不寧惟是，他又在《時報》表示，何謂國民，端繫於「愛國」一條——國民者，爲「國之主體」，當知「自愛其國者也」，除賣國者不可謂之國民，「餘者皆國民也」。進而他追問，然則「賣國者僅至少之數，而此外皆愛國之國民，不必其強有力，而自能強有力也」，但至此依然尚爲「弱無力之國民」，這毋寧「國民之恥」〔註 173〕，表示國民之觀念和行動絕非小可，無不關涉國家之運命。

基於這樣的認識，天笑因應時局的變化，以報刊爲指導手段，將危機感與責任感合一，對國民的愛國精神、集體價值、參與活力等展開熱切的呼喚和沉痛的忠告。在《蘇州白話報》上，其時尚處清季，中國面臨被瓜分的危亡境地，天笑即號召國民全體要爭氣出力，爲國即爲民自己，「國家是百姓公共的，我們做百姓的，就該大家替國家爭一口氣、出一點力，就是爲自家爭氣出力」。他提醒國民，時刻注意險象環生的外在形勢，拒絕被動、沉淪及自欺欺人，「現在外國日日的想瓜分中國，這情形是極陰的了。若再像以前這樣懵懵懂懂、糊糊塗塗，恐怕事到臨頭，要來不及了。咳！列位都是明白的人，你們想想去年北京的事，聯軍到京的情形，若講到瓜分以後，比這情形，還要加幾倍來」。無奈國民愚昧，竟有人說「瓜分是沒有的事、是報上的胡說，

〔註 171〕笑：《少年之時報》，《時報》，1914 年 7 月 1 日。

〔註 172〕笑：《強有力之國民（二）》，《時報》，1918 年 4 月 25 日。

〔註 173〕笑：《強有力之國民（二）》，《時報》，1918 年 4 月 25 日。

那中國報，統是從外國報上翻譯出來的」，天笑不禁反問：「這外國報上，爲什麼不說瓜分英國、瓜分法國呢？這豈不是中國有可以瓜分的緣故嗎？」對於有許多人總說國家大事與百姓不相干，就是「瓜分了中國，也不過做一個外國的百姓罷了」，他不禁慨歎：「你想中國人沒有志氣到這田地，不要說別的，就是說得出這句話，也就可以滅亡的了」。因而，他對國民苦口奉勸，「大家要爭一口氣、出一點力，洗洗我們中國的羞恥」，不論士農工商、不論婦女小孩子，「通通是有國家的責任的」，等到國破家亡，那就只好做人家的奴隸、牛馬，「永世不得出頭」〔註 174〕。

報刊這種訴諸「呼喊」和「忠告」形式的指導並不陌生。在辛亥鼎新之後，對於民國社會仍陷於內憂外患、百事淪替的板蕩困境，包天笑期冀「以報言促民行」，針對國民之種種弊端，他接二連三地在報紙上提出具有普遍適用性質的眞誠告誡，以此實踐報刊之於國民的導引功能。如 1912 年 5 月，他撰寫題爲《敬告國民》的一則時評，提醒國民面對「吾中國存亡危急之秋」時，正宜「以冷靜之頭腦、深遠之眼光」，體察一事之眞相。若仍舊如前之「一鼓作氣、再三而竭」、「偶聞人一語，不加省察、徒事盲動」，天笑擔心「事未舉而害先隨之」，果眞若此，他「甚爲吾國前途危矣」〔註 175〕。

再如 1915 年 5 月，他再撰同名論說，期待國民統整步調，面對日本的無理宰割而一致對外。眼見東亞之風雲急遽、事勢迫促，實令我國至於無可迴旋之餘地，他急切地三問國民：「吾國民對此其有所預備乎？」、「對於前途之觀念何如乎？」、「詎以彼之哀的美敦書來，而我卻瑟縮恐慌，雙手供獻乎？」他強調，政府雖軟弱，而「吾國民固猶未死盡也」。不能因「吾國之爲弱國」，而作卑屈乞憐之狀，否則不僅國不可以爲國，抑且人亦不可爲人。他期望國民應覺悟到此存亡危急之關頭，爲「亙古所未經者」，因此給出當前建議，「先喚起全國一直對外之心」，以共支「此風雨飄搖之破屋、波浪洶湧之難船」，並條陳三點具體做法：「第一、我願吾國民，不可再存黨見。以今日之事勢，其重大甚於黨見百倍也。平日縱有不慊於政府者，今亦宜釋憾以圖大局。公私之辨，識者明之，而歐洲各國尤足爲吾教訓。第二、我願吾國民，先公而後己，先國而後家。人人心中有一支持危局之心，而危局以安，去其

〔註 174〕包山子（包天笑）演說：《論大家要爭氣出力》，《蘇州白話報》（第二冊），1901 年 10 月 28 日。

〔註 175〕笑：《敬告國民》，《時報》，1912 年 5 月 26 日。

奢靡不急之務，鼓其振作有爲之氣，同心協力，以禦外侮，勝敗不計，我惟盡我之心力而已。第三，我願吾國民，須有決心，不可有餒志。吾國民之弱點，即在無決心而有餒志，今日如此，明日又如彼，所以致消於五分鐘之熱心也。以無決心而餒氣乘之，人人遂以是而嚇我。如涉危橋，能鼓勇冒險，亦登彼岸矣，而中餒者反遭傾跌也。」在對症下藥般提出建議後，天笑不忘爲國民之將起而鼓與呼：「吾神明世胄之國民乎，其亦聽其淪胥而不一動念乎？」〔註 176〕

可以發現，在包天笑眼中，報刊對國民的指導功能，呈現相當明確的指向性和調適性，其所因應的，正是處於「存亡危急」之關頭時，國民整體表現出的弱點或不足。故而，報刊「冷靜頭腦」、「深遠目光」、「體察眞相」的建議，對應著國民「一鼓作氣，再三而竭」、「不察人語，徒事盲動」的不足；報刊「戒除黨見」、「先人後己」、「須有決心」的忠告，對照著國民「公私未辨，奢靡不急」、「無決心而有餒志」的弱點。不僅如此，報刊所具開通風氣、疏通民智的功能，亦由因應風氣閉塞、民智未開的現狀而起，同樣是對上述兩點特徵的體現。

此外，包天笑還指出國民身上存在的諸多弱點，如「事不干己」〔註 177〕、「卑鄙與無恥」〔註 178〕、「無團體」〔註 179〕等，並以之「責」於國民，大有惜其不立、怒其不爭的況味。實際上，若歸納起來，這裡的一個「責」字，已盡得此處風流，在在是對報刊開通風氣、指導國民功能的映照與折射：在歷經報刊開風氣、增智識的洗禮後，站在報刊所「責」的對立面，國民便有望在與政府和報刊的關係中，找到並踐行自身本應有的態度和行動。

二、代表輿論 監督政府

公道自在人間，是非決諸輿論。〔註 180〕

輿論，「民情所自出者也」〔註 181〕，即民情民意的自然流露。除了開通風氣、指導國民外，包天笑認爲，報刊還負有代表輿論、監督政府的功能。

〔註 176〕秋星（包天笑）：《敬告國民（一）：一致對外》，《時報》，1915 年 5 月 6 日。
〔註 177〕笑：《責國民（二）》，《時報》，1918 年 6 月 24 日。
〔註 178〕笑：《責國民（三）》，《時報》，1918 年 6 月 25 日。
〔註 179〕笑：《責國民（四）》，《時報》，1918 年 6 月 26 日。
〔註 180〕笑：《時評二》，《時報》，1909 年 12 月 1 日。
〔註 181〕笑：《眞正之輿論》，《時報》，1915 年 9 月 18 日。

在具體討論展開之前，有必要先明確報刊在國家中所處的位置。在天笑看來，國家之中，國民、報刊、政府三者之間的關係至爲重要。其中，國民是國家的主體，國家發展須「恃國民之能力」〔註 182〕，報刊希冀國民對此產生覺悟，並自行把握形成強勁實力，其開通風氣、指導國民的功能即因之體現；而政府（官吏），則專爲國民而設置，「今之紳實負荷地方人民之委託」〔註 183〕、「官者爲民而設者也」，因應國民所好、順洽輿情所指是其理應秉持的方向，若「不洽輿情」，「偏欲拂人之所惡，以與吾民爭意氣」，則已違背「爲民設官之本意」〔註 184〕，甚而取締言論、檢查新聞，都是在官與民之間「掘鴻溝」〔註 185〕的工作，使二者隔絕，不能相通——這時便凸顯出報刊代表輿論而監督政府之功能的必要與重要。

報刊何以代表輿論？要實現監督政府的功能，報刊首先需要說明自身的代表性與合法性。包天笑甫入《時報》一年，即撰寫《論政府對於報館之觀念——所謂庶政公諸輿論者如是》一文，內中對報刊與輿論二者之關係有切實的描述。其時，國民正遭受列強與政府內外勾結的聯合剝削而苦不堪言，輿論沸騰無出，只能託諸報端。「蘇杭甬借款問題」〔註 186〕便是典型一例。自蘇杭甬借款問題之事起，外人乃欲「以巨靈之掌」，掩翳「我江浙人民之目」。回顧數年的屈辱，國民怵於外交之種種失敗，並意識到外人之對於我國，往往「間接政府以苦吾民」。而國民「以身家性命之所關」，安能「不奔走喘汗」，以求「一紓剝膚之痛」？他繼續寫道：

> 函電飛馳，恒藉一紙報章之力，以爲人民哀告之訴狀，以爲輿論代表之機關。而以是大觸政府之忌，始則謂不過少數人之反對，夫吾民縱少數較諸外部一二堂官爲何如？繼乃言報館之煽動其意，若謂使報館咸如寒蟬者，必不敗乃公事也。噫夫，如此良心未泯何？〔註 187〕

在天笑的敘述中，憑藉著代民發聲、爲民立命的行動，報刊一舉成爲代表輿論之機關。

〔註 182〕笑：《強有力之國民（八）》，《時報》，1918 年 5 月 10 日。
〔註 183〕笑：《今之紳與古之紳》，《時報》，1909 年 7 月 18 日。
〔註 184〕笑：《不順輿情之公僕》，《時報》，1912 年 2 月 25 日。
〔註 185〕天笑：《官與民 中間劃了一條鴻溝》，《立報》，1935 年 12 月 29 日。
〔註 186〕指 1898 年清廷擬向英國借款修築蘇杭甬等五條鐵路一事。
〔註 187〕笑：《論政府對於報館之觀念：所謂庶政公諸輿論者如是》，《時報》，1907 年 12 月 26 日。

他對於輿論與報刊之間的關係描述雖然簡短，但其間反映出的報刊之國民立場和輿論依歸卻昭然如揭。報刊所面對的對象是政府及官吏，將後者的舉動置諸民間，以輿論判斷和衡量其行爲之是非，並將監督政府的權利理念導之於民。報刊之代表輿論，其意即在於向國民告知：政府可以而且必須予以監督。誠如天笑所言：「以蚩蚩小民，初無監督政府之權，而剝奪愚弄、豐蔀萬劫視爲固然之事，猶幸於長夜漫漫、波浪奔湧之際，尚留此一點燈塔之光，以爲國民之導。」〔註 188〕

因此，包天笑對報刊代表輿論的功能屢有確認，或言「代表輿論者，報紙也」〔註 189〕，或稱「代表輿論的報紙」〔註 190〕，或語「報紙代表民意者，我惟祝『如意』而已，如一人之意，不如如萬民之意」〔註 191〕。在他看來，民意與輿論可以等同，報刊所代表的輿論，是萬民之意，而非政府少數諸公之意。面對政府之肆意妄爲，報刊出於民意，勢必予以呵斥。

1907 年 5 月，蘇州警察毆打對清廷所課重稅有所抗議的民眾，天笑對之所作時評，堪稱「代輿論而督政府」的寫作範本。開篇，天笑先鋪陳警察（政府）爲民而設之初衷，表示輿論對於政府之原本期待：「今將執人而問之曰：警察者，爲保衛治安而設耶？爲擾亂治安而設耶？則將曰爲保衛治安而設耶。今又執人而問之曰：警察者，爲護持人民而設耶？爲危害人民而設耶？則將曰爲護持人民而設也。」繼而，天笑以輿論對警察之所望，比照於現實中警察之所爲：「嗚呼！孰知吾蘇之警察，乃有大謬不然者，其保衛治安、護持人民，固非官吏之所夢見，而擾亂治安、危害人民，不出之於盜賊，而出之於形同盜賊之警察。」進而，再從民意出發，他對清廷課民重稅卻望民忍受的做法表示譴責：「今者朝下一令曰收房捐，夕下一令曰收鋪捐矣，我民不敢抗，將謂是所以爲公共之安寧與利益計也，乃竭我脂膏，以豢此豺狼，使自噬也。嗟夫！我民非菩薩化身，乃有此割肉餵虎之法力也。」〔註 192〕同年 7 月，革命志士秋瑾被捕，但堅不吐供，終被浙江巡撫張曾歇殺戮，包天笑對政府的野蠻行徑十分憤慨，復以輿論爲依歸，反諷道：自去歲清廷下預備立憲之詔，「至今日功效最著者，莫如紹興一獄」，「無明白之供狀、無的

〔註 188〕秋星（包天笑）：《政府之進步：敬告天下言論家》，《時報》，1908 年 5 月 3 日。
〔註 189〕笑：《共和時代之報館》，《時報》，1912 年 1 月 24 日。
〔註 190〕天馬（包天笑）：《時事新報罵時事新報》，《晶報》，1930 年 3 月 27 日。
〔註 191〕笑：《小別七日》，《時報》，1916 年 1 月 29 日。
〔註 192〕笑：《嗚呼蘇州之警察》，《時報》，1907 年 5 月 31 日。

實之證據」而隨意可以殺人。既殺人矣，政府亦「懼怕不見容於輿論」，又捏造證狀以誣陷，乃欲「以一手掩盡天下之目」，天笑斥之可笑、可恥，「即專制國亦無是法律也」，表示「我知愈預備立憲，而野蠻愈甚」〔註 193〕。

可以推想，這樣的監督劍指政府與輿論相背之處，必然遭到政府的反制。其突出做法便是制定「集會言論出版之律」，以掩飾國人耳目，並藉以限禁報刊。具體包括 1906 年頒布的《大清印刷物專律》、《報章應守規則》，1907 年頒布的《報館暫行條規》，以及 1908 年 1 月頒布的《大清報律》；等等。這些律條，都是清廷在宣布預備立憲、施行新政的口號聲中制訂的，其目的顯然不是爲了保證言論自由，使庶政公諸輿論，而是爲了對報刊加強控制。包天笑對此早有察覺，他揭示道，今日政府雖「大號於眾曰預備立憲預備立憲」，但實際上「陽雖預備立憲」，而「陰實摧鋤輿論」〔註 194〕；「以文明之軀幹，包孕野蠻之心腸，陽撫之而陰扼之，自以爲計之得矣」〔註 195〕。

天笑對報律本身未有意見，他說報律「本文明國所應有也」、非專制國之產物，日本亦有報紙法，但是這取決於報律所對應之政府的文明程度，「顧亦視其政府之程度如何耳」〔註 196〕。這表明，他反對的是缺少監督之專制政府所制定的報律，因後者只會讓前者的專制更形肆虐，「以一二人之私意，取其不便於己者，束縛之、鉗制之，以爲天下士夫莫予毒也」、「任在上一二人之意見，舞權弄法，則維持國家之機關，反爲濫用權利之兇器」〔註 197〕。他解釋道，在歐美各國之中，立於監督政府之地位，除議院外，端賴報紙。在共和立憲之國尚且如此，何況對於「專制無對」的清廷？換言之，天笑認爲對於清廷這樣的專制政府，既提倡立憲新政，便應眞誠接納來自報紙的對沖與監督。對於政府因江浙人民抗爭路權等風潮，而欲鉗制報館的行爲，天笑大呼：「政府誤矣！」報紙之監督制衡，不同於革命起義，「是豈一槍一彈之所同日語耶」？他繼續說：

〔註 193〕笑：《閒評：預備立憲七》，《時報》，1907 年 7 月 31 日。

〔註 194〕笑：《時評》，《時報》，1907 年 9 月 7 日。

〔註 195〕笑：《政府與國民（一）：未經人民協贊者不得成爲法律》，《時報》，1908 年 4 月 14 日。

〔註 196〕笑：《論政府對於報館之觀念：所謂庶政公諸輿論者如是》，《時報》，1907 年 12 月 26 日。

〔註 197〕笑：《政府與國民（一）：未經人民協贊者不得成爲法律》，《時報》，1908 年 4 月 14 日。

> 報館者，亦何嘗有深仇宿恨於政府，不過盡其天職，亦爲其所當爲而已。〔註 198〕

內中提示著包天笑眼中報紙監督政府功能的準確內涵。「盡其天職」顯示出監督政府在報紙功能中的重要地位，「爲其所當爲」意即凡報紙皆應監督政府，亦揭明監督政府本是報紙功能的題中之義。

類似的話，天笑分別在清季和民初講過，結合起來便能對天笑所抱持的這一觀念作細部的探知。1910 年 4 月，在重慶開辦渝報館的婦人卞王氏，因揭載知府鄂芳劣跡，觸犯後者忌諱，藉他事羅織下獄，並賄買慣犯在獄中將其殺斃。包天笑對此評論道，野蠻專制之國，縣令「本可以破家」，知府「寧不足以殺身」？然而報館記者之對官吏，「初何嘗有深仇宿恨」〔註 199〕？惟迫於公義，不能茹而不吐。1912 年 4 月 27 日，孫中山赴廣東報界談話會，謂「滬報言論有攻擊政府太過者，不利民國初基」。天笑則感慨道：「噫！孫先生亦未審我滬上報界之苦衷耳！」他再次申明，「夫吾報界之與政府，究竟有何深仇宿恨，而必欲肆其攻擊，亦不過爲國利民福起見」，則「我輩之心實未嘗與孫先生愛國之心有所歧異」，倘若孫先生平心細思，必能「曲諒我滬上報界矣」〔註 200〕。

可以發現，在天笑看來，報紙與政府之間本來並非仇怨，報紙之監督政府，膺於天職所在、迫於公義所使、出於國民所望，本質上是愛國愛民的拳拳心意。若政府之執政，同樣爲國爲民，則與報刊所宗之本質並行不悖，自然難以產生怨恨；反之，若政府只顧及少數官吏之私意，與民情公義相背離，此時報刊代表輿論對其展開揭露和監督，便易於引起後者的反彈與仇視，認爲「世界最不便於政府者，莫如報紙」〔註 201〕，並因而產生摧殘報館、拘殺報人等鉗制輿論的種種行徑。正如天笑所形容的：「處今日晦冥黑暗之秋，僅此一點未滅之明燈，如秋星之瑩瑩者，其惟一二主持輿論者乎？乃政府處心積慮必欲即此微末之光線，亦撲滅之而後已。使大地沉沉，咸處黑獄之中，而四萬萬人之盲人瞎馬，將令顛蹶於半夜深池，藉博旁觀者拊掌一嘩笑乎？嗟夫，曾亦知，今日吾國之情狀，大似棹，一葉孤舟，於風濤險惡之中，只此遙遙一塔燈，以爲之指導，苟並此而去之，則舵折檣崩，縱號呼救援，亦

〔註 198〕笑：《論政府對於報館之觀念：所謂庶政公諸輿論者如是》，《時報》，1907 年 12 月 26 日。

〔註 199〕笑：《時評二》，《時報》，1910 年 5 月 2 日。

〔註 200〕笑：《時評二》，《時報》，1912 年 5 月 1 日。

〔註 201〕秋星（包天笑）：《政府之進步：敬告天下言論家》，《時報》，1908 年 5 月 3 日。

莫有能應者矣」〔註 202〕。

在包天笑心中，顯然希望政府脫離專制統治，實行民主憲政，但是既藉立憲以「調和君民」，就當「相見以眞」，拿出革新誠意，眞正做到爲民而設，以輿論公義爲轉移，並體諒代表輿論實行監督的報紙之良苦用心，不能只以此爲塗飾國民耳目之計。如《論政府對於報館之觀念——所謂庶政公諸輿論者如是》之題目所揭明的，天笑爲清廷所提出的「庶政公諸輿論」方案，提示著正確對待報紙的觀念。前已提及，所謂輿論，係民情所自出者，是民意自然流露的產物。它不同於「以德輿人之誦」之輿誦，也並非「人民請願上書」之陳情，天笑表示，凡此者，「舉不足舉以代表輿論」，而亦爲政府諸公所「不甚厝意」。他指出，惟此報章，略能「指導國民、監督政府」，不僅「帖帖就諸公之（預備立憲）範圍」，最重要的是報刊代表輿論，「以我國報界之發達幼稚，亦漸漸爲輿論之萌蘖」，這正符合「庶政公諸輿論」的提法，「宜乎爲政府諸公之所不悖矣」。不過，他意識到這只是報紙的一廂情願，政府雖號稱庶政公諸輿論，卻積重難返、舊弊難革，相當程度上在掩飾國民耳目，他不忘提醒輿論，萬勿對其放鬆警惕，「魚肉刀砧，歎人心之未死，荊棘天地，悵來日之大難。吾同胞吾同胞，其惟不竦不戁、無屈無撓，須知一失足即淪無底也耶」〔註 203〕。

不幸的是，政府終被天笑言中，「醉後老狐、輒露其尾」〔註 204〕，最終撕破嘴臉，展露其殘暴無道之專制本質。前述制定種種集會言論出版之律即爲顯例。天笑預感到，因政府之斯舉，中國將成爲一個極大的專制國家，望塵於歐美各國之後，而時時受其立憲制度之誘引，這非但不能鞏固國家「億萬年有道之基」，而恰恰是對後者的拆除。他痛責道，果眞欲保守此專制政體者，則懇請政府將假面具悉數去除，而以眞相示人。這樣一來，「本數千年來淫威酷烈之祖制，刳秦皇殘暴之心，割元祖慘殺之手，而附益之」的封建政府，雖將迅速滅亡，卻也能快一時之意，而又何必忽而預備立憲、忽而地方自治、忽而考察政治、忽而編查憲法，紛紜糾結、撲朔迷離，擾亂天下人之心思耳目。況且專制之國，本無所謂法律，就法皇路易「朕即國家」之說言之，則「君主啓口，即成憲法」。對持有異議者，「偶語者棄市，腹誹者駢誅」，

〔註 202〕笑：《論政府對於報館之觀念：所謂庶政公諸輿論者如是》，《時報》，1907 年 12 月 26 日。

〔註 203〕笑：《論政府對於報館之觀念：所謂庶政公諸輿論者如是》，《時報》，1907 年 12 月 26 日。

〔註 204〕笑：《敬告浙撫張公》，《時報》，1907 年 8 月 10 日。

而所謂報紙、結社、集會，下一令曰：永不許有此種行動，又何不可？而何必遮遮掩掩，成此一種「奇妙之結社集會律與報律」〔註 205〕？

然而民氣終不可遏，從來壓力愈重，其抵力愈堅。語云：「防民之口，甚於防川」〔註 206〕，遏之既久，其横決潰敗，更不可收拾。袞袞巨公，未嘗不深知其意。於是，在頒布報律以限制輿論、摧殘報紙的同時，政府用盡心機、使盡解數，又祭出拉攏收買的手段，「輸入官款於報紙」，試圖攫取報紙爲一己之用。天笑敏銳地意識到，政府管控言論愈緊愈烈，手段方法亦趨於詭滑。對此，他有辛辣的描繪：「近歲以來，吾政府對於外交，動多失敗，亦以爲全國人民所詬訾。而其顏面之堅厚，幾逾三尺之鋼甲，恬不爲怪。至以內政言，就表面論之，一似東塗西抹，頗欲有所補苴，而細按之均無實際。獨至對於國民之操縱手段則著著進步，大有瞬息千里之勢。近且焦心覃思、張肱舞爪，思欲舉此人民一線光明之言論機關，而網羅無餘，攫爲己有。嗚呼，吾政府亦狡矣哉！」天笑接著預判，政府外則仍以束縛鉗制爲主義，而內則更以牢籠網羅爲手段，將令反對者漸漸無噍類，而將順者處處占優勝，「苟如是者，不及數年，而輿論亡，而人心死，而民氣亦消沮而無餘」。他不禁慨歎：「可憐此一片神皋，永永淪於黑暗深處矣！」〔註 207〕

職是之故，天笑對「有一反對報紙，勝於三千毛瑟」這句拿破崙形容報紙力量的名言，態度有所保留，「斯言也，外似諛之，而陰實忌之，我亦不敢言世界之報紙，果有此能力與否」。他的擔憂即關涉政府收買拉攏報紙產生的後果，若此「三千毛瑟」爲政府所用，非以之對付外交，僅以之抵制國民，其力量將如何？則論鋒所及，赤地千里，而「我民之益愚弱而窳敗，將烏有振拔之期」，反觀政府則得以自文其醜，號「開明專制」於國民，將謂於報紙：「爾縱跳盪，不難入我彀中耳。」天笑以政府口吻，將後者在收買籠絡報紙時的高傲心機，刻畫得生動淋漓。他寫道，政府認爲民智未開、民力復孤，尚不足對自身產生影響；報界之中無非幾個窮酸文人，根本不足以操縱新聞事業，「彼蓋洞燭一二槁項黃馘之流，烏足以操茲文明事業」，後者加諸政府的言論，均係阻礙政府「進行之物」，「時時虞其顛頓」，於是找準報館窮酸之

〔註 205〕笑：《政府與國民（一）：未經人民協贊者不得成爲法律》，《時報》，1908 年 4 月 14 日。

〔註 206〕出自《國語・周語上》。

〔註 207〕秋星（包天笑）：《政府之進步：敬告天下言論家》，《時報》，1908 年 5 月 3 日。

命門，「乘隙而進」，以爲面對「黃金之力」的誘惑，即便是象徵報紙言論的毛筆也要退讓，「毛錐子亦退避三舍」。而政府只需於東搜西括之餘，分出杯羹，則此輿論機關，即能任之使之，「負之而趨」，這樣一來，此汝汝者「又烏足注意也耶，又烏足注意也耶」〔註208〕！連用兩個「烏足注意」，表示報紙力量之式微已不言而喻，又顯現天笑爲報紙前途憂心的程度之深、心情之切。

至此，政府和報紙之間果然不再「深仇宿恨」，因爲後者已盡入前者之金錢彀中，「牛溲馬勃，皆爲藥籠中物矣」〔註209〕，二者雙雙站在了公義輿論的對立面上，這是包天笑斷然不能接受的。爲此，他訴諸傳統君子之高尚品德，認爲報紙必須堅韌而獨立。他幽歎道：

> 嗟夫！富貴不淫，貧賤不移，威武不屈，當世尚有幾人哉？凌冬霜雪，疇挺松柏之姿；空谷芬芳，莫抱茝蘭之質。懷想古人，不能不於高尚幽馨之士，流連三歎也。〔註210〕

松柏、茝蘭兩種意象，在傳統文化中寓意著君子的高尚潔操和幽馨志行。政府的收買固然勢頭強勁，對經常入不敷出的報紙具有強大誘惑力，但最終是否接受和妥協，仍取決於報紙所秉持的姿態與格調，即能否做到如凌冬霜雪中傲然挺立的松柏、寂寞空谷中散發芬芳的茝蘭一般。包天笑因之區別了兩種「報館之館」：若報館「爲官食」、「併吞於官蠹」，即被政府所吞沒、關停，尚表示報紙能爲民發聲，惹怒於政府，方被施之報律以鉗制，對於報紙的品行不僅沒有影響，反而會增加國民對其的好感與認同；但是若報館「爲食官」，即受官津貼、「食於官者」〔註211〕，則表明已被政府收買，淪爲後者的御用工具，此時「報館遇官則報館輸，以官能收買報館也」〔註212〕，自然無法實現「富貴不淫」、「貧賤不移」、「威武不屈」的風操境界，也難怪讓天笑在懷想古人中之「高尚幽馨之士」時「流連三歎」。

要之，對於報紙來說，要實現包天笑所引孟子所言「富貴不淫」、「貧賤不移」、「威武不屈」，最重要的莫過於明確並堅守，報刊代表輿論而監督政府的功能及定位。說到底，在天笑看來，國民是國家的主體，國家發展須仰恃國民之能力，政府（官吏）專爲國民而設，蘊含應民所好、順洽輿情的本來

〔註208〕秋星（包天笑）：《政府之進步：敬告天下言論家》，《時報》，1908年5月3日。
〔註209〕秋星（包天笑）：《戊申雜詩》，《時報》，1909年1月28日。
〔註210〕秋星（包天笑）：《政府之進步：敬告天下言論家》，《時報》，1908年5月3日。
〔註211〕笑：《寸鐵》，《時報》，1909年11月19日。
〔註212〕笑：《寸鐵》，《時報》，1909年12月1日。

面向。於是，報刊一方面開通風氣、指導國民，期待引導後者產生覺悟，並在自爲把握的過程匯聚強勁實力；另一方面，對違背爲民設官之本意、不洽輿情、偏欲拂人所惡的政府行徑，報刊應代表輿論對政府展開嚴肅監督，且須對後者「以反對輿論而反對報紙」的鉗制和收買手段，保持高度的戒備和獨立的警醒，以不離不違報刊本質上愛國愛民的赤誠熱血和拳拳心意。

1909 年 1 月，眼見報紙面臨輿論鉗制和籠絡收買的蹇劣環境，包天笑將對於報紙發揮應有功能的期許付諸腕底，具象成不懼霜冷寒夜、依舊爲民鳴曳的一隻秋蟬。詩中言說，在在可明。權爲本節收尾：

> 露冷霜淒夜氣清，哀蟬猶自曳殘聲。可憐微物情如我，到死秋蟲鳴不平。〔註 213〕

第四節　清操有序：包天笑的報人素養觀

> 我謂道德其首務，而智識能力其次。要也，無論何種社會、何種事業，捨道德而不講，則雖有智識能力，適以助世亂、濟巨惡。〔註 214〕

近代中國，報紙及報人經歷著從邊緣到中心的起伏過程。〔註 215〕在早期報人的境遇中，其地位之低下幾令人難以想見。如姚公鶴所言，其時每一報社之主筆訪員，「均爲不名譽之職業，不僅官場仇視之，即社會亦以搬弄是非輕薄之」，故左宗棠與友人書中有「江浙無賴文人，以報館爲末路」〔註 216〕之語。這固然與當時報刊影響力、報刊的構成與內容等互相牽涉，但與報人道德素養之堪憂亦不無重要的關係。當包天笑就職於《時報》時，家鄉的許多長親都不大贊成，原因就在於他們以爲當報館主筆的人「最傷陰騭」，筆下一不留神，人家的名譽，甚至生命，也許便「被你斷送了」〔註 217〕，這同樣指向報人的素養低下、品格惡劣。因而，擁有三十餘年報業經歷的天笑，認爲一個稱職的報人首先應從職業道德上做到言行一致、勿污清操；其次，他認爲報人還需廣博學問、增強智識能力，提升自身職業素養，使報業實踐得心應手、從容有序。

〔註 213〕秋星（包天笑）：《戊申雜詩》，《時報》，1909 年 1 月 28 日。

〔註 214〕笑：《何者爲建設之礎》，《時報》，1919 年 8 月 9 日。

〔註 215〕參見趙建國：《從「邊緣」走向「中心」：早期報人社會地位的演變》，《廣西社會科學》，2006 年第 8 期。

〔註 216〕姚公鶴：《上海報紙小史》，載楊志輝、熊尚厚、呂良海、李仲明主編：《中國近代報刊發展概況》，北京：新華出版社，1986 年版，第 261 頁。

〔註 217〕包天笑：《釧影樓回憶錄》，香港：大華出版社，1971 年版，第 322 頁。

一、言行一致 勿污清操

> 吾見夫雲也，忽而爛如錦，忽而散成綺，忽而奇峰突起，忽而輕絮飛來，何變幻奇麗之多焉，雖然吾固知其質，僅一水泡而已；吾見夫人也，忽而政治家，忽而實業者，忽而高領窄服，忽而翠羽紅纓，何變幻奇麗之多焉，雖然吾不知其質之何屬也。〔註218〕

近代報人在新聞職業化時代來臨以前，基本存在形態不外乎「主筆者不能稱其職」〔註219〕。一方面，大量早期報人並不認同以報刊爲職業，不過公餘之暇，藉此以爲文字上之消遣、發抒其「抑鬱無聊之意思」〔註220〕而已，屬主觀上的「玩票」性質；另一方面，相當一部分報人投身報業純屬無奈之舉，大都「藉此棲息」〔註221〕，待機投奔科舉之路，屬客觀上的「兼職」性質。後至戊戌前後，迨梁啓超等學者出而辦報，聲光炳然，社會看待報人的眼光才逐漸改觀。不過仍有部分報人周旋於多個職業之間，「忽而政治家，忽而實業者」，將之前的科舉路換作現今的榮華夢，讓人猜不透其「質之何屬」。報業於他們，竟淪爲求取富貴功名途中的一塊敲門磚或墊腳石。

包天笑對此深惡痛絕，他認爲報紙既爲輿論代表、企立國民立場，報人就當與所監督的官吏保持一定距離。1913 年，其時民國政府方成立一年，報業不再受到清政府的錮限，於是內閣之中新聞記者曾一時稱盛。6 月，包天笑摯友黃遠生所提出的「理想內閣」方案中，又新廁一新聞記者。遠生自明，謂決非自己，天笑表示即使並非遠生，而必爲遠生之友。他進而問道：「新聞記者而入閣也，或亦認爲我輩新聞記者之榮歟？否歟？我實不敢下決詞矣。」〔註 222〕對於新聞記者入閣是否屬新聞記者之榮譽，儘管天笑表示不敢下斷詞，但很明顯他心中給出的答案是否定的，否則根本無需在此發問。可見，包天笑對報人素養的第一要求是不入政治。

在天笑看來，即便報人未能抵擋名利誘惑而轉進政治，也應當爲報界謀求更廣自由與更多權益，而不該言行前後牴牾：做報人時，對政府尚能多施監督；

〔註218〕笑：《小言》，《時報》，1906 年 9 月 15 日。

〔註219〕轉引自徐培汀、裘正義：《中國新聞傳播學說史》，重慶：重慶出版社，1994 年版，第 118 頁。

〔註220〕戈公振：《中國報學史》，北京：生活・讀書・新知三聯書店，2011 年版，第 97 頁。

〔註221〕胡道靜：《申報六十六年史》，載周穀城主編：《民國叢書》（第二編 第 48 輯），上海：上海書店，1990 年版，第 86 頁。

〔註222〕笑：《新聞記者之入閣》，《時報》，1913 年 6 月 21 日。

而一入宦海，便反過頭來意欲抑制報紙言論。他們平時「縱頗得報紙之贊助」，而一入政府，即欲「先制報紙以自恣」；平時亦「深諒報紙之苦衷」，而身爲當道，便欲「仰此報紙使勿言」〔註223〕。報紙在這些言行前後不一的報人眼中，儼然一件被人用後即棄的玩物，天笑謂之忘恩負義，受報紙之襄助卻回頭倒打一耙，直言這是道德的敗落。其極端體現，便是又汲汲於定報律。

前述清廷頒布多條限制報紙言論的律條，已引起報界一致反對。如今民國新造，百事待興，南京政府內務部即以滿清報律未經民國政府聲明繼續有效，自然失具效力，而民國報律又未編定頒布，故詳定《民國暫行報律》三章，命令報界各社一體遵守。和清廷報律藉由「三數爲政府奔走驅使之浮薄少年」〔註224〕刪改而成不同，暫行報律的主要制定者就是曾經的知名報人，即天笑口中的「報界餘子」。天笑描述說，這位報人〔註225〕才投此「破紙枯筆之生涯」，墨蹟還未乾，即曰「定報律、定報律」；民國百事草創，法律尚無一成文，即曰「定報律、定報律」，想必是甫爲官吏，便對報界由愛轉恨，認爲報紙一物「最惹人厭」，即便不能去之，亦必「抑制之而後快」。

爲此，包天笑的一位朋友，稍改龔定庵之名句以嘲之：「落紅已逐春潮去，肯作春泥更護花」。「落紅」即指報人，「春潮」指報人爲官的潮流，當報人爭相競逐於爲官當政，便不肯化作春泥呵護報業之花。天笑則笑謂：此亦「社會通性」，「向之有藉於彼也則親之，今之無藉於彼也則冤之而已」〔註226〕。向者有藉助於報紙之處，則與報界關係親近；如今覺報紙無甚利用價値，便無緣無故地曲冤報紙。「向」、「今」對比之下，已將報人道德滑落、原則喪失的素養問題表露無遺。若這已成「社會通性」，則更顯現出包天笑對報人言行一致的道德要求之敏銳與亟需。正如天笑在《敬告吾同業》中所言：

> 新聞事業者，至神聖高貴之事業也，萬不可挾有干祿希榮之分子。我見夫平日主持輿論者，放言高譚，一行作吏，全背其所行爲，因知官之一物，正爲敗德之階，願吾同業相誓，勿污清操也。〔註227〕

〔註223〕笑：《新報律》，《時報》，1914年4月4日。

〔註224〕笑：《政府與國民（一）：未經人民協贊者不得成爲法律》，《時報》，1908年4月14日。

〔註225〕包天笑並未點出這位制定暫行報律的報人名字，但據史料推析，應指時任內務部次長居正（字覺生）。居正1908年曾赴新加坡助田桐主持《中興日報》，後往緬甸仰光主持《光華日報》，屬知名的革命派報人。

〔註226〕笑：《新報律》，《時報》，1914年4月4日。

〔註227〕笑：《敬告吾同業》，《時報》，1912年3月7日。

這則不到百字的時評，雖然簡短，但已透露出包天笑之報人道德素養觀的豐富意蘊。首先，包天笑認為，新聞事業無比神聖高貴，其中千萬不能摻雜貪圖利祿、企求榮名之投機分子。言外之意，即「干祿希榮」本就不是報人應有的面貌，表明天笑希望報人安於清苦，不貪圖顯赫富貴。這倒不是說，報人就理應經濟窘迫、生活艱困，天笑亦對報人的辛苦和清貧表示同情和理解，「蓋新聞記者，實亦為勞苦之業」〔註 228〕，而是希望報人秉持儒家所揭櫫的「舍生取義」之義利觀，從源頭上斷絕可能因此改行作吏以干祿希榮的念頭。其次，包天笑看到平日主持輿論、大發言論的報人，一轉為官吏，便全部背離平日作為，因之對官吏「敗壞道德」的本性，認識更形深刻，並呼籲報界同人，發誓勿污「清操」。這裡的關鍵一句是「全背其所作為」，形容「一行作吏」的報人，言行前後不一，已將報人所抱持的職業認同和職業道德全部拋諸腦後，這樣對報人工作的背棄，無異於對自身高尚節操的污染與降格。

換言之，在天笑看來，國民（報紙）與政府（官吏）實分處「高」、「低」兩個道德位階。由於報紙代表輿論、為國利民福計，其性質自然神聖高貴；相應的，從事報業的報人也理應具備高尚節操和嚴肅道德。而政府及其官吏，則往往站在國民和報紙的反面，只為少數人牟取富貴榮華，性質庸俗、道德低下，即便是標榜「民族、民權、民生」如民國，當事者亦「漸漸有違法越理之舉動」〔註 229〕，天笑斷定，民國政府尚不敢大言不慚地宣稱「天下有道則庶人不議」〔註 230〕，遑論腐敗落後之清廷。一旦因追逐名利廁身至此，適以「助世亂」、「濟巨惡」，報人不僅落得見利忘義的惡名，其所抱持之高尚道德亦陷落而敗。清操受染，究其根源，即在於報人未能做到言行一致。

實際上，言行未能一致的結局，除了上述報人因干祿希榮而轉身為吏外，還表現為報人立場漂移不定、曲意逢迎而自相矛盾，在使報紙之報格因之低下的同時，報人本身的人格亦已墜落無餘，清操可謂嚴重玷污，這是包天笑所極不願看到的。1924 年，時值後袁世凱時期的北洋政府，各地軍閥盤兵割據，戰亂不已。直系、奉系、皖系等張力拉鋸，你方唱罷我登場，北京政府由其輪番把持。而報館也「跟著政局變化」而變化，天笑感言，北京和上海的主筆先生，這一番眞正被「弄得手足無措」：

〔註 228〕曼妙（包天笑）：《上海報界之星期休刊談》，《晶報》，1927 年 5 月 21 日。
〔註 229〕笑：《未經議會議決之報律決不承認》，《時報》，1912 年 3 月 5 日。
〔註 230〕笑：《新報律》，《時報》，1914 年 4 月 4 日。

一向恭維他、拍他的馬屁，忽然之間，一個變化，剛剛要稍爲透透氣，評論他幾句，慢慢兒把身體旋轉來，誰知忽然之間，又是一個變化，不但是想罵他幾句來不及，實在連要拍馬屁也來不及。我記得鏡花緣上有一個什麼兩面國，前後都是一張臉，將來請報館主筆，便請這一國的人，覺得臉兒翻轉來容易一點，諸君以爲如何？〔註231〕

爲了迎合政局變化，報人變臉如翻書，甚至還嫌不速。嗅聽政治氣息，轉圜於溜鬚拍馬、評論怒罵之間，他們身在報館，卻心繫政壇。雖然沒有像那些追名逐利的報人，徑行跳行作吏，但本質上亦是對政府和官吏的逢迎與趨從。後者得勢則阿之，後者失勢則罵之，報人毫無原則可言，致使言行矛盾互斥、道德進退失據。當絜矩規範幾至淪喪，其本應抱持的報人清操亦蕩然無存。包天笑對之不留情面地予以諷刺，直言今後的報館主筆，最好是來自「兩面國」的雙面報人，如此翻轉態度還更爲容易。他對報人統一言行、惜愛品節的熱望，溢於言表。

當然，要做到言行一致、惜愛清操，包天笑認爲報人還必須熱愛報業，進而才能在服務報業的同時，對報人的言行和道德有所堅守。這指向伴隨職業道德的職業認同情感。職業道德與職業認同情感關係密切〔註232〕，後者有助於形成報人身份的角色認知，進而服務於報人行爲和道德規範的內在體認。包天笑注意到，日本新聞社訓練其社員，就十分注重報人（社員）對於新聞社的情感認同。他表示，日本新聞之訓練其社員，「第一在引起其愛社心」，而愛社心的主要內容，則在社員「同心協力」，以助此社運之隆昌。天笑強調，只有報紙在經營上獨立，才使社員之愛社心強勁。這裡提示的，依然是他對「報紙遠離政治、報人避成官吏」認識的延續。故而他說：

故凡屬於營業之新聞，無大變更，每足使社員之愛社心強；而屬一機關之新聞，則轉足使社員之愛社心弱，若其機關屢易，則其愛社心亦澌滅而無餘矣。惟其愛社心強，與此社會有生死存亡之感，夫而後盡其奮鬬努力之心，以與人競爭，而此社亦遂發達；若此社而其社員之愛社心薄弱者，則奄奄無生氣，亦難望社運之蒸蒸日上矣。〔註233〕

〔註231〕赤旗（包天笑）：《拍馬屁也來不及》，《晶報》，1924年10月27日。

〔註232〕參見劉中猛：《清末民初蘇籍報人群體研究》，上海：上海三聯書店，2015年版，第77頁。

〔註233〕包天笑：《考察日本新聞記略》，上海：商務印書館，1918年版，第61～62頁。

與上述對「雙面」報人的批評一樣，包天笑顯然不贊同報人及報業淪爲政治機關的附庸。尤其當政局屢屢更易，報人的態度亦將隨之遽變，報人對報業的認同與情感也將在朝三暮四、動輒變動的過程中大打折扣，即「愛社心」變得稀薄以至澌滅無餘，從而導致整個報館死氣沉沉、了無生機。進而，報人難免從報館陸續脫離，若轉而作吏，以干祿希榮，便無異於觸發一個報人自墮道德、自污清操的惡性循環。與之恰恰相反，包天笑所希望的，是在報館保持經濟和報格獨立的前提上，報人抱守住對報業的強烈認同感情，與國家同頻共振，同社會生死存亡。惟基於此，才能言行始終如一，清操不致蒙污，持此道德正義，不畏權力強禦。再加上不斷提高智識能力，盡其「奮鬭努力之心」以與同業競爭，才能終睹報業興旺發達的無限可能。

二、廣博學問 從容有序

> 諸君試至新聞社之編輯部遊覽，非覺喧囂凌亂、了無秩序，一若火燒場之狀態乎？不知於此無秩序中別有一種秩序，其社員俱經平日之練習，而作事仍從容不迫，雅有經驗也。〔註 234〕

這是大阪《每日新聞》社長本山彥一對其編輯部「於無序中別有一種秩序」的形容，而這得益於社員飽炙平日之練習：「雅有經驗」方顯做事「從容不迫」。包天笑對之表示高度贊同，他說，本山氏「係新聞事業素有經驗之人」，故其言「愈爲可珍」〔註 235〕。實際上，這也構成包天笑對報人能力素養的主要認識——他又何嘗不是新聞事業一「素有經驗之人」？在以道德爲首務的前提上，天笑認爲報人還需廣博知識和實踐上的雙向學問，不斷優化習慣、培育德行，使報刊實踐得心應手、從容有序。

一方面，包天笑認爲報人需要廣博多種知識，「新聞記者之學問，雖不必深，不可不廣也」、「蓋新聞學十分駁雜，非具有雜貨店之學問知識者，不能作新聞」〔註 236〕。前面已提到，本山氏將新聞社比作「智識之兌巴門脫司他」，因新聞貴新鮮，他又補充說新聞社亦如「鮮魚屋」，意即新聞如菜蔬魚肉之不可陳腐。然而，天笑進而將新聞社比作一「絕大之菜館」。其中，新鮮之「蔬菜魚肉」，須立刻烹調，方能「食之有味，無陳腐氣」；然亦須貯藏種種「肴

〔註 234〕包天笑：《考察日本新聞記略》，上海：商務印書館，1918 年版，第 25 頁。
〔註 235〕包天笑：《考察日本新聞記略》，上海：商務印書館，1918 年版，第 39 頁。
〔註 236〕包天笑：《考察日本新聞記略》，上海：商務印書館，1918 年版，第 24 頁。

饌」，譬如「魚翅火腿之類」，以待「老饕下顧」〔註 237〕。如此比喻堪稱切當：蔬菜魚肉當然是指社會上發生的新鮮事，需要報人（記者）趁鮮「烹調」，即及時報導，這是報人應有的職志與新聞的基本常識；魚翅火腿則指圖書室、寫眞室、新聞切拔等新聞社之種種設備，這既爲新聞社中不可或缺，也是報人需要預備積累的廣博知識所在。

具體來說，在天笑眼中，圖書室儲備種種應用之圖書，提醒報人須對社會發生之種種現象和問題有充分的瞭解與整體的認知。社會「無日無種種問題發生」，而一問題之發生，即有「關於此問題之學問」，或爲記事、或爲論說，執筆人必須有「種種之參考」，與「種種之研究」。並且，新聞記者之所需，不僅政治、法律、外交、經濟諸種學問不可缺少，即便社會、文藝、雜技等諸多學門亦所必備。其他各種成案、團體規則、近世地圖、交通物產、風俗歷史種種，以及奇異之印刷物、各書店之新出版物，以及定期發行之雜誌等，報人不無需要多多翻閱，以備隨時參考。

寫眞室則除了及時將問題實狀披露於眾以外，而亦蓄平日搜羅預備之功。天笑注意到，日本新聞社的寫眞室中，報人於國內外之有名人物，以及名勝、險要、風俗等之寫眞，平日即「搜獲頗富」，並分號編列。讓他驚訝的一件事是，當記者團遊歷之際，「吾國內閣正更易」，一電報至，而「吾國總理及各部長之小影」，立時「登載報上」，與「內閣更易之電報」同時登出，他反問道：「設非平日預爲之備，安能如此迅速乎？」因之，天笑呼吁，對於新聞中所涉圖片、影照，報人亦需平日熟悉、早作預備。

至於新聞切拔，是指從全國新聞紙中剪取關於一類之記事，分門別目而綴成的內容檢索資料。或關於政治、外交、經濟、教育，或涉及社會、宗教、實業、文學，或「繫於一事之始末」，或「詳於個人之歷史」。有綱有目，可合可分。包天笑表示，對報人來說，新聞切拔實有「最大之利益」。一旦欲調查某事，即須檢取此項切拔，不勞翻閱全部報紙，「蓋以報紙浩如煙海，安得舉全國新聞而一一讀之」。這樣一來，凡調查一事，便可條分縷析，獲致諸多益處。「第一、可以省時間，第二、可以得要領，第三、可爲新聞保存之便利，第四、可爲事物本原之查考」。他說，世界之事千變萬化，忽有一事之發生、一人之出處，足以轟動社會者，報人欲藉記憶力，則事多輒致遺忘，若欲翻檢舊籍，則正如大海遺珠，何從覓得，而新聞記者又「安有如許工夫」。有此

〔註 237〕包天笑：《考察日本新聞記略》，上海：商務印書館，1918 年版，第 30 頁。

切拔，早於平日間，預儲種種材料，一檢即得，而令閱者亦知「此事之顛末、此人之來歷」，著實非常便利。

包天笑歸結道：「凡事預則立，不預則廢」，無論圖書、寫眞、切拔，都屬報人「平日預備之功」，歷之乃能「措置裕如」。故誠如本山君之言，新聞貴新鮮，又如菜蔬魚肉之不可陳腐；但天笑表示「儲備禦冬之計」，報人亦「不可不爲之綢繆」。因此，他在《考察日本新聞記略》中特表而出之，認爲圖書室、寫眞室、新聞切拔等不僅爲新聞社所應設備者，其背後所體現出的新聞執業理念，亦是對報人注重平時積累和儲備知識，以更好適應報業運作需求的垂範與引導。〔註238〕

另一方面，包天笑指出報人須增強實踐能力，培育良好報業習慣和德行。在他看來，新聞事業具有強烈的實踐導向，「實踐出眞知」，報人務必在報業中實際操練才能漸趨合格與稱職。故而他說，新聞事業「當由修練而得」；對於報人來說，大學的新聞教育，並非新聞界「最完密之教育也」。他從美國人處聽聞，1917 年前後，美國新聞界人才，自大學校出身者，已「年多一年」；他也注意到，我國也漸漸興起此風，在大學文科中設新聞學一科，以造就新聞人才。天笑表示，這當然寓意著新聞事業發展的興旺徵兆，「固新聞事業之佳兆」，但仍舊更爲強調實踐經歷之重要性，「四年之大學生活」，反不如「四年報館實習生活之有益也」〔註 239〕。如本山氏所言，一學士入新聞社爲主筆或記者，至少須有七年之練習，「方克勝任愉快」。「何其艱難若此乎？」〔註240〕報業實踐之重要性已寓其間。天笑自陳：

> 我們當記者的時候，何曾學過新聞學，不是憑一點經驗、常識，盲尋瞎摸的嗎？大概像我年齡的一般老記者，都是「半路上出家」，並非是小沙彌出身。不獨是編輯者，便是辦報館的人，何嘗不是。無論是商界中人、文學中人，可說都是外行。不過中國新聞事業，衣缽相傳，向來如此，現在也如此。照中國的情形，該怎樣辦，就怎樣辦罷了。〔註241〕

包天笑等新聞界的「外行」，雖然沒有在大學課堂上系統地學過新聞學，但擁有長時段的報業實踐，也因而獲致良多關於新聞事業的眞實學問。就報

〔註238〕 包天笑：《考察日本新聞記略》，上海：商務印書館，1918 年版，第 31～34 頁。
〔註239〕 包天笑：《考察日本新聞記略》，上海：商務印書館，1918 年版，第 59 頁。
〔註240〕 包天笑：《考察日本新聞記略》，上海：商務印書館，1918 年版，第 60 頁。
〔註241〕 天笑：《我與新聞界（續卷）》，《萬象》（第 4 年第 5 期），1944 年 11 月 1 日。

人的實踐習慣和品性養成而言，天笑的體會和觀察，主要可總結爲以下三點：「曉暢事理、言所當言」，「勤懇謹愼、有錯輒改」，「寫作抓人、文筆優妙」。

天笑認爲，對於報人的實踐來說，首先應做到曉暢事理、言所當言。曉暢事理即洞矚事情眞相，明晰社會義理，亦即所謂「機敏」。總結日本新聞的考察經歷，他說機敏爲「新聞家之要素」。譬如在特約通信部分，雖有種種交通上之便利，而亦必需訪問者之報導迅速、辦事機敏，如此一來，便「尤貴乎心意敏活」，以「洞矚一事之眞相」。日本新聞以種種機關之靈活，新聞自較我國爲捷，然亦在乎「平素對於社會情事，知之極熟」，使「纖細無遁形」。他形容道，「夫人與人相接，而後知世界每多欺罔虛僞之惡風」，新聞事業之人物，「日與此習」，因而「辨之甚明也」〔註 242〕。既辨明事理，便應當以言論斷、言所當言，不僅將情事透徹分析，而且也是對報人指導國民職責的盡守，即天笑所說「實則言所當言，爲輿論家之天職」。1937 年 4 月，江蘇高院欲以危害民國罪對沈鈞儒等提起公訴，而《大公報》卻主張廢止「危害民國緊急治罪法」。包天笑因是感歎，上海各大報，推而至於全國各大報，未有「能率直敢言如大公報者」，《大公報》記者如張季鸞先生，其「曉暢事理」，勝於「泛泛之官吏也」〔註 243〕。可見，報人不光需要心意活絡、知曉事理，更應具備以言立斷、言所當言的勇氣與擔當。

其次，在天笑看來，報人在實踐中還應做到勤懇謹愼、有錯輒改。天笑提出，勤懇爲「新聞事業至堅之一基礎」，若無勤懇之心，則雖博學多聞、機警敏給，「呈功亦不免少絀」。也就是說，如果不能勤懇，便難免在報業實踐中出現錯訛與紕漏。他指出，日本新聞記者「比較的爲勤懇者」，無論何事，必有新聞家在坐，或一名流入境，新聞家必麇集其門，這與我國之新聞記者恰好相反。我國則「新聞記者不訪問人，而人轉訪問新聞記者」，所謂「一個戲子到上海來，先要到報館裏去拜客」，天笑稱這樣的行爲「高則高矣」，但其實已「與新聞本旨相違」。他介紹道，日本之新聞記者，昔日亦與我國相同，僅在社中執筆記事，從不出而搜集材料；今之記者，卻往往自出探訪，即秉筆記載，以「記者而兼訪員者也」。他們每自況爲「招攬保險之人員」，謂其新聞家像招攬保險的業務員一樣，雖訪問至五次六次，也絕

〔註 242〕包天笑：《考察日本新聞記略》，上海：商務印書館，1918 年版，第 60～61 頁。
〔註 243〕微妙（包天笑）：《大公報之敢言》，《晶報》，1937 年 4 月 8 日。

不憚煩。故日本新聞社之訓練其訪員，言稱「以自己職務之故，對人低頭屈膝（按以日本風俗，此四字並不甚重），不足爲恥」，而其精神上，仍保守其「獨立不屈之概」，天笑贊之「眞名言也」〔註 244〕，表示對這種勤勉爲業、求取新聞之姿態與行爲的高度認同。也正是這個緣故，天笑對《晶報》經理余大雄的「腳編輯」稱號譽許有加，「大雄辛勤常夜不眠，腳編輯到處要周旋」〔註 245〕。爲獲取《晶報》的採訪材料，大雄常向各律師處去徵求，每日奔走；或不時宴請，在座亦「頗多律師幫」，天笑勖勉道：「實則採訪新聞應如是也。」〔註 246〕

此外，在勤勉之外，天笑還呼籲報人執業時謹愼細心，即便錯訛難以避免，也要擺明有錯即改的謙卑姿態。他本人即對自己在報紙中出現的錯誤，持有誠懇愼微的糾正態度。1912 年 12 月 15 日，天笑據通信員報告撰寫了一則時評，抨擊蘇州巡警總局石局長破壞煙禁，並表示：「記者天職所在，何敢緘默？」然而，次日便得該局來函更正，謂「破壞江蘇煙禁者一則，未免失實。按此事之誤傳……敝局實無庇護吸煙人之意。請貴報更正爲荷」，天笑於是即行更正，「今將更正稿列下，以謝吾過」〔註 247〕，聞過輒改的謹愼心意已流露其間。即使他人未曾指出瘢灶，天笑自身也對所作評論有在動態中調整和更正的意識。譬如 1915 年 8 月，他認識到，民國初建時所設勳位制度，不過屬過渡權宜性質，便發覺自己當日忿嫉地急於爭辯，不無流之本末顚倒的偏躁。他反思道：「迴憶民國初建時，即頒有勳位制度，記者憑其迂拙之見，頗加非難，謂共和國不當有勳位，然爾時即有辯之者。今日思之，則勳位亦爲過渡之一物耳，當日斷斷爭之，不其僨乎？」〔註 248〕

最後，包天笑強調報人在報業實踐中應鍛鍊寫作能力，最好文筆優妙、寫作抓人。天笑有言：「自來好文字，能使人傳誦」〔註 249〕，可見文筆之於報人的後續影響之深。1915 年 9 月 6 日，《時報》刊發梁啓超的傳世名文《異哉所謂國體問題者》，次日天笑即對任公之美文稱讚不已：「梁任公，海內文宗也。讀其文，透闢精摯，深入人心；坎其說理處，語語皆有根據，斷

〔註 244〕包天笑：《考察日本新聞記略》，上海：商務印書館，1918 年版，第 60 頁。
〔註 245〕愛嬌（包天笑）：《晶報十五週年紀念開篇》，《晶報》，1934 年 3 月 3 日。
〔註 246〕釧影（包天笑）：《釧影樓日記（六）》，《茶話》，1947 年第 11 期。
〔註 247〕笑：《蘇州局長並非破壞煙禁》，《時報》，1912 年 12 月 16 日。
〔註 248〕笑：《迴憶》，《時報》，1915 年 8 月 1 日。
〔註 249〕笑：《傳誦之作》，《時報》，1915 年 9 月 14 日。

無有讀其文而使人不動心者。豈能與彼喋喋不休作違心論者同日而語乎？蓄道德，能文章，任公有焉。」〔註250〕在談到電報與特約通訊的寫作時，天笑指出，報人的文筆當傚仿以前北京之通信員，如其好友黃遠庸、邵飄萍、徐彬彬等。他們均能以「優妙暢達之筆」，以政治消息報告讀者，使讀者既洞見「政治之癥結」，又讀此「茂美之文章」，他因而深望海上各報，恢復此「高等通信員」〔註251〕。黃、邵二人，均爲《時報》通信記者，也因此與天笑相稔，從時間序列上是黃先而邵後。然而他指出，黃邵二人風格各不相同，即有「絕對不相侔者」:「黃對於時局觀察之精，文章之茂美、鎔經鑄史，讀黃氏一篇通信，如讀一篇佳文（黃爲前清科舉中人）。而消息之靈通，手腕之敏捷，則推邵氏……然飄萍偶寫幾篇通信稿，則亦路路清楚、簡潔可喜，且雜以詼諧筆調，如近人所謂幽默文章也。」〔註252〕可見，雖然天笑稱二人「絕不相侔」，但內中仍突顯出二人在通訊寫作中舒暢顯達的文筆風采，不過風格上則一華美繁麗、一簡潔詼諧，但仍共同統歸於優妙無兩的寫作訓範之中。在談及《大公報》的特約通信時，天笑亦稱其「似乎能抓得住人」，特約通信可不是「馬馬虎虎的，隨便派一兩個阿木森去，可以算數的」，也要「他的知識、他的經驗夠得上」才可以，並且寫出來的文章，「不能太沉悶，又不能太空疏，不能太高超，又不能太卑陋」〔註253〕。可以發現，他所依循的，亦未離報人注重文筆、以更好服務實踐習慣和品性養成的理路。

事實上，如果依上引包天笑的說法，「曉暢事理、言所當言」、「勤懇謹慎、有錯輒改」、「寫作抓人、文筆優妙」，無疑可稱爲天笑相傳於中國報人的經驗「衣缽」。惟有親身「修煉」這些由「盲尋瞎摸」而得的實踐能力，並在平時注重對淹貫、繁雜知識的儲備積累，報人知識和實踐上的雙向學問才得以廣而博之，進而優化執業習慣，涵養自身德行，使報刊實踐從意願上得心應手，在態勢上從容有序。最終使包天笑在報業觀察與實踐中得到一種印象，彷彿報人學問的廣博與報業秩序的從容是「天生的配對」〔註254〕。

〔註250〕笑：《梁任公》，《時報》，1915年9月7日。
〔註251〕微妙（包天笑）：《上海各報之南京新聞》，《晶報》，1927年9月21日。
〔註252〕釧影（包天笑）：《新聞舊話（卅九）》，《晶報》，1940年1月21日。
〔註253〕曼妙（包天笑）：《說說大公報的長處：星期評論與特約通信》，《晶報》，1936年4月20日。
〔註254〕這個說法借鑒自王汎森。見王汎森：《執拗的低音：一些歷史思考方式的反思》，北京：生活·讀書·新知三聯書店，2014年版，第96頁。

這裡，之所以用「彷彿」，是因爲學問廣博與報業從容並非構成完全充要的關係。如果學問根本背離了報業畛域，即令廣博，而後者的從容有序又從何談起？這一再提示著包天笑對「道德其首務，智識能力次之」的堅持。因是，他對許世英所提出的「清慎勤」三字考語，表示熱切響應，並稍加申解，移贈報人作爲座右銘：「我先說第一個清字，清的對面便是濁，而新聞記者，最容易走到濁的方面去，做官要做清官，報人也是一樣；第二個慎字，慎的對面便是忽，在此亂世，稍一忽略，害人害己，這我們報人所當謹慎小心的了；第三個勤字，勤的對面便是怠，那倒不必說了，現在哪一位記者，不是忙得要命。」〔註 255〕顯然，道德上的「清」字首當其衝，態度和規範上的「慎」、「勤」則緊隨其後，天笑即藉之與報人交相黽勉。質言之，在天笑眼中，報人欲提升素養，要時刻把握報業道德上的言行一致、勿污清操，惟此，報業規範上的廣博學問、從容有序，才終顯現出其對於「報人」的進步意義。

作爲小說家報人，包天笑的新聞思想實踐特色十分濃郁，閃現出不少亮點。它雖然不如梁啓超、孫中山等政治家一般，具備十分鮮明的政治哲學背景，也不像徐寶璜、戈公振等新聞學家一樣，擁有系統性和學理性，但歷經實踐的打磨和經驗的洗禮，爲後世報人流傳可堪借鏡的「衣缽」，已足以印刻出中國近現代新聞事業發展中一道獨特的包天笑軌跡。本書對其新聞思想的總結，是依據史料盡力而爲的結果，但囿於學識、限於篇幅，尚企來者更廣深的挖掘。

〔註 255〕微妙（包天笑）：《三字報人座右銘 許世英說的清慎勤》，《晶報》，1939 年 5 月 19 日。

第三章　包天笑新聞思想的成因溯源

凡物必有其所繫，繫之所統，遂綿延而弗絕。〔註1〕

在九十八歲的人生歲月中，包天笑所經歷的青、中、老三個世代，可約略對應起中國現代史的「三個時期」〔註2〕。第一個三十年左右，帝國主義的軍艦大炮打破了我國自高自大的閉關孤立，面臨帝國主義的無情欺侮，中國隨時有被瓜分的危難。於是，士紳階級與知識分子醞釀資產階級改良和革命，以期推翻專制統治、挽救國家。第二個三十年左右，則是中國資產階級與封建殘餘勢力和外國帝國主義鬥爭的時期。對內，國賊層出不窮、此起彼伏、除不勝除；對外，則前門拒虎、後門進狼，強權拒無可拒。內憂外患、民不聊生，乃引起了第三個三十年的無產階級革命。出生在舊中國，自小接受舊式教育的包天笑，其新聞經歷和新聞思想，主要集中於前兩個時代。身爲傳統文人的他，由於種種因素，最終走上了職業小說家報人這一條路，在新聞界工作達三十六年。當然，他的新聞思想「有其所繫」，與其少時家世教育的薰陶、中國報業環境的影響和日本報業觀念的激蕩息息相關。

第一節　少時家世教育的薰陶

1876 年甫一降生，包天笑即被父親包應壎寄予讀書厚望，希冀靠他考取仕途，以振興包家從「業米行」至「習錢業」的衰微運命。那時中上階層子

〔註 1〕釧影（包天笑）：《釧影樓日記（六）》，《茶話》，1947 年第 11 期。

〔註 2〕柯榮欣：《釧影樓回憶錄序》，載包天笑：《釧影樓回憶錄》，香港：大華出版社，1971 年版，第 1～2 頁。

弟的出路，只有讀書與習業兩條路線〔註3〕，包應塤雖因戰亂無奈擇取後者，但頗望兒子堅定於前者。這與應塤身上所延續的家族文人秉性不無關係。雖係商業中人，但包應塤的性情，卻似文人般高傲不屈，即便因此在錢莊事業中吃了虧，他也在所不惜，既走出錢莊，便誓不回去：「這些錢莊裏的鬼蜮伎倆，我都看不上眼，我至死不吃錢莊飯，再不做『錢猢猻』了」〔註4〕。

之所以言這種文人秉性承繼自家族，是因爲從天笑祖父開始，包家已流露出「文而志高」的氣度。天笑之號「朗孫」（按：「朗甫之孫」），即由祖母包吳氏所命，用以紀念其祖父包瑞瑛（號朗甫）。天笑未曾見過祖父，連應塤也不曾見過他的父親，祖父的形象只在祖母的口中流傳：他是一個胸襟恬澹的瀟灑文人，因手中尙有資財，常以吟詠自遣；不過並未應過試，不曾走上科舉路，也不想求取功名，只喜歡蒔花弄草、飲酒吟詩，對於八股文是厭棄的。因是，注灌三代以積的文人氣度，包天笑甚早即被父親置諸迷人的科舉搖籃，亦步亦趨地邁出爲科舉而讀書的羸弱腳步。

由於家庭經濟逐步緊縮、居住地點一再改換，少年包天笑一共獲六任業師輔導授業，由淺入深、由點及面，共同爲天笑打下傳統舊式教育的紮實基礎。不過天笑卻時時軼出八股制藝的條框束縛，在閃轉騰挪的讀書閱報中，知識得到靈活的自爲增長。

首位業師陳少甫（名恩梓），是包天笑的啓蒙教師。他並不完全依照一般私塾中啓蒙總是先讀三、百、千，即《三字經》、《百家姓》、《千字文》三部書的做法，依據《千字文》教會天笑識一千字後，從小孩子易於上口的角度出發，便給天笑讀《三字經》、《詩品》和《孝經》。後兩冊書對包天笑的啓蒙而言，具有先入爲主的印象，並使其從讀書的過程漸漸體悟老師的良苦用心。「啓蒙的時候，陳先生教我讀一本《詩品》，又教我讀一本《孝經》，是企望我將來成爲一詩人，又企望我爲一篤行之士，我雖不成器，陳先生可知是有學行的人了。」〔註5〕

不過，第二位業師何希鏗所選用的教材偏於哲理，施行的教法失之枯躁，著重記誦工夫，卻疏於內容講解，這讓還是小孩子的天笑，都自覺何先生的教法遠不及陳先生的「認眞」。包應塤對此種教小孩子只是死讀死背的做法，

〔註3〕包天笑：《釧影樓回憶錄》，香港：大華出版社，1971年版，第11頁。
〔註4〕包天笑：《釧影樓回憶錄》，香港：大華出版社，1971年版，第13頁。
〔註5〕包天笑：《釧影樓回憶錄》，香港：大華出版社，1971年版，第9頁。

頗不以爲然，他以爲「小孩子要開他的知識，須從講解下手」。他的意思是要請何先生給天笑講書，這些《大學》、《中庸》、《論語》、《孟子》等「近乎哲理」的書，小孩子如何聽得懂？於是包應壎特意搜羅易於講解、明白的《孝悌圖說》（木刻本、有圖畫、刻得很精緻）〔註 6〕、《兒童故事》等書。天笑對此反映，何先生講是講了，只是「呆呆板板」，使「我們不感興趣」。可見，對於幼時的天笑來說，其天性即反感索然無趣的事物。

在何希鑾因病去世後，包天笑就讀於第三位業師姚和卿（名元揆）帳下。不同於前兩次在家中延師讀書的方式，這是包天笑第一次進入舊式學塾讀書。姚先生是一位「名諸生（即是進過學的高材生）」，筆下的文采很好，爲人忠厚誠篤、「極勤懇而開通」，每晚設有講書一課；加上天笑年紀漸大、知識漸開，還擁有了十二位同學，知道了「小孩子許多不知道的事」，先生不在塾中時，庭院蜿蜒而過一條草蛇，都令同窗夥伴們新奇、驚喜不已。天笑由此感到，在姚門就讀，比關在自己家裏延師教讀，自身學問「要開展的多了」〔註 7〕。

從桃花塢遷居至文衙弄後，恰巧姚和卿先生出外就幕，包天笑即改在第四位業師顧九皋先生門下附讀。有鑒於何希鑾之教法所產生的問題，包應壎向顧九皋表達避免死讀之教學方式的期望，「最好是讀一首書，便要把書中的道理，給他講一遍，方能有益。而且懂得了書中的意義，便也可以記得牢了」。顧九皋則主張講解與背誦並重，二者均服務於科舉考試的最終目的，「講解是要緊的，熟讀也是必須的……將來你令郎要應科舉考試嗎？主試的出一個題目，你卻不知道在哪一部書上？上下文是什麼？你怎麼能做文章呢？如果熟讀了的，一看題目，就知這題目的出處，上下文是什麼……講解自然是要緊的，但要選擇容易明白的，由淺而深方可。假如一個知識初開的幼稚學生，要給他們講性理之學、道德之經，這是很煩難的了」。因爲有如此適應小孩子學習特徵而針對性的方法，包天笑上課時仔細聆聽，對於先生的回講要求也應對自如，因是得到顧先生的特別注意。顧師常常講書給天笑聽，但淺近的可以明白，深奧的天笑仍舊不懂。這時候，他已將四書讀完，正按照先易後難的序次攻讀五經。激發出學習熱情的天笑，還旁聽先生對其兩個大世兄講

〔註 6〕括號及內中所寫，原文如此：下引同此。包天笑：《釧影樓回憶錄》，香港：大華出版社，1971 年版，第 34 頁。

〔註 7〕包天笑：《釧影樓回憶錄》，香港：大華出版社，1971 年版，第 37 頁。

解《唐詩三百首》，天笑覺得先生讀詩的音調「很好聽」，於是咿咿唔唔也哼起來。「夫子何爲者，棲棲一代中」，僅教天笑讀一首五律，就使他「高興得了不得」〔註 8〕，在睡夢中也高吟此詩，好似唱歌一般。有了讀詩的經歷，天笑被父親和顧九皋引入下一步驟的開筆作文。「大概開筆作文，總是先做詩，後作文」，做五言詩的目的是爲了預備考試中的試帖詩。在音調平仄、字數長短之間，包天笑努力將詩句謅順謅通，期待通過做詩的日常練習將考試的緊張降到最低。四句試帖詩約略謅成之時，顧先生便開始教天笑作文。作文同樣爲預備考試起見，因此須習八股制藝。最先做「破承題」，其次做「起講」，隨後做「起股」、「中股」、「後股」，才算完篇。但顧先生卻並不如此，他教天笑先做一百字以內的小論，題目出在四書上，第一篇即是「學而時習之論」。可以發現，顧先生對包天笑，採用循循善誘的教學策略；天笑自陳在顧先生案頭，也很有進步。單就小論而言，已無形中爲包天笑日後在《時報》撰寫同樣百餘字的簡短時評埋下了伏筆，只是題目來源從四書換成了更貼近現實的時事新聞。

由於經濟日益窘迫，包家無力再爲天笑延請教師，加上表姐與天笑交好，極力主張天笑到她家去讀書，於是天笑改拜表姐丈朱靜瀾先生爲第五任業師，這是他離家就傅之始〔註 9〕。不過，由於朱先生熱衷慈善事業，不專注於教書生涯，導致包天笑這一階段的學習過程相當隨興，所閱讀的書籍也幾與科舉無關。前者體現爲三點，一是朱先生教書不嚴也不勤。往往出了一個題目，並不監視學生完成，自己卻早已出門；二是朱先生交友很廣，往來過從耽誤上課時間；三是朱先生自己很少讀書時間，他的思想不甚開展，也影響到他所教的學生。已開筆作文的同學如包天笑，作了文字，必待先生改正，而朱先生卻是怕改文章，拖延壓積，因此學生家長嘖有煩言。後者則表現爲因貼膳住讀在朱家，天笑不受家中父母的監督，看了很多「兒童們不應看的書」〔註 10〕，如小說《西廂記》、《牡丹亭》，以及滿紙粗話的《笑林廣記》，此外，《莊子》、《墨子》等孔孟經典以外的「雜書」，天笑也抓來閱看，多半是不明白的，但不管懂不懂，畢竟他得以亂看好一陣子，打發本應在學的時間。在失於師長管教的情形下，天笑自陳幸虧還有一件事，足以「稍

〔註 8〕包天笑：《釧影樓回憶錄》，香港：大華出版社，1971 年版，第 61、63 頁。
〔註 9〕包天笑：《釧影樓回憶錄》，香港：大華出版社，1971 年版，第 72 頁。
〔註 10〕包天笑：《釧影樓回憶錄》，香港：大華出版社，1971 年版，第 76 頁。

微補救的」，便是「喜歡看書」。從小就看小說的他，幾部中國舊小說，如《三國演義》、《水滸傳》、《東周列國》之類，已翻來覆去看過多遍；後來還看《聊齋誌異》、《閱微草堂筆記》等專談鬼狐的作品。這些小說書，蘇州人咸稱之為「閒書」，不是正當的書，只供有閒階級作為消遣而已。凡是青年子弟，嚴肅的家長是不許看的，而天笑卻偏偏喜歡看這類書。不過當時所謂「正當」的書，天笑也沒有秩序和失之系統地讀過不少：《史記》在《古文觀止》上讀過幾篇；《漢書》偶有涉獵；看過《綱鑒易知錄》與零零落落的《通鑒》；看過《三國演義》以後，很想看陳壽的《三國志》，卻沒有看到。偶亦看前提《莊子》、《墨子》等子部書籍，盲讀一陣，正所謂「抓到籃裏就是菜」。雖然多數不懂，也只管閱讀，有時硬讀下去，讀至後面，居然前面也有些明白了。天笑思想開展、資質聰穎、洪爐點雪「有悟性」〔註 11〕的特點可由此窺見。

除了愛讀閒書，天笑還熱愛閱報。他對於報紙的知識，「為時極早」〔註 12〕，早在八歲左右，已對報紙有興趣。父親為其定了一份《申報》，每日下午三、四點鐘，幼小的天笑便等待一紙《申報》之到來，雖然八歲的他還不大能讀報，但他知道上海的《申報》來了，便有新聞可聽。其時正值中法越南戰爭，「我們兒童的心理，也愛聽我國打勝仗」，一見《申報》送來，總要請父親講許多戰爭新聞與故事。十二、三歲時，上海出了一種石印的《點石齋畫報》，天笑最喜歡看，本來兒童最喜歡看畫，而這個畫報，即是成人也喜歡看。每逢出版，寄到蘇州來時，天笑寧可省下點心錢，也必須去購買一冊。每十天出一冊，積十冊便可以線裝成一本，他當時就裝訂成多本收藏。雖然天笑承認，那些畫師也沒有什麼博識，可是畢竟可在畫上「得著一點常識」〔註 13〕。因為上海是「開風氣之先的」，外國的新發明、新事物，都是先傳到上海，有它一編在手，便可以領略一二，各處的不同風土習俗，也獲致一個初步印象。到了十四、五歲，天笑略諳時事，愈加喜歡看報。家中此時無力定報，他就不時零散地買來閱看，並且喜歡跟著祖母歸寧到吳家，他家定著長年的上海報紙，始而看《申報》，繼而看《新聞報》，每日傍晚垂暮時分，天笑到他們的賬房裏去看報，竟成為日常功課。當然，天笑有其自身的閱報體會：「那時的報紙，也像現代報紙一樣，每天必有一篇論說，是文言的，這些論說，我

〔註 11〕包天笑：《釧影樓回憶錄》，香港：大華出版社，1971 年版，第 103 頁。
〔註 12〕包天笑：《釧影樓回憶錄》，香港：大華出版社，1971 年版，第 105 頁。
〔註 13〕包天笑：《釧影樓回憶錄》，香港：大華出版社，1971 年版，第 113 頁。

簡直不大喜歡看，一般的論調，一般的篇幅，說來說去，就是這幾句話。」〔註14〕表明天笑已自覺對成爲一種陳腔濫調的報館八股有了清醒的認識。此外，從前的報紙，無論是新聞，還是論說，都是不加圈點的，舅祖吳清卿想出一個主意，教天笑每日把論說加以圈點，他相信這樣，一定對於文字上有所進境。於是圈點報紙論說，也成爲天笑每天的一種功課。

就這樣，十六歲的包天笑學業雖不精進，但知識卻隨著年齡而自然增長。用天笑自己的話說，十六歲的春天，病了一場，這上半年的學業，全荒廢了；十六歲的下半年，博覽群書，把當時視爲正當的作舉業文的功課都拋荒了〔註15〕。不過，二姑丈尤巽甫卻對天笑的科舉功課展開了持續督導，他諄諄告誡道：「你的家境不好，而你的祖母與雙親，企望你甚殷。你既然不習業做生意，讀書人至少先進一個學，方算是基本。上次考試，你的年紀太小，原是觀觀場的意思，下一次，可就要認眞了。」他繼續說，那種八股文，「我也知道是無甚意義的，而且是束縛人的才智的，但是敲門之磚，國家要憑藉這個東西取士，就教你不得不走這條路了。而且許多寒士，也都以此爲出路，作爲進身之階，你不能不知這一點」〔註16〕。有鑒於二姑丈的耐心提點和精心指導，天笑三個月來的確有些進境。在二姑丈處作文數次，出了一個題目，天笑被要求「先要明白題旨」，然後理順寫作的思路，「理路清楚以後，文機自然來了」〔註17〕；要練習加快寫作速度，「不要過於矜持」，想到便信筆直書，但寫出以後，又必須「自行檢點一過」——這樣的建議，即便不對應八股考試的目的，對天笑平時的論說寫作也體現出明確的指導意義。因此，天笑在八股文寫作上進步明顯，一題在手，不像以前的枯窘，「從前因爲想不出如何做法，所以也頗怕作文，現在也不怕，就要想出一個題旨來了」〔註18〕。

1892年，包天笑的父親因病逝世，家中重要的經濟來源中斷。天笑所痛心的，便是未在父親彌留之際，考中秀才、得青一衿，而這堪稱父親最掛念的事。爲了達成父親的遺願，同時擔負起養家的責任，天笑一方面做起教讀先生，先開門授徒，後處館就餐，另一方面繼續埋首讀書，以應對進學考試。

〔註14〕包天笑：《釧影樓回憶錄》，香港：大華出版社，1971年版，第107頁。
〔註15〕包天笑：《釧影樓回憶錄》，香港：大華出版社，1971年版，第114頁。
〔註16〕包天笑：《釧影樓回憶錄》，香港：大華出版社，1971年版，第115頁。
〔註17〕包天笑：《釧影樓回憶錄》，香港：大華出版社，1971年版，第116頁。
〔註18〕包天笑：《釧影樓回憶錄》，香港：大華出版社，1971年版，第117頁。

過了兩年，十九歲的天笑，在服滿父喪兩年後，終於一戰而捷地考中秀才，「進了學了」。時逢中日甲午戰爭，天笑描述道，我國與日本為了朝鮮事件打仗，上海報紙上連日登載此事，「向來中國的年青讀書人是不問時事的，現在也在那裡震動了」〔註 19〕。

包天笑之所以得中秀才，除了要感謝二姑丈對他嚴厲而有效的督促指導外，有趣的是，還最終得益於他對八股形式的反叛與背離，而這又離不開他自幼閱讀報刊對思維視野的開闊，引發他對現實世界展開關注。十九世紀的科舉內容全為儒家經典，考生的成功在於「知曉依嚴格的格式、規定、韻律和措詞方式來作文，並且詞賦須華麗，卷面須整潔」〔註 20〕。對讀書人來說，無論趕考或坐館，基本上遵循儒家典籍而讀，無暇也無必要顧及現實世界。而包天笑卻恰與之相反，八歲的他已開始讀報，開筆作文時更是關心時事，在舅祖吳清卿家每日讀報無間斷，且對這種能獲取新知識的淺顯散文頗為喜歡，於是便覺得八股文「拘頭拘腳，很不自由」〔註 21〕。在第二次第一場小考中，包天笑把心一橫，一反起股、中股、後股等八股套數，將起講略改以後，便以類似新聞論說的散文形式一氣寫完。本來抱著聽天由命、不取則已的心態，結果卻榜上高中第二十七名，領出原卷看到上批「文有逸氣」〔註 22〕四字，想來閱卷先生亦覺耳目一新，並不墨守以前的陳規舊繩。實際上，這種「野頭野腦」的背離舉動，只說對了一部分理由，更重要的是當時的社會思潮已在悄然發生轉變，人們已不再以傳統眼光看待科舉及其文章了。

進學後不到半年，巽甫姑丈不願看到天笑就此打住，「不要以為進了一個學，就此荒廢了」，倘然在科舉上能再進一步，「豈非慰了堂上的心」？並因此再為天笑介紹了一位徐子丹（名鋆）老師，這成為他的第六位業師。天笑因之愈加感到這塊「敲門的磚頭」，還不能丟棄。如此看法，表明在他心中，已悄然萌生放棄此途的想法，只是礙於現狀，要想再去習業做生意已不現實，學生意大概十三四歲最為適宜，而且誰要請、誰敢請一位「秀才相公」來做夥計呢？考中秀才，在世俗眼光中自然是科舉發軔之始，而在本性恬適的天笑看來，由此一來，前途似乎注定了兩件事，便是教書與考試。在平日是教

〔註 19〕包天笑：《釧影樓回憶錄》，香港：大華出版社，1971 年版，第 135 頁。
〔註 20〕張仲禮：《中國紳士研究》，李榮昌、費成康、王寅通譯，上海：上海人民出版社，2008 年版，第 149 頁。
〔註 21〕天笑：《我與新聞界》，《萬象》（第 4 年第 3 期），1944 年 9 月 1 日。
〔註 22〕包天笑：《釧影樓回憶錄》，香港：大華出版社，1971 年版，第 137 頁。

書，到考試之期便考試，考試不中，仍舊教書；即便是考試中了，除非是青雲直上得以連捷，否則還是教書，讀書人中了舉人以後，還是教書的案例亦所在多有。

包天笑跟隨徐子丹學習，是採取「走從」方式，亦即每月固定六次至業師處請益，請老師出題目，做好文字再請他改正。不到一年的光景，天笑感到確實「頗有進境」，使得書倒看得不少，下筆卻毫無理緒，又不能運用自如的毛病有了針對性改進。天笑最愛學習的是詞章之學，「詞章我是性之所近，很願意學習的」，但覺得駢四驪六之文頗多束縛，取青妃白固美，倒不如做一篇時事論文「來得爽快」，他曾私擬一二篇，卻不敢拿出來給人看，自然是幼稚得很的。他之所以稱「不敢」，是因爲當時許多老先生對此十分反對，他們不許青年妄談國事，尤其認爲洋鬼子們的種種邪說，都是害人心術的異端。當時的蘇州父老們，對禁止青年們看新學書一事頗爲嚴厲。但天笑沒有父兄的管束，便把各種新出的書，「亂七八糟的胡看一陣」。徐先生雖然知道了，也不加深責，因爲正如前述「那時的風氣，已漸在轉移了」〔註 23〕。

至此，包天笑的學業全部完成。雖選擇了讀書這條道路，但天生懦善和忠厚的個性，導致天笑對伴隨讀書而來的教書與考試兩件事都覺得並非特別適意。少時，包天笑接受的是儒家傳統教育，在經書典籍的薰陶下成長，聖經賢傳對其的影響之深，使其在晚年回憶時仍意猶未盡，他呼籲青年學子不妨「讀死書」，意即不要讀那種令人意志活動的書。「最好是聖經賢傳」，雖然古人已死，但其「遺訓是流傳到今的」，讀了它可以「保證決不會出毛病」。古語云：「置之死地而後生」，「想終必有起死回生的日子吧」〔註 24〕？可見，傳統教育已在其心中烙下歷久彌新的珍貴印記。

受益於業師和父親的教育理念，天笑從自身受教育經歷出發，厭惡呆呆板板、使人不感興趣的傳播方式，期待眞正有趣的知識引起天然的興味，這正是他「興味有益」的文藝編輯觀之萌芽。誠如天笑之學習傳統詩歌，除詞章本是其性之所近外，即起源於他覺得先生讀詩的音調「好聽」，於是咿咿唔唔也跟著哼起來，這樣隨興而爲、依趣而學的經歷使他「高興得了不得」，在夢囈中也不禁吟唱詩章。因循這樣的興味軌跡，天笑偏喜歡讀《三國演義》、

〔註 23〕包天笑：《釧影樓回憶錄》，香港：大華出版社，1971 年版，第 145 頁。
〔註 24〕天笑：《死讀書讀死書 置之死地而後生》，《立報》，1935 年 12 月 16 日。

《水滸傳》、《東周列國》、《聊齋誌異》、《閱微草堂筆記》等閒書，但它們對於天笑，顯然並非完全作爲消遣而已，無形中還渲染著包天笑日後文藝創作和文藝編輯的基本底蘊。

至於閱讀報刊，對包天笑而言，更是新奇又深刻的體驗。從幼少時認爲《申報》帶來戰爭新聞與故事，充滿孩童對報紙的濃厚好奇，到稍長時從《點石齋畫報》的圖畫中領略新事物的面貌，獲致來自新世界的知識、充滿新風氣的常識，再到習文時通由報紙習練圈點的功課、嗅聞時事的氣息，並從論調、篇幅、結構等方面覺察論說已淪爲陳腔濫調的報館八股，天笑對於報紙的知識確實「夠早」，對報紙開通風氣、增加智識之功能的看法，也逐步醞釀成型。當開筆作文時，有賴於顧九皋先生施教的循循善誘，天笑自小便累計下撰寫簡短論說的本領，意欲衝出八股八韻的條框限制，不時依據新聞做幾篇爽快的時事論文，筆下所及、興之所至，報館文章於他已駕輕就熟，這與其日後在《時報》「笑」寫時評的經歷形成一種文筆上的直接呼應。

同時，由於深受傳統文化的影響和沿襲自家族的文人氣度，包天笑的身上帶有相當濃厚的「名士」意味。這包涵兩個層面的意義，就士之「重視知識」而言，天笑之所以稱士，最重要的憑藉是他追求文化的塑造與理性的培養；而就士之以「仁爲己任」，及「明道救世」的使命感而言，天笑身上又兼備了一種近乎宗教的崇高情操〔註 25〕。這不僅爲他日後文人論政、書生報國打下了思想基礎，而且在很大程度上塑造了他帶有良多傳統文化色彩的美學志趣和人格理想，也在一定程度上深刻地影響了他的文藝編輯觀和報人素養觀。

第二節　中國報業環境的影響

1894 年，中日甲午戰爭宣告洋務自強運動的失敗，亡國滅種危急的加深，促使了 1898 年維新運動的到來。而以康有爲、梁啓超爲代表的維新變法活動，以創立學會、發行報刊作爲「宣傳主義的方法」〔註 26〕。爲了推行變法，康、梁等改良派積極組織以強學會爲代表的學會，並以西方和在華傳教士的「社會

〔註 25〕余英時：《自序》，載氏著：《士與中國文化》，上海：上海人民出版社，1987 年版，第 8 頁。

〔註 26〕曾虛白主編：《中國新聞史》，臺北：三民書局股份有限公司，1966 年版，第 198 頁。

政治性」〔註 27〕報業爲榜樣，創辦了大量宣傳變法的報刊。先是強學會之《中外紀聞》、《強學報》分別刊行於京滬，開我國人民發表政論之先河；後有《時務報》、《時務日報》等接踵而起，一時中國人民自辦報紙「興也勃焉」，闢開我國報業發展之新時代。言其「新」，是指其區別於「無民意可言」的官報和「代表外人意思」〔註28〕的外報，而眞正是中國的知識分子，開始主動積極地投身於期刊雜誌的出版工作。如此蓬勃興盛的報業環境，對包天笑新聞思想的影響可謂深遠，他自陳，從二十一歲（1896 年）起，可稱其「思想改變的開始」〔註29〕。

「那時候，不曉得什麼語體文，也沒有什麼新圈點，只用中國老法的句讀。這時候，只怕胡適之先生，還沒有出小學堂門咧！那時候，不懂得什麼叫做運動，只自以爲是的閉門造車。」〔註 30〕近四十年後，回憶起青年時在蘇州辦報的經歷，包天笑免不了帶著後見，「語體文」、「新圈點」、「胡適之」、「運動」，四個關鍵詞涵蓋主語、賓語，恰好勾勒出一幅新文學革命的速寫圖。與之相對，天笑將自身的辦報活動，描述成爲雖傳統、封閉，但自發、自覺的嘗試。實際上，這裡他可能忘了提及以梁啓超爲代表的維新派帶給他的巨大影響，或者更可能的是影響已經內化，而無需特別指出。

在甲午戰後空前的民族危機氣氛中，家在蘇州的士子們開始激憤並警醒。爲此，包天笑經常和因處館進學相識的一班青年組織茶會，評議時事、談論國情。大家無天無地地討論一切，有什麼新問題、新見解，便提出來研究、辯難。根據天笑的倡議，志同道合的祝伯蔭、楊夢麟、汪棣卿、戴夢鶴、馬仰禹、包叔勤、李叔良，加上包天笑共八人，組成名爲勵學會的學會，推舉天笑爲會長，會員們相互砥礪、切磋學問。在時代大潮和學會朋友的啓發下，包天笑的思想版圖迅速擴展開來，之前還處館進學以圖仕運，現在則對科舉之路興味索然。他開始學算學、習外文，試圖弄懂西方的思想與學術，而這樣的思路轉變，絕不能繞開梁啓超這個關鍵人物。「近五十年間，中國每一知識分子都受過梁啓超的影響；此語絕無例外」〔註 31〕，包天笑便這樣回

〔註 27〕〔美〕張灝：《思想的變化和維新運動，1890～1898 年》，載〔美〕費正清、劉廣京編：《劍橋中國晚清史（1800～1911 年）（下卷）》，北京：中國社會科學出版社，1985 年版，第 276 頁。

〔註 28〕戈公振：《中國報學史》，北京：生活・讀書・新知三聯書店，2011 年版，第 108 頁。

〔註 29〕包天笑：《釧影樓回憶錄》，香港：大華出版社，1971 年版，第 147 頁。

〔註 30〕釧影（包天笑）：《新聞舊話（五）》，《晶報》，1939 年 6 月 26 日。

〔註 31〕曹聚仁：《文壇五十年》，香港：新文化出版社，1973 年版，第 77 頁。

憶任公及其《時務報》：

> 雜誌的最足以震動一時者，便是梁啓超的《時務報》，《時務報》可算是開中國雜誌界的新紀元。這時候，正是甲午中日戰爭以後，戊戌政變以前，人們對於政府，有種種不滿的時候。忽然有這樣一個敢說敢言、大聲疾呼的《時務報》出現，加著梁卓如的文章又做得那麼凌厲無前，因此《時務報》一出版，好像是在沉悶的空氣中，響了一聲巨雷。〔註 32〕

內中提示的對比況味十分強烈。在天笑看來，《時務報》之所以開「新紀元」並產生巨大影響，與其時人們對於政府有種種不滿的沉悶現狀有整體上的關係。順應輿論所向，從言說姿態和文章格調上擁有傑出品質，《時務報》才最終一鳴驚人。正是這個緣故，當住在上海的楊紫麟寄了一冊新刊《時務報》給天笑，通讀全報的他對之佩服得五體投地，連忙請紫麟幫忙在時務報館代定了全年份刊物。自從他定了這一份報，同學中借閱傳觀的人很多。「自《時務報》倡重民權、瀹民智、以明目達聰的議論起，舉國傾動，維新振敝之士，尤多人手一編，每期發行達數萬份」〔註 33〕。天笑指出，每期開卷梁啓超所作論說，常常傳誦人口，「在中國講新學，開風氣，這個功勞，我們不能不推梁任公。即乃師康南海，也不及他。龔定庵詩中有一句道：『但開風氣不爲師』，這一個風氣正開得不小」，若沒有梁啓超之開風氣，「爲之策動」，當時中國的士大夫還「迷夢未醒」，「恐怕已經亡國也未可知」〔註 34〕。

包天笑的觀察無疑是敏銳的，梁啓超一躍而名重天下，實得益於他借由報刊開風氣的卓越實踐。梁氏指出，中國積貧積弱的根源在於君權過高，專制統治「僞尊六藝，屏黜百家，所以監民之心思，使不敢研究公理也；嚴禁立會，相戒講學，所以監民之結集，使不得聯通聲氣也；仇視報館，興文字獄，所以監民之耳目，使不得聞見異物也……」，而思想、信教、集會、言論、著述、行動之自由，正是今日文明國所最爲尊重者〔註 35〕。因是，他突出強調「通」之於國家強盛的重要意義，而報紙正是去塞求通的利器，「去塞求通，厥道非一，而報館其導

〔註 32〕天笑：《我與雜誌界（上卷）》，《雜誌》（第 14 卷第 5 期），1945 年 2 月 10 日。

〔註 33〕高拜石：《古春風樓瑣記（第四集）》，臺北：臺灣新生報社，1981 年版，第 274 頁。

〔註 34〕天笑：《我與雜誌界（上卷）》，《雜誌》（第 14 卷第 5 期），1945 年 2 月 10 日。

〔註 35〕梁啓超：《中國積弱溯源論》，載氏著：《飲冰室合集・文集（五）》，北京：中華書局，1989 年版，第 33 頁。

端也。無耳目、無喉舌，是曰廢疾」，報紙即「有助耳目喉舌之用，而起天下之廢疾」〔註 36〕，這首先指明報紙傳達消息、溝通情況的基本功用。對於報紙之去塞求通，梁啓超尤其重視其開風氣的功效，「報館之議論，既浸漬於人心，則風氣之成不遠矣」〔註 37〕。從中國講求變法的現實出發，任公認爲報紙的整個活動都以開風氣爲根本目的，並應主要做好四項工作：「廣譯五洲近事，則閱者知全地大局，與其強盛弱亡之故，而不至夜郎自大，做智井以議天地矣；詳錄各省新政，則閱者知新法之實有利益，及任事人之艱難經畫，與其宗旨所在，而阻撓者或希矣；博搜交涉要案，則閱者知國體不立，受人嫚辱，律法不講，爲人愚弄，可以奮厲新學，思洗前恥矣；旁載政治學藝要書，則閱者知一切實學源流門徑，與其日新月異之跡，而不至抱八股八韻考據詞章之學，枵然而自大矣。」〔註 38〕這對包天笑的影響是顯見的，幾乎概括出天笑辦報編刊活動的工作指南：《勵學譯編》顧名思義，本就以勵學爲目的，翻譯歐西政治和科學著作；《蘇州白話報》亦不待言，新聞主要關注的便是清末各省新政舉措，並明確指涉內憂外患的困境，期待由此發現國貧民弱的癥結，進而將其扭轉過來，以謀求國家富強的局面。

不過，這樣的報刊觀念仍屬清末改良派之餘脈，後者對報刊角色和功能的觀察，大都限定於「君臣之倫」的框架之內〔註 39〕，視報刊爲在上者「博採輿論」的工具，在下者建言陳情的平臺。典型如王韜，雖身在南天，卻心乎北闕，「每思熟刺外事，宣揚國威」，在他看來，「日報立言，義切尊王，紀事載筆，情殷敵愾」〔註 40〕，本質上報紙僅爲君王理政治國服務而已，如是則國家富強指日可期。而在包天笑看來，如果說報刊功能觀中開通風氣、疏通民智的部分，由於當時蘇州環境的閉塞與其個人眼界的侷限，尚留一絲報紙助力君王統治的意味，則代表輿論、監督政府的另一部分認識便完全跳脫

〔註 36〕梁啓超：《論報館有益於國事》，載氏著：《飲冰室合集・文集（一）》，北京：中華書局，1989 年版，第 100 頁。

〔註 37〕梁啓超：《五月間〈與穰卿足下書〉》，載丁文江、趙豐田編：《梁啓超年譜長編》，上海：上海人民出版社，1983 年版，第 40 頁。

〔註 38〕梁啓超：《論報館有益於國事》，載氏著：《飲冰室合集・文集（一）》，北京：中華書局，1989 年版，第 102 頁。

〔註 39〕參見李濱：《中國近代報刊角色觀念的發展和演變》，長沙：嶽麓書社，2011 年版，第 99 頁。

〔註 40〕王韜：《上潘偉如中丞》，載氏著：《弢園尺牘》，北京：中華書局，1959 年版，第 206 頁。

出來，全然是對國民之「民」的標榜與確認，強調國民之於報刊活動的主體地位，超越了「君臣之倫」的傳統框架。擁有如此的認識，當然須歷經社會政治思潮的不斷洗禮而獲致，但對於包天笑來說，尤其值得重視的是譚嗣同（字復生）思想在其觀念產生過程中銘刻的印記。

需要補充的是，包天笑在遠赴青州做中學堂監督之前，曾在上海的出版界謀過短期生路，這也是他第一次離開蘇州，至外地謀事。1901 年，處館教書的天笑，經勵學會成員戴夢鶴介紹，到南京蒯光典（字禮卿）先生處襄理筆箚，蒯先生獎掖後進，對其深爲器重。那時蒯氏正要在上海創辦金粟齋譯書處，於是天笑得以同汪允中等人，到上海協助編務。在金粟齋譯書處中，天笑負責編輯、校對、印刷職務，尋訪印刷所、整理稿件、設計版式等工作亦由他與允中親自參與。這段經歷爲他提供了一條接觸外文譯稿的管道，並且有助於他熟悉出版業務之流程；此外，由於蒯光典交流甚廣，往來譯書處者眾多，亦給天笑帶來了結交文化名流、接觸教育與新學的機會，他與嚴復（字又陵）、章太炎（名炳麟）、夏瑞芳、葉浩吾、吳彥復（號北山）、馬君武等人相識即在此時期。更重要的是，在此期間，他利用印刷業務往來之便，在商務印書館重印了被清廷列爲禁書的譚嗣同的遺著《仁學》。那時日本橫濱出版了此書，留學日本的朋友寄給天笑五冊，除送蒯光典先生、汪允中、尤子青外，天笑僅剩兩本，但仍有許多朋友紛紛向其索取，再寄無門，天笑靈機一動，就在每天跑商務印書館校稿的時機，商定由後者印刷一千冊〔註 41〕，他不想賺錢也不多印，預備半送半賣。

包天笑之重印《仁學》，固然有其滿足好奇並分送好友的私心，但僅此而言倒無須特別關注，關鍵在於《仁學》書中提示的「破君統」、「排君權」思想，爲理解天笑的報刊功能觀提供了頗爲清楚的思想線索。顧名思義，「仁」是《仁學》的中心思想。但仁的意義是什麼？對於譚嗣同而言，仁首先是一種道德價值，他認爲這個價值是儒家倫理思想的精髓，是所有其他道德觀念的總匯。他強調，儒家思想中，無論是三達德或五常或其他重要的道德觀念（例如平等），它們都爲仁所涵攝包容，不僅如此，他還在仁的觀念中融入了儒家以外的許多思想，而產生一種激進的抗議精神。唯一的例外是禮。照他

〔註 41〕《仁學》雖爲清廷禁書，但夏瑞芳表示並沒關係，商務印書館在租界中，「不怕清廷」，「只要後面的版權頁，不印出那家印刷的名號就是了。」印刷需用一百元，天笑得到尤子青六十元的支持。見包天笑：《釧影樓回憶錄》，香港：大華出版社，1971 年版，第 234～235 頁。

看來，禮雖也是源自仁，但其在中國傳統中發展的結果，常常變成與仁大相徑庭的倫常觀念。仁與禮的衝突，在《仁學》中構成一個重要的思想主題，因此，上述抗議精神最大的特色就是「以仁黜禮」〔註42〕的思想。就仁而言，譚嗣同認爲禮是一種障礙，只有把這個障礙剔除，仁才可能完全實現。因此他在《仁學》中展開對禮的全面批判，而這批判的主要對象便是禮的核心——「三綱」思想。在三綱之中，譚嗣同攻擊最烈的又屬「君臣一倫」。

當然，在十九世紀末，攻擊君主制度已非創舉，但是大多數對君主制度的批判都是以「救亡圖存」和「富國強兵」爲前提的。從這個前提出發，他們覺得君主制度有礙於政府和人民之間的團結，因此主張以西方爲借鑑，修改君主體制，採取議會制度。很顯然，他們是以愛國主義和民族意識爲原則來批判君主制度的。與之相反，譚氏的批判標準主要出自他以仁爲代表的道德理想主義，「譚對傳統中國統治觀念的懷疑，並非是基於致用主義的政治活力論，而是根據道德合理性」〔註43〕。如前所述，他認爲平等的思想是仁的精神的重要一面，而「君臣一倫」便是最違背這種平等精神的。因爲「君臣一倫」所蘊含的忠的概念，是著重民之單方面的責任和絕對的義務，而眞正忠的理想則應指君與臣（國與民）雙方面互盡義務和互相作對待的要求，即譚嗣同所言：「古之所謂忠，以實之謂忠也。下之事上當以實，上之待下乃不當以實乎？則忠者，共辭也，交盡之道也，豈可專責臣下乎？」他又說，君爲獨夫民賊，而猶以忠事之，「是輔桀也，是助紂也」，「嗚呼，三代以下之忠臣，其不爲輔桀助紂者幾希！況又爲之掊克聚斂，竭澤而漁，自命爲理財，爲報國，如今之言節流者，至分爲國爲民爲二事乎？國與民已分爲二，吾不知除民之外，國果何有？無惑乎君主視天下爲其囊橐中之私產，而犬馬土芥乎天下之民也」〔註44〕。可見，在譚嗣同看來，不僅君臣之間應該互盡義務、互相作對待，而且國與民本就是一回事，他駁斥將國與民分爲兩事的做法，相信除去民的力量，國將不復存在。這爲包天笑對國家與國民的同一認識奠定了思想基礎。

〔註42〕〔美〕張灝：《烈士精神與批判意識：譚嗣同思想的分析》，崔志海、葛夫平譯，北京：中央編譯出版社，2016年版，第94頁。

〔註43〕〔美〕張灝：《危機中的中國知識分子：尋求秩序與意義，1890～1911》，高力克、王躍譯，北京：中央編譯出版社，2016年版，第125頁。

〔註44〕譚嗣同：《仁學》，載蔡尚思、方行編：《譚嗣同全集（下冊）》，北京：中華書局，1981年版，第340～341頁。

循從這樣的思路，譚嗣同對報紙與君、民的關係進行了考察，認爲報紙爲「民史」、「民口」。他指出，報紙係「是非與眾共之之道也」，梁啓超有「君史」、「民史」之說，「報紙即民史也」。譚氏論述說，二十四史之撰述，究其旨歸，不過「一姓之譜牒」，「於民之生業，靡得而詳也；於民之教法，靡得而紀也；於民通商、惠工、務材、訓農之章程靡得而畢錄也，而徒專筆削於一己之私，爛褒誅於興亡之後，直筆既壓累而無以伸，舊聞遂放失而莫之恤。謚之曰官書，官書良可悼也！」官書、君史都不如報紙以彰民史，民難道將「長此汶汶暗暗以窮天」，而「終古爲暗啞之民乎」？西人論及人與禽獸之間靈敏愚蠢之比例，指出人之所以能「喻志興事以顯其靈，而萬過於禽獸者」，以其「能言耳」，若暗之、啞之，人將與禽獸無異。他感慨道：「『防民之口，甚於防川』，此周之所以亡也；『不毀鄉校』，此鄭之所以安也；導之使言，『誰毀誰譽』，此三代之所以直道而行也。吾見《湘報》紙出，敢以爲湘民慶，曰諸君復何憂乎？國有口矣。」〔註 45〕與梁啓超的思路〔註 46〕一致，譚氏強調，報紙的出版是民史的昭彰，意味著國家之有口能言，這再次確指著國與民本質上的同一性，也肯定國民在史書書寫中的主體地位。

譚嗣同正是在這「張民抑君」、「民本君末」的意義上對「君統」進行痛斥，從仁的立場來看，君主制度不但違背了仁所蘊含的平等精神，而且也違背了仁所代表的「通」和「公」的理想。《任學》開宗明義地界說，「仁以通爲第一義」〔註 47〕，他之所以重視通，是因爲他發覺中國傳統社會充滿了壅塞與隔閡，人與人之間的感情無法充分地交流、心靈無法溝通。爲此，他大罵君統、君權，主張有眞孔子，也有假孔學，荀學即是假孔子，因爲荀子代表君學、君權、君統，荀學興盛便汨沒了眞正的孔學，並有一段膾炙人口的名論：「故常以爲二千年來之政，秦政也，皆大盜也；二千年來之學，荀學也，皆鄉愿也。惟大盜利用鄉愿；惟鄉愿工媚大盜。二者交相資，而罔不託之於孔。被託者之大盜鄉愿，而責所託之孔，又烏能知孔哉？」〔註 48〕進而，譚氏不僅否定了傳統的「君臣

〔註 45〕譚嗣同：《湘報後敘（下）》，《湘報》（第十一號），1898 年 3 月 18 日。

〔註 46〕參見梁啓超：《新史學・論正統》，載氏著：《飲冰室合集・文集（九）》，北京：中華書局，1989 年版，第 20 頁。

〔註 47〕譚嗣同：《仁學》，載蔡尚思、方行編：《譚嗣同全集（下冊）》，北京：中華書局，1981 年版，第 291 頁。

〔註 48〕譚嗣同：《仁學》，載蔡尚思、方行編：《譚嗣同全集（下冊）》，北京：中華書局，1981 年版，第 337 頁。

一論」和兩千多年的君統，還提出了新的「君主」觀念。他說生民之初，本無所謂君臣，率皆民也，然而民不能相治，也無暇治理，於是「共舉一民為君」。因共舉之，則非君擇民，而民擇君也；因共舉之，則因有民而後有君，君末也，民本也；因共舉之，則必可共廢之。他揭示道：「君也者，為民辦事者也；臣也者，助辦民事者也。賦稅之取於民，所以為民辦事之資也。如此而事猶不辦，事不辦而易其人，亦天下之通義也。」〔註49〕

這與包天笑對報刊、國民、政府三者之間的關係認識若合符節，具有理論上的延續性與一致性。在天笑看來，國家之中，國民是國家的主體，國家發展須倚恃國民之能力，報刊即引導國民對此產生覺悟，並因之形成強勁實力，其開通風氣、指導國民的功能由此彰顯；而政府（君、臣、官），則專為國民而設置，「今之紳實負荷地方人民之委託」〔註50〕、「官者為民而設者也」〔註51〕，正如譚嗣同之「君者，為民辦事者也」、「臣者，助辦民事者也」，因應國民所好、順洽輿情所指是政府、君臣理應把握的原則，若不洽輿情、偏拂人之所惡、與民爭意氣，即是對「為民設官之本意」的悖離，甚而制定報律、鉗制言論，更是使官與民之間壅塞、隔閡，無法交流和溝通的極端行徑，天笑因此樹立起對報刊代表輿論而監督政府之功能的體認。

可以看到，包天笑的新聞思想，相當程度上嵌套於近代以來我國社會不斷崛起、報業不斷發展的外在環境之中。當清末民族危機的加深促成了政治運動的迅猛發展，改良或革命思潮的出現又導致報刊活動的轉型，包天笑的新聞思想亦留下時代激流中所湧現之關鍵人物的思想影跡，梁啓超、譚嗣同可謂其中的典型。透由後者，天笑對報刊功能的認識得到全面的提升，也正是後者的影響，為包天笑新聞思想的形成增添良多政治和社會意義上的嶄新視閾。

第三節　日本報業觀念的激蕩

中國人推日本人之明敏勇敢，日本人亦服中國人沉重雄大，各

〔註49〕譚嗣同：《仁學》，載蔡尚思、方行編：《譚嗣同全集（下冊）》，北京：中華書局，1981年版，第339頁。
〔註50〕笑：《今之紳與古之紳》，《時報》，1909年7月18日。
〔註51〕笑：《不順輿情之公僕》，《時報》，1912年2月25日。

以其所長，以組織根深蒂固、規模宏大之世界大事業。〔註52〕

國際新聞交流是中國近現代新聞事業發展的一個重要內容。以國別視之，中日新聞交流和中美新聞交流所佔比重是最大的。作爲中日近代文化交流不可或缺的一部分，中日新聞交流的源頭可以追溯到十九世紀五十年代。當時日本方面購買了一批在中國東南沿海口岸城市出版的近代中文報刊，後者被日本著名新聞學家小野秀雄稱爲日本「報紙的祖先」〔註53〕。嗣後，中日兩國新聞界的交流開始頻繁起來，而其中幾次重要的交流活動，包天笑都躬逢其盛，其新聞思想也因此從中受益，收獲來自日本報業的觀念激蕩。

就上海報界而言，中日新聞界的最早交會應屬1910年6月初中日兩次報界大會，這是日本報業觀念得以納入包天笑新聞思想的預備觸媒。這裡值得關注的是，在中日報界的早期互動中，包天笑如何對日本報業觀念進行順應與反思，以及後者如何與天笑自身的報刊功能觀形成勾連互動。是月2日，日本東京、大阪各報遊歷記者團，往南京觀南洋勸業會過滬，時任日本總領事有吉明，遍邀上海各報館記者觴之於趙家花園，酒半攝影以爲紀念。自日本渡海來者諸君，及上海各報館記者多人，賓主盡歡，「頗極一時之盛」。會上，《上海日報》社長井手三郎在祝辭中提到，中日報界久未有互相接近、互開胸襟之機會，難免有誤會之事，因此或傷國民感情，既非中日兩國之福，又非東亞平和之道。如今，日本新聞記者與中國報界諸君歡聚一堂，他表示，此實爲兩國報界「聯絡之好機會」，宜當彼此開誠布公、交換意見，後此必免誤會，且可預成「東亞輿論一大機關」，中日報界「連轡駢馳以對外、以規內，共扶大局」，若兩國日益親密、日進文明、日增富強，則不僅是中日兩國幸事，亦「東亞大局之幸也」〔註54〕。包天笑對之深感共鳴，在撰寫時評兼回辭中，他對中日兩國報界握手言歡、酬酢至樂的情狀大爲嘉許，表示「國民交際最足維持世界之平和、增進社會之幸福」〔註55〕，認爲若此後兩國人民「提攜並進」，實屬東亞之福。

〔註52〕秋星（包天笑）：《秋星閣筆記》，《時報》，1912年8月15日。

〔註53〕小野秀雄：《關於我邦初期的報紙及其文獻——兼爲本書採錄的報紙及書籍解題》，載明治文化研究會編：《明治文化全集》（第十七卷・新聞編），東京：日本評論社，1979年版，第4頁。轉引自〔新〕卓南生：《中國近代報業發展史（1815～1874）》，北京：中國社會科學出版社，2015年版，第2頁。

〔註54〕《中日報界大會紀事》，《時報》，1910年6月3日。

〔註55〕笑：《時評三》，《時報》，1910年6月3日。

除去祝辭中賓主寒暄客套的成分，可以看到，對於日本記者關於報界交際代表國民交際的論斷，天笑輕易襲用而未自知，這若非表明此種觀點在當時已成兩國報界共識，便足以呈明天笑受日本報業的話語表述導引的一個例案，因此對兩國報界交際之於國際邦交、東亞和平的意義，他袒露人云亦云的明顯腔調。另就報業觀念的預設而言，內中提示著，天笑所認同的是報刊代表國民，故報界大會等於國民交際，說明在中日報界的聯絡互動中，他無形中確認的是報刊功能中「報刊代表輿論」一則。

可堪對照且富有意味的是，在次日中日報界第二次大會上，包天笑卻轉而對日本記者某君的演說抱持保留的態度。是日，上海報界同人回筵日本報館及官商以表歡迎。會上除了展望中日兩國報界無爾詐我虞、無徇小忘大，「上以融兩政府之意見，下以通兩國之感情」、「以結永久之好」〔註 56〕的意願以外，還意圖聯合兩國記者從速成立中日報界聯絡機關，並提出兩國報界加意改良的建議。這一回，應屬上海報界主場之緣故，包天笑沒有繼續跟隨日本報界的意旨相酬和，他盯緊的是日本某君演說中關於報刊功能的商榷之處。後者提到，日本報紙有「極反對政府者」，也有「極仰承政府者」，均未見完善。天笑則心想，茲事亦當「分別以觀」。他表示，日本報界之情狀，「吾未敢臆揣」；若我中國今日報界，則當「視政府之程度如何」，進而反問道：「夫國民孰不欲有良政府？」若上有「程度未及」之政府，則正賴國民爲之「提撕警覺」〔註 57〕，此正規導政府，而非反對政府。這不僅說明至多到 1910 年時，天笑已對報刊代表輿論、監督政府的功能有了清醒的認識，而且這樣的認知，恰處於中日報界兩相對比的境況之中。在天笑看來，中日兩國報界未可一概而論，當「分別以觀」，這提示著一種從盲目依從到趨於理性審視的客觀學習態度，在以彼視我的對照中，他顯然企身於中國報界謀求自身更好發展的立場之上。

實際上，這正是八年後包天笑隨團赴日本考察新聞業時所秉持的基本原則。不同於中日兩次報界大會對其報刊功能觀的勾連，此次赴日考察，主要助益於包天笑「因緣相伴」的新聞事業觀和「清操有序」的報人素養觀的形塑。順依中日新聞交流由新聞從業者主動學習到整個新聞團體之間進行廣泛交流的大體走勢〔註 58〕，1917 年 11 月至 12 月上海新聞界組團訪問日本，堪

〔註 56〕《中日報界第二次大會志詳》，《時報》，1910 年 6 月 4 日。

〔註 57〕笑：《時評三》，《時報》，1910 年 6 月 4 日。

〔註 58〕周光明：《早期中日新聞交流中的中方代表人物》，載氏著：《近代新聞史論稿》，北京：社會科學文獻出版社，2014 年版，第 152 頁。

稱兩國近代新聞交流的一件大事。附驥其中的包天笑，於日本新聞兩勢力地之東京大阪，得以參觀一切，並因之頗得彼邦記者之指導，使自身的新聞知識得到一次極大開展。

可以說，包天笑之所以認爲新聞事業的發展需相伴客觀和主觀上的諸多因緣，一個最主要的參照物便是同時期發達的日本新聞業。如果沒有這次考察，其新聞事業觀的形成很難具有如此急切的緊迫感。若非親眼得見，他可能依舊孤陋寡聞〔註 59〕，無從預料日本這個同文小國，新聞事業之發展到了何種程度。通讀完《考察日本新聞記略》，不難收獲一個深刻感受，即包天笑一直在尋找中日兩國報界形成差距的原因：「爲什麼人家有長足的進步，而吾們卻濡滯不進？這個癥結在什麼地方呢？」〔註 60〕帶著這樣的疑問出發，天笑的新聞事業觀，自形成之初就帶有日本新聞業的經驗映照和觀念迴響。

正是對日本新聞事業的考察，使包天笑認識到，任何一個國家的新聞事業發展，其成就之取得都並非一蹴而就。這提醒他注意，新聞事業與物質文明之間存在關係上的正相關。隨著物質文明的迅疾進步，新聞事業亦將因此得到發展，即便我國報業稍顯稚嫩，也絕不可封鎖閉塞、故步自封。

具體來說，完善設備、國盛報強觀念的形成，便離不開日本新聞業在機器和紙張上的發達對包天笑形成的強烈刺激。在《考察日本新聞記略》中，他對日本在機器和紙張上發展歷程的描述，是期待爲我國新聞事業的發展和其新聞事業觀的完善提供有益的借鏡。他的做法，表面上是將日本新聞事業樹立爲我國報業發展的理想榜樣，實際其目的，卻在於提供一份他自身對新聞事業發展之客觀條件和主觀作爲的比較思考。結合日本的經驗，天笑強調完善設備、保障供給的主體責任在客觀社會，並全非新聞業之咎，然而作爲重要的設備需求方，新聞業亦應對此一一加以研究。正如他的觀察所描述的，機器和紙張兩大供給，關乎「各新聞社之勢力，及其發達之大勢」，皆爲「不可不知之要點」，而當「一一加以研究」〔註 61〕。

進而，包天笑之所以認爲新聞事業的發展需納入「國盛報強」的軌轍中觀照，也充滿中日橫向對比的開放視野。日本政府對於新聞事業多有優待，使天笑頗爲歆羨，在交通郵電上，優待體現爲施行新聞電報和新聞運費兩項

〔註 59〕天笑：《我與新聞界（續卷）》，《萬象》（第 4 年第 5 期），1944 年 11 月 1 日。
〔註 60〕天笑：《我與新聞界（續卷）》，《萬象》（第 4 年第 5 期），1944 年 11 月 1 日。
〔註 61〕包天笑：《考察日本新聞記略》，上海：商務印書館，1918 年版，第 85～86 頁。

特例。特例的具體內容不再贅述，所需注意的是，通由對前者的描述，天笑看到了關於新聞業發展所應具之政策環境一種適意的可能。換言之，沒有日本報業生動的現實案例，天笑很可能被中國其時動輒受限的實然報業環境所遮蔽，束縛了對報業發展應然狀態的想像。好在有親身的考察經歷，讓他重燃對報業終將獲致寬鬆環境、特殊利益的信心與渴望。對日本新聞業展開考察，他的著眼點卻依然在中國新聞業的發展，試以如下兩句觀之：「以較吾國之新聞電報，動多抑壓，有遲至二十餘小時者，加以檢查留難，或至刪減竄塗，又安望新聞紙之消息靈捷乎？」，「顧以我國交通上之不便利，運費稍昂，自在意中，而最可痛歎者，則以新聞紙之觸忌於政府，而往往受停止寄報之苦痛，夫新聞紙之違法，自當受法律之裁制，今不訴諸法律，而惟陰扼其吭，使之不得流通，此則僅可謂之陰謀，試問各國有是例乎？」〔註 62〕

至於新聞隨時進展、事業合理聯絡的新聞事業觀，同樣夾雜著日本新聞業帶給包天笑的巨大衝擊與新奇感受。當新聞隨時進展體現為新聞的新鮮性和時效性時，天笑即藉日本新聞業對其的觀念印刻，提出新聞之為義，固以新為貴，而欲求其新，必求其捷〔註 63〕；又言新聞紙之事業，最要在一「捷」字。參觀日本新聞很顯然對他形成一種提醒：前者之發達，除藉力於物質上如輪轉機、製紙事業的日益興盛外，對於新聞本身亦日謀進步。其新聞隨時進展並整理刷新，讓天笑印象最深的兩事便是增加夕刊和隨時改版。與之相似，正是對日本新聞社的觀察，使天笑加深對新聞事業部門之間合理聯絡的認識。考察日本新聞的經歷，促使包天笑將編輯部、印刷部、營業部三個部門類比於農、工、商三種社會職能分工，而日本《每日新聞》編輯部的空間布置，是其與眾不同的「特異之點」，即為包天笑「部門之間合理聯絡」提供了絕佳的經驗案例，他因此得以總結合理聯絡、互通聲氣之運作形態的本質。可見，若沒有對日本新聞業的觀察和省思，包天笑的新聞事業觀恐頓失不少具有實踐和觀念意味的濃重色彩。

不寧惟是，包天笑「清操有序」的報人素養觀，亦不能繞過日本新聞業的報人培養經驗。為了實現言行一致、惜愛清操的目的，包天笑呼籲報人必須熱愛報業，進而才能在服務報業的過程中對報人的言行和道德有所堅守，這指向伴隨職業道德的職業認同情感。他此處所舉案例，便來自日本新聞社訓練社員的方法，後者便尤其注重培養報人（社員）對於新聞社的情感認同。

〔註 62〕包天笑：《考察日本新聞記略》，上海：商務印書館，1918 年版，第 44～47 頁。
〔註 63〕包天笑：《考察日本新聞記略》，上海：商務印書館，1918 年版，第 77 頁。

他回憶說，日本新聞社之訓練其社員，第一在引起其「愛社心」，而愛社心的主要內容，則在社員同心協力，以助此社運之隆昌。正是基於日本報人的經驗，他才得以生動而具體地強調報紙獨立經營與社員強勁愛社心之間的密切關係。而談到報人還需廣博知識和實踐上的雙向學問時，天笑更是與大阪《每日新聞》社長本山彥一的新聞觀念展開碰撞與互動。本山氏不僅將新聞社比作「智識之兌巴門脫司他」，因新聞貴新鮮，他又補充形容新聞社亦如「鮮魚屋」，由此出發，摻進個人思考的天笑，繼而將新聞社比作一「絕大之菜館」。他表示，菜館中新鮮之「蔬菜魚肉」，當立刻烹調，才能食之有味，然亦須貯藏種種肴饌，譬如魚翅火腿之類，以待老饕下顧〔註 64〕，二者分別對應著報人對社會新鮮事的及時報導和平日需要預備積累的廣博知識。應該說，從鮮魚屋到菜館，表徵著從本山氏到包天笑對報人素養之全面、深入的認識；而當我們評說天笑的形容似更爲全面、更彰顯學問廣博之眞正涵義的時候，不該忘記是日本新聞的觀念爲其提供了一個討論展開的前提與認識深化的契機。

可以看到，無論是報刊功能觀，還是新聞事業觀、報人素養觀，包天笑都對日本新聞業的經驗多有憑藉。這樣的憑藉，昭示著包天笑的新聞思想在歸宗於中國落後的報業環境之後，延攬日本的報業觀念爲我所用、助我奮進的激蕩和融通過程。在他看來，中日報界所呈現的不同，是發展程度上的相去甚遠，而非性質上的迥乎相異，故當日本已成「英英露爽之青年」，中國「方爲牙牙學語之稚子」。看到彼此差距所在，天笑爲之媿恧不已，但徒感汗顏只是報紙生發猛進希望的第一步，重要的是經此異邦經驗之映照，認識到新聞（含事業及報人）之發展不存在永恆的強弱界際，尤其呼喚的是「努力經營」、「打破種種難關」的實在行動。這指向上自政府、下至國民對新聞的重視程度，以及交通、實業、教育等事業環繞扣連的相互關係。「新聞紙之發達，所以伴文明之進步」〔註65〕，新聞發達與文明進步互爲表裏，透過日本的經驗更新自身的觀念，力求追隨時代前進的腳步。從這個層面上講，來自日本報業的觀念激蕩，本質上是一種社會整體漸臻文明理想的精神投射，這不僅爲包天笑的新聞思想迎來東洋風格的有益補充，而且注入沉凝深鬱的民族情感，刻上濃烈鮮明的時代烙印。

〔註64〕包天笑：《考察日本新聞記略》，上海：商務印書館，1918 年版，第 30 頁。
〔註65〕包天笑：《考察日本新聞記略》，上海：商務印書館，1918 年版，第 90 頁。

包天笑的新聞生涯，從中國新聞史上前兩個國人辦報高潮中起步，到中國現代史的第二個三十年末逐步收尾，因此他的新聞論述和新聞思想，均是對清季民國曲折歷史的眞切見證和近代報業發展歷程的直接反映。不過，如此見證和反映之獲取並不輕巧，一個人的社會性格和特定思想須在多種因素的相互作用下慢慢交滲而成，絕非朝夕之事。縱觀包天笑的新聞經歷，不難發現他的新聞思想「有其所繫」，既受到傳統儒家教育的薰陶浸潤，也在中國報業環境和日本報業觀念中沖刷激蕩，前者培養了他富於傳統文化色彩的興味情懷、美學志趣和人格理想，後者則爲其增添了政治意義上嶄新的國民進步思維和民族情感意味上開闊的中日比較視野。三者繫之所統，「綿延而弗絕」，共同構成包天笑新聞思想的成因背景。

結　語

> 在我輩同事的新聞業者，漸次凋零了。本來也是過去時代的人了。新陳代謝，今後當有不少前進的青年勇士，向前猛進。戰事停止後，此十年中，吾國的新聞事業，必然有長足的進步。倘一回顧中國舊日開創以來的新聞事業，有令人啞然失笑者，拉雜書之，或足爲將來編中國新聞史的一種參考。〔註1〕

1944年11月，包天笑以中國新聞事業明顯的今昔分別，作爲《我與新聞界》一文的結尾。內中透露出天笑深藏功名、漸次凋零的敦樸心緒，以及對未來新聞業長足進步、向前猛進的樂觀冀望。報海浮沉，三十六載恍如一瞬，回顧中國舊日新聞事業的開創，天笑自薄從業於報界不無令人啞然失笑之處，但尚可能爲新聞史研究提供一種參考，實際上這正反向提示著我們對報人新聞思想研究的應有態度：不好好理解舊的不足以知新，不足以開展區辨出多元、細緻且有創造力的資源。由於新聞學是近代前所無之學，所以用現代新聞學所衍生的態度和方法回去看新聞思想行進過程中的報人面相時，必須有一種「微妙的覺知」〔註2〕，覺知它們在時間序列上是後起的，須用許多努力，還有以曲折、細密的區辨工夫，才能弄清楚對於包天笑，我們忽略、輕視甚至誤解而不自知的地方。基於此，包天笑的新聞思想非但不是令人啞然失笑的，而恰是彰顯出自身的思考結晶，給人以諸多啓迪的。

依循「新派辦報」、「吃報館飯」、「由副及正」、「步止『小』報」的大體

〔註1〕天笑：《我與新聞界（續卷）》，《萬象》（第4年第5期），1944年11月1日。

〔註2〕王汎森：《執拗的低音：一些歷史思考方式的反思》，北京：生活·讀書·新知三聯書店，2014年版，第12頁。

脈絡，包天笑的新聞思想主要體現爲文藝編輯觀、新聞事業觀、報刊功能觀和報人素養觀，融合著來自經驗與論述的言行雙重力量。具體言之，首先，「興味有益」提說著包天笑文藝編輯觀的主要特徵。面對瞄向市場、謀求利益的文藝報刊，天笑的編輯突出強調對興味的追求，通過運用整體擘畫、圖文大觀，廣納群力、博採眾言等編輯技巧，他力圖爲讀者呈現全面、集中、生動、美觀的興味盛宴，企立在讀者的立場上，他希望興味更形豐厚與綿延。在追求興味的前提上，天笑還透以關注時事、因事屬詞的社會視角，使得他所編刊物之興味層次得到昇華，更顯文章合世、觀照社會的剴切深意。其次，「因緣相伴」概括出包天笑新聞事業觀的基本面貌。隨時進展和合理聯絡，共同構築了包天笑眼中新聞事業的主體實踐：前者強調新聞的趨時屬性，著眼社會時代精神、新聞即時發生的時間性格，「新聞」事業乃隨之動態進展；後者則關乎新聞事業內部的部門聯絡、不同新聞事業之間的組織協調，期冀新聞「事業」以相互聯絡的方式，實現合理化發展。二者合而統一，在其他社會事業因緣相伴、爲之扶助的前提上，展現新聞事業主體歷經時空實踐、求取進步意義的全息圖景。再次，「導民督政」呈現著包天笑報刊功能觀的核心表徵。在天笑眼中，國民是國家的主體，國家發展須仰恃國民之能力，政府（官吏）專爲國民而設，應民所好、順洽輿情是其題中之義。因是，報刊一方面開通風氣、指導國民，期待導引後者生發覺悟並自爲把握，以匯聚強勁實力；另一方面，對違背爲民設官之本意、不洽輿情、偏欲拂人所惡的政府行徑，報刊應代表輿論對政府展開嚴肅監督，且須對後者的鉗制、收買手段，保持高度的戒備和獨立的警醒，以不離不違報刊本質上愛國愛民的赤誠熱血和拳拳心意。最後，「清操有序」顯示出包天笑報人素養觀的重要境況。在天笑看來，報人欲提升素養，須首先把握報人道德上的言行一致、勿污清操，繼而注重平時對淹貫繁雜知識的儲備積累，親身鍛造「曉暢事理、言所當言」、「勤懇謹慎、有錯輒改」、「寫作抓人、文筆優妙」等實踐能力，惟有如此，報人知識和實踐上的雙向學問才得以廣而博之，使報刊實踐從意願上得心應手，在態勢上從容有序，最終彰顯素養提升對於報人的進步意義。

作爲小說家報人，包天笑的新聞思想歷經實踐的打磨和經驗的洗禮，爲後世新聞事業流傳可堪借鏡的「衣缽」，刻畫出中國近現代新聞事業發展中一道獨特的包天笑軌跡。重訪包天笑的新聞思想，旨在回顧歷史的足跡、尋找多元的資源。「資源」是資源庫中的東西，是供選用的，它不一定就是一個確切的答案。對於新聞事業的發展以及新聞思想的積蓄來說，有用的資源，不是一個一個前後排隊般發生關係，而是開放和包容的。在嚴格的學科意義上，包天笑的新聞思想不一定是最爲全面、系統和完善的，但思想史研究的經驗提醒我們，「並非排在最當前的這一個才有現實意義，或是只有被打扮成與排在最當前的這一個一模一樣的歷史與思想，才具有現實意義」〔註3〕。故而，對報人包天笑的注意和重審，不曾預設一個規範的標準和周到的尺度，而是力圖呈現其新聞思想本有的正形。本書嘗試解蔽被文學研究遮掩且暈染的包天笑，依據未被充分利用的一手史料，對其新聞思想進行還原式理解，盼望能得益的不僅是小說家報人的新聞史解釋，更期待開闊現實新聞思想價値的參照資源。

〔註3〕王汎森：《序》，載氏著：《執拗的低音：一些歷史思考方式的反思》，北京：生活・讀書・新知三聯書店，2014年版，第8～9頁。

附　錄

附錄一：包天笑筆名彙錄（《星期》《晶報》）〔註1〕

1922年間在《星期》撰稿時所用筆名：天笑、拈花、愛嬌、秋星閣；

1925 年間在《晶報》撰稿時所用筆名，共六十九個〔註2〕：一訪、千里之友、不明、不校、不群、中鋒、天虎、天笑、天馬、天絲、天鵝、太清、月圓、毋欺、包天笑、白門、白雪、白蘋、交蘆、亦壽、羊鶴、老鐵、赤旗、拈花、東舍、空峒、阿木林、青旗、青霞、亭雲、拾得、施不耐、春明舊友、春星、春華、珍華、紅燕、耐宜、英英、飛塵、首座客、香象、浮塵、浩歎、神妙、神獅、紛紛、閃電、曼妙、望雲、釧影、雪蕭、寒蟲、遊絲、無香、無常、黃石、微笑、微雲、愛嬌、愛群、楊朱、萬古、遊龍、蒼茫、舊燕、護護、靈簫。

〔註1〕由臺灣中央研究院近代史研究所孫慧敏教授等整理，並發布於其創建的「釧影留芳」網站。參見孫慧敏、張智誠輯：《筆名彙錄》，https：//sites.google.com/view/pao1876-1973，2017年4月25日。

〔註2〕要說明的是，此處僅匯總了包天笑1925年在《晶報》撰述時所用筆名，使用時須注意對年份和報刊的限定（這一點承孫慧敏教授提示，十分受教並致謝！）。1925 年之前，因無該部分日記手稿核對，包氏在《晶報》上使用的其他筆名暫無從知曉；1925年之後，其在《晶報》的其他筆名目前尚未得到系統整理，不過，根據已公開發表的部分釧影樓日記，會得到零星的線索。詳附錄三《釧影樓日記（七一）》一條之注釋。

附錄二：包天笑新聞活動編年（1901～1936）

1901 年

4 月，受到維新風潮尤其是梁啓超文章感染的包天笑，在蘇州創辦木刻月刊《勵學譯編》（至 1902 年 2 月停刊）。包天笑撰寫《勵學譯社緣起》，作爲發刊詞載於《勵學譯編》第一冊，署名「秋心子」。這是包天笑第一次編輯報刊。

10 月，在表兄尤子青的大力支持下，包天笑創辦木刻旬刊《蘇州白話報》（至同年 12 月停刊），他集編輯、校對、發行等職務於一身，所辦刊物不爲牟利，但圖「開開風氣」。這兩份報刊建基於提倡新知、開拓智識的想法之上，一度「轟動吳門文學界」，是包天笑涉足報界的嚆矢。

1906 年

2 月，受狄葆賢、陳景韓邀請，包天笑赴上海《時報》就任新聞編輯，自此正式踏入新聞界，「吃了報館飯」。在時報館，他起初編輯外埠新聞，並負責每月寫論說六篇，其餘寫小說若干。其中，2 月 24 日包天笑所撰社論《論粵漢鐵路與津鎮題錄》，是包天笑在《時報》上發表的第一篇論說，也是包天笑在《時報》期間的第一篇新聞作品。

3 月左右，應曾孟樸之邀，包天笑兼任小說刊物《小說林》編輯。

9 月 15 日～12 月 8 日，包天笑爲《時報》的臨時欄目「小言」，寫作八篇篇幅短小的新聞評論（但未明確標明「時評」二字）。

1907 年

2 月 16 日，包天笑在《時報》「漫談」欄目（按：此欄目僅出現一次，此後未見）發表《新聞紙之發源》（見附錄三）一文，對新聞紙的起源有較爲全面的介紹。

5 月 31 日，包天笑在《時報》發表時評《嗚呼蘇州之警察》，這是第一篇署名爲「笑」的時評。陳景韓撰時評署一「冷」字，「冷笑」佳話由此見稱。

12 月 26 日，包天笑在《時報》發表社論《論政府對於報館之觀念——所謂庶政公諸輿論者如是》。

1909 年

包天笑編輯時報館發行之月刊《小說時報》。

1911 年

包天笑主編時報館發行之月刊《婦女時報》。

1912 年

3 月 7 日，包天笑發表時評《敬告吾同業》，對新聞事業中的干祿希榮分子有所諷刺，勸諫報人相誓「勿污清操」。

10 月左右，陳景韓被史量才挖至申報館，包天笑即被狄楚青任命爲《時報》總主筆。

1914 年

2 月，包天笑創議設立專欄《餘興》，以爲眾多文筆優美的投稿文字提供一個適宜的發表園地，從而吸引並整編讀者投稿，《餘興》由此而來，專載除新聞及論說以外的雜著，成爲報界副刊的濫觴。包天笑意識到作爲具備長久生命力的介質，文藝之於報紙，其地位應該獨立，並以整體的視角編輯。而不是之前僅僅依附在報後。因是，報界眞正意義上的副刊《餘興》由此誕生：既在版面位置上不同於之前的隨版分欄，又在欄目內容上獲致整體的統合，以集中呈現文藝之興味。

1915 年

8 月，包天笑主編文明書局出版之《小說大觀》(1922 年 6 月終刊)。其最大特色和賣點在於始創季刊，後遂有文學季刊之門類。

1916 年

11 月，因意識到《餘興》正漸漸失去原有趣味，包天笑另闢別開生面的副刊《小時報》，與畢倚虹共同設計、編輯，處於報張末頁，諧名「報屁股」。包天笑撰寫《小時報發刊詞》，署名「小生」。較之《餘興》不關注新聞及論說，《小時報》一如其名，欄目全面但具體而微，一切都是小型的，儼然一張袖珍《時報》。不論事之瑣碎纖細，專門搜輯、刊載社會上種種「富有趣味之新聞」。

1917 年

1 月，包天笑主編文明書局出版之月刊《小說畫報》(1919 年終刊)。結合文學刊物面臨的現狀，他採用通俗、趣味、有益、美觀四項富於針對性的編輯原則。

11月～12月，包天笑位列上海新聞記者赴日視察團到日本考察新聞業，在東京、大阪兩地得以參觀一切。

1918年

以目之所及，結合考察資料，包天笑著成江蘇報人最早的新聞學著作——《考察日本新聞記略》一書，對當時日本新聞的實際業態進行細緻、全面的介紹。

1922年

3月，包天笑主編大東書局出版之文學刊物《星期》（至1923年3月）。

1935年

12月，應成舍我、張恨水之力邀，包天笑至《立報》主編副刊《花果山》（至1936年6月），與後者結「半年多的文字因緣」，這是包天笑生平最後一次編輯報刊。

附錄三：包天笑新聞論述輯錄（《時報》）〔註3〕

報紙爲有益人民之物，各國電費及郵費皆取價極廉，蓋所以助行也。今中國只減收官報郵費，何也？豈以非官報之有益反不及官報耶？是宜一律均減之。

（笑：《官報減郵》，《時報》，1907年1月23日）

新聞紙始於意大利之惠尼市，其初定名爲「能囀之鳥」，發行於惠尼市之政廳，有如今之所謂官報者，其發行期亦每月一回。既而意大利之各市皆以其便利而仿行之故。意大利者，實爲今者產出新聞社會之母也。

奇威麥士者，當時之大文豪也。其所著賴利孟傳中，有關於惠尼市新聞之說，其言曰：「當時自惠尼市新聞發行後，各私家都仿行之，於是大觸政府之忌，不許印行。然民間乃手抄發行，故惠尼市之新聞，至十六世紀之終印

〔註3〕附錄三、附錄四的輯錄，參考通行校訂凡例，具體包括字與標點兩個方面：1、擬改之字以〔〕表示，擬增之字以【】表示，無法識別之字以□表示，明顯的錯字、別字，徑行在文中改正；2、原文所用句讀或舊式標點，均轉換爲現行通用標點，如無按語說明，( ) 係原文注，……爲與新聞論述無關者，書名號的使用，除個別有所增補外，依照原文從略。

刷術發明以後，尚多寫本」。今意京圖書館中，藏有此寫本新聞三十卷，三百年前物也。

初意大利之目此新聞也，名之曰：曼那起曼那起者，今有誹謗之義。蓋當時人以新聞紙之目的，爲誹謗而設。政府嫉之、官吏恨之，故恒稱新聞記者爲「違法之徒」，既而又呼之爲曼難蘭，則有廣遠之意。人民漸有進化，知新聞紙之爲利宏也。

英國新聞紙之初發行，在愛利沙士女皇之朝。由宰相裴利氏之計劃，於 1588 年西班牙艦隊出入英吉利海峽時刊行數種之新聞，今尚存英國博物館中。蓋當時人心洶洶，警報之傳，市民有風聲鶴唳之驚，用此以鎮壓人心、公布事實。然無定期，故人稱之曰：不定期之新聞，在倫敦之皇室御用印刷所中印刷，此則純乎官報之性質也。

裴利氏當時既爲宰相，又兼主報事。方西班牙之來侵也，裴利氏於報紙上大書曰：「西班牙人無禮，揚言將處我女皇以死刑」，又歷數西班牙人之殘酷，軍艦之不道。此新聞紙出時，大激昂英國之人心。

今在英國博物館中最古之新聞紙，爲倫敦迦瑞脫之數葉，在 1588 年 7 月 23 日發行。其中紀事，多關於皇室，而此種古新聞，亦有如今日之新聞之有書籍廣告，此書籍者，皆御用印刷所之出品而發賣者也。

在英國科侖威爾時代內訌正盛時，義軍與叛黨，兩面各用其定期發刊之新聞紙，以挑發人心，於是各新聞風行飈舉，或稱哈羅新報，或名夏克實況，或題愛爾蘭確報。爾後，有稱爲「國會之鳶」者，對之者則名「蘇國之鳩」。

其後新聞紙勢力日高，爲政治上之機關，爲爭黨派之武器，記者人才輩出，肆其奇橫無前、縱橫出沒之筆，以監督政府，以誘導國民，而各大新聞，遂有左右全世界之力矣。

降及 1700 年時，英國日刊新聞不過一種，其餘皆七日報。當時亦部分門類，已而有一種稱之爲「饒舌家」者出現，於是政治文學風俗道德等各設一欄，而條分縷析矣。

法國之新聞紙，乃起於一醫師欲以娛病者，常集無數新話而印行之，孰知其業大行，即非病者，亦多購買之。於是此醫師乃請官得特許，每星期發行一回。是即法蘭西新聞之起源也，蓋於 1632 年始行之。

（笑：《新聞紙之發源》，《時報》，1907 年 2 月 16 日）

嗟夫！我今乃歎天下事變之來，最足以覘國民之程度。我於紹興一獄，竊痛心切齒於我奄奄無氣之國民。試問茲事之起也，除一二報界中人，奮其筆舌，以聲官吏之罪，外此者，豈有論列剖白者乎？將謂其事至纖悉，無議論之價値耶？抑木木然若無聞見耶？嗚呼，人心死矣。……

（笑：《時評》，《時報》，1907 年 7 月 29 日）

譎哉政府，今乃以浙之張撫撫蘇耶？即此一端，我有以窺政府之用心，蓋直以外交之策待國民，將自矜其手段之巧，以顚倒玩弄我人民也。庸詎知種此惡因，斷斷乎無良好之結果耶？

夫今日者，非大號於眾曰預備立憲預備立憲，顧陽雖預備立憲，而陰實摧鋤輿論。紹獄之興也，浙雖無輿論，蘇獨有輿論，乃以蘇之有輿論也，而以張曾敭小試其鋒，脫能以張之力摧鋤輿論，則政府以間接出之，固所願也。即不然而牽弄疆吏，以當輿論之漩渦，於政府又何嘗有大礙耶？……

（笑：《時評》，《時報》，1907 年 9 月 7 日）

處今日晦冥黑暗之秋，僅此一點未滅之明燈，如秋星之瑩瑩者，其惟一二主持輿論者乎？乃政府處心積慮必欲即此微末之光線，亦撲滅之而後已，使大地沉沉，咸處黑獄之中，而四萬萬人之盲人瞎馬，將令顚蹶於半夜深池，藉博旁觀者拊掌一譁笑乎？嗟夫，曾亦知，今日吾國之情狀，大似棹，一葉孤舟，於風濤險惡之中。只此遙遙一塔燈，以爲之指導，苟並此而去之，則舵折檣崩，縱號呼救援，亦莫有能應者矣。

自蘇杭甬借款問題之起焉，外部乃欲以巨靈之掌，翳我江浙人民之目。顧數年以來，吾民怵於外交之著著失敗，外人之對於我也，往往間接政府以苦吾民。而吾民以身家性命之所關，安能不奔走喘汗，以求一紓剝膚之痛？函電飛馳，恒藉一紙報章之力，以爲人民哀告之訴狀，以爲輿論代表之機關，而以是大觸政府之忌，始則謂不過少數人之反對，夫吾民縱少數較諸外部一二堂官爲何如？繼乃言報館之煽動其意，若謂使報館咸如寒蟬者，必不敗乃公事也。噫夫，如此良心未泯何？

於是乃以鉗制輿論之目的，汲汲於定報律。夫報律本文明國所應有也，顧亦視其政府之程度如何耳。試問歐美各國，在一國中立於監督政府之地位，除議院外，非端賴此報紙乎？則在共和立憲之國，尚復爾爾，矧其爲專制無對者耶？竊謂我政府諸公之腦筋，近日略受刺激，即能感覺，不復如前之木木然矣。蓋自車站一彈而設，警部皖撫一槍而平滿漢，今觀於江浙人民之能抗爭路權也，而欲鉗制報館。嗚呼，政府誤矣！是豈一槍一彈之所同日語耶？且報館者，亦何嘗有深仇宿恨於政府，不過盡其大職，亦爲其所當爲而已。

自預備立憲以來，亦已明昭大號，宣布天下曰：庶政公諸輿論矣，今其輿論何在乎？議院未設立，而所謂資政院、諮議局者，不過於空谷中發吻一呼，作一迴響而已。微論其暫時未能成立，即能成立，而現象亦可逆睹，否則所謂輿論者，將如古者廉能之吏，微服私行，以德輿人之誦乎？抑以人民之請願上書輿論乎？我觀政府亦未必樂於受納也。則凡此者，舉不足舉以代表輿論，而亦爲政府諸公所不甚厝意者，惟此報章者，略能指導國民、監督政府，正能帖帖就諸公之範圍，而以我國報界之發達幼稚，亦漸漸爲輿論之萌蘗，宜乎爲政府諸公之所不悖矣。嗟夫，魚肉刀砧，歎人心之未死，荊棘天地，悵來日之大難。吾同胞吾同胞，其惟不竦不戁、無屈無撓，須知一失足即淪無底也耶。

甫脫稿，即得讀一十日之上諭，似以民氣過囂而發，又聞報律之舉，已與駐京英使，預行商妥，其言良驗。

（笑：《論政府對於報館之觀念——所謂庶政公諸輿論者如是》，《時報》，1907 年 12 月 26 日）

我向者以爲政府諸公雖媚外賣國，尚有顧忌之心焉，今乃知老羞成怒，將全乎出以倒行逆施之手段矣；

我向者以爲政府諸公或尚有幾微畏清議之心焉，而今則惟有摧鋤清議之手段矣；

我向者以爲政府諸公猶欲通言路、採輿論，爲此虛與委蛇塗飾耳目之具焉，而今則欲吾民豐蔀萬劫，雖就刲割而不敢一呼號矣；

我向者以爲政府諸公猶時時以軫念民生，爲其口頭禪焉，今則明明以民心朝旨，截作兩橛矣；

我向者以爲政府諸公猶未敢與國民宣戰焉，今則挑激民怒，將釀成絕大之風潮矣！

雖然是可以瞻國民之能力。

（笑：《時評》，《時報》，1907 年 12 月 29 日）

自報律有先一日送地方官檢查之明文，而從此以後，地方官苦矣。

一、地方官須擔責任，報館之過，皆地方官之過；

一、凡有更正、辯誣，必齊向地方官饒舌，不勝其煩；

一、必有差役幕友，在外招搖，縱賄賂，而地方官且未知；

一、以十二點鐘送官署，以中國衙門，層層而進，非至三四點鐘不可，而官之渴睡蟲死矣。或曰，此非吸鴉片不可；

一、須多延幕友，以備顧問，不然，恐有許多未解處。或曰，有一法，不解處可蘸硃筆抹去。

然，此猶就報紙少處言也，若有日報七八種、雜誌十餘種，則鎮日爲報界之奴隸矣。

（笑：《報律》，《時報》，1908 年 4 月 1 日）

我今將問於吾政府曰：吾國者，將永永成爲地球上一極大之專制國乎？抑將望塵歐美各國之後，而時時以立憲餂我國民，以鞏此國家億萬年有道之基乎？

果其欲保守此專制政體者，則我請政府盡去其假面具，而以眞相示人，本數千年來淫威酷烈之祖制，刳秦皇殘暴之心，割元祖慘殺之手，而附益之於政府，雖速其亡，固猶快一時之意，而又何必忽焉而預備立憲也，忽焉而地方自治也，忽焉而考察政治也，忽焉而編查憲法焉？紛紜糾結、撲朔迷離，以擾亂天下人之心思耳目。矧專制之國，本無所謂法律者，就法皇路易「朕即國家」之說言之，則君主啓口，即成憲法。偶語者棄市，腹誹者駢誅，即以國家厚澤深仁，未必如此其嚴，而所謂報紙也、結社也、集會也，下一令曰：永不許有此種行動，亦何不可？而何必又遮遮掩掩，成此一種奇妙之報律與結社集會律耶？

果眞以爲此專制政體，居今之世，不能常保守也，則藉立憲以調和於君民之間，亦當相見以眞，不能以此爲塗飾國民耳目之計。即此報律與結社集會律者，本非專制國之出產物，乃欲以文明之軀幹，包孕野蠻之心腸，陽撫之而陰扼之，自以爲計之得矣。抑知法律者，固君民交相爲守也，非可以一二人之私意，取其不便於己者，束縛之、鉗制之，以爲天下士夫莫予毒也。又非可以斧柯在握，則朝下一法、夕施一令，藉三數爲政府奔走驅使之浮薄少年，摘取一二世界中具體而微之立憲國法律，又刪削而塗乙之，不復幾微有眞意之存，遂可以頒布天下也。蓋必經議會之協替，始得頒諸國中，乃成法律，而有效力。非然者，任在上一二人之意見，舞權弄法，則維持國家之機關，反爲濫用權利之兇器，既非吾國民所協替，則吾國民，即不應有遵守法律之義務，微論威令不行於國中。吾政府已無強人遵守之權力，即令有之，而此未經人民協替之法律，在法亦無遵守之義務耳。

我今敬告吾國民曰：苟爲專制之國民者，則嗣今以後，俯首低眉，蜷伏於重重壓制之下，舉所謂言論自由、集會自由，不當稍存一夢想，以此非奴隸之所應得權利也。脫猶自顧願爲一國之國民者，則於權利義務之間，不應有所放棄，而猶當知法律之爲物，不可以一二人之威勢行也。

（笑：《政府與國民（一）——未經人民協贊者不得成爲法律》，《時報》，1908 年 4 月 14 日）

近歲以來，吾政府對於外交，動多失敗，亦以爲全國人民所詬訾。而其顏面之堅厚，幾逾三尺之鋼甲，恬不爲怪。至以內政言，就表面論之，一似東塗西抹，頗欲有所補苴，而細按之均無實際。獨至對於國民之操縱手段則著著進步，大有瞬息千里之勢。近且焦心覃思、張肱舞爪，思欲舉此人民一線光明之言論機關，而網羅無餘，攫爲己有。嗚呼，吾政府亦狡矣哉。

今我亦知世界最不便於政府者，莫如報紙，是地球各國皆然矣，而專制國爲尤甚。以蚩蚩小民，初無監督政府之權，而剝奪愚弄、豐蔀萬劫視爲固然之事，猶幸於長夜漫漫、波浪奔湧之際，尙留此一點燈塔之光，以爲國民之導。而欲趣人入於鬼鄉者，則恨之次〔刺〕骨，苟非撲滅之者，終不能貼席，於是輾轉思惟〔維〕，而不可思議之報律出矣。

然猶思民氣之終不可遏也，從來壓力愈重者，其抵力亦愈堅。語云：防民之口，甚於防川，遏之既久，其橫決潰敗，更不可收拾，袞袞巨公，未嘗不深知其意。於是外則仍以束縛鉗制爲主義，而內則更以牢籠網羅爲手段，將令反對者漸漸無噍類，而將順者處處占優勝。苟如是者，不及數年，而輿論亡，而人心死，而民氣亦消沮而無餘。嗟夫，可憐此一片神皋，永永淪於黑暗深處矣！

拿破崙之言曰：有一反對之報紙，勝於三千之毛瑟槍。斯言也，外似諛之，而陰實忌之，我亦不敢言世界之報紙，果有此能力與否。試思此三千毛瑟槍者，爲政府所用，而非以之對付外交，僅以之抵制國民，此其力量爲何如？則論鋒所及，赤地千里，而我民之益愚弱而窳敗，將烏有振拔之期。而政府必猶以開明專制之名詞，號於眾，以自文其醜，獨惜視我堂堂神明之裔，曾弄具之不若，將謂爾縱跳盪，不難入我彀中耳。

我因是愈服政府之能也，今者內而政府、外而疆吏，咸以輸入官款於報紙，爲唯一之妙策，彼蓋洞燭一二槁項黃馘之流，烏足以操茲文明事業，又以民智未開、民力復孤，加以四周我身者，均阻礙進行之物，時時虞其顛頓，而彼即乘隙而進，以爲黃金之力，毛錐子亦退避三舍。我但需於東搜西括之餘，分出杯羹，則此機關，我即能負之而趨，此汝汝者又烏足注意也耶，又烏足注意也耶。

嗟夫，嗟夫，富貴不淫，貧賤不移，威武不屈，當世尚有幾人哉？凌冬霜雪，疇挺松柏之姿；空谷芬芳，莫抱茝蘭之質。懷想古人，不能不於高尚幽馨之士，流連三歎也。

（秋星：《政府之進步——敬告天下言論家》，《時報》，1908 年 5 月 3 日）

或曰：報紙多，國民之程度進焉。或曰：報紙多，州縣官乃大困焉。余不信，請觀湖北之枝江令。

或曰：報紙少，官場之所喜也。或曰：報紙少，又官場之不欲者也。謂余不信，請觀湖北官報，以退還報紙而記縣令過也。

（笑：《報紙多與報紙少》，《時報》，1908 年 12 月 23 日）

湖北某報，自收歸官報後，求免派者，應記過；求減派者，應申斥。雖內容腐敗，而皆應推廣閱看。甚矣，官報勢力之大也，無怪各報紛之紛紛將歸官報也。

（笑：《說湖北某官報》，《時報》，1908 年 12 月 29 日）

一客曰：今日聞各省咸將開辦官報矣，某縣若干份、某縣若干份，派銷甚便也。一客曰：便則便矣，獨不爲州縣官計乎？有部派之報也，有省派之報也，有夤緣請求札派之報也。區區養廉，僅足閱報而不足也。

（笑：《官報談一》，《時報》，1909 年 1 月 3 日）

露冷霜淒夜氣清，哀蟬猶自曳殘聲。可憐微物情如我，到死秋蟲鳴不平。

當時政府憾主持清議者之喋喋未已也，乃急急於定報律。報律定，足以鉗天下士夫之口矣。其最未能遵守者，則每夜必送行政官吏衙門檢閱，然後發行。上海各報難之，既而官中見報界之可以網羅也，於是牛溲馬勃，皆爲藥籠中物矣。

（秋星：《戊申雜詩》，《時報》，1909 年 1 月 28 日）

我今於漢口封閉湖北日報館事，而得新智識數端也。

其一、知所謂似貓之一物，而以怪物名之者，明係張彪也；

其二、知今之所謂報律，乃超出法律之外者也；

第三、知報未註冊，不必盡依報律也；

第四、知行政長官中，或有以鱗介走獸命名者，報紙之插畫中，當永永避此物也，布告報界咸使聞知。

（笑：《新智識》，《時報》，1909 年 2 月 10 日）

攤矣無論矣，即此札派之官報，已足使州縣之養廉不養。且其所派者，有中國報、有外國報，州縣之賠累何堪？然苟令吾蘇屬長官聞之必曰：「此區區者何足算？」不在攤派之多寡，而在銀價之漲落。苟能征銀加賦，則縱有千百札派之中外各報，仍取諸民而已，庸何傷？

（笑：《論札派中外各報》，《時報》，1909 年 7 月 12 日）

十年以來，吾國每鉗制言論一次，必有一次之反動力。不爽累黍、不貸此禍復見於今日。嗚呼，豈從此眞足以掩天下之目，豈從此眞足以塞天下之口？

（笑：《鉗制言論之禍復見於今日矣》，《時報》，1909 年 8 月 15 日）

報館之館，從食從館，或曰：官食歟？食官歟？曰：此可作兩解。右行則爲官食，以今之報館，常併吞於官囊，食於官也；左行則爲食官，言今之報館，資官津貼，則食於官者也。

（笑：《寸鐵》，《時報》，1909 年 11 月 19 日）

今方修改報律時，應加上一條曰：如各報有昌言無忌、擄事自書者，由官出資買回自辦；

今方修改報律時，應加上一條曰：倘官員中有願辦報者，得以國家公款挪借，隨後攤還，並無利息；

今方修改報律時，應加上一條曰：凡官員之收買報館者，得以收買之費攤派後任分償，先行諮部立案。

（笑：《寸鐵》，《時報》，1909 年 11 月 29 日）

今有作拇戰者，以食指爲官、以大指爲諮議局、以小指爲報館。官遇諮議局則官輸，以諮議局能監督官也；諮議局遇報館則諮議局輸，以報館能評論諮議局也；報館遇官則報館輸，以官能收買報館也。

（笑：《寸鐵》，《時報》，1909 年 12 月 1 日）

嗚呼！公道自在人間，是非決諸輿論。論者既知其有公道是非也，則曷不平心以思，乃爲此無理之攻駁。……

（笑：《時評二》，《時報》，1909 年 12 月 1 日）

來函往往有瑣事責備本館者，如某某係某某之子、某某係某某之孫，則本館記者，殊未能熟讀該姓之家譜，至謂訃聞遍天下，則記者未曾藏此訃聞視等唐碑晉帖。

（笑：《寸鐵》，《時報》，1910 年 2 月 25 日）

北京《公言報》以登載親貴事【被】罰，漢口《商務報》以登載官紳事被禁，上海《繁華報》以登載妓女事發封。孰謂吾中國不平等也，其人愈賤而其罰愈重。

（笑：《時評二》，《時報》，1910 年 4 月 24 日）

野蠻專制之國，縣令本可以破家，知府寧不足以殺身？夫報館記者之對官吏，初何嘗又深仇宿恨？亦迫於公義，不能茹而不吐耳。然而藉端羅織，賄殺滅口，人道之不足重如此，此皆自亡之道也。

（笑：《時評二》，《時報》，1910 年 5 月 2 日）

監督政府，爲近日新國民之口頭禪，議會也、報紙也，恒作此言。其實何曾有一毫監督政府之能力，微論監督，即參與亦不獲也。然今乃有以空言罹實禍者。

或曰：此可見監督必不可藉空言，蓋亦當頭一棒喝也，願吾國民誌之。

（笑：《時評二》，《時報》，1910 年 5 月 23 日）

山西交文一案，論者紛紛，莫從得其眞相。今以數言蔽之：煙不可不禁也，民不可妄殺也，諮議局有解散而無辭職也，報館有更正、控告，而無拿問訪員、驅逐主筆也。公論自在人心，察議出自上諭，又何事朝發一通告，夕至一公函也。

（笑：《時評二》，《時報》，1910 年 5 月 25 日）

聞夏口廳馮賛，瑞督呼之爲流氓，將登白簡，而馮賛哀求，謂：當念其有鈐〔鉗〕制報館之功。夫鈐〔鉗〕制報館亦爲政績之一，無怪乎今之不惜以流氓任地方行政官也。

（笑：《時評二》，《時報》，1910 年 5 月 26 日）

國民交際最足維持世界之平和，增進社會之幸福。中日兩國報界，向未有互相聯絡之機會，今日本新聞記者團，道經滬上，得與吾上海各記者握手言歡、酬酢至樂。從此兩國人民，提攜並進，寧非東亞之福哉？記此以代祝辭。

（笑：《時評三》，《時報》，1910 年 6 月 3 日）

今日中日記者團席上，有日本某君演說云：日本報紙有極反對政府者，有極仰承政府者，均未見完善。竊謂：茲事亦當分別以觀。日本報界之情狀，吾未敢臆揣。若我中國今日之報界，則當視政府之程度如何。夫國民孰不欲有良政府？若上有程度未及之政府，則正賴國民爲之提撕警覺，此正規導政府，非反對政府也。

（笑：《時評三》，《時報》，1910 年 6 月 4 日）

唐寶鍔自譯《東語全璧》，久不得其蹤跡，有人傳言在北京爲欽賜翰林矣，然而亦碌碌無所表見。今乃忽發奇想，欲以軍律施報界，於是各報均登載其大名，此眞絕妙廣告術也。余書至此，有笑於旁者曰：「君作此批評，則正墮其術中，又送卻廣告一個矣。」余大笑。

一客曰：「然則溫肅之奏請限制報律亦然。」

（笑：《深語廣告術之唐寶鍔》，《時報》，1910 年 11 月 17 日）

我嘗見各國凡屬通都大邑，恒有一種遊戲滑稽之新聞，發爲嬉笑怒罵之文章，或作種種奇異之畫，所謂「愛嬌而譏嘲」，當世不以爲罪也。今日上海之所謂小報者，雖無此資格，然稍稍可觀者，則摧鋤之抑，何脆弱一至於此也。

（笑：《時評三》，《時報》，1910 年 11 月 25 日）

向日之爲政者，尙有幾微畏憚清議之心，故於輿論所洽者，尙欲爲博名計。今則悍然不復顧矣，不惟道德掃地以盡，即廉恥心掃地盡矣。

（笑：《時評二》，《時報》，1911 年 7 月 7 日）

先有瑞莘儒之發封報館，後遂有蕭國斌之扭毆主筆，可謂上行下效，捷於影響矣。夫報館以其犯報律而罪之，而罪之者仍不以報律，則均一違法而已矣，又何論疇是疇非哉？

（笑：《時評二》，《時報》，1911 年 8 月 20 日）

報館之能據事直書者，則封閉之；法官之能守正不阿者，則排擠之；議員之能熱心公益者，則開除之；商人之能勤求職業者，則摧殘之。嗚呼！官之嫉視其民也如此。

（笑：《官之嫉視其民》，《時報》，1911 年 8 月 26 日）

廣東因各報登載燕塘新軍解散事，至於拘留主筆、勒交訪事，奇哉！此專制時代挫抑言論之舉動，而乃見於今日乎？且聞粵之陳都督，亦曾充報館之記者，而茲乃以都督之威權，凌爍同儕，宜全粵報界之共抱不平也。

（笑：《可憐廣東之報界》，《時報》，1912 年 1 月 23 日）

共和時代，尊重輿論。而代表輿論者，報紙也。當日滿清政府，以反對輿論而反對報紙，足爲殷鑒，何意粵省陳都督，乃躬冒不韙。嗚呼！獨不見今日內閣各部行政長官，尚欲組織報館以造成輿論耶？

（笑：《共和時代之報館》，《時報》，1912 年 1 月 24 日）

自民軍起義以來，各報界鼓吹革命，不遺餘力。今者吾民國完全統一，因見夫當事者漸漸有違法越理之舉動，則監督勸導，亦吾報界之天職，乃政府遽欲施取締報紙之令，不經議會之議決，實行其命令即法律之專制政策。嗚呼！內務部，獨不畏天下人齒冷耶？

（笑：《未經議會議決之報律決不承認》，《時報》，1912 年 3 月 5 日）

新聞事業者，至神聖高貴之事業也，萬不可挾有干祿希榮之分子。我見夫平日主持輿論者，放言高譚，一行作吏，全背其所行爲，因知官之一物，正爲敗德之階，願吾同業相誓，勿污清操也。

（笑：《敬告吾同業》，《時報》，1912 年 3 月 7 日）

廣東都督陳炯明，視事未及半載，而摧殘報館者二次，其爲人之鹵莽滅裂可知。……

（笑：《嗟廣東》，《時報》，1912 年 3 月 24 日）

粵都督陳炯明之殺陳聽香也，問諸粵人，謂陳聽香本一敗類，殺之非冤。然敗類與否，別一問題，試問不加審判，莫明罪狀，各省都督可任意殺人乎？且以後凡反對都督之報館記者，均以陳聽香爲例乎？……

（笑：《陳炯明與陳聽香》，《時報》，1912 年 4 月 20 日）

孫中山二十七日赴廣東報界談話會，謂滬報言論有攻擊政府太過者，不利民國初基云云。噫！孫先生亦未審我滬上報界之苦衷耳。夫吾報界之與政府，究竟有何深仇宿恨，而必欲肆其攻擊，亦不過爲國利民福起見，則我輩之心實未嘗與孫先生愛國之心，有所歧異，脫孫先生平心細思，必能曲諒我滬上報界矣。

（笑：《時評二》，《時報》，1912 年 5 月 1 日）

蘇州造幣廠一事，記者屢加抨擊，期期以爲不可，然此亦非記者一人之私意，實於理法均有所不洽。……

（笑：《程都督從善如流》，《時報》，1912 年 5 月 17 日）

北京報界正值多事之秋，軍警兩界遽起劇烈之風潮，此雖武人之蠻橫，有此違法之舉動，然當次秩序尚未全復，軍民屢欲蠢動，而挑起武威之惡感，則擾亂治安，在在堪虞，故今日我同業爲大局計，亦當爲小民計也。

（笑：《北京報界之風潮》，《時報》，1912 年 6 月 6 日）

王金發毆打汪瘦岑一案，今已判決，經黃克強運動折算，罰金二百四十圓，此即爲毆打報館記者之代價，在王金發不過譬如在上海多吃幾檯花酒耳，曾何足損其毫末，或曰國民公報案尚無此價值也。

（笑：《毆打報館記者之價值》，《時報》，1912 年 10 月 5 日）

昨日記者嘗著一時評，抨擊蘇州巡警總局石局長破壞煙禁，據通信員報告云云，記者天職所在，何敢緘默？今得該局中來函更正，謂本月底押閉膏店已將實行，檢查廳又擬協助進行，則石局長對於禁煙之舉，實表贊成，更望石局長就其職權所及，不懈不悚，則蘇人之受賜良多，今將更正稿列下，以謝吾過：

更正：閱報見時評欄中，有破壞江蘇煙禁者一則，未免失實。按此事之誤傳，因本月一號，敝局曾發吸煙執照一月，面下幅之兩月，用印塗銷，不知者訛謂已發三月，遂有展緩之說，且本月底押閉膏店，亦將實行，檢查廳又擬協助進行方法，敝局實無庇護吸煙人之意。請貴報更正爲荷。

（笑：《蘇州局長並非破壞煙禁》，《時報》，1912 年 12 月 16 日）

中國之辦雜誌也，其情狀至爲奇異，各國則或談政法，或誌文藝，或闡明種種科學，吾國則始也留學生之在東京，各以省分，曰《江蘇》、曰《浙江》，今則又以部分，陸軍部則《陸軍雜誌》，海軍部則《海軍雜誌》，開卷即照相若干、題詞若干，觀諸君之尊相與大筆，直令我眉皺與頭疼耳，而諸公尚不肯饒人也奈何。

（笑：《又一雜誌時代》，《時報》，1913 年 1 月 31 日）

本報前得北京專電，謂金鼎主張以漕糧半歸中央云云，繼得金鼎來電，力辯其無，並加本報以顛倒是非之罪。本報實深惶恐，意者北京訪員傳之非其眞歟，然本報之果顛倒是非與否，在金鼎君固自知之，今自京友處抄得金鼎所呈財政部說帖（已登昨報），想非本報之所能僞造，質之金鼎君，或當矜原本報之非顛倒是非歟？

（笑：《金鼎或能恕本報歟》，《時報》，1913年3月2日）

記者無黨見，故敢以持平之言，忠告於國民、進步兩黨人，今本埠《民立報》轉載記者忠告進步黨人之言而紹介之，記者心以爲感，特尙有無厭之求，若得並記者忠告國民黨人之言而紹介之，或以愚者千慮一得之故，而令彼有所覺悟，則又記者之所欣慰也。

（笑：《記者持平之言》，《時報》，1913年6月4日）

自去年南京政府成立後，而閣員中新聞記者一時稱盛（次長尤夥頤），北遷而後，久已絕蹤矣。今遠生君之理想內閣中，又廁一新聞記者，而自明謂決非遠生，我知縱非遠生，而必謂爲遠生之友，新聞記者而入閣也，或亦認爲我輩新聞記者之榮歟？否歟？我實不敢下決詞矣。

（笑：《新聞記者之入閣》，《時報》，1913年6月21日）

本報自闢「餘興」欄後，愛讀諸君投贈之稿，紛至沓來、美不勝收，現擬即日擴充「餘興」欄，搜羅種種雅俗共賞之材料，倘蒙海內外讀者諸君，時賜佳稿，尤所歡迎。

（《本館特別啓事》，《時報》，1914年3月16日）

餘興部爲通令事：據投稿家某某君，呈請擬擴充「餘興」篇幅，以副愛讀諸君之雅意等因前來。查本部自設立以來，未及一月，而各投稿家瓊琚雜投，實屬美不勝收。茲自本月十九日起，特擴充本部篇幅，凡種種滑稽遊戲、雅俗共賞、趣味豐富之件，爲本部所專掌，所有各投稿家關於此項稿件，請即隨時投送來部，切勿遲誤。此令

（《通令》，《時報·餘興》，1914年3月19日）

餘興部官制

第一條 餘興總長，管理遊戲、滑稽、興趣、文藝小品，詩詞歌賦，筆記叢談，及種種編輯事務，監督所轄各欄及排字手民。

第二條 餘興部總務廳除各部通則外，掌事務如左：

一、掌管各馬路特約電報；

二、收藏各種投稿；

三、調查編排大小樣稿；

四、收發函件，掌理贈品；

五、登錄投稿人，編排日月；

六、公布廣告。

第三條 餘興部置左列各司：遊戲司、滑稽司、藝術司、詩詞司、歌謠司、小說司、雜稿司、圖畫司。

（《法令》，《時報・餘興》，1914 年 3 月 20 日）

餘興部官制（續）

第四條 遊戲司掌事務如左：

一、關於遊戲文章、詩詞歌賦事項；

二、關於仿摹古文古詩事項；

三、關於仿摹現行文牘官書事項。

第五條 滑稽司掌事務如左：

一、關於笑林諧談事項；

二、關於酒令詩令、燈謎隱語事項；

三、關於諷刺笑罵、無傷雅道各雜件事項。

第六條 藝術司掌事務如左：

一、關於算術變幻種種事項；

二、關於各科學種種遊戲事項；

三、關於幻術戲法種種事項；

四、關於新劇舊劇、談論評議種種事項。

（《法令》，《時報・餘興》，1914 年 3 月 21 日）

餘興部官制（續）

第七條　詩詞司掌事務如左：

一、關於古今體詩事項；

二、關於長短句詞曲事項；

三、關於詩話詞話事項；

四、關於詩鐘短句事項。

第八條　歌謠司掌事務如左：

一、關於童謠短歌事項；

二、關於新舊山歌各項時調事項；

三、關於彈詞開篇事項。

第九條　小說司掌事務如左：

一、關於長篇短篇小說事項；

二、關於院本腳本事項。

（《法令》，《時報・餘興》，1914 年 3 月 22 日）

投稿人阿呆呈餘興部文

投稿人阿呆爲條陳管見事：竊奉大部通令內閣，據投稿家某君，呈請擬擴充篇幅云云等因，奉此遵即搜索枯腸，擬備投稿，惟竊有芻蕘之見，敢爲大部一陳之。

一　既有特約電，不可無訪事員也。今日專制共和之過渡時代，各埠新聞足充貴部之材料者，不一而足、泊沒無聞，殊非貴部采風風世之意，擬請更闢地方新聞一欄，阿呆愚蠢，敢竭棉薄充訪事員也。

一　當有徵對或詩鐘之定課也，滑稽材料之趣味豐富者，寥落晨星、渺難多得，設無善後持久之計，終必流於抄剿陳舊、老生常談之弊，滑稽時報之前軍可鑒也。雖今日各稿，未始無散，見筆記說部及習聞街談巷語之內，然一見之猶覺不妨，誠恐後來者流，或將悉是此等物，則味同嚼蠟，不如有徵對或詩鐘之定課，則材料之不虞缺乏、趣味益臻雋永矣。

以上二端，就蠡測所及，似爲當行之事，不揣冒昧，敬呈大部，付乞批示祇遵。此呈餘興部長

阿呆

餘興部批

來呈已悉，條陳頗有見地，查本部甫經設立，疏漏殊多，正擬召集各投稿家，組織投稿聯合會，公同討論所陳各節，足資參考，自當採擇施行，呈件存部。此批

（《公牘》，《時報．餘興》，1914 年 3 月 23 日）

餘興部官制（續）

第十條 雜稿司掌事務如左：

一、關於對偶聯語事項；

二、關於雋語諧聞、談話會珍聞事項；

三、關於無可歸類之各雜件事項。

第十一條 圖畫司掌事務如左：

一、關於滑稽種種圖畫事項；

二、關於插入各藝術圖畫事項；

三、關於美術時裝、意匠圖畫事項。

第十二條 餘興部主事員額，至多不得逾一人。

第十三條 餘興部參事、僉事、主事員額，以部令定之。

第十四條 本制自公布日施行。

（《法令》，《時報．餘興》，1914 年 3 月 24 日）

餘興部第一號通告

爲通告事：本部自創辦以來，投稿豐富，日必收函至百餘件之多，除剿襲成文及不堪錄用者外，積壓尚多。惟是篇幅有限，會當再謀擴充之道，務望各投稿家靜待披露，勿事躁急。此告

餘興部第二號通告

爲通告事：案據本部圖畫司呈稱，世界文明漸啓、發明日多，往往有想入非非、堪資談噱者，現正搜集各種材料，隨時摹繪發表，因思當世不少發明大家，或自出心裁，或得諸目觀，倘能呈送到部，繪就草圖，具有說明，實所歡迎等情。准此查新發明品，日新月異，大足開人智慧、資人談噱，仰各投稿家，如有此種新發明品，繪圖貼說，呈送到部，一經考驗，即予獎勵。特此通告

（《法令》，《時報．餘興》，1914 年 3 月 28 日）

世界上凡定一法律，必使人可以遵循者，方能通行。今政府之新報律，乃欲每晚須將報樣，送警署檢閱，始能宣布。此萬不能辦到者，倘或貿然發布，適足墮政府威信而已，何不思之甚也。

（笑：《新報律》，《時報》，1914 年 4 月 2 日）

報紙者，政府心中一厭惡之物也。彼之所不欲言者，而報紙則刺刺不休也；彼之所不欲聞者，而報紙又強聒不捨也；彼之所欲掩藏者，而報紙輒發其覆也；彼之所欲進行者，而報紙時礙其步也。故平時縱頗得報紙之贊助，而一入政府，即欲先制報紙以自恣，平時亦深諒報紙之苦衷，而身爲當道，便欲仰此報紙使勿言。我猶憶南京政府初成立時，所謂執政諸公者，亦報界餘子，才投此破紙枯筆之生涯，墨跡未乾，即曰定報律、定報律。民國百事草創，法律無一成文者，即曰定報律、定報律，蓋亦以此物最惹人厭，縱不能去之，亦必抑制之而後快。余友某君改龔定庵詩以嘲之曰：落紅已逐春潮去，肯作春泥更護花。余笑謂此亦社會通性，向之有藉於彼也則親之，今之無藉於彼也則冤之而已。

而茲則政府又欲嚴訂報紙條例矣，此條例之能通行與否，我且勿言，我但思政府之心理，果何爲而欲訂此嚴酷之報律，將以取締所謂國民黨報紙耶？夫政府今日所最痛心疾首者，固此煽亂之報紙，然試問今日爲國民黨機關之報紙，存者幾何，亦已摧鋤略盡矣，否則將以鉗制此外藉之報紙，如《順天時報》之類乎？以今日之交綏政府，當有所覺悟，我知是皆非政府之心理，政府心理云何，將謂天下有道則庶人不議乎？我敢決政府猶未敢爲此大言不慚，否則將恐其各標旗幟、互爭蠻觸，自附於某某派某某派之下，以攻訐隱私乎？則在諸公之自反省而已，干報紙乎何尤？

（笑：《新報律》，《時報》，1914 年 4 月 4 日）

前者我欲窺測政府對於近日報紙之心理，固莫得其涯涘。今據政界某要人之所言，則謂非出於政府之公意，不過一二私人，因其不利於己，遂鼓煽而成之。夫以吾國人之瀉私忿而忘公義，則此事原在意計之中，獨奈何中國政治，播弄於一二私人之手，而盈廷濟濟，竟無一人能不在此一二私人播弄中者，則可謂國無人也矣。

今政府所定之報紙條例已公布矣，人方謂其嚴而密，我則謂其拙而疏，以日本報律爲藍本，廁以不相類之中國事實，此頗類當時作八股文者，剿襲形似而不對題之文字，又毫無理緒、生呑活剝。在八股時代，苟子弟而作此等文字者，直將施以夏楚、責其手心，以民國既廢此撲作教刑，而法制局乃定出此種報紙條例，嗚呼！是所以梁任公之欲復體刑也歟。

我且勿及其他，但問第十一條所云（在外國發行之報紙）云云，夫我今者安有在外國發行之報紙，詎非無病而呻？然我固知定此第十一條者之心事，謂徒刑罰款之權力有時不及之地，則概之曰：在外國發行之報紙。雖然權縱不及，而地固我有，概目之曰外國，其心可誅，然此尤可辯也。至第二十五條，則曰（違反第二十一條之規定，發賣或散布外國報紙者）云云，不曰在外國發行之報紙，而直曰外國報紙，則國內所有之外國報紙，望其文義，自當盡入範圍。夫報律，內政也，汝既有此能力，則又奚別爲本國報紙、外國報紙爲哉？此又以石投水，不通又不通也。

（笑：《新報律（二）》，《時報》，1914 年 4 月 7 日）

政府方定報紙條例，而韓省長即特頒報館訪員人公署之禁令，並嚴禁公署人員與報界往來。韓省長恐□譴於中央，而故爲是耶，抑報紙而因此發動歟？蓋韓省長是小心翼翼之人，自當力求與報界中人相遠，此一事則頗得風氣之先也。

（笑：《韓省長得風氣之先》，《時報》，1914 年 4 月 9 日）

南京新設《政聞日報》一種，官報歟？私報歟？馮都督所欲設歟？韓省長所欲設歟？抑都督、省長所合辦者歟？營業性質歟？官有物歟？札派歟？官督商辦歟？頗令莫明瞭也。

（笑：《政聞日報》，《時報》，1914 年 5 月 19 日）

《政聞日報》出版，通令知事警署，隨時惠寄新聞，意在令知事警署代銷報，而兼爲義務訪員，或曰：若此報而爲中央政府所辦，則當以各省都督、民政長爲義務訪員，若此報而爲世界公報，則將以各國大總統、大皇帝爲義務訪員矣，闊哉義務訪員也。

（笑：《義務訪員》，《時報》，1914 年 5 月 22 日）

本報無似，自發刊以來，忽忽已十年矣，以時代之遷流、政體之改革，睠懷已往，輒用低徊，顧自十年以來，雖未敢謂有益於社會，亦頗思盡天職於國民。譬諸兒童，十年方爲就傅之期，師長之所督策，父兄之所詔勉，庶幾得成爲有望之青年，而教育之猛進，固亦在此時期也。記者不敏，竊願以少年之《時報》，扶助此少年之中華民國，則前途希望，正開燦爛之花，當於此雛鳳聲中卜矣。

（笑：《少年之時報》，《時報》，1914 年 7 月 1 日）

政府向日之對於報紙，僅有嫉視之心，而無維持之意。邇來又動以武力，任意摧殘，雖定報紙條例，而行政機關，即不能遵守報紙條例。今朱總長邀集報界開談話會，我誠望政府與報界時時有接洽之機會，當能減去誤會不少也。

（笑：《政府與報界之接洽》，《時報》，1914 年 8 月 12 日）

朝日新聞所發表之中日議定書，既經當局有力者之否認，又以參議院之質問，而經外交官之答覆，已證明絕對無此事矣。然則縱有過激之評論，亦出於國民一種之愛國心，須知既無此事，則評論亦屬空，而上海日報則謂捕新聞記者等十餘名，果何爲耶？

（笑：《虛事與空論》，《時報》，1914 年 9 月 2 日）

日本公使謂，中國報紙登載中日交涉事有礙進步。誠哉，其有礙進步也，特此所謂進步者，乃日本片面之進步耳，彼愈進步，而我愈讓步。中國報紙之力，亦甚微弱矣，而乃尚嫉視之曰有礙進步耶？

（笑：《有礙進步》，《時報》，1915 年 4 月 13 日）

日報紙恒言「國民鞭撻政府」云云，我實未敢知彼之國民，果有鞭撻之能力。即能有之，而其所鞭撻者，當在彼不在此。蓋使彼政府而徒爲野心武力之是恃，終非其國之福，使彼國民而頭腦清醒冷靜者，當以此而鞭撻其政府也。

（笑：《國民鞭撻政府》，《時報》，1915 年 5 月 2 日）

邇來本報屢不得湖南通信，窮究之，則偶有一二自日本郵局來者，云湖南官界中派人至郵局，凡有致書報館者，概行沒收之。於是，爲叢驅雀，人遂不得不自日本郵局寄，即餘興等件，亦改由日本郵局寄。在公等，防民之口，甚於防川，不願以一字入報紙，然亦愚拙可憐矣。

（笑：《告湖南軍政界》，《時報》，1915 年 7 月 21 日）

廻憶民國初建時，即頒有勳位制度，記者憑其迂拙之見，頗加非難，謂共和國不當有勳位，然爾時即有辯之者。今日思之，則勳位亦爲過渡之一物耳，當日齗齗爭之，不其傎乎？

（笑：《廻憶》，《時報》，1915 年 8 月 1 日）

梁任公，海內文宗也。讀其文，透闢精摯，深入人心；坎其說理處，語語皆有根據，斷無有讀其文而使人不動心者。豈能與彼喋喋不休作違心論者同日而語乎？蓄道德，能文章，任公有焉。

（笑：《梁任公》，《時報》，1915 年 9 月 7 日）

自來好文字，能使人傳誦，而醜文字亦能使人傳誦。所以黃河白雲之詩，與所謂「蛙翻白出蚓死紫之」之句，俱爲人所記憶也。此次國體問題，既有梁任公諸君之好文字，安得無令人發噱之醜文字，江瑤柱美味也，而臭鹹菜亦大有鮮味。

（笑：《傳誦之作》，《時報》，1915 年 9 月 14 日）

輿論者，民情所自出者也，故今之爲政者，必曰輿論。然而此亦一輿論，彼亦一輿論，究竟眞正之輿論何在乎？今政府自國體問題發生後，而有調查輿論之說，我願政府當一探眞正之輿論。

（笑：《眞正之輿論》，《時報》，1915 年 9 月 18 日）

禁報紙捕訪員，今日之好機會也。蓋內地官吏，苦輿論久矣，每有所作爲，輒爲人發其覆，趁此時會，正可借題發揮，一網打盡。雖然，防民之口，甚於防川，防有形之輿論易，防無形之輿論難。

（笑：《禁報紙捕訪員》，《時報》，1915 年 10 月 27 日）

西報述北京國華報之言曰：如當帝制計劃開始之際，總統尚可諭令國民暫緩進行之時，日本即有此勸告，始眞可謂爲友好云云。其意抑若嫌日本勸告之太遲者，抑若日本早有此勸告，即可諭令國民暫緩進行者，抑若中國帝制問題之起滅，果受人指揮者。嗚呼！何論調之狼狽，一至於斯乎？而又出於主張帝制之報紙乎？喧騰西報良可慨歎也。

（笑：《國華報之失辭》，《時報》，1915 年 11 月 5 日）

或問治國者，果能藉文字以收功乎？余曰：唯唯否否，文字者，不過一種發表之物，而其實質，斷不在文字也。民間之輿論，託諸報章，政府之告諭，宣諸命令，故必皆充於內，然後形諸外，謹恃文字，不爲功也。

（笑：《文字》，《時報》，1915 年 11 月 14 日）

黃遠庸君，不可謂非當世一雋才也。既贍文詞，復富法律，近方負笈遊學於美國，以爲呼吸新大陸之空氣而歸，庶乎其益進德而修業也，今聞被戕於舊金山，烏能不深惜此人才歟？

（笑：《悼黃遠庸君》，《時報》，1915 年 12 月 28 日）

上海各報以陰曆歲闌，根據習慣上之關係，與讀者諸君小別七日。此七日中，不知有幾多事端，作何種景象，我不能知，但我知報紙代表民意者也，我惟祝「如意」而已，如一人之意，不如如萬民之意。語云：士別三日，便當刮目相看，此七日之別，願讀者諸君刮目俟之可也。

（笑：《小別七日》，《時報》1916 年 1 月 29 日）

字林報言，北京帝制派報紙，仍以南方之事爲無關重要，我不知爲此言者，其強作寬慰之詞乎，抑眞視爲無關重要乎？若其強作寬慰之詞，則當知今日耳目不可終掩；倘眞視爲無關重要者，則昧於時局，蓋亦至可憐也。

（笑：《南方之事》，《時報》，1916 年 3 月 22 日）

小時報何爲而作也？曰中國之稱報紙也，有大報、有小報，大報者，談政治、議國家，軒眉攘臂，各尊所聞，而於社會事，則以瑣屑猥陋之，雖有小報，亦不過紀載菊部花叢，陳陳相因。其實社會事務，千頭萬緒，任舉一事，皆有研究之價值。同人等編輯之餘，掇拾築頭木屑之棄物，匯而錄之，無以爲名，名之曰：小時報。時民國五年十一月二十二日，小時報呱呱墜地之日也。

包括欄目：國內小新聞、本埠小新聞、菊部叢談、硯滴等。

（小生：《發刊詞》，《時報・小時報》，1916 年 11 月 22 日）

小時報出世四百有四日，餘興女士喟然歎曰：「稚子成名矣！我將退憩寒閨，以全權授稚子，不復問世事矣。」小時報堅請曰：「女士助我！我根基淺薄、賦質脆弱，又以少不更事，多所舛誤，女士其助我！」餘興女士曰：「稚子好爲之，我將扶植使汝至能於獨立，我今先取消其部名，而仍留餘興之實，四方君子之好餘興者，仍得以文字相因緣。」請於部長，以爲可，乃爲宣言布告世之愛餘興及愛小時報者，願併兩愛而爲一愛也。

（小生：《餘興與小時報合併宣言書》，《時報・小時報 附錄餘興》，1918 年 1 月 12 日）

一、餘興欄之國內無線電、特約馬路電移入小言之下，酬資分三等，一等三角、二等二角、三等一角，取確捷新穎主義；

一、餘興欄之遊戲詩文、筆記小說種種，仍贈書券，暫不變更；

一、小時報之小言，歡迎投稿，並不限制每日登一則；

一、花間零話、菊部叢談，以雅訓典瞻爲上，亦頗歡迎來稿。

（《餘興小時報合併後之規則》，《時報・小時報 附錄餘興》，1918 年 1 月 12 日）

封報館捕主筆，此調久不彈矣，不意於今日京師沉悶之際，忽添此種活氣也。抑吾聞之，北京之報館，必有一有力者爲之係屬，今乃出此，必非無故；抑又聞之，政府之借外債，亦視等常茶飯，或爲風氣說，或出事實，一聽諸悠悠之口，而此次何忽情急若此，是大可研究者也。

（笑：《封報館捕主筆》，《時報》，1918 年 9 月 26 日）

一國不能無輿論，無輿論則必鄰於亡；有輿論而不能尊重其輿論，亦與無輿論等。年來吾國政府即悍然不顧輿論者也，如解散國會也、蔑視法律也、摧殘司法也、斷送利權也，未嘗無人民爭之，而彼渺焉不顧，獨斷獨行。即如此次禁煙一事，未嘗不爲輿論反對，而當局悍然不顧，直至外力干涉，乃始聽從。凡此皆足徵吾國輿論之薄弱，我今將問國民：如何造成一種堅厚之輿論耶？

（笑：《國民之覺悟（五）》，《時報》，1918 年 11 月 25 日）

陸路之火車停矣，水路之輪船停矣，遠路之電報停矣，近路之電話停矣。此次已完全入於斷絕交通之一境矣。交通既斷絕，則報告傳遞信息之新聞紙，亦將束手無策。形勢如此，又將奈何？明達之士，其何以解決之哉？

（笑：《斷絕交通》，《時報》，1919 年 6 月 11 日）

建設是今日國民人人心目所希望者也，然而建設者，即今日國民人人所有事也？顧建設將於何處著手乎？我謂道德其首務，而智識能力其次。要也，無論何種社會、何種事業，捨道德而不講，則雖有智識能力，適以助世亂、濟巨惡，而與建設相去愈遠，故道德者，建設之礎也。

（笑：《何者爲建設之礎》，《時報》，1919 年 8 月 9 日）

附錄四：包天笑新聞論述輯錄（《晶報》）

近幾個月裏，上海的交易所，風起雲湧，盡有許多人發財。就以上海的各大報館而論，平添了無數的告白，這筆告白費，多則每月增添一二萬元，少的也有千餘元，向來不大能支持的報館，此刻也靠著交易所恩惠，居然支持過去了。所以明知道交易所將來必爲恐慌的媒介物，但是報館裏人，卻還是希望交易所一天增加一天，最好出五張報紙的，有四張半都登交易所的告白，留半張報，登載新聞，那時各報館的收入，還要增多咧。有個不怕得罪交易所的老圃君，在申報上做了一篇恐慌之豫言，他說：「深望錢業銀行業諸人，及早設法，相約慎與交易所往還」。這原是個好法子，可是現在大家在發昏時候，他就要駁你了，他說我們錢業銀行業和交易所往來，是營業性質，你們報館裏狂登交易所告白，也是營業性質，難道只許你們報館裏賺錢，不許人家做生意嗎？所以雖是好話，人家決不肯及早醒悟，還是放在交易所風潮退後，各報館告白減少，錢業銀行業叫苦連天的時候，再說說罷。

（拈花：《各大報館與交易所》，《晶報》，1921 年 8 月 9 日）

神州紀念漢時功，五色旌旗在眼中。（晶報將於國慶日後刷新）

花史離魂悲夜月（憶清離魂記，及死矣花娟娟諸作，皆花史中之悲慘者），石皮哀淚動秋風（汪子實先生，別號石皮，常有投稿，今亡矣）。

潮翻廣告飛空白（抵制日貨時，晶報犧牲日本廣告，皆成空白），露濕增刊墮粉紅（八月一日之增刊，印有紅色之報徽故云）。

書霧騰天都亂道（報中投稿文字，諧文居多數），煙雲滿紙一丹翁（古云揮毫落紙如雲煙，丹翁所寫之稿，眞是煙雲滿紙也）。

（天笑：《改杜詩贈晶報》，《晶報》，1921 年 9 月 27 日）

老林房外有高臺，此日登臨演講開。（老林黛玉，在三馬路有一陽臺，所謂講演集者，即於此速記歟）

兩個寃家都北上（謂天笑與涵秋也），一篇蹻稿自西來。（曾孝谷自成都，時時寄稿來，爭花衫蹻工）

畢三公子誰能識（倚虹亦時投稿，惟隱其名），馬二先生去不回。（馬二先生到北京後，此間樂，不思歸矣）

且欲徑尋余四少（余四少者大雄也，老林以是呼之），陶然居喝白蘭杯。（大雄常以白蘭地酒自隨）

（天笑：《改杜詩贈晶報（二）》，《晶報》，1921 年 9 月 30 日）

望平街市有春山，奔走申新時報間。（有賣報人名春山者，銷晶報獨多，望平街者，報館街也）

西望寒雲羅稿去（寒雲之稿，時須往催），南窺微雨已門關。（微雨爲劉香亭先生，在時報館任總編輯，與晶報望衡對宇，有時晶報齊稿，彼已歸矣）

書拋龜尾思巾語（張春帆君，以著九尾龜傳名，嘗作巾語，登諸晶報），日繞狐頭識聖顏。（胡適之先生，丹翁稱之爲胡聖人，不知何故，胡狐同音，欲對龜尾，故改爲狐，幸恕唐突）

一臥二爺驚夜晚，幾回汗褲點煙斑。（二爺者，寒雲也，起甚遲，常著短袴吸煙）

（天笑：《改杜詩贈晶報（三）》，《晶報》，1921 年 10 月 3 日）

新聞報近來加添了一欄新知識……中國向來知識很舊，讀了新知識，當然要開通不少，即如他的「天文類」說明地球爲繞行太陽的一物體，此何等新穎，向來中國人，還不知道地是圓的咧。諸如此類，開通中國人的新知識正不少啊。愚魯的商界中人，譬如在澡堂中洗澡、剃頭店剃頭，於無意中讀了這一紙新知識，登時知道地是圓的咧。有人說這「新知識」一欄，有些像《格致彙編》中的新知識，有些像傅蘭雅式的新知識，我說管他呢，橫豎中國人還是十八世紀的，中國報館至少也是十八世紀半的，十九世紀的新知識，豈不是很配嗎？

（愛嬌：《十九世紀之新知識》，《晶報》，1922 年 2 月 3 日）

四歲的小晶報，你是一個活潑的小弟弟
你卻只是縱縱跳跳，你的生日在今朝
我不吃你的長壽麵，我不送你的壽桃糕
我只要小弟弟笑一笑，慰我那寂寥懊惱
四歲的小晶報，你是一個聰明的小弟弟
你總是有說有笑，你的生日在今朝
我祝你健康，祝你智慧，還祝你多情永好
祝你長生不老，這就是我的貢獻，我的禱告
四歲的小晶報，你是一個純潔的小弟弟
你饑來吃飯，倦來睡覺，你的生日在今朝
你不會敲竹槓，要人家的錢鈔；你不會受津貼，向權門拜倒
小弟弟啊，小弟弟啊，你長大成人了，不要做那些潑皮惡少
四歲的小晶報，你是一個勇猛的小弟弟
你身軀雖小，你的志氣不小，你的生日在今朝
我望你做一個打破惡社會的小先鋒，做一個巡迴全世界的小招討
小弟弟啊，小弟弟啊，你要抖擻精神做一個英豪，你才對得起我那老醜的愛嬌

（愛嬌：《四歲的小晶報》，《晶報》，1922 年 3 月 3 日）

上海地方的報館裏，只有一個日報公會，便是這日報公會。還有申報和時事新報，不入這個公會咧，以後也有什麼報界聯合會，到了如今，也無聲無臭了。上海報界裏的人，實在覺得散漫得很，此刻有一個記者聯歡會，純

粹以記者的資格組成，聽說這個會裏，不贊成報館經理入會，隱隱有勞工和資本家分野的意思，這倒是上海新聞家的一個進步啊。這一次記者聯歡會，是時報館的總主筆，戈公振先生主席，他主張下一會假新閘路赫德路口簡照南先生的花園裏，開聚餐會，簡照南先生自然是竭盛歡迎，那簡照南先生，就是南洋兄弟煙草公司的大老闆。記得從前有一回，幾家報館，不登南洋兄弟煙草公司的廣告，好像時報也在其內，經這一番記者聯歡，再和南洋公司聯聯歡，由記者而及總理，或者可以消釋前嫌，不咬定他是日本籍罷。

（紅燕：《記者聯歡與南洋公司》，《晶報》，1922 年 4 月 12 日）

商報女書記席上珍自縊的一件案子出了，很引起上海的一般社會的注意，所可注意的不止一方面，而我所注意的，即在報界一方面。當出事的那一晚，是九月八日八點半鐘，這個消息一傳，已轟動了一條望平街，因爲望平街是報館聚會之所，而商報也是望平街報館之一。我想照世界各國的新聞（除去中國），像這樣轟動社會的事，連夜登載，到明天總可以見報，況且那時候並未深夜，在八九點鐘的光景，怎麼不能加入本埠新聞？可是各報館大家不敢發難。後來商報出了一張知單，裏面有「推愛停登」字樣，各報館雖然調查得很確的，卻也把那條足以轟動社會的新聞，暫時一擱，直等到明天，公堂案發現，有幾家報館，還有遲疑不敢登的，不知怎樣，忽然發於天良，決定登出來了。幾家不敢登的，聽得別人家要登，也只得登了，但是把關於商報總理有妨礙的話頭除去了。最奇的別人家都登，而獨有民國日報不登，因此很引起許多人的揣測。有人說，民國日報與湯節之有特別感情的，但是一個民國日報不登，就把這事可以掩飾了嗎？有人說，民國日報的本埠新聞比別人家要遲一天，但是別項本埠新聞，也和別家報館一樣啊。這個問題，須得民國日報自己知道，我們實在無從知道。還有一件事，這件案子，自出了以後，略有常識的人，都知道是社會上一個大問題，但是各報能做批評的，只有時事新報一家，其餘都噤若寒蟬，好一個報館總理的威嚴啊！兔死狐悲，物傷其類，嚇得各報記者都不敢說話，勿怪社會上沒有反響。咳！可憐的中國輿論家啊！

（拈花：《席湯案與各報》，《晶報》，1922 年 9 月 12 日）

辦新聞雜誌的，不是做茶食店生意，不是那些倒糞倒垃圾的，念念不忘吃月餅。爲什麼到了中秋，所有大報館及各處書坊的雜誌，要出一種中秋特刊，今年的中秋，說這幾句話，明年的中秋，也說這幾句話，不但沒有做頭，而且是沒有看頭。有人說，做那種應時小品的人，實在不願意做，無奈報館經理……就是那個四大金剛，和這些開書坊的老闆，總要教人家應個景兒，其實做那種應時特刊，和社會上很有關係。第一、教人家堅固舊曆的惡習慣。什麼七夕中秋，連個中元的鬼節，也要做兩篇鬼串鬼迷的文字；第二、教人家永不能破除迷信。你想中秋總是嫦娥，七夕總是牛郎織女，中元當然是鬧鬼了，所以我說諸位倘然有一點兒改良社會的心思，應該少做做那些應時特刊罷！

（天馬：《打破應時特刊》，《晶報》，1922 年 10 月 6 日）

本報的國慶號，登了幾個娼妓和女伶的照片，很引起了一部分人的反響。有的說，國慶日不應該登這卑陋的照片；有的說，應該表示慶祝的意思，登幾張大總統國務員以及一班偉人的照片。可憐啊，諸位先生太不原諒了！人家的國慶增刊，都是十餘大張，我們這個小晶報，只有很小的兩張，我們怎能和人家比呢？而且人家所登的偉人照片，都是碩大無朋，我們小晶報，實在地小不足以迴旋，只要孫中山、陳炯明兩個照片，就把我們一張晶報塞滿了，這如何使得呢？要是我們登幾個縮小的大總統照片罷，人家看了很大的標臉，何必再看我們的小面目。所以我們弄幾個娼妓和女伶登載，教人有些興味，至於說娼妓女伶和那些大官僚大偉人，果然也一樣的在國慶日賣錢，要論起品行和本質來，也有人說軍閥官僚和娼妓女伶差不多，但是我們不敢說，我們也不必說。

（天馬：《答國慶日本報增刊反響》，《晶報》，1922 年 10 月 15 日）

……就是在平日，我也喜歡這兩家報紙（按：時事新報和晶報），因爲這兩家報紙，卻也有相似之點。第一、晶報喜譏讀同業，而時事新報也喜歡罵同業，他在二十號的報上，罵申報、新聞報、時報、新申報各家報紙裏的文字，指爲墮落的文言，被罵者不敢作聲；二、晶報常有揭載社會黑幕的紀事，而時事新報就是首創黑幕小說的，都以時事新報爲師法；第三、晶報上往往登載社員互相攻駁的文字，而時事新報也有這個態度……綜上幾點，（按：時事新報）確有和晶報相像處，晶報安得不認為同調呢？

（天馬：《時事新報與晶報》，《晶報》，1922 年 10 月 24 日）

我說社會上的禍，就是報館中的福。這兩件事，恰恰有個反比例，這也不能怪報館裏的人，故意的要幸災樂禍，他也是為環境所迫，叫做無可奈何。我試舉幾個例，證明社會上的禍，就是報館中的福。凡是規規矩矩的報館，沒有什麼津貼與賄賂，就是要靠廣告的收入了，但是報館廣告越好，社會上受禍愈烈。去年的交易所，社會上受禍很大，可是報館裏的廣告，家家叨他的光，今年交易所消除，就靠那彩票了。但是近來彩票禁絕，報館的廣告吃虧不少，這也是社會之禍報館之福啊。此後所企望的，就是那些藥房告白，和投機無聊的新書告白，也不知是禍是福呢？

（天馬：《社會之禍報館之福》，《晶報》，1922 年 10 月 27 日）

資本家捉弄言論家的方法很多，我先說裏面最小限度的一部分，便是告白。前幾天，你們不是瞧見各大報上，都新添了一個同樣的時評，大家倒被他蒙混了，仔細一瞧，卻原來是個告白，這個告白，最先是申報登出，其次便是時報新申報，在他做告白的一方面，也算巧妙極了，應得獎勵，可是報館裏和讀者，卻被他騙了，因此有人說，將來只怕新聞和廣告攪在一起。這個話，你別說他沒有影響，我瞧上海的報紙，總有這一天罷！也有人說，申報近來新添了第五張本埠新聞，裏面也有許多，可以算得作廣告新聞，這便是新聞和告白攪在一起的開端。我說這也不見得，也有好幾條，是和告白沒有關係的，但是和告白有關係的卻也不少。依我說，各報何妨另闢一張，標其名曰：「廣告新聞」，庶不致混淆，也不至於傷了言論家的尊嚴，諸君以為何如？

（天馬：《資本家捉弄言論家》，《晶報》，1922 年 11 月 12 日）

……

祝民國十二年以後的晶報，對於社會上事，迅速而誠實的報告，並負著指導社會之責；

祝民國十二年以後的晶報，對於新舊戲劇以及娛樂等記載，執報界的牛耳；

祝民國十二年以後的晶報，各投稿家有討論而無意氣；

祝民國十二年以後的晶報，校勘精良，不要有「不知何故」的錯誤字句；……

（天馬：《祝晶報》，《晶報》，1923 年 1 月 1 日）

晶報在上海地方，於報界上的本埠銷數，既佔了第三名的位置，現在擬漸漸由近而遠，第一個大碼頭，就開闢蘇州，從本期起，跟著上海報在蘇州占第一位銷數的新聞報，附送三期，我就做了一個祝詞，祝蘇州人，並祝晶報。

蘇州人是喜歡寫意的，凡百事體，總是從容不迫。茶館裏坐坐，書房裏踱踱，乂乂麻雀，打打食品，都是蘇州人的本領，恰也和晶報性質相近。你瞧上海各報，什麼大選咧、小選咧、何〔河〕東咧、何〔河〕西咧，鬧得烏煙瘴氣，而晶報還是寫寫意意，說幾句風涼話兒、俏皮話兒，大有「泰山崩於前而色不變」的狀態，即此一端，我知每一家蘇州人的家裏，總有一張晶報。

蘇州人很細心，凡百事情，都要考究考究。這個晶報，常常對於最小一件事情，大家不惜工本的考究，甚而至於互相辯駁，這也很合蘇州人的口胃。蘇州人很文雅，晶報也是聚好幾個文學家所組織而成的，就把晶報上的文學而論，也可以在蘇州出風頭，不到幾天，不但刷刨花水、擦雪花粉的少年，歡迎晶報，連那捧著水煙袋、帶著近視眼鏡的老輩，也歡迎晶報咧。

這就是我對於蘇州推銷晶報的祝詞。

（拈花：《蘇州推銷晶報的祝詞》，《晶報》，1923 年 10 月 6 日）

時事新報，常常開風氣之先。當時流行一種黑幕小說，倒也風行一時，後來時事新報有一時代，極力攻擊黑幕小說……善變大概是他們的黨綱，所以有今日之我，與昔日之我戰爭的話，也有人說，時事新報近日取投降態度，以後也不敢罵人家文丐了！咳，這是報界的墮落呢，還是進步？

（赤旗：《時事新報將恢復黑幕？》，《晶報》，1924 年 2 月 9 日）

北京報館，大都受軍閥官僚之津貼，於是上海之報館，嗤之以鼻，曰：「北京之報館，最無價值，全是機關性質，孰若上海報館之以營業性質為號召。」北京報館，雖被上海報館所詬罵，而無詞以答也。然而北京報館則反詰上海報館曰：「汝輩不受津貼，將恃何術以生存耶？」則曰：「恃廣告。」北京報館強詞曰：「然則我亦恃廣告耳，不過我之廣告在新聞中，而汝之廣告在新聞外，且以廣告性質而爲新聞者，恐汝輩亦不能謂其必無也。不過我輩爲惡官僚等廣告，汝輩爲惡商人登廣告耳。更有一說，汝輩嘗曰『廣告者不擔責任者也』，故性質近賭博之廣告，汝輩連篇累牘而登之。充其量，但能出廣告費，無論傷風敗俗之廣告，汝輩皆將登之。苟上海報館而移往北京，恐不僅受津貼而已，乃以此驕人乎？」北京報館之言如此，上海報館其自訟也。

（天笑：《京滬報館之問答》，《晶報》，1924 年 2 月 12 日）

一家官報在洋場，研究新文化保皇。主筆公然聘才子，溯初黃可溯初皇。
任公老去太無端，今日應知託付難。勁敵寧惟一政學，大家都作笑林看。

（神獅：《贈時事新報》，《晶報》，1924 年 4 月 6 日）

時事眞成苟日新，一番研究一番陳，活該遇著者行孫。
笑壞比鄰邵力子，氣傷同係孟莼生，附庸申報仗何人？

（神獅：《再贈》，《晶報》，1924 年 4 月 9 日）

碑有碑陰，不得曰碑陽，有之，所以別陰也，猶漢書及出師表、赤壁賦等之本無前而因後得前也。

報之附葉，錫名曰殿，非也，陰耳。然別陰其後，則前非陽而何？海報諸陰，如是如是爾矣，因比較報之陽。

申：時評論說，冷與心史等輪任之，冷語滑中寓灑，常若費解，類陳死人之賢去八，殆以豐牛儒易戴，代表井中鐵函乎？吾敢謂鄭所南曰：君家正秋，尙復脫穎而出，奈何陳陳相因也？

新聞：行嚴之論，如㾓公所錄樊山絕句「打棗黃竿嫋嫋輕」，長矣，苦未能勁，然持以打梨，亦甚可可，浩然之評，或謂似謁者持帖，到門即投，蓋喻其極諳禮數而莫或舒徐。孟子云：「泄泄，猶沓沓也。」即所以貌其「有歸志」歟？

（神獅：《報陽比較志》，《晶報》，1924 年 7 月 3 日）

前日三報館被控，某律師翻譯，呼報館總經理曰：總擋手。說殊新穎，爰爲之歌。

總擋手，總擋手，肇錫嘉名眞不朽。老班之名不神奇，買辦之稱亦腐臭。試思編輯名主筆，握筆豈能無一手？一手難掩天下目，一手亦足障九流。豈如錢莊大夥夜壺攀（按蘇滬間錢莊總理稱擋手，亦名大夥，又稱夜壺攀，言其擋手處也），卻同輪船老大稱把手（輪船老大，把舵者亦曰把手）。每家報館有一手，三家合成三隻手。總擋手，眞不朽。

（愛嬌：《報界新樂府・總擋手》，《晶報》，1924 年 9 月 3 日）

上海時報、新申報、商報三家被控案，於星期六日判決，其判詞中，有云：「狄楚青、許建屏、李徵五三人，係報館經理，對於新聞部分，不負何等責任不應有刑事應任，應即注銷。」此項判例，今後將永以爲法，蓋因從前控案，往往糊裏糊塗，認報館經理，爲全報館負責之人，報館經理也，權力無上，常常干涉新聞編輯上事，此後公堂上判明報館經理，對於新聞部分，不負何等責任，惟總主筆的責任甚重。倘然有一條新聞，總主筆認爲不可登的，經理就無法強制，爲的是出了事後，罰的是總主筆，不是經理也。但我所講的是法律問題，事實問題卻還不是如此，總之現在的事，第一步是實力，報館也是如此。

（赤旗：《上海報館之新判例》，《晶報》，1924 年 9 月 9 日）

在江浙沒有開戰之先，有人去見齊撫萬，齊撫萬痛罵上海的報館，說一家都要不得，全是幫著盧子嘉說話，現在是好了，我已辦了一個東南日報……誰知道東南日報還沒預備好，江浙已經開起仗來了，於是東南日報因爲要造蘇軍打勝仗的謠言，趕緊出版，名之曰「東南日報特刊」……造出各種離奇的謠言……總之，造謠言也要造得像一點，像小說也不能如此荒唐，何況是編新聞。所以……這位東南日報的主筆先生，我勸他也到上海來觀賞風景幾天，回到南京，爲造謠言上，大有益處。

（曼妙：《造謠要有常識》，《晶報》，1924 年 9 月 18 日）

最近民國日報的編輯長葉楚傖，和館中全體主筆，一同辭職，這是上海報界破天荒的事。要知道主筆辭職是常事，全體主筆辭職，在上海已經不經見的了。為的上海當主筆的，老實說句話，都是飯碗的問題，而且大半都是統屬於經理之下，不統屬於總經理之下，能□保守飯碗，也就馬馬虎虎了。所以上海幾十年的報館歷史，從來沒有一回說編輯先生總辭職，即使偶然有一二回，也不過因為報館經理不發薪水，小小怠工，只要一見了錢，也便翹起屁股，勤勤懇懇的發稿子了。這一回，民國日報的編輯部總辭職，聽說為了國民黨左黨右黨的關係，我不敢說誰曲誰直，總之是有主義有價值的，所以葉楚傖下野，似乎比別的下野光明些。

（天馬：《葉楚傖下野 上海報館之新進步》，《晶報》，1924 年 10 月 18 日）

北京和上海的主筆先生，這一番眞正弄得手足無措。現在報館，都是跟著政局變化而變化，一向恭維他、拍他的馬屁，忽然之間，一個變化，剛剛要稍為透透氣，評論他幾句，慢慢兒把身體旋轉來，誰知忽然之間，又是一個變化，不但是想罵他幾句來不及，實在連要拍馬屁也來不及。我記得鏡花緣上有一個什麼兩面國，前後都是一張臉，將來請報館主筆，便請這一國的人，覺得臉兒翻轉來容易一點，諸君以為如何？

（赤旗：《拍馬屁也來不及》，《晶報》，1924 年 10 月 27 日）

日內瓦禁煙會，列國均說施肇基說謊，又使團消息謂中國禁煙，難有結果，因重要首領機關長官，吸煙者多，曹任公府有五十支鎗，現國會有二百餘鎗，報界有數十支鎗。公府之鎗、國會之鎗，我且不言，我且試問同業報界之鎗。夫所謂報界之鎗，係指全國之報館而言歟，則數十支鎗，亦不為多；但我觀此數僅指北京而言，北京之報界，若謂全數報界而言歟，則數十支鎗，亦不為多。但我觀此數則指北京重要之報界人物而言，夫北京報館，僅有數十家，而有鎗階級占其多數，上海報界之鎗，尚不與也。嗚呼！邵飄萍、林白水，愈以見汝輩之鎗之價值也。

（曼妙：《報界之鎗（二）》，《晶報》，1924 年 11 月 12 日）

……像這種自詡為專電靈捷的兩家老報（按：指申報、新聞報），未免有些失色嗎！可是這一番，我想他們並不著急，倘然申報有這個專電，而新聞報無之，新聞報一定要著急；新聞報有這個專電而申報無之，申報一定要著急。現在兩家都沒有，他們都不著急。為的像時報、新申報、商報，已經不屑和他們競爭，也不必和他們競爭，這幾家不敢和申新兩家抗衡的，也實在有些不爭氣，你瞧這樣的緊要電報，像時報卻塞在許多電報的縫裏，也不登在供人注意的第一條，這就教發電報的人，起一種明珠暗投之感。

（不群：《申新兩報專電之遲鈍》，《晶報》，1924 年 11 月 27 日）

前數日，有稱爲上海新聞家王池孫君者，發起一新聞大學，以造就優秀之新聞記者爲宗旨……特約撰述有申報馬崇淦、趙君豪、周瘦鵑，新聞報潘競民、嚴獨鶴，時事新報張東蓀、潘公弼、周孝庵，商報陳布雷、潘公展、朱宗良，民國日報邵仲輝、嚴愼予，時報戈公振、畢倚虹、張伯翼、馮柱石等，除新申報、神州、中華兩報未延致人外，其餘報界聞人，搜羅大半。在此大學潮流風起雲湧之時，忽有一新聞大學出現，足見上海新聞事業之發達，甚盛事也。乃未即三日，而新聞大學所延請之報界聞人，除時事新報同人以及時報館之馮柱石外，全行聲明，與上海新聞大學無絲毫關係。異哉王池孫何人，乃能不得諸君之同意而貿然發表耶？……特我以爲新聞大學殊不可少，鑒於近來關於新聞學著作之多，可知將成爲一門專門學問，倘能由申新兩報發起，或至少有資本家如南洋公司之簡氏等，方是以網羅群英，入彼彀中，若王池孫者，未免力量太薄也。

（天馬：《記上海新聞大學事》，《晶報》，1925 年 2 月 21 日）

本月二十一日，巡捕房檢查民國日報一事，此不可謂非上海新聞界之一新聞也，乃至明日，檢查上海各報竟無一家登載者，此亦可謂咄咄怪事矣。夫新聞紙者，以報告新聞爲天職者也，捕房搜檢報館，並非隱秘之事，亦未嘗通知報館，禁止登載，乃爲未知耶？則望平街近在咫尺，一時人盡喧傳，儼若到處皆可爲新聞，而獨於新聞界之新聞，則未可宣傳，以隱秘爲宗旨。噫！上海之新聞界，其麻木不仁耶，抑膽小如鼠耶？

（天馬：《上海新聞界之隱秘》，《晶報》，1925 年 2 月 24 日）

時事新報登載上海新聞大學，特約周瘦鵑、嚴獨鶴諸人爲撰述員後，而馬崇淦、周瘦鵑、趙君豪、嚴獨鶴、潘競民、戈公振、畢倚虹、張伯翼、邵仲輝、嚴愼予、陳布雷、潘公展、朱宗良諸君，公同簽字，具函時事新報，請求更正，謂並未接收上海新聞大學之特約，亦無王池孫委託撰述等事，完全與上海新聞大學及王池孫無絲毫關係，一面分函各報聲明，迨二十日（星期五）各報均將馬崇淦等十三人之函登出（惟新聞報、民國日報未登）。最奇者，誤登此項新聞之時事新報，獨不將馬崇淦等十三人正式請求更正之函登出。照新聞慣例，凡新聞所載不實，由關係人正式簽名具函請更正者，不應拒絕不登，乃時事新報竟置之不登，於是論者，遂謂時事新報負三種責任：(一)登載不實新聞，請更正而不理，是謂文過；(二)關係人具函請求更正，而不披露，是謂蔑視具函人之意思；(三)不實之新聞，由時事新報發布，同業關係，各家刪去名字爲之代登，而時事新報仍強列諸人名字，事後同業具函請求更正而不理，未免侮辱同業、玩弄同業，具函之十三人，竟無如之何。……或又云上海新聞大學，與時事新報有密切關係，故時事新報不惜死命掩護上海新聞大學，雖蔑視同業，雖違反更正慣例，亦所不屑。其然，豈其然乎？

（神獅：《時事新報之新聞學》，《晶報》，1925 年 2 月 24 日）

中國自從有了新聞紙以後，都是注意在政治上，沒有注意在社會上的報紙，以前偶有一二小報，不過記載伶界、娼界一社會的消息。自從晶報出世以來，獨掮了社會報一個招牌，雖然還不能十分發展，可是在記載社會上事的報紙，還沒有一家可以和晶報抗衡，我望晶報能坐定了社會報的第一把交椅。

上海近來的各報，在物質上漸漸進步，在精神上卻漸漸退步，輪轉機、送報汽車一家一家的多，評論主張以及有價值的新聞，一天一天的少。報館經理多坐汽車，館員薪水常常發不出，我望晶報從事於精神上，勿沾染上海各報的惡習。

近來有許多社會，表面上似乎很道德很體面的，一窺他的內容，腐敗很惡，比了人家素視爲惡人的還要惡，晶報嫉惡如仇，非將他的假面具揭去不可。今後的晶報，還要竭力勞動於這種工作，掃除社會上的口蜜腹劍的惡魔。凡看報的人，不知有晶報則已，既知有晶報而看了他，就永遠的看下去。但是有好幾個大碼頭，都沒有晶報，今宜設推廣部，只要那個地方有十張晶報，一轉瞬便到一百張，這是晶報年來開闢外埠代派處，都是如此的，可是一面又要求增廣篇幅，以容納各埠有趣味之新聞與評論。

（曼妙：《晶報今後的希望》，《晶報》，1925 年 3 月 3 日）

晶報自從發行以來，已經六年了，這六年中，也有許多的經過，但是過去的一年裏，很多值得回憶的地方。

第一、是愛讀者的增加。這一年裏的銷數，實爲最可驚的發達，雖然晶報自出版以後，年年增加，可是這一年，突然飛增，倍於五年來原有之銷數。雖經各處兵燹、頻受打擊，等到那地方平靜，晶報仍恢復原狀。倘沒有去歲的兵亂，晶報的增長，只怕還不止此數。

第二、內容約略變換。從前的晶報，屬評論方面多，屬記載方面少。這一年的晶報，漸漸的趨於記載方面，中國這樣的地大物博，一天裏便要生出許多珍聞軼事，各大報上所載的都是那些政治上陳陳相因的話，晶報上卻都是有趣味的確實的記載，常常有各報紙所不肯載、不敢載、不及載的紀事，晶報獨能披露，自然覺得難能可貴了。

第三、小張，又是三天一出，怎能再浪費紙上的地位？所以這一年來選稿比較略精，除特約撰述的幾個同志外，有時也仰仗愛讀者的賜稿，每每刪繁就簡，也還不失精神所在。像因為一瑣屑的問題，而同人互起戰爭，徒蹂躪吾晶報上的土地，又和人家起無謂的戰爭，這一年中，晶報概不曾有過，這也算是一種進步。

（天馬：《晶報一年的回顧》，《晶報》，1925 年 3 月 3 日）

華界公然販賣煙土以來，官廳佯為不知，軍警視若無睹，上海的所謂當道，到今天可算得宣告破產了。這幾天各團體、各報紙很能持正意，反對這喪心病狂的所為。然而這件事輿論果能戰勝惡魔與否，全憑輿論界的力量。不然，在報紙上鬧過幾天以後，便完全沒有事了，他們賣煙的依然賣煙，販土的仍舊販土。這不但是上海的輿論界丟臉，連上海的市民也都丟臉了。記得六七年以來，上海也是一件關於土的事，當事人對於輿論界大施賄賂，很有幾家報館，處於嫌疑的地位，這一番請你們自己摸摸良心，上海的市民，大家睜大了眼睛，望著你們咧！

（天馬：《上海輿論的試驗品》，《晶報》，1925 年 5 月 9 日）

當此次南京路流血慘劇（按：指五卅慘案）發生以後，各報均抱一致之態度，獨時報則有三特異之點，今舉之如下：

一、五月三十一日，各界開聯席會議於總商會，學生方面，要求商界罷市，以為援助。商會會長方椒伯君亦已贊成，並簽名於書面。明日各報均鄭重登載此項新聞，獨時報不載此新聞，其特點一；

二、六月一日，各報開會議時，議將附刊之文藝欄撤去，以儘量登載此次流血慘劇新聞，各報均允諾，而時報獨否，必欲保留小時報，其特點二；

三、六月二日之時報封面，獨有各報所未有之工部局布告與工部局警告之告白二則，爲時報之獨出風頭，其特點三。

有此三特點，此時報易主以後之新改良也。

（神妙：《時報之三特點》，《晶報》，1925年6月3日）

託身在公租界裏的報館，以爲這一次很幫學生們的忙，卻不知道學生們還很不滿意於上海各報館。據我所聽得的第一不滿意事件，便是篡改學生會的通電。從來各報館登載的公電，認爲不應該登的，不登可也，否則詞句有妨礙處，節去一段可也，再不然，做一條新聞，把公電裏重要語句詞意採入也可，從來沒有可以改篡人家的公電的。三十一日各報所登的學生聯合會公電，和原電不同，不知是哪一家把小様送給各報的，現方澈查。再者，此次肇事，原因起於公認顧正洪案，學生方面，以爲顧正洪案發生後，各報必仗義執言，豈知各報默無一語，連那些不著痛癢的評論也很少，於是學生們自己發傳單，因此犧牲了無數好青年。昨日余在北火車站送一客，親聆一學生言：「上海的報界，可憐可笑！今天我到南京去，要求南京的南方日報，加一附刊，痛論這件慘案」。可是我想，南京的報紙，就比較可以說話嗎，只怕他們有了眼淚，沒處可以痛哭罷！

（天馬：《學生不滿意於報界》，《晶報》，1925年6月3日）

……自十八日起，日報公會，幾將破裂。蓋申報空不在公會，時報則隨申報腳跟而走，新聞亦無操持各報之力，於是外人表面觀之，則申、新、時登三個空白廣告者爲一組，而其餘六家，則爲一組。蓋以銷數及告白費而論，申、新兩報足以突過其餘七家而有餘，亦無須公會，亦無須與其他七家合作（若時報則爲彼之附庸而已）。六家之能力，均不足與申、新抗，故常遭失敗。……（按：上海報界）已貌合神離矣。

（神妙：《上海報界之紅錫包案》，《晶報》，1925年6月21日）

……工商學聯合會及學生會，又以公函致各報，請於二十日起，一律停登廣告。各報遂即開會討論，是日，九家報館開誠布公，從事討論，乃決議於二十日，暫停公司廣告，一面各派代表，至公司切實解釋，公司堅以合同爲言，此案似猶未克告一結束也。然自此案起後，日報公會，開會集議者屢，其間雖亦頗有各行其是者，至今乃團結爲一，是誠差強人意之事。申報之史量才君，已提議改組日報公會，俾以形跡之聯絡，而意見即藉以疏通，此殆亦拜紅錫包一案之賜也夫。

（神妙：《報界之紅錫包案後聞（三）：工商學界之質問 九家報館之團結》，《晶報》，1925 年 7 月 21 日）

上海學術團體對外聯合會，於此五卅事變時，發刊一公理日報，共出版二十有二日，以種種故障而停刊，讀者深惜之，而於晶報同人，則尤有同情之惋歎也。……今日上海之各大報，無或敢加以訾議，而公理日報則口誅筆伐，不遺餘力，獨對於吾晶報，則加以獎美之詞，此晶報安得不引以爲知己。夫公理日報之壽命，雖僅二十有二日，然其所播之種固已甚遠。晶報以環境之不同，當然與公理日報同旨而異趣，但一莊一諧、殊途同歸，對此二十二日之公理日報，不能不致其痛惜之意也。

（天馬：《惜公理日報》，《晶報》，1925 年 6 月 27 日）

申新兩報，以登載「誠言」之故，爲各界所反對，於是登報道歉，即於五月二十七日，其總主筆陳冷血、李浩然，各登一「闢誠言」之評論。人謂是上海輿論界第一次之屈辱，我謂是上海輿論界第一次之覺悟。蓋人能自知其過誤，而虛心道歉，不以傲慢之態度對人，即其改善與進步之道，況報紙雖爲營業之一，自當以輿論爲依歸也。至於「闢誠言」之評論，尤以李浩然君之評論，爲明白曉暢，且能提明英外相張伯倫之言，爲支吾之詞，爲避卸責任地，結後兩句，且曰：「如此而自評爲誠，眞難乎其爲誠矣」，數語使人甚爲滿意；陳冷血之評論，大足使耐人尋味，雖寥寥數語，乃如一篇心理學之講演，且泛言之，亦未指定「誠言」之刊物，若一般人讀之，固未知其爲闢誠言，而智識界人讀之，覺其闢誠言之意在言外耳。我望今後上海報界之入於坦途，我更望各報館有以自處之。

（不群：《「闢誠言」評論之評論》，《晶報》，1925 年 7 月 18 日）

自來從事於新聞事業者，以新聞爲天職，使新聞而遲鈍、而麻木，則爲記者之失職，此無論何國之新聞記者，同此職志也。然而吾中國上海報界之新聞記者，則每以遲鈍痲木，爲人所誚。果然，此遲鈍痲木之病，上海記者應負此一半之責任；而尚有一半之責任，則受外界之運動，乃令新聞界受其責也。

蓋近年以來，各界視報館中人爲易與；又若報界中人，對於新聞，不知抉擇取捨，有必待彼之提撕者。故凡關於彼輩有切身利害者，則請求報館不予登載，或即欲登載，亦必延緩一二日，而一方面則仍將此消息洩漏於外，故常有通國皆知、確而又確之新聞，而報紙尚未登載；或則囑託中國報紙不登載者，而外國報紙則大登特登，囑託者往往置身事外，而報紙則對於閱者失信用、傷感情，試問報界，何樂而爲此也？……

（神妙：《代人受過之上海報界》，《晶報》，1925 年 7 月 24 日）

棲息上海爲記者時代之章行嚴，不辦雜誌，而翱翔政界爲總長時代之章行嚴，忽辦雜誌，頗爲人所震異。然不足異也，爲記者時代之章行嚴，招股不易，故其辦雜誌也難；爲總長是代之章行嚴，招股甚易，故其辦雜誌也亦易。然易則易矣，而與章行嚴之身份地位，則殊不相宜。何也？章行嚴今已爲官矣，非自命爲學者之可比，彼之雜誌，又自己作文，人已視之爲官報，至少亦爲一般官報，而言論間不可無責任，且尤易爲人所攻駁。

（不群：《勸章行嚴勿辦雜誌》，《晶報》，1925 年 7 月 30 日）

上海各報，近日對於時事，評論極少，彼固以爲新聞確捷也，然其新聞訪稿之紕繆可笑，隨地皆是。第不爲人所發見，則亦隨時滑過耳。玆舉一二則，以告讀者。十月十二日余以訪友至南京，在車中購讀新聞報，見其南京專電下，有一條曰：「省署十日晚失慎，焚交涉處洋房一幢」。余至寧後，即有友人宛君至下關迓余，余因之曰：「前日公等受驚矣！」蓋余友固任事於省公署者，宛君不解所謂，余謂：「非省公署失慎乎？」即以新聞報爲證。宛君閱之，大笑不已，曰：「根本上省公署即無交涉處，更何來失慎事？」然而訪員亦不更正，省署亦不更正，一以造謠爲固有事，一以被造謠爲不足異，此一事也。此次江浙之役，本月十八日新聞報載有蘇州馬路一帶，被退走之奉軍大肆劫掠，其實無此事也。蘇州馬路市民公社，即快函新聞報迅爲更正，新聞報以未得訪員覆函，置之不理，於是市民公社，乃登申報告白。夫新聞紙錯訛，亦常事耳，況在兵亂之中，然以市民公社之名義而請求更正，則何爲置之不理？此則近於恬過矣。以新聞事業而怙過，則影響滋大也。胡適之先生告我，渠友王君，其夫人在滸關蠶桑女校肄業，聞蠶桑被搶劫之謠，幾至發狂。不信實之新聞，影響於社會及個人者甚大，而新聞當局盡信訪稿可乎？

（曼妙：《箴新聞》，《晶報》，1925 年 10 月 24 日）

忽忽光陰，又是一年了。在去歲六週紀念之日，愚曾撰了一篇《晶報一年之回顧》，然今年的回顧，卻和去年的回顧，有不同之點。因爲晶報的第六年，是個突飛時代，而晶報的第七年，是個奮鬥時代。論報紙的增漲，雖然不及第六年，突然飛增，倍於五年來原有之數，然漸趨於穩固之地位，則敢以自信。因此覺得這一年奮鬥之功，也未可沒，趁這個當兒，敢告愛讀我們晶報的同志。

第一、記載上的奮鬥。回顧一年來上海最大的事件，便是五月三十日的慘案，上海市民憤激之氣，眞欲上薄雲天，那時學生工人諸君，要求各大報把文藝一欄，如申報之自由談、新聞報之快活林暫時停止，而晶報向日所記載，也都傾向於文藝，在這時候，晶報宜乎要受一個打擊了。誰知在這個情狀之下，晶報非但不跌，而且微漲，因爲能監督社會、監督各大報的緣故，愛國同志，很多同情於我們這個晶報，加以年來種種有趣味而確實之記載，自謂略有進步，這是記載上的奮鬥一。

第二，同業上的奮鬥。自晶報首創三日刊後，一時後起的三日刊很多，然於晶報上卻沒有多大的影響。可是去年一年中，發現了一種畫報，初發行時，增長之速，其勢誠不可侮。吾們以爲在這個潮流中，晶報必大受影響。然而晶報卻並不因此而受打擊，當時據一般賣報人說，凡看過晶報以後，頂多是再看一份他報，而決不退晶報，因爲晶報是定戶多，是人家的家庭間及辦公室寫字間之讀物，而決非沿路售賣之讀物。這是有一種基礎的讀者，因此不受任何的影響，這是同業上的奮鬥二。

第三，外界上的奮鬥。晶報上往往登人家不肯載、不敢載、不能載的紀事，吃官司自在意中，然而晶報存心無他，吃官司也對得住社會、對得住讀者。試問歐美各國，以及中國各大都邑、報界中人，吃官司的有多少？新聞界中人的吃官司，不算失面子，何況我們一個小晶報。晶報不能似上海各大報的謹愼小心，常常遇到有吃官司的事，這一年來，也曾經過這個奮鬥。此外各埠的禁止發賣、禁止郵遞，也時有所聞，這是外界上的奮鬥三。

凡百事業的所以達到成功，誰不靠著奮鬥？過去一年間是奮鬥時代，往後的奮鬥，恐怕還未有限止。

（天馬：《晶報一年來之奮鬥》，《晶報》，1926年3月3日）

嗚呼！飄萍竟死矣！吾中國之名記者有二人，一爲黃遠生君，一爲邵飄萍君，二人均爲余之友，而於飄萍爲尤摯，乃皆死於非命，然則誰謂中國新聞事業，非荊棘巇險之途也？

余之識飄萍，在十餘年前，時余方執筆於時報，飄萍慕名來見。余一晤其人，即識爲一才氣英發之少年，頗有相見恨晚之感。同時我又識其夫人湯修慧女士，於是過從甚密。當其在北京創辦通信社之時，每一稿至滬，輒爲轉載，蓋其於外交政治，均能洞見本末。爾時輔之者爲潘公弼君，後飄萍在北京辦京報，公弼又輔之。觸怒於安福系，朱深捕之急，京報被封，當局捕公弼去，而飄萍則喬裝爲一工人，服藍布短衣，冠深簷草帽，間道出京，幸免於厄。到滬後，抵逆旅，即以電話通知余，余往視之，則偕一麗人俱，飄萍告我曰：「是翼護我得免於難者。彼本名爲花小桃，奔走京津間，非夫人之力不及此。」

飄萍與上海各報之因緣，始爲時事報館編輯，繼至北京，則同時爲申報及時事新報通信員，採訪新聞之腕力，輒爲同儕所不及。同時又在北京創新聞編譯社，吾國人之自辦通信社，實飄萍之創。安福之役，飄萍出走，而通信社仍繼續不輟，則湯夫人主持之，而朋輩爲之助。今飄萍慘死，而湯夫人已痛極得神經病，尚有朋輩能主持其通信社歟。

飄萍之北京通電與通信，除申報及時事新報外，則猶有時報與新申報，此二處均爲余所介紹者也。又嘗爲時報撰短論，署名「青鸞」，剛勁明決，以少許勝人多許。即其發電信也，每日寥寥數十字，而勝人數百字，然至緊要時，輒發三等電，往往爲各報所不及，而飄萍之發電，曾未有瞠乎在他人之後者，嘗語我曰：「上海各報，以電報多爲勝，實無聊耳。」

飄萍取禍之道，在於好出風頭，而得罪小人，凡知飄萍者，均能言之。潘公弼君之評論曰：「邵君所以同情於國民軍，非愚所知。然同情於國民軍者，罪何至於死，則謂邵君爲報紙而結怨於小人而死可也。」又曰：「至於小人，滔滔者天下皆是也，報紙並小人而不敢開罪之，則記者之爲記者，既喪其精神上之生命，又何必爲記者？」（載四月廿七日時事新報）黃秋岳之評論曰：

「數十萬大軍討赤之結果，不過伺隙斃一新聞記者耳！」又曰：「從其他原因言之，則其黑幕中之背影爲誰，其藉此出氣，亦等於國務院之槍斃學生耳！」（載四月廿八日新申報）黃君之言，尤爲激憤，公弼與秋岳，皆知飄萍有素者，然則飄萍之死，有定論矣。

然飄萍雖嫉惡如仇，而愛友如己。當余脫離時報之一年，生計窘甚，飄萍輒以書來慰問之，是歲之冬，飄萍書來，謂：「君可度歲乎？」余答之曰：「勉可度矣！」大除夕，正與家人子女，吃年夜飯，忽有叩門者，則中國銀行遣役送百金至，謂北京京報館所電匯者也。余恐別有所需，儲之以待書來，則曰：「恐兄窘，戔戔者勿笑人也。」余雖即籌還之，而心實感其惠。新聞報館北京通信記者張繼齋君，前年以事被羈，飄萍時與當局稔，宵旦奔走，極力營救之，余適在京，親見繼齋坐飄萍之汽車而出，與飄萍談笑於車中，而一鋪蓋則搖兀於汽車之頂上也。

（天笑：《哀哉吾友飄萍》，《晶報》，1926 年 4 月 30 日）

當國民軍退出北京時，愚偶遇黃秋岳君，深爲飄萍慮，然初不虞其有生命之憂也。秋岳謂「奉方與安福，深恨飄萍，若在直系，則與飄萍素所周旋」，愚亦以爲然，若王叔魯君、若顧少川君，皆與飄萍爲莫逆，豈其不能援手於一故人？但自飄萍沒後，則謂其槍斃之故，乃奉直兩方面所協議者，則正如吳鈞所謂「數十萬大軍討赤，其結果殺一新聞記者矣」。

二月間，炯炯君於本報撰一《神相記》，謂陳梅生君相飄萍，將爲閣員，但顯達之後，風波險惡。爾時愚亦在座，陳梅生君之言，豈僅云風波險惡已哉？彼云：「以邵飄萍君之相而言，恐將『過鐵』」。「過鐵」云者，或以刃、或以彈，總之將被戕耳。當時朋輩均聞此語，第不敢與飄萍語，即語亦不信，炯炯亦聞此語，神相記之但云風波險惡者，但諱言之耳，孰知過鐵之語，眞應斯言也。

飄萍時蓄須，時或薙去之，而湯夫人者，喜自爲攝影。一日，予我一照片曰：「君識此婦人爲誰歟？」愚視之，則一長身之婦人，手攜一兒，而一手則以手帕按其口，所攜之兒，我固識之，則飄萍之女公子也。雖女而作男妝，俄而審視之，則此作婦人妝者，實爲飄萍，以手帕按其口者，掩去唇上所蓄之須，眾均大笑，當時愚曾攫得此照片，今不知何往矣。又其廂中，張一黑幔，四周密不通光，蓋以爲沖洗照相片之黑房，愚故好謔，則大書一字條黏之曰：「邵飄萍家中之黑幕」，飄萍夫婦不以為忤，但嗔愚之好弄筆而已。兩三年來，飄萍體不佳，恒吸鴉片煙，然最近已戒絕，惟其精神上似為不愉快者，常關一斗室，則一榻一桌，當其撰新聞學時，每夜必自課撰一二千言，調查書籍頗夥。常浮宵蟄居一室，吸煙與著書，更番輪替，愚每至其室，曰：「君何自苦也？」飄萍輒顰蹙曰：「人以外觀視我，必以我惟甚舒適者，抑知我有難言之隱？場面之闊大，經濟之不安定，又不願示弱於人，是皆足以撾炙我者。」嗚呼老友！我亦甚嬗矣，故不知者必以飄萍為恃才傲物之人，而知之者亦覺其甚苦也。

（曼妙：《青萍憶語》，《晶報》，1926 年 5 月 3 日）

自從白話文流行以來，我們晶報裏的文字，常常的文言白話，兼收並蓄，不過晶報匯總的白話文，並不是近來所謂新文化家的白話文，為行文流利、雅俗共賞起見，因為吾國的小說語錄等等，一向是用白話的。近來上海有許多名記者，都是他們做白話文了，如新聞報館的文公達，他在某小報上，也做了白話文；新申報館的黃秋岳，署名吳鈞的，近來在報上，也常做白話論說，可見白話文的流行於報界，已成一種不可掩的事實。惟有申報新聞報兩家，壁壘森嚴、牢不可破，他們決不雜入白話，但是像冷血諸君，小說也都是白話的，不是不能做白話文，大概是一種體制關係嗎？現在人稱創白話文的，是胡適之先生，其實在胡適之之前，早已有人奔走南北，提倡白話，如教育部的陳頌平先生等，還在民元、二之間，那是胡適之還在大做文言小說咧。

（天馬：《上海各報記者的白話化》，《晶報》，1926 年 5 月 27 日）

上海新聞記者，以團體名義，東遊參觀者，凡二次。一在民六，由東方通信社招待，上海報館九家，渡日者十人，秩序井然，包天笑、張竹平、余大雄、張岳軍諸君皆與焉；一在民十，則號稱東亞新聞大會，由日本電報通信社發起，京津滬濟漢寧等處，皆有代表赴會，上海則惟已故之吳應圖君及余大雄而已。……

（神獅：《記上海記者團東遊作罷事》，《晶報》，1926 年 5 月 27 日）

去歲五卅風潮盛時，倚虹曾有血賤新聞界之作，登載晶報，其時各報館應上海工商學聯合會之請，關於文藝附刊均停，而倚虹所編之小時報，最後停刊。今歲五卅紀念，上海印刷總工會，亦有此要求，但各報以接函已遲，且均上版，不及卸除，惟商報之商餘、民國之閒話，則均停版，而時報之小時報，亦停刊一日。然小時報之停刊，不僅爲五卅紀念，而是日適爲倚虹開弔之日。小時報之創立，實爲倚虹與天笑成之，然天笑不過爲文字之助，而倚虹實爲其主幹。然則印刷工會之請求，冥冥中亦所以追悼倚虹也歟？……

（神妙：《五卅紀念中之報界》，《晶報》，1926 年 6 月 3 日）

北京民國大學校長雷殷，日前被捕，有紅黑臂章之武裝兵士，捕獲架走，送往天津，謂其有赤化嫌疑，繼經有力者之營救，德蒙釋放，且經張雨〔少〕帥聲明，雷殷爲奉軍之顧問，以挾嫌被控，故即解津釋放，我因是而思及邵飄萍。倘飄萍而在近日被捕，亦不至於被害也。在此亂世中，於時間上大有關係，譬如在甲年上，兩人爲仇敵者，於乙年上，兩人可以爲親密之友，在丙年上，兩人仍可以爲仇敵，此其所以爲亂世也。倘飄萍當時安居在東交民巷，至於今日，必不至遽遭槍斃，即令如雷殷之被捕，飄萍縱未爲奉軍顧問，而與張少帥固有知己之感，在今之時間，少帥或肯爲之力保，則亦何至殞命？孔子云：邦有道，危言危行；邦無道，危行言孫。而飄萍則以冒險信人故，遂遭此厄，悲夫！

（天馬：《因雷殷想到飄萍》，《晶報》，1926 年 6 月 30 日）

君以嬉笑怒罵爲文章，興戎爲口舌；人隨生老病死而流轉，不滅者精神。

（天笑：《挽林白水君》，《晶報》，1926 年 9 月 9 日）

近來智識階層的人，人人有一種看報欲，早晨起來，第一件大事就是看報，一天沒有看報，就好像一天的事沒有做一般。現在陰曆休刊，一停就是七天，這使人多麼難過呀！但是這七天中有什麼大事，他們打仗的還是打仗，鬧赤化的還是鬧赤化，打饑荒的還是打饑荒，七天以後，比了七天以前變換了什麼呀？所以要想到如此，倒是沒有報看的乾淨，省得徒亂人意，倒是由各人口中傳述的新聞，卻有點新鮮風味……不看報的七天啊，你又迅速地過去了，我們每天又有看報的功課來了。不看報的七天，看報的萬歲！

（天馬：《不看報的七天》，《晶報》，1927 年 2 月 6 日）

……嗚呼！孰謂報館主筆，為無冠之帝王哉？若此種之交涉，正亦不易辦理也。

（曼妙：《上海報界之三角交涉》，《晶報》，1927 年 2 月 21 日）

……自此後，至少當覺悟二事，一則各報館當整理公會，謀所以一致對外；一則各報館內部事宜，當自有主宰，俾免臨時失措也。

（神獅：《申新諸報休刊之回顧》，《晶報》，1927 年 2 月 28 日）

……蓋新聞記者，實亦為勞苦之業，若今之新事業，恒多星期休假之舉，為教員者，於星期休假之外，尚有暑假寒假，而新聞記者無是也，夜間作事，最足傷身，新聞記者常常磨夜至於侵晨，欲休不得，且有作工不止八小時者，此亦一苦境也，以是新聞記者聯合會，遂有提出星期停刊之問題，以請願於各報館……但各報館以營業上之關係，則雅不願有此舉。蓋報紙上之最大收入，全恃廣告費，而廣告費多半以日計，今若星期停刊，則每月須損失四日之廣告費，而報館中之支出，則以月計，不足償此失也。……為我輩讀報者計，亦良不欲星期停刊，以每日讀報有癮，不可一日無此君也。……

（曼妙：《上海報界之星期休刊談》，《晶報》，1927 年 5 月 21 日）

上海各報近來有一種新風氣，各本埠新聞欄內，對於社會新聞事件，則用奇形怪狀之題目，又或加以無數之小題目。始而時報創之，既而時事新報效之，今則民國日報、商報亦仿行之，甚而至於新聞報，也跟著人的腳跟走，只有申報巋然不動，不失他的態度。其實所標的題目，雖然花花柳柳，也不足引人入勝，空費了許多二號鉛字。如前天時報上，不過記載一家妓女被劫，他的大題目喚做「群芳身後一客橫陳」，這就像那種黑幕小說上的回目，人家單看這題目，決不認為妓女被劫，將認為性史中的材料；又如時事新報某日的標題：「玉如藕臂鮮血殷然」，而其內容則西婦被汽車所撞，傷臂也；二十六日之時報，有一題目：「拖鞋上繡成十六字同心者究不同心」，題目之長可駭，而置之所謂警務欄內第一項二號字，其內容則妓女與嫖客吃醋也。其他若「父子吃醋」、「姦夫姦婦裸體綁出」均視為不可多得之新聞，而各以二號字作標題，以引人注目，但我知上海各報，均有相當之價值，何至卑醜若此？若注意於社會新聞，決不恃舞弄題目，以為新奇，若長此不變，則上海之各大報，將降而入於今之所謂穢褻之橫報之流，我不禁爲上海之新聞界憂也。

（天馬：《上海各報之怪題目討論》，《晶報》，1927 年 5 月 27 日）

余友某君，在寧見戴季陶先生，戴君歎息曰：「上海將有大禍！」詢之，則曰：「試觀上海種種橫式之小報，所談皆性欲事，正所謂人欲橫流之日也！」然取締不良刊物，亦正國民政府所有事，不宜委諸租界當局。租界當局之不禁此種淫穢之刊物，亦別有用意，以爲閱此種刊物者，亦爲汝中國人，發行此種刊物者，亦爲汝中國人，僑居中國之外人，固不欲觀此種物也，則一任其自生自滅耳。故從前之巡捕房，對於書物之略涉性交者，即行取締（即晶報亦曾判罰過，有某雜誌偶談動物生殖機能，亦被罰），今則熟視若無睹者，而吾國政府亦熟視無睹。今十三四歲之學生，皆手性史一編、橫報數紙，以爲揣摩之資，是豈僅戴季陶先生所言之上海將有大禍，實中國將有大禍也！

（天馬：《宜取締不良刊物》，《晶報》，1927 年 6 月 12 日）

造謠與錯誤，皆事之不確者也，爲新聞事業者，第一在事之正確，故事之不確者，爲新聞家之大污點。然錯誤可恕，而造謠不可恕。蓋錯誤者，僅一時之傳聞失實，初無成見於其間，錯誤而知其爲錯誤，則當更正之，甚而至於表其歉忱，此爲光明磊落之行爲，而新聞界亦不墜其信用；至於造謠者之所爲，則有意於誣其人，此其用心，已不堪問，且又其人不可誣，蓋彰彰在人耳目，於是又欲自圓其謊，而謊乃愈見，其結果則自以其不信實者示人，故新聞界之於投稿者，必加以審慎，而後登載，否則投稿者自快其私，而報紙乃受此無信用之罪也。

（天馬：《造謠與錯誤》，《晶報》，1927 年 6 月 21 日）

……鄙意匪特電報爲然，即通信員亦當注意，在前北京之通信員，若黃遠庸，若邵飄萍、若徐彬彬，均能以優妙暢達之筆，以政治消息，報告讀者，使讀者既洞見政治之癥結，尤〔又〕讀此茂美之文章，深望海上各報，恢復此等高等通信員也。

（微妙：《上海各報之南京新聞》，《晶報》，1927 年 9 月 21 日）

硬報記者先生：今天有人給我看，貴報上有一段，說「有人說，小日報編輯包天笑先生……要和你們開玩笑的」，但天笑現已完全脫離小日報了，就是從前，也不曾當過小日報編輯，爲了這個，幾乎吃過官司。我是一個硬不起的，請各位吃硬的先生原諒我吧！

（笑：《答硬報》，《晶報》，1929 年 1 月 30 日）

晶報已經十歲了，這是新聞界的一個甯馨兒，在中國社會的習俗，兒童到了十歲，也得做一個小壽，吃幾條壽麵，幾位長輩送一點壽禮，好在今天□幾位先生，都有贈言，這便是對於小晶的厚貺了。不過人生十歲，在現今兒童的學齡，已經「初小」業而入於高小的時代，以晶兒之卓犖不群，希望他爲一良好的童子軍。童子軍以智、仁、勇三者爲其鍛鍊之具，晶報亦頗具此三德：知人之所不及知，是晶報之智也；訴人之所無可訴，是晶報之仁也；言人之所不敢言，是晶報之勇也，因此晶報年紀雖小，願爲一童子軍，願爲一以智、仁、勇三者自勉的童子軍。可愛的晶報！可敬的童子軍！從今後將以純潔的精神，奮發的志氣，以與惡濁昏□的社會相奮鬪！

（天笑：《新聞界的童子軍》，《晶報》，1929 年 3 月 3 日）

言論自由，是各文明國人民第一取得的要件，一個國裏，連言論也不能自由，要重重的加以取締，這個國裏頭，其他不自由的事，也就可想而知了。從前是爲了軍政時代，因爲言論界不知軍事秘密，所以要加以檢查；現在國內並無軍事，而檢查卻一天嚴一天，又有什麼黨政軍聯合檢查處。像蘇州這一回事，鬧得全體報界休刊，試想日報是天天要出的，也是一般讀者天天要閱的，苟非受著極大的痛苦，他們哪裏肯停版？試想一張報上，東也一個窟窿，西也一個窟窿，滿開著天窗，這張報還有什麼看頭？幸而蘇州的黨政軍當局，都很賢明，因此居然把這個聯合檢查處撤銷了，蘇州可以言論自由了，我們對於蘇州，不勝羨慕之至。

（天馬：《恭賀蘇州言論自由》，《晶報》，1929 年 7 月 9 日）

報紙爲輿論機關，評論原屬重要。民國初年，如民立、神州諸報，多日載社論數篇，後乃逐漸廢矣，至於登一二短評而止，甚有並短評而無之者。……時事新報……增聘數人，以學科日期，分任撰述，據人調查，有如下表，誌之，以爲各報恢復社論倡。……

（神獅：《時事新報之社論配置法》，《晶報》，1929 年 10 月 12 日）

葉楚傖先生每次在中宣會演講，終以上海各大報，但有新聞，而無論說，此在近來的新聞界，不能算不是一個退步。因爲以前我們在新聞紙上，還有幾篇名論讀讀，現在是沒有了，即使有兩家大報，還勉強做一則短評之類。有的只好做成一種新格言，空際盤旋、不著痕跡；有的專檢外國新近發生的事，加以評論，不關痛癢，爲什麼一國的輿論，弄成這個麻木的樣子？葉楚傖先生雖然近來是黨國要人了，他從前也是一個名記者，熟於上海情形的。譬如一篇論說，也同新聞一樣，空出無數的窟窿，未免不大好看，勢必給他改做塡補好，而做文章的人，卻有一種普通脾氣，不願人家改他的文章，更且萬一一個不小心，而登出像胡適之那種文章，或者弄得報館當局受警戒，這也是難免的事。你想上海幾位開報館的老闆，都是包身家的人，他們又何必冒這個險呢？我想再過幾天，只怕連那種無關痛癢的短評，也要廢除了吧！

（天馬：《大報所以無論說》，《晶報》，1929 年 11 月 27 日）

晶報出版至今十有一年矣，今屆十二年。開端之始，如一兒童，保育至於十二歲，亦不能不謂有一番辛勤矣。我聞外埠各處之呼晶報也，輒呼曰「小晶報」，猶之各地之呼申報也，輒曰「老申報」，一老一小，出於社會人士之口，在申晶兩報，因未嘗自冠老字小字也。然以形體言，晶報因不能否認其小，惟以兒童至於十有二齡，早慧者斷亦至於高等小學畢業之期，而晶報近一二年，不能有所進步，晶報亦自知之。一則爲環境所圍，一則爲經濟所困，第俯視後於晶報之諸弱弟，有突過此小哥哥者乎？無有也。亦仰觀先於晶報之諸前輩先生，有足以爲吾小晶之師範者乎？無有也。在此望平街無重心之時代，而小晶報爲此誕生十二齡之初度，不勝感慨，而進此希望未來之祝詞。

（天馬：《晶報十二齡初度祝詞》，《晶報》，1930 年 3 月 3 日）

……近來上海的各西字報，忽然競爭起來，泰晤士報登了一個告白，在這個月裏定報，付一塊錢，可以定閱兩個月的報，因此定閱者紛紛；而大晚報卻又抄了電話簿子，挨家逐戶的送信，說在這個月裏定閱該報，一塊錢可以定閱三個月，這是何等的便宜啊！據說他們的徵求讀者、推廣銷數，都由會計師審定的，在這次金漲潮中，新聞界爲了紙的問題，都覺得爲難，而他們竟各有如此的勇氣，這是可敬佩的。

（天馬：《上海西報的競爭》，《晶報》，1930 年 3 月 6 日）

我們在三月廿四日的時事新報上，看見他們附刊的首都市政週刊上，有罵時事新報的話，說時事新報記載失實、自墮名譽與價值云云。這就是爲了拆去貧民茅屋，歡迎丹麥太子的一件事。先是時事新報登載這個消息，還做了論說，評論這事，但是據劉紀文市長說「沒有這事」，據時事新報說，他們又特派了人去調查，連拍的貧民流離失所的銅圖也印出來了……可憐的時事新報在他自己的報紙上罵自己，說自墮名譽與價值，這好像是用自己的手，打自己的嘴巴。名譽是第二的生命，何況是代表輿論的報紙？說他自己墮名譽，這卻是罵得不輕呢，報館裏的規矩，就是大家來登告白，告白裏也不能登罵這家報館的話，現在時事新報，爲了貪圖「首都市政週刊」每次附刊在該報上的幾個錢津貼，卻被他以子之矛、攻子之盾，用他的手，打他自己的嘴巴，不想近年來上海的報界，狼狽至此。

（天馬：《時事新報罵時事新報》，《晶報》，1930 年 3 月 27 日）

上海地方，現在有三種形式的報紙。一種是所謂大報，以申報新聞報爲代表；一種是小報，都是四開紙的，這小報中又分出兩種，一種是每日出的，一種是三日刊，這小報種類很繁，現在也有了一部分的勢力。還有一種，是每日出一大張的，在大報小報之間，可以稱之爲中報，這項中報，大概都是反對現代統治階級的，但是每一個報，都有他的背景。一是江南晚報，他是西山會議派的，從前居覺生在那裡主持，現在有鄒海濱、謝慧生一班人在北方，這個江南晚報，就想趁此出風頭；一是革命日報，他是改組派的，汪精衛的言論，時時見於該報，一前經上海市公安局破獲了他們的印刷地方，中斷了幾天，現在又出版了；一是新出的公民日報，他是國家主義派的，他也罵共產黨，他也罵改組派。這三張報在形式上差不多，在新聞上無大異（都是根據日本通信社的電報），卻各有各的主義，有時在小畢三手裏，將三張並列著，而口中高唱：「阿要江南晚報、革命日報、公民日報！」一連串的喊起來，使人發生一種奇異之感。

（天馬：《三報》，《晶報》，1930 年 5 月 9 日）

中國不能自造報紙，皆仰給於他國。金價既漲，紙亦隨之增貴。據某新聞家言：「不久將增至一倍以上」，而售價之資，暫難加價，此時誠報館一難關，比諸歐戰突起，尤爲岌岌可危也。申新兩報，所定報紙，已陸續用罄，新定之貨，概照新價折算。就紙之本身論，已有賠累之勢，新聞報之畫報，不日即將停送；申報之畫報，擬改張爲冊，半月一期，零售於讀者，而不隨報附送。此外之節縮辦法，亦在籌劃之中，其他不及申新諸日報及三日報，不久亦須謀所以維持之法也。

（神獅：《報館紙荒記》，《晶報》，1931 年 2 月 15 日）

中國報業，駸駸發達，而紙之一項，無論爲捲筒紙抑平機紙，以國中無大紙廠，及缺乏製紙原料樹膠（Wood Pulp）故，全國各報所用之紙，皆取材於外國。其中日本紙占第一位，瑞典挪威次之，香港輸入又次之，德國自歐戰後，已大減少，此外奧美意美英法荷比諸國皆有輸入，計其總數，猶不逮日。昨得海關一表載一九二五年至一九三〇年六年間各國輸入報紙之總數，及價值海關銀數，瀏覽一過，令人咋舌。……就上表觀之，日本紙占輸入全額三分之二弱，當次抗日救國之際，各報館即欲取材他國，亦不敷用。有志之士，近乃擬集資數千萬兩，自辦一報紙廠，以挽利權也。

（神獅：《各國輸入報紙之額》，《晶報》，1931 年 10 月 30 日）

邇來國內有中興之報紙二，一爲天津之大公報，一爲上海之時報也。中興比開創更難，其所以得能中興者，自有其努力之點，非可驟至。大公報所以得有今日者，自推胡政之、張季鸞等眾君之功……然智識階層，猶喜閱大公報，不僅南京方面，即上海各機關及私人案頭，猶常見有大公報也。至於時報，學生及工商界，以其醒目、以其注重社會新聞，以其有刺激力，故銷路突增。惟鄙意以大公報與時報兩中興之報紙，加以審量，則大公報似猶腳踏實地，蓋閱報者最厭惡陳陳相因，翻開一張報來，甲報如此記事，乙報亦一字不易，陳腐之氣，使人欲嘔，此中國各報之通病。而大公報通信固有可觀，小品文亦斐然，雖其稿費較他報爲增加，然自有收回之望也。時報近來迎合一般人之心理，日趨簡單（因閱報者不喜讀無趣味之長文字），而注重於社會新聞，加以報紙上印以紅字等，其刺激力頗足以引起閱者，然我敢忠告時報，此不過爲打幾下嗎啡之針，若欲持久，則須加以實力。譬如以社會新聞而論，他報亦得同樣之新聞，時報不過大大小小加以無數之標題，此足爲動庸俗而不足以引高明，若同一社會新聞，而有更詳細繼更興味之記載，方足勝人一籌耳。

（微妙：《紀中興之兩報社》，《晶報》，1931 年 11 月 6 日）

申報是一張紳士態度的報，從來不肯亂得罪人，尤其是對於他們的副刊自由談，就是登登小說，史量才也要再三審查，不要在小說裏面，藏頭露尾的磕碰了什麼人嗎，因此把一個周瘦鵑，膽子嚇窄了，無論蛋殼大一點兒事，都要請命於史老闆。不想自從黎烈文接手辦了自由談以來，他想名爲自由談，多少可以自由一點，也可以隨便罵罵人，近來爲了詞的解放問題，也冷嘲隱諷的譏刺了幾個人，但是罵人不可軼出範圍。譬如罵曾今可爲紈絝子（聞曾係曾仲鳴之孫），這與詞的解放有何關係？又如對於胡懷琛，說什麼出錢登告白，不如移捐航空協會，來一架墨翟問題號飛機，這又與本題何關，而來此輕薄之語？……總之自由談常常用輕薄口吻罵人，失了你申報的紳士態度，只怕史老闆快要來干涉咧！

（刺股：《自由談罵人軼出範圍》，《晶報》，1933 年 3 月 21 日）

客有來自香港者，謂港地檢查新聞之嚴，實爲近年所罕見。凡含有刺激性及抗日字樣者，均代以「□□」，滿紙均是。某報曾撰一時評，全篇凡五百餘字，而「□□」竟達其半，終令讀者莫名其妙，可謂進一步之開天窗矣。至廣州又另有一種局面，滬報固一律禁止入境，其理由謂不願替人作宣傳，即香港各報，非經特別准許者，亦在扣留之列，故最近港報頭下，或刊有「特准許在省銷售」字樣，以資區別。甚矣報之難辦，而新聞記者之不容易做如此也。

（微笑：《今日之港粵報紙》，《晶報》，1933 年 4 月 17 日）

本月十三之夜，忽接大雄電話，驚悉老友史量才君，自杭返滬，車經滬杭公路附近海甯之翁寮埠，爲暴徒狙擊殞命。憶余之識量才，愈三十年矣。時余初入時報社時，除社中諸同事外，即獲交沈信卿、吳懷疚、龔子英、黃任之諸君，而量才亦其一也。時量才方在高昌廟辦有女子蠶業學堂，以彼本爲杭州蠶業學校畢業生，但經費不充，辦理亦甚艱困，於是擔任己校之教課外，更授課於製造局及務本女塾，以爲補助。邇時時報社之樓上，有一形如俱樂部者，名曰息樓，爲同人聚談討論之所，量才之對於新聞，獲有興趣者，實自息樓始也。女子蠶業學堂除初夏蠶忙以外，平時各科咸備，量才乃懇余擔任最高級之國文，時則陳景韓、雷繼興諸君，亦往授課，余遂應之。此時余已移家西門，至高昌廟尚覺不甚遙遠，至薪金則有時每一鐘酬半元，名爲半義務，有時則不名一文也。量才有辦事才，處理各務，頗有決斷，故各方咸器重之，而以張季直對之尤爲倚重。量才之得有今日，固由其才力志氣之足以自展，而張四先生之功，則未可廢滅。蓋其時浙江則有一湯蟄仙，而江蘇則有一張季直，均奉爲祭酒，張季直之對於量才，則傾倒倍至。民元以後，量才曾一度入政界，清理大清銀行，旋任松江運副，經濟亦覺寬展，非復當日辦學時之窘迫，而亦漸漸脫離教育界，別有展布矣。

（釧影：《追憶史量才先生（上）》，《晶報》，1934 年 11 月 16 日）

自量才之入申報館也，方足以展其長才。然亦當時申報各股東之推舉得人，張四先生既極力推崇量才，而此外有關係之諸公，亦覺量才處事幹練，惟編輯一方面，則須另外物色人材。於是眾咸注目於陳冷血，以量才管營業一方面事，以冷血管編輯一方面事，各不侵襲，先訂五年合同，二賢相得益彰，於是申報遂蒸蒸日上矣。先是其課甚秘，雖發縱指示者，均息樓中人，而欲令陳冷血脫離時報，不能不事前瞞卻狄楚青。然冷血爲時報開國功臣，及申報事披露以後，狄向史責難，勢不兩立，史笑曰：「貴報有冷笑二君，今冷血既去，尚有天笑，庸何傷？」史自經營申報後，以申報爲中國破天荒之老報，而其時正革命以後，社會漸尊重輿論，申報業務，日趨發達。以量才之手腕敏捷、頭腦冷靜，所謂二十年來經之營之，無或懈怠者，非虛語也。量才素有胃病，故好運動，輒以打網球自遣。去歲在某席間相遇，謂余曰：「君乃日胖，我乃日瘦。」然雖瘦，精神故奕奕也。量才有一長處，用人以後，不肯輕於易人，故在申報執事者，往往相隨至二十餘年，是其長厚處。然今果以何事開罪於人，私仇耶？公怨耶？吾人匪莫得而知也。吾人以私交之故，聞此故人，慘遭橫禍，不能不揮傷心之淚，尤以輿論界失此偉人，尚望繼先生之任者，亦能繼先生之志。此爲吾國輿論界之一重心也，能無爲之惘然？

（釧影：《追憶史量才先生（下）》，《晶報》，1934 年 11 月 17 日）

……報告新聞的是最歡迎的了，上至宇宙之大，下至蒼蠅之微，竹頭木屑，都是報上的好材料。但是甲說甲的話，乙說乙的話，到底聽了誰的好？

評論時事的也夠熱鬧的了，有時抵掌高談，有時拍手狂呼，也可以廣了不少見聞。可是公說公有理，婆說婆有理，又是誰的意思對？……

（曼妙：《晶報館速寫》，《晶報》，1935 年 3 月 3 日）

我之識孟樸先生也，尙在三十年之前，時我輩聚同學數人，設一書肆於蘇州元妙觀之西，名「東來書莊」。孟樸自常熟來蘇，偕吳訥士先生，訪余於此書肆。訥士先生，即今名畫家湖帆之尊翁也，曾與吳爲姻婭。東來書莊者，販售日本之圖書，故以爲名。爾時中國尙無自製之地圖，而日本所印之世界地圖、東亞地圖，以及中國地圖均甚精，且均爲漢字，世界地圖用西文，故各處都有採用者。且當時留東學生競出雜誌，我輩爲之轉輸內地，且也醵同志出定期刊物，名之曰「勵學譯編」，可憐此時蘇州尙無印刷所，乃以木刻印行之，然蘇州當時爲一省會，而東來書莊儼然成爲一傳播文化之地。於東來書莊時代，我於吳江識金松岑、楊千里，琨山識方惟一，常熟識丁芝生、曾孟樸。

第一次我見孟樸之印象，猶堪髣髴，似御一澹湖色之長袍、海虎絨之馬褂，以早年科第，不失爲玉堂人物，亦一翩翩佳公子也。但爾時即喜談變法、講新學，厥後遂時通魚雁，其手簡富於文藻，惜多散失矣。

其後與之晨夕過從者，則在上海辦小說林時代。當余在山東青州掌教中學校時，彼之小說林編譯所已成立，其時余已有數種小說，由小說林出版，如《秘密使者》之類。及余自山左歸來以後，則直接服役於小說林編輯所矣。

（釧影：《追懷曾孟樸先生（一）》，《晶報》，1935 年 6 月 30 日）

同一新聞有甲地不可登，而乙地則可以登出者，此因所處之地域不同，或所載之時期有異，故不能一概論。然亦有與地域與時期無關者，即以中國南北兩地之報紙而言，往往上海一重要之新聞，天津之大公報詳載之，而上海報紙未見也；又或有廣東之新聞，詳載於上海各報，而廣東報則一字不提，我名之曰新聞逃避。若如立法院今修正之出版法，主管官署隸屬於縣政府或隸屬於行政院之市政府之社會局，則報紙之對於當地官廳，必不敢得罪，以其可以扣押處罰、爲所欲爲，於是遁而之他地官廳。對於地方新聞之不願意登者，可以通飭全國不許登乎？故立法院此次之以縣政府及市政府之社會局爲隸屬機關者，實自擾之策也。抑吾聞之金融家，有資本逃避之說，即資本家以資本提出，遁而之他，此國家經濟上所視爲最嚴重者，而上海尤爲可慮。以上海有租界、有外人之勢力，提出其資金於本國銀行，而存入外國銀行，亦即資本逃避之一法也。然而新聞逃避，亦有如此可慮之事件，往往亦有中國之報紙，未見登載，而外國報紙，則已原原本本、詳載無疑。此等新聞逃避之法，我以爲更嚴重於資金逃避，吾望主持出版法諸公深長思之也。

（微妙：《新聞逃避》，《晶報》，1935 年 7 月 31 日）

最近在《宇宙風》第三期，讀到林語堂先生的《所望於申報》一文，這是篇嚴肅誠懇的文章，誰說林先生專寫幽默文字呢？我把林先生所提出來對於申報應加以改革的六條，參以己見，加以討論，將林先生的《所望於申報》改了我的《所望於申報》。

一、林說：「申報編法，對於廣告地位，似乎無一不可退讓，而對於新聞地位，則係可通融。」我敢告林先生一句話，上海的申新兩大報，是一種營業性質的報，營業性質的報，當然以廣告爲本位，須知廣告是報館養命之源。要沒有這許多廣告，今天還有申報嗎？登廣告的，都想把廣告擠進新聞裏去，這是登廣告的共同心理。不但如此，而且有將廣告的做法，模仿新聞，教讀者以爲新聞，以見它廣告的效力。我以爲廣告和新聞的錯綜，是沒有關係的，冒充新聞的廣告，有欺騙讀者的行爲，是應得劃清界限的。尤其那種賣藥廣告的醫藥附刊，是應得取締的，至於根本改革，那就是減少紙張、低廉報價、增加廣告費，這恐怕又是辦不到的吧！

二、「小品副刊二三種，自相重複……以小品文字作廣告，陪嫁丫頭之嫌」，以副刊作陪嫁，可以說有的不是，有的實在是。譬如汽車特刊、建築特刊，實在爲廣告而設，不過自由談與春秋，不能如此說。自由談改變作風的時候，原不預備再有春秋，但自由談抓不住另一部分讀者，且當時似有有力者攻擊自由談甚力。至於今日，自由談也眞如林先生所說的「可讀可不讀了」。繼而有了那種陰邪祟氣，副刊也辦不好，何況報越是辦得大，膽越是嚇得小，這雜亂無章，也可以說理所當然。

三、林說：「以自由談而論，今天見於第四張，明天見於第五張……這未免太不爲讀者著想了。」我以爲這實在無足輕重，雖各欄應有固定地位，然也爲始不可轉換，總之紙張太多，也是一蔽。

四、「特約通信太不注意，特約通信應由有名記者拿定題目，出發各地，搜訪材料，然後寫成篇章，可有議論、有記述、有嚴肅、有幽默。在小規模的日報，我們不便責備，而以資本雄厚的申報，何以不在這方面著想？」以上林先生所言，我完全與林先生同感，我們且不必以歐美日本報紙爲比，即如天津的大公報，國內的戰地災區，或國外的考察記述，也還比上海的報紙多一點，這比了那種官樣的新聞，讀者歡迎得多，這不是申報力量所辦不到的。

五、林說：「國外大報皆有書評，申報付之闕如，雖有『出版界』一欄，僅開其端，後宜擴充。」但是林先生要知道出版界也不是申報所編的，是文化建設會編的，另闢一欄，讀者與什麼賣藥人編的現代醫藥刊一樣看法，爲了廣告關係，書評還是不寫的好。我倒轉而求之林先生所編雜誌，希望可以多寫點書評嗎？

六、「讀者論壇，在西文報上占重要地位，爲本市市民發表意見的地盤，是文明社會文明國民應有的言路。」從前中國報也有幾家有這一欄，後來漸漸地消滅了。譬如有一篇對於市政改良略爲露骨的投稿，便似石沉大海。吾國古訓，有「爲政之道，不得罪於巨室」的格言，可知道還有「爲報之道，不得罪於當道」的格言嗎？

（曼妙：《我的〈所望於申報〉（上）（下）》，《晶報》，1935 年 10 月 30 日、31 日）

天津大公報將南遷至上海的消息，本報首先登載，今上海各報，亦有陸續登載者。現聞大公報已在準備中，而地址在愛多亞路，亦已租定。前數日胡政之先生來滬，當已設計一切矣。……今後大公報將益復擴張其勢力矣！頗聞上海之大公報，將在陰曆年關之前，布置就緒，趁陰曆年底年初，上海各大報休息之期，趕緊出版。……

（微妙：《大公報風行南北》，《晶報》，1936 年 1 月 8 日）

在立報、小晶報未出版以前，就先出了一個早報，其實它倒是民廿四小型報的先鋒隊。當時小型報在醞釀之中，早報的空氣，還勝於立報，大家聽說有兩個小型報要出版，一個是力報（原來聽說是這個力字，後來不知如何，改了這個立字），一個便是早報。早報聲勢，所以大於立報的，因爲他們的後臺老闆很硬，董事長是穆藕初先生，其餘的股東，都是上海頂呱呱的金融家、實業家，而且辦報的是陳彬龢先生，也不是一個外行，但是出版以後，並不見一點鋒芒。大家以爲這樣的一張報，好像不是需要的，倒不如小晨報突然的出現，很足以震動一時，不過陳先生辦報，也算老手，何至於此？大家存了那個姿態的，及至立報出版了，所謂小型報的聲勢又一振。但是早報還是那副面目，不但編輯上不進步，就是發行上也太不頂眞。名爲早報，而送到人家門前，要午餐時候，最早也要十點鐘。可是到了最近半個月裏，早報倒是很肯說幾句話，對於學生愛國運動，也鼓吹甚力，論文也甚激昂，可惜它的運命，卻已到了日落西山，不能再「早」了。今年元旦以後，就沒有出版，不知還有復興的日子嗎？前天遇到了他們董事之一的某先生，他說這樣小白相相，已經送掉了一萬塊錢，時光不過半年有零，還只是一張小型報罷了。所以人家說，開報館就是掘了一個無底洞，這話也有點意思。

（曼妙：《萬金難買「早」春來》，《晶報》，1936 年 1 月 9 日）

晶報雖不能算小型報紙的首倡者，晶報可算是小型報紙的改革者。在小型報紙中，總算是一種劃時代的刊物。

何以稱之爲晶報，誰也知道是因爲三日一出的緣故，三個日字，疊起來便是一個晶字。恰巧它創刊的一天，又是三月三日。三個月字，疊起來不是一個字，三個日字迭起來便是也是一個晶字了。

晶報的成爲三日刊，因爲當初附屬神州日報。在沒有脫離神州日報的時候，原是一個副刊性質，而三日一出，便是一種定期副刊。脫離神州而獨立，成爲一種三日刊小型報紙。於是模仿晶報而出者紛紛，都是三日刊。

到如今，三日刊都變爲日刊了，晶報讀者也都要求改爲日刊，有人疑與晶字相違。但晶報的字義，原不作三日解，而且晶與精通，現在各小型日報，還紛紛襲用晶字的很不少咧。

我今所希望於晶報的，將從前三日一出的晶報，改而爲一日三出的晶報，照此辦法，似乎也不脫晶字的意義。……

一日要出三回報，似乎是很覺得繁重了，但是做慣了的事，便覺得按部就班，秩序不紊。有新聞欲的人便好似吃飯一般，每日三餐、家常便飯。……

（微妙：《一日三刊的晶報——獻於晶報出版紀念日》，《晶報》，1936 年 3 月 3 日）

天津大公報馳譽南北，外人稱爲在中國有權威之一報。近又分設一館於上海，從此南北分馳，而又互相聯絡，前途正未可限量。或者以爲現在的辦報不容易，而且又在不景氣時代，大公報在此時期，與上海各大報競爭，不免有些冒險。然而天下事只怕不能持之以恆，只怕意見紛歧，只怕沒有毅力，否則你加上一分氣力，自有一分效驗也。大公報的見長處，我隨便說說。

是它的星期評論。他們每逢星期日，請國內著名之士寫一篇文章，像胡適之輩，常給他們寫的，是五十塊錢一篇，人家聽了，覺得很貴，其實每月只有四個星期，合攏起來不過二百塊錢，一個報館裏，出二百塊錢買文，算得什麼。像上海申新兩報半頁告白，就不止二百塊錢，然而他們沒有似大公報星期評論的足以動人。像現在更是一篇星期評論，南北兩用，尤爲合算了。這是他們的會打算處，一是各處特約通信，一張報翻開來，所有每天的電報，本地的新聞，都是同的，所特異的全仗一點特約通信了。特約通信也不是馬馬虎虎的，隨便派一兩個阿木森去，可以算數的，也要他的知識、他的經驗夠得上才可以。而且寫出來的文章，不能太沉悶，又不能太空疏，不能太高超，又不能太卑陋，大公報的特約通信，似乎能抓得住人，便不容易了。

（曼妙：《說說大公報的長處：星期評論與特約通信》，《晶報》，1936 年 4 月 20 日）

最近辦小型報紙的，有兩句口號，是什麼口號呢？便是「副刊要新聞化」、「新聞要副刊化」的那句口號。有許多報上，已要與現代所發生的事，有點聯系性質，才能合用。倘然那一段稿子，現在可用；隔了兩三年以後，仍舊可用；或是現在可用，兩三年以前，也已用過的那種文字，就不大歡迎了。前天本報秋水君所寫的《文人新職業歟》的一篇文中，說「有一部分機靈人士，將民國初元之平滬各報副張，剪裁下來，將原文以白話譯出，每日分別供給各報，謂潮流之下產生之一種新職業」云云，此在落伍之報紙，或向來不注意副刊者，或可獲售，否則即使投有此種陳腐之稿，亦爲字紙簏中的材料而已。故鈔寫民國初元之「革命史料」等，有些均爲老生常談，無人欲觀的了。其副刊的所以發達，就是表明新聞的無足觀，因此前進的新聞界，便喊出了「新聞副刊化」的口號，以吸引讀者。但是新聞副刊化，卻比較不容易，因爲現代的新聞，都出於通信社，通信社不發稿，這新聞便無從出來，而通信社的稿子，就是千篇一律，於是近來以「特約通信」與「本報特寫」

最擅勝場，這就算是新聞副刊化了，可是這就算是新聞副刊化了嗎？我想前進的新聞界，決不止此的咧。

（曼妙：《副刊要新聞化 新聞卻要副刊化》，《晶報》，1936 年 5 月 9 日）

……鄒氏以救國為志，擁有多數讀者的同情，當局也甚器重他。某巨公曾以某聞人之介，請其到京一談。因為在言論界縱具有一片純潔的心，往往不諒當局苦心，便容易成為隔膜。倘能坦白懇摯的一談，似乎兩方面都有益處。據說當時鄒氏也答應，後來忽又不願去，大概鄒氏也別有隱衷。

（微妙：《鄒韜奮香港辦日報 如病者的轉地療養換換空氣》，《晶報》，1936 年 5 月 20 日）

近來各種事業，都不景氣，連帶及於新聞界，這也是無庸諱言的。報紙銷數的減退，且不必說，而廣告也是大受了影響，固然有許多報紙，不靠廣告，但上海的幾家老牌新聞，如申報新聞報等等，不受人家津貼，便非靠廣告不可，所謂「廣告是報館養命之源」是也。因此廣告常常佔了新聞的地位，還有一種廣告，好像是一則新聞，它的排法，也和新聞一樣，也有大標題、小標題，要教人家讀到最後，圖窮而匕始現，方知是一則廣告。在做廣告的一方面，也算是巧妙，但對於讀者，不免有欺騙之罪。為了申報上的醫藥附刊，專載白濁、白帶、遺精、早洩、淋病等記載，頗為人所詬病。前此林語堂已經不知在哪個雜誌上說過一回，最近宇宙風第十八期，他又寫了一則《申報的醫藥附刊》，他說：「一家報館出了四種同類附刊，在一個報的編例，太講不過去了！」他見五月三日的「青春生活」，次日即有「健康之路」，隔了兩日，又有「現代醫藥專刊」，又有「申報醫藥專刊」，重重疊疊的出了許多醫藥附刊，但據我所知，除了申報醫藥專刊，由申報自出，其餘的都是廣告而已。可是有很多人都不知道是廣告，而申報編者，以為在這個廣告範圍內，一切都不去干涉，其實那種欺騙讀者的附刊，報館不能為了一點廣告費而濫登。所以申報編者的挨罵，好像是代人受過，其實也不能算全是冤枉。

（微妙：《林語堂再斥申報 為了有四種醫藥附刊》，《晶報》，1936 年 6 月 9 日）

……意思是要讀者把意見寫下，寄到他們總管理處去。這是申報當局的集思廣益，當然是一個好的前途。我們也的確以為申報漸漸的老了。近來有許多人，對於申報表示不滿，其實全出於好意。因爲像申報那樣的地位，要是墮落下去，實在是有點可惜。然而暮氣沉沉，已侵襲了這位六十多年老態龍鐘的老朋友了。我以爲申報倘然要想改善的話，應該是大大的改革一下，不是那們補補屋漏、塗飾塗飾牆壁的問題。這一回，申報總管理處的通啓出來以後，使讀者們知道申報有改良的覺悟。不過最後兩句說道：「當以最有價值之計劃，公諸報紙，以示景佩之微意。」末一句，我卻有點不解，申報的改善，爲申報的自身計，怎麼說以示景佩之微意，讀者又何勞申報來景佩呢？

（微妙：《申報徵求讀者意見：請將正刊附刊改進方案儘量見示》，《晶報》，1936 年 6 月 9 日）

……有一件事，我很對於時事新報有一些責難。就是他們的世運特派通信員，在開羅寄的通信稿，說選手們在船上的種種不規則情形。……我們不能憑一個通信員而眞相信有這事，即使眞有這事，也不過各選手們的私德，與世運無關。然而因爲你有這樣的一則通信，予國人對於各選手們一個惡印象……毀壞了該選手個人名譽。於是挑我們眼兒的各外國報紙上，遂加以嘲笑的口吻，說中國人到底要鬧出笑話來……我以爲報館過於相信他的通信員了，凡事要想一想，前途的影響如何，不能說「抓到籃裏就是菜」，尤其是對於國際間有關的新聞。所以時事新報……像這種關於世運選手，毀人名譽、牽及國際的通信稿……那眞要加意鄭重一點才好。

（微妙：《敬告時事新報：關於世運選手名譽愼重發稿》，《晶報》，1936 年 6 月 9 日）

通信社是新聞事業不可少的機關，要是有一天，什麼中國外國大大小小的通信社，同盟罷工、一概不送，那麼這一天的報紙，竟有些不能出版了。這個趨勢，中外皆然，而中國尤甚。我記得北京政府軍閥時代，北京的通信社有六十多家，那時在北京辦報，用不著採訪新聞的人，只要到華燈初上，各通信社的稿子都來了，拼拼湊湊、剪剪貼貼，就成了一張報，好在大家都如此，到明天早晨所出的報，也是千篇一律。爲什麼通信社如此的多呢？因爲同通信社比報館好辦的得多。有一位辦通信社的先生告訴我，只要有兩百塊錢一月的開銷，就可以辦一個通信社了。買一副油印器具，用一個抄寫員，此外再有一名專差，送送稿子，不是就成了嗎？不過第一要覓到一位後臺老闆，請他擔任經濟，好在軍閥財閥多，每月幾百塊錢不算什麼事，只要多捧捧就是了。但是既名為一個通信社，總要有些材料送給人家，除了恭維他的後臺老闆、出錢施主以外，也要供給人家一點新聞，譬如每天送一次稿子，疏疏落落的幾條新聞，湊滿幾張紙，白紙上的黑字，到底也要各處去跑跑，其名之為「跑新聞」。這一點，要看各新聞通信社的能力了，有的可以跑著很好的新聞，有的跑不進，只好東抄西襲，還有把晚報上的新聞，送給人家的。

（微妙：《通訊社與編輯部：兩方面有密切之關係（上）》，《晶報》，1936 年 9 月 8 日）

近年來上海的通信社也多起來了，各報館除了特寫以外，也全靠了通信社，有幾家前進的報館，他們有他們的外勤記者，能力也許在通信社之上，此外也全靠著通信社。國際的通信社，如路透、如哈瓦斯、如國民、如塔斯、如同盟，他們的背後，都有國家的勢力，不必說了。吾國的中央通信社，是政府機關，最昭信實，規模既大，人材亦多，不能與尋常的通信社一概而論。不過有許多的通訊社，在他們自己辦通信社的人，要負起一點責任，而報館裏用他通信稿子的人，也要細心謹慎一點，不能抓到籃裏就是菜。第一、通信社不能亂造謠言。譬如前月廣東陳濟棠未下臺的時候，通信社常常報告「某人死了」、「某人被斃了」，但結果是死的槍斃的，都一點沒有影響。雖然這種謠言，也許有來源的，但究與通信社的信用有礙。第二、通信社的報告，錯誤是不能免的，但既然發覺了錯誤以後，不能以訛傳訛、使人上當，應得加以更正。往往有一件事，報館根據了通信社的稿子登載了，實在是錯誤的，而這個錯誤，就此蔓延開來了。第三、報館記者，不要太相信通信社的稿子，一則新聞在編報的時候，要考量考量。前此為了日文報誤譯書寓為書店，而中國報又把日文報所載的轉譯過來，恐怕也是上了通信社的當，所以這也是與記者的常識有關咧！

（微妙：《通訊社與編輯部：兩方面有密切之關係（下）》，《晶報》，1936 年 9 月 9 日）

近來世界各強國，都有一個國際通訊機關，如英國之有路透社、法國之有哈瓦斯社、美國之有美聯通信社、德國有國民通信社、蘇俄之有塔斯社、日本之有同盟社等等。有了這種國際通訊機關，一面當然報告新聞，一面就各爲己國宣傳。所以我們到每日讀報的時候，看到國際新聞時，先要看那一條新聞，是由哪一個通信社報告的，這也是讀報的一種常識。然而這種國際通訊社，當然也有很大的效力，不然，爲什麼政府肯花費了很大的費用，設立這種國際通信社，普及到全世界呢？他們當然各有一個世界的通信網，網羅世界的新聞，因爲一個國家，樹立世界各國之間，就不能沒有這樣一個機關。我們中國的中央通信社，是吾國政府的通訊機關，全國各大都市，都有分社，在國內的通訊機關，總算是最普及的。雖然各處邊疆偏遠之處，還不能達到，但在國際上，卻還沒有立足之地。新近始於日本東京，設立了一個分社，可是我們很懸望中央通訊社在各大國間，都有一個通訊機關。譬如國際所在地的日內瓦、美國的華盛頓紐約、英法蘇德意的都城，我們不希望將各國消息，報告中國，我們希望將中國正確消息，報告於列強，庶幾不爲他國歪曲的通訊所蒙蔽。雖然這一筆經費，是很大的，但在這個世界，宣傳費是不能吝惜的，所以我們是急切要一個國際通信機關。

（微妙：《我們要一個國際通訊社 不致爲他國歪曲通訊所蒙蔽》，《晶報》，1936年10月7日）

日報是與人生食用一樣，不可一日或缺的。我看許多朋友，他家裏什麼報都看，從早晨一張開眼睛，漸漸到吃夜飯時候了，這個時候沒有工夫看，只好留到深夜看的了，於是一天到晚，都成了看報的時光。

因爲大型報、小型報都看，於是一間屋子裏，到處都是報，桌子上也是報，椅子上也是報，榻上也是報，床上也是報，面盆上也是報，馬桶蓋上也是報，一個人就葬身於報中，除了本地的報不算，還有一卷卷的從外埠寄來的報，堆滿在一室中。……

（微妙：《讀報雜話：報迷的拉雜談（上）》，《晶報》，1936年11月5日）

住居在上海的人，早起六七點鐘，就有報看。有許多由郵遞的本地報，九十點鐘的時候，也可以有報送到了。住居上海而看內地報的人，如南京、鎮江、無錫、蘇州、杭州等處，在下午三四點鐘，也可以看到當天的報。北平天津之報，以滬平路的通車，也可以在上午八九點鐘，看到隔日的報，所以看報有不絕的時間，供給你不斷的展讀。

記得我們小時節，住居蘇州，要看上海的報，至快要三天，那時蘇州還沒有上海的分館，報都是由信局裏帶來的，那時不但火車未通，連小輪船還沒有，信局裏雇有腳划船，那種船小而快，專爲運送信件之用。而蘇州地方，看報的人不多，往往三四人合閱一份報。那時我們家裏，看了一份申報，每天下午三四點鐘送來。我不懂什麼叫做申報，我問父親道：「是不是爲了它申刻送來的，所以叫它申報？」其愚騃可笑。住在北平，有三個時刻看報：早起看本地報，中午看天津報，下午看上海報，或是南京報，但是隔日的了。住在天津也如此，不過把天津與北平倒過來。住在南京，也是早起看本地報，午後三四點看上海報，夜間也可以看天津北平報。自從流行了飛機報以後，便打破了固定的看報時間了。

（微妙：《讀報雜話：報迷的拉雜談（下）》，《晶報》，1936 年 11 月 6 日）

爲了現在的報紙，已經漲到了每令五塊錢，曾經有一家上海的天章造紙公司這樣說：倘然報紙價格，是每令五元三角以外，打算添造報紙，□兒現世界十二期。這意思便是說，中國造紙廠倘然要造紙，它的成本，就每令五元三角，方不虧本，否則在五元三角以內，便不合算。因此我們便可以悟到實業部提倡的官商合辦的那個造紙廠，籌辦了好幾年，不能開辦。試想現在報紙的所以飛漲，是有種種原因的。第一個原因，是爲了美國航業界的罷工。因爲從前中國的報紙，都是從瑞典挪威來的，現在卻大部分是從加拿大來的。爲了美國罷工，輸入中國便少了。第二個原因，是紙廠出品的木漿紙張，都去製了火藥以及軍需品了，聽說日本便收買了不少。不過美國罷工，不久可以停止，木漿也是一時所需，於是紙價也許可以下落。倘然報紙從現在的每令五元，而下落到每令仍舊三元，中國的自造報紙，可以說永遠沒有希望了。因爲在現今每令五元的價格，尙難與外人爭勝，何況跌落至每令三元呢？倘使中國自造報紙，成本是每令五元，尙不能賺錢，而外國進口的報紙，只要每令三元，人家誰願意購買國貨呢？所以中國的物價，是操在外人手掌之中的，我想不獨是報紙。不過爲什麼外國的報紙運到中國來，三元一令，就可以賺錢，而中國自造的報紙，五元一令，還要虧本呢？

（微妙：《中國何以不能自造報紙》，《晶報》，1937 年 2 月 4 日）

三月三日，晶報今又爲第十八週紀念矣。晶報雖爲小型報紙之開創者，然今者小型報紙，已風發雲湧，其形式至不一，有縮大報而成爲雛形者，有減篇幅而求普及者，至於晶報則故我也。或有議晶報不前進者，且晶報似與人無競爭心，而甚鮮發揚踔厲之氣者，愚以爲晶報自有其晶報之風格在也。

一、晶報之言論，固以穩健稱。然晶報有時有極新之論調，而晶報有時亦有極舊之議論，晶報乃夙昔持自由主義者，其態度有如英國。英國之公家花園中，一方面爲極右派之演說，一方面則正爲極左派之演說，蓋二者並行而不背。英國待國民之自擇，而晶報亦待讀者之自擇也。

第二、晶報爲無範圍之報。爲晶報寫文字者，大而至於世界知識，小而至於家庭瑣碎，顯而至於國際政治，微而至於男女性欲，無不並包兼蓄。所云語大，天下莫之能載；語小，天下莫能破。因此讀晶報者，每有一種恨，恨晶報篇幅太少，一讀即完；又有一種戀，凡讀晶報者，即永遠讀下去。

（微妙：《晶報十八週紀念獻言》，《晶報》，1937 年 3 月 3 日）

民國六年十月，上海新聞界同人，有赴日視察團之組織，余爾時主時報館編輯，遂亦偕往。曾往日本新聞兩勢力之東京、大阪各新聞社參觀一切。歸國後，就所見聞，寫一小冊，曰《考察日本新聞記略》，由商務印書館出版。蓋此時中國之關於新聞學等書，出版者甚尠，而亦無人專往國外考察新聞事業也。惟此次行程短促，實似走馬看花，所得者亦殊膚淺，名之爲記略者，僅能記述其大略而已。一二八之役，商務印書館之印刷所毀於火，而此書亦遂絕版，然距當日東渡時，忽忽二十年矣。同遊者除一二努力黨國、漸躋顯要外（如張岳軍先生等），余亦寥落可感，日有興墓草之悲者（如沈伯塵先生是）。今歲，余大雄先生伴中國茶葉考察團東遊，亦曾參觀東京朝日新聞社。日本自經民十六大地震以後，各報社亦都改造復興，加以世界進步，非復舊觀，較之民六我書所載，不可同日語矣。雖吾國新聞界，於此二十年中，進步亦不少，但世變日急，恐緩進亦有所不許。大雄先生歸國後，覓得二十年前余所出版之《考察日本新聞記略》一書，爲當日余所持贈者。展卷之餘，相對黯然，開卷一圖，雙鬢尙青，今則華顚老子，皤然一老已。我甚望大雄先生以他國之如何進步者告我，而亦望吾同業者之急起直追也。

（天笑：《記考察日本新聞記略後 二十年前之一回首》，《晶報》，1937 年 3 月 4 日）

……憶余之識襄亭，爲畢倚虹先生所介紹。倚虹與劉氏爲戚屬，且爲好友，當時詩酒之宴，輒有襄亭之在座。時其尊翁子鶴先生，亦爲海上名寓公，而襄亭溫文爾雅，固翩翩佳公子也。以博淹之才，長於詞章，下筆千言，倚馬可待。時畢倚虹方從事於時報之編輯工作，而其尊翁畏三先生則從政於浙水間，擬令倚虹隨宦至杭，不欲其弄筆爲記者生涯，於是思及繼任之人，而倚虹與余皆以襄亭薦，狄平子亦深慕其才，是爲襄亭入新聞界之由來也。……

（微妙：《哀劉襄亭先生 嗚呼老友又弱一個》，《晶報》，1937 年 3 月 21 日）

……按今之蘇高院起訴沈鈞儒等，正以危害民國罪提起公訴。而大公報竟主張廢止危害民國緊急治罪法，我以爲上海各大報，推而至於全國各大報，未有能率直敢言如大公報者。實則言所當言，爲輿論家之天職，且吾國之賢明政治領袖，決不阻撓輿論，大公報記者如張季鸞先生，固嘗親炙吾國領袖，其曉暢事理，勝於泛泛之官吏也。

（微妙：《大公報之敢言》，《晶報》，1937 年 4 月 8 日）

中宣部長邵力子先生，說目下的報人不看報，遂有許多錯誤。因此他教人要多看報，因爲邵先生是新聞界老前輩，他知道這個情形，換了別人，還不相信，報人不看報，豈不是一樁笑話？實在說起來，報人看報，就時間上說起來，就覺得很少，我們把編輯日報的人說，一張報編好，早已大天白亮了，正像演《日出》的話劇一般，回家去太陽已高高在上，這一睡，總要睡到下午，方能起身。倘然下午沒有事，還可以翻翻當天本地所出的報，若是有了一點事，或是有一個客來談談天，把翻報的時間也沒有了。到天一黑暗，又要到報館裏去工作了。還有邵先生所說的報人不看報，是說看別人家的報呢，還是看自家編輯的報呢？論起理來，都應該看看，看看至少有一個比較，但是目下的報人，引起那種不看報的惰性，也有原故。一是別人的報，和自己的報一樣。別人家的開天窗，也就是自己的登不出，至於自己的報呢，自己都看過，一夜天的頭昏腦漲，到今天略爲神清氣爽的當兒，還要找補一下嗎？而且昨天明明發了一則自以爲很正確很敏捷的稿子，到明天翻開報來一看，卻變成了一個空白大方塊，反而弄得一包氣，這也是不看報的原因。但報人不看報，究竟是個缺點，報人的看報，比了非報人的看報，有事半功倍之效，在報人的修養上，也以多看報爲合宜呢！

（微妙：《報人不看報》，《晶報》，1937 年 5 月 3 日）

溫溪造紙公司，已於本月一日開創立會。……據主任籌備委員周詒春次長報告，浙東溫州一帶，眞杉柳杉，產量豐富，極適合製造新聞紙之用；而龍皋、慶元、景寧等縣，山多田少，林木蓊鬱，多可用爲製紙材料，故原料不愁缺乏。……我人希望明年之六月一日，溫溪紙流行市場也。

（微妙：《祝溫溪造紙公司》，《晶報》，1937 年 6 月 3 日）

根據於中宣部長邵力子先生的言論界精兵主義，我以爲上海如再有創興新聞事業者，非有幾個基本先決條件不可，如何的先決條件呢？就愚見所及，拉雜寫在下面：

就資本言，大型報紙非先籌備五十萬元，小型報非先籌備十萬元不可。在此五十萬元與十萬元之資本中，而且只能買機器，不能造房子；

後臺老闆要以爲常硬的人，不能靠政界，不能恃官僚，至少是金融界中人物，而尤以聲氣與各方面相通的人，尤佳；

主政的人，自然要一位內行，而以不屬何黨何派的人爲要；

主筆政的人，是一位名士，但不能太新，也不能太舊；

除了本館幾位基本編輯撰述的人外，還要拉攏許多四方知名人士，常常在報上寫文字，愈拉攏得多愈好；

多少比了在上海已有成績的報紙，要有若干新姿態出現；

三年以內，能盡此籌備之資本蝕完，三年以外，自然可見功效。但所耗之資，不能有一錢妄用，都要爲未來著想；

內外謹嚴，不能有一點惡名譽，流傳入口；

保持經濟上之信用，對外如欠郵費電費等，對內如欠薪減薪等等，皆非所宜；

推廣部要努力爲之，不惜小費；

而最要者是合乎一般前進知識階層的心理，不能違反時代精神，否則既耗資本，亦何必辦報，他種營生，也可以幹呢？

或曰：「今之以小資本辦報者，不無有一點冒險精神？」則曰：「本未有險，冒於何有？此不過開春聯店性質，一時高興，用完蝕完，不能稱爲一種事業者也。」

（微妙：《上海新報館之先決條件 根據于邵力子精兵主義》，《晶報》，1937 年 6 月 29 日）

無論何種行業，必有一個集中的地方，上海的望平街，便是吾國報館業集中之地，也就是全國的輿論集中之地。中國望平街，其勢力實可與英國的唐寧街、美國的垣街相比。我們不講別樣，二十年前袁項城稱帝，不能不顧到望平街的意思，故望平街將爲歷史上一名詞。以前南北兩條街巷，於全國占勢力者，即南有望平街，北有東交民巷也。國民政府成立，首都南遷，東交民巷之勢力，不復存在，而望平街則爲吾國輿論中心，依然不衰。望平街亦名山東路，然在其全省時代時，亦僅南起福州路，與北訖漢口路之一節。已而各大報均自建巨廈，如申報則僅抱山東路之一角，新聞報則已在漢口路之中心，時報亦但占一小部分，其他各報亦都擇地紛遷。而獨有吾晶報者，自脫離舊神州日報獨立以來，十餘年間，無一日與望平街相暌離，雖望衡對宇，已無復與吾同業相言笑，而環顧左右，大有魯殿靈光之感。今以館址將大事修葺，晶報亦不能不遷地爲良，故不日即將遷移至三馬路。惟上海各報館，今雖如群鶩之亂飛，而每晨發行，仍趨於望平街。望平街三字，尚足以代表上海之報界；望平兩字，寓有渴望和平之意，中華民國又爲渴望和平之民族，吾輿論家當不負此望平街一個歷史名詞。今者晶館西遷，別矣望平街，不能不令人低徊弗已也。

（微妙：《別矣望平街 此全中國輿論集中地也》，《晶報》，1937 年 7 月 5 日）

連日讀露軒君之《新聞業之末路》，充滿了悲觀意思，昨又讀憩庵君之《無可繫戀之望平街》，對於其所經歷者，更無良好之印象。此憩庵先生對己而言，若爲新聞業之前途著想，我以爲尚有極大之希望。既不能如露軒君所歎之「末路」，亦不能如憩庵君所言之「無可繫戀」也。我常聞頗多業外人言：今之新聞界，未必勝於前之新聞界，前之操筆政者，雖拘迂，然頗有風骨，尚能據事直書，倘有非分之壓迫，猶能併力與之抵抗，今何如耶？我輩聞此言者，不能與之辯，亦未敢謂其然。因我輩雖爲新聞中落伍之徒，亦尚出於嫌疑之地，況一時代有一時代之對象，當日之對象，爲軍閥官僚土豪惡勢力之對象，今者吾國家有賢明之政府，高於一切之黨權，已將昔日之軍閥官僚土豪惡勢力之對象而擴清之，則輿論界自無所用其劍拔弩張之力，即偶而報上有「開天窗」、「拔蠟燭」之怪現象，此不過誤解「有聞必錄」之記者爲之耳。惟我之所希望者，凡百事業，隨時代爲進展，吾報界雖不至於開倒車，但停滯不進，亦殊非宜。至有人謂吾中國數十年來最不進步者，厥惟報業，直至今日，尚不能代表大多數民眾之輿論。然望平街固有其榮譽在，他勿必言，即以辛亥革命而言，吾望平街中人，一致擁護革命，推倒滿清，雖強暴亦所不畏。因此我希望同業中人，持此正義，不畏強禦。望平街之各報館，雖已分散各處，而眾志成城，則有一無形之望平街，隱爲維繫，非惟爲全國人所指導，望平街三字，且將馳譽及於世界，我輩雖爲落伍者，亦爲過來人，會當忍死須臾，以觀諸公之奮鬥猛進也。

（微妙：《大可希望之望平街：忍死須臾以觀諸公奮鬥猛進》，《晶報》，1937 年 7 月 7 日）

……這次本報提前休刊的原因，係欲利用這個時期，將內部革新一番，但亦可說是爲了環境關係所致。

愛讀本報諸君，繼續訂閱至十幾年的人，大約不少，對於本報的人才凋謝，必亦很注意感歎的了。李涵秋、汪破園、袁寒雲、畢倚虹、步林屋（林屋山人）、孫朧蝯（好春簃主）、黃文農、張春帆（漱六山房）諸先生，前後都歸道山；去年今歲，又失去劉天倪、張丹翁兩根臺柱；還有周瘦鵑、張繆子（聊公）、馮小隱（垂雲閣主）、徐凌霄、馬二先生、姚民哀、張恨水、俞逸芬諸先生，以及偶爾執筆的如小鳳、觀蠡等，無數名士，雖都健在，各人都爲著本身的事務，陸續擱筆，還在奮鬥的英雄豪傑，眞屈指可數了。這種現象，彷彿讀三國演義，到了七擒孟獲、六出祁山的幾回一般，雖還有趙雲馬岱等大將奏功，總沒有以前的爛漫熱鬧。諸君試翻翻往日的本報，一定亦發生同情之感罷！本報到了今日，一面是盛極必衰，一面是窮極則變，若要挽回衰境，唯有組織變化。休刊以後，重與讀者相見，便是本報轉變的時候了。

辦報比排戲還要複雜。有種報館，像影戲院，只要定得好片，便可賣個滿員；有種報館，像京戲團，須會集許多角色，才能叫座。本報在往日地位，很像一個京戲班，生旦淨丑，都須齊備，並要有楊余梅程荀尙等名角，同時登臺才好。這種戲班，是不易組成而且常演的，尤其在這個年頭，最流行的，是一種可演京戲可映電劇的戲院，才可迎合一般看眾的心理呀！

（神獅：《休刊贅語》，《晶報》，1937 年 12 月 25 日）

「三月三日天氣新」，年年此日，就是晶報的生辰。

今日又爲晶報第十九週紀念之日，一過了十九週紀念之日，便踏進第二十年了。以東方紀壽的方法，人生到了第十九個生日，便算是二十歲的生辰了。

古禮人生二十而冠，那麼晶報今年將舉行冠禮了。或問：「晶報從前還是未冠嗎？」不過無論如何，總算他是個孩子，總算他是在幼稚時，現在卻是成年了。以前在科舉考試時代，也曾分出什麼已冠、未冠的界限，近來有許多事，都要復古了，對於晶報的冠禮，我們應當慶祝一下。

一位慶祝者道：「願祝晶報言論自由！但自由有界限，與時代更有關係，在孩子時代的晶報，小孩兒家口沒遮攔，此刻已是成人了，自然說話要有檢點、有審考，不然，就得要防惹禍了。」

一位慶祝者道：「雖然，到二十歲的時候，對於國內外大勢，也應當知道點了。所以晶報現在對於政治外交，每日都報告的很簡明。」

一位慶祝者道：「不僅如此，就是社會上法律醫藥常識，成年人也應知道一些，所以晶報也添了法律醫藥兩欄。」

一位慶祝者道：「近來晶報副刊，常討論到性問題，這也該認爲自然的趨勢吧？譬如一個青年發育到二十歲的時候，正是與性問題接觸的當兒，而晶報正是這個年齡了。不比在幼稚時代，東方習俗，是不許與兒童談性欲的。」

一位慶祝者道：「一切的一切，晶報是成年了。在先有一度似乎營養不良，現在是一位健跳活潑、血氣充足的二十歲青年。」

一位慶祝者道：「一個二十歲青年，也是不容易的呀！我祝晶報，今後持以恒心。世變方急，雖受挫折，要耐氣，勿灰心，自能由黑暗而入光明之境。」

世界公曆，以一百年爲一世紀；上海近今的報曆，只好以一年爲一世紀；那麼晶報正由十九週紀念，而踏進二十週，好似由十九世紀，而走入二十世紀。二十世紀是個多事之秋，亦是英雄逐鹿時代，青年晶報勉乎哉！

（微妙：《晶報的冠禮——二十世紀的晶報》，《晶報》，1938 年 3 月 3 日）

時報，是我十餘年的舊主人，是我夢魂中不能忘掉的一個形影。有時做了一個夢，忽然年紀輕了二十餘年，好像夜深人靜，一燈瑩然，枯坐在編輯室中。又好似友朋遝雜，笑語喧譁，群聚在息樓中。此無他，居之久，則腦蒂印象便深了。八一三後，國軍西移，上海各大報，有自行停刊者，有改懸洋旗者，此皆出於不得已之苦心。而時報未停刊，亦未改懸洋旗，撐持危局，以至於今，是可謂上海舊有各大報之魯殿靈光矣。愚以依戀舊情，向觀時報，惟厥後南北奔馳，其間中斷了好久，近來又觀時報，時報是一種善開風氣之報，如以前之增小說，創副刊，寫短評，以及其後之新聞中用紅字，社會新聞中之用五花八門的大小標題，皆發前人所未發。現雖減少每日僅出一張半，然兵貴精而不貴多，小型如立報，亦曾銷數突過十萬也。今時報取材注重社會方面，我極贊成，其社會新聞，容有較各大報既詳且確者，如特派員之訪問，照相之搜集，尚望更加以努力。至於編排，我以爲須稍稍改換方式，不宜多用四號字。二十年前之時報，以四號字與五號字，曾有異議。主張四號字者，曰字大醒目，尤宜老年人。愚則駁之曰：「報紙豈專供老人看的？」不謂二十年後之時報，仍滿幅四號字也。再者，時報是注重文藝之報，其基礎亦在於是，時報諸賢：猛力精進，敬祝前途無量！

（微妙：《魯殿靈光之時報 時報有基礎有前途》，《晶報》，1938 年 12 月 11 日）

在香港的一班報館先生，組織了一個香港青年記者學會，他們主辦了一個中國新聞學院。……院長，便是郭步陶先生，是香港出版的申報總編輯。（按香港申報，近日仍出版）董事長是許世英先生，……許世英先生說：「一九一〇年，記得在倫敦時，朋友說：世間只有三種人最珍貴，第一是法官，第二是律師，第三是新聞記者。」他又說：「新聞記者第一要修身，能實踐『清』『愼』『勤』三個字。」許先生所說的最珍貴的三種人，我且不說，但是他的新聞記者修身實踐的三個字的考語，當新聞記者的，的確可以做座右銘。清愼勤這三個字，向來做官的人，也奉爲良箴。我很見許多做官的人，把這三個字刻爲圖章，作爲鈐記之用。像許世英先生服官數十年，生平就服膺這三個字，現在把他生平服膺的三個字，奉贈新聞記者，卻也是很確當的。我先說第一個清字，清的對面便是濁，而新聞記者，最容易走到濁的方面去，做官要做清官，報人也是一樣。第二個愼字，愼的對面便是忽，在此亂世，稍一忽略，害人害己，這我們報人所當謹愼小心的了。第三個勤字，勤的對面便是怠，那倒不必說了，現在哪一位記者，不是忙得要命。許先生以做官的三字座右銘，移贈報人，報人只有與許先生交相黽勉了。

（微妙：《三字報人座右銘 許世英說的清愼勤》，《晶報》，1939 年 5 月 19 日）

（一）上海報紙的兩大改革

上海的報紙，在前清之季，有兩大改革者，即中外日報與時報是也。物質上之改革，爲中外日報，而紙面上之改革，則爲時報。此外申報新聞報，則僅隨時代爲轉移而已。

當初上海的報紙，都是用的所謂有光紙。其紙甚薄，且只能印一面。又以有光紙不吃墨，常化暈使模糊一片，且有油墨氣，令人對之生厭。自中外日報出版，用今之所謂白報紙者兩面印，令人耳目爲之一新。其實當時香港之報紙，久已兩面印矣（中外日報初出版時，其編排之法，棄長行而用短欄，亦仿港報）。白報紙紙張既厚，用以包物尤佳，上海看報者，此項利益，亦計算在內。

至時報出版，此時閱報者亦較前進步了。不但在編排上用短行，而文字上亦以精悍短峭爲尚，深入顯出，力求醒快明決。即其所創之時評，往往不過寥寥數行，有如老吏斷獄。既而又於報上添小說，增副刊，以鼓勵讀者之興趣。故以紙面上之種種改革者，時報實可謂當時一革命之報紙。

（釧影：《新聞舊話》，《晶報》，1939 年 6 月 22 日）

（二）買辦與師爺

上海是個通商口岸，凡百商業，往往取買辦制度，一個洋行裏，外國人最高的是大班，中國人最高的便是買辦。到後來漸漸覺得買辦兩字不雅馴，改稱爲華經理了。就是我們文化事業最高的報館，不容諱言，最初也是取買辦制度的。申報新聞報，直到了民國以後，館中僕役們，對於總經理，尚有稱之爲買辦者，他們以爲這是最崇高的尊稱，對於報館中的編輯人員，館中僕役們，輒呼之爲師爺。姓張的是張師爺，姓金的是金師爺，直到如今，這幾家老報館裏的老茶房，尚作如是稱呼。我們初不解這師從何而來，但編輯先生是買辦所請來的，好比官場中的幕府、巨室中的西席，也都呼之爲師爺。從前報館中的編輯先生，只對於報館經理負責，其地位，也與官場中的幕府、巨室中的西席一樣，這便是師爺的名稱，所由來也。

（釧影：《新聞舊話》，《晶報》，1939 年 6 月 23 日）

（三）新聞界之二慧

中國女性之從事新聞事業者，後起之秀，我知必然不少。因爲新聞事業適合於女性的地方很多，從前中國女子，屏斥在知識階層以外，還講什麼新聞事業？至於歐美，在新聞界中的有名女記者頗多，如法國的塔布衣夫人之類。我國女士的從事新聞事業者，我識兩人，一爲湯修慧女士，一爲黃定慧女士。

湯修慧女士，爲邵飄萍的夫人。他們在北平開報館時，飄萍得他的夫人助力不少，因爲他們的家庭，和報館在一起。飄萍幾次被拘，而報館仍舊支持著，修慧之力也。直至飄萍被害，北平的京報，仍舊主持了好幾年。修慧是浙江女子師範學校的高材生，筆下也很斐然。尤其寫幾封信，輕鬆流利，充滿了幽默語調。黃定慧女士，爲名律師陳志皋先生夫人，爲上海某報之董事長。曾於某君的詩話上，錄有定慧女士的詞，頗見清俊。我故稱之曰：「新聞界之二慧。」

（釧影：《新聞舊話》，《晶報》，1939 年 6 月 24 日）

（四）何謂申報

記得在我七八歲的時候，我們家裏看一份申報。這時我們住在蘇州桃花塢，而這份申報，是吾父親和姚鳳生姻伯（名孟起，是當時蘇州一位名書家）合看的。我們先看，看後就送與姚姻伯。因爲我們是同居，而這個送報的差使，一向是我當的。

我問家裏人，爲什麼叫申報？時我有一表姐，顧姓，年約十三四，她爲我解釋道：「所謂申報者，每天到了申時，它就送來了。」原來那時候，上海到蘇州，什麼火車、小火輪，一概未通。蘇州看上海的報，全由民船上帶來，而民船自滬至蘇，要走三天。民船中最快者，就是腳划船，那是信局中特雇用了這些腳划船帶信的（其時郵政局尚未開辦）。報館在蘇州也沒有分館，我們看到，都是向信局裏定。而信局的信差，在三四點鐘，向各家收信時，把報紙帶來。所以顧氏大姐，哄我說「申報是在申時送來」的話，我很相信。

到了小火輪既通，蘇州可以看到上海隔天的報了，但也還是下午申時送到。一直到蘇滬有了特快火車，上午十點半鐘，可以看上海報。這申報並非是申時送到，我才相信。而顧氏大姐，已歸泉下，有十餘年矣。

（釧影：《新聞舊話》，《晶報》，1939 年 6 月 25 日）

（五）蘇州白話報

我之最初辦報，從《蘇州白話報》起。

說起來諸位也會不相信！所有編輯、校對、發行、會計，都由我一身兼之。更有使諸位不能相信，這個報是用木刻的。一條新聞，是在一塊木版上，一個字、一個字的刻出來的。因爲這是沒有辦法，蘇州那時候沒有活字鉛印的地方。我的蘇州白話報，是個旬刊，每月出三次。倘然要用鉛印，除非拿到上海去印，印好了再寄到蘇州來。成本既大，往來川資亦貴，我勢必一月跑三次上海。

有一家刻字店，答應我每期決不誤時，我便把蘇州白話報辦起來了。中國紙、中國墨、中國裝訂，徹頭徹尾，純粹的國貨。幫我的忙，只有我一位表兄尤子青先生，他幫我寫稿，幫我籌款。那時候，不曉得什麼語體文，也沒有什麼新圈點，只用中國老法的句讀。這時候，只怕胡適之先生，還沒有出小學堂門咧？那時候，不懂得什麼叫做運動，只自以爲是的閉門造車。這個蘇州白話報，出了大約半年多光景，便再也支持不下去。

蘇州白話報，每期銷百餘份，訂好時候，銷到三百餘份。總共出了二十餘期，木板堆滿了一房間。

（釧影：《新聞舊話》，《晶報》，1939 年 6 月 26 日）

（六）論說上的圈點

我於髫齡時候，得以略識時事不能不歸功於報紙上的論說。那時我已開筆作文了。向例，開筆學作八股文，先作破承題，後作起講，吾師顧九皋夫子，卻不循此例，教我作一百字左右的小論，意思是第一先把虛字弄通，方可下手。

吾祖母氏吳，歸寧時，常攜余同去。而余至吳家，常就表叔吳伊耕先生讀（伊耕先生爲今之畫家而兼醫家吳子深之嗣父）。時彼家亦閱申報新聞報，而從前的報紙上論說，概不加圈點。余時至帳房閱報，而彼輩欲試驗余之於論說讀得斷與否？令余每日將報上之論說，加以圈點。爲全篇圈點無訛者，有獎品，如五色詩箋文章格，兒童愛玩之物。

然另一位先生見之則大不以爲然。說：「這種報紙上的論說，盡是濫調，初學作文者，萬不可學，一學了，就永遠改不好了，而且此子將來不考舉子□，不作八股文，那就罷了。否則，於前途大大有礙。這是洋場才子的筆墨，萬不可使他熟習。」濫調誠然是濫調，然而我終因此略窺時事。從前對於吃報館飯，握館作文的人，稱之爲斯文敗類，不想我以後，也走入此途。

（釧影：《新聞舊話》，《晶報》，1939 年 7 月 2 日）

（七）論文的價值

報館裏請館外人寫論說，在我初進報館的時候，大概每篇是五元左右。館內人自己寫，那就沒有一定價值，不過也有規定每月寫幾篇的，那就差不多是包含在薪水裏了，譬如說：一篇論文，約略千字光景，那末以字論值，就是算五塊錢一千字了。

有些報館，不請館外人寫論文，而由編輯先生包辦的，我曾經見過「南方報館」裏的一位文先生。這位文先生，每個月寫三十篇論文，而且每篇都要在一千四五百字以上。每天吃過夜飯，他還沒有動筆咧。新來的排字房，眞要給他捏一把汗，然而他終究有一篇論文給你。我們不必講它的質，講它的量，也很足驚人。至於他的薪水，每月也不能出一百元的關吧？

後來各大報館的論文漲價了，由五元漲到了十元，由十元漲到二十元。不過二十元以上，就不能再漲了，好像現在我們所吃的米，到此就有一個限價。大公報從前的星期論文，每篇是五十元，那是特創的新高價。但這卻須要大名鼎鼎的人，方能享受這個高價。其實每月四星期，也只花二百塊錢，有時津滬兩用，賣文者很豔羨之。文章價值，如此而已。

（釧影：《新聞舊話》，《晶報》，1939 年 7 月 3 日）

（八）報人風紀

報館中人，是斯文敗類，這句話，好像在前清之季，是見諸奏牘的。侮辱報人，可謂極矣。然而我在沒有進報館的時候，所聽得對於報館中人，也沒有什麼好評。及至我既進報館以後，我的故鄉父老，也還有不以爲然的。以爲我的品格，降下一等了。他們對於報人的不滿意的，有數事。第一、說是報館裏的人，總是出來敲竹槓，亂說人家的壞話。談人閨閣、訐人陰私的事，更是不必說了。第二、說是報館裏的人，總是招搖撞騙，記得我在初進報館的半年裏，偶然回到蘇州去，有位親戚中的長輩問我道：「聽說在報館裏人，夜夜有人請客。一個戲子到上海來，先要到報館裏去拜客。」他的意思，就是說報館中人，天天吃白食、看白戲，人家都不敢得罪他。其他報人不規矩的事，承他客氣，不曾說出。

我不敢說報人中絕無敗類，絕無斯文掃地的人。然我所結交的同業中人，類多潔身自好、律己最嚴的人。甚而於在報業中地位頗高，已有一二十年歷史之人，而外間尚未知其姓氏者，則尚何招搖之足云。或有謂報人風紀，今不知古者，其然，豈其然乎？那我惟有望今之報人，善葆此令譽了。

（釧影：《新聞舊話》，《晶報》，1939 年 7 月 4 日）

（九）蘇報館

我第一次見到上海的報館，便是在中國革命歷史上最有名的蘇報館。在蘇州的時候，心中憧憬著上海操著全國之權的報館，不知如何的大規模。那一日，正有一位朋友，要到蘇報館去。我以爲這個瞻仰的機會不可失，便跟了他去。

那時蘇報館正開在河南路（亦名棋盤街），其地在今商務印書館之南，沿街一屋。門前爲玻璃窗，踏進去即爲編輯室（從前叫主筆房）。編輯室中置一較大的寫字檯，寫字檯後，又爲一帶玻璃窗，是謂後軒，亦有三數寫字桌。時總編輯陳蛻公先生，正在批閱文稿，而坐其對立者，即爲其公子也。後軒則坐一女士，此女士，乃爲蛻公先生之女公子，能書、善畫，且工吟詠，爲湘中一才媛。最難能者，一門子女，都從事於新聞事業。自街衢踏入館中，玻璃門之兩側，有兩小櫃檯，即爲發行所、廣告部辦事之地。報館全部，盡於此矣。

蘇報之印刷部，不知是否在屋後？今已忘卻。總之此一報館，大無適今市上起課問卜之室，而蕪雜過之。然而蘇報，是吾中國歷史上，推動革命最有力量的一家報館呀！

（釧影：《新聞舊話》，《晶報》，1939 年 7 月 7 日）

（十）歐陽鉅元

蘇州人之最先從事於小報生涯者，當推歐陽鉅元，然而斷送歐陽鉅元一生的，也是小報生涯，說來是有些可歎的。

當我在初應童子試的時候他也出考了，他這個人，於詞章之學，是有天才的，詩詞歌賦，下筆即成，在蘇州小考的當兒，他不過十五六歲，每次都列前茅，於是蘇州人便攻他冒籍，有說他是安徽人的，有說他是湖南人的，總之不是蘇州人。確是歐陽這個姓，蘇州人很少，然而蘇州有幾位先生，卻左袒他，愛其才思敏捷，而且年紀很輕，他不但是早慧，而身體發育得極快，十五六歲的人，看上去像二十三四了。

當時我們在蘇州考書院，正誼書院課卷考詞賦，他一個人常常做五六卷，平江書院課卷偶亦考詞賦，他每做七卷以上，並且落筆之快，無人及得過他，後來不知如何，有人介紹他到上海遊戲報館裏去了，做了李伯元的助手，在文字上，編輯那些小報，正不費吹灰之力，可是從此走入狹邪之途，一天到晚，沉湎在金迷酒醉之場，當時繡像小說中有許多作品，都是他寫的，仗著體魄雄健，與脂粉隊中周旋，不及數年，以花柳病逝世，年未及三十咧。

（釧影：《新聞舊話》，《晶報》，1939 年 7 月 9 日）

（十一）中外日報

前清之季，與梁啓超同時出名的，就是那位汪穰卿先生。因爲汪穰卿與梁卓如，同辦時務報，而梁在時務報上的文章，尤爲青年所歡迎。中外日報，卻是穰卿之弟頌閣先生所主辦。穰卿雖逝世多年，頌閣卻還健康，約計年齡，當在八十左右吧？

當時我們在上海，辦金粟齋譯書處。金粟齋所出的譯書，除了嚴又陵的幾部大作，如《原富》之類外，其餘便是葉浩吾的幾部東文書籍。葉浩吾是杭州仁和人，汪頌閣也是杭州仁和人，葉在中外日報館，還當著東文翻譯。我們因此而認識了中外日報館裏許多人。那時候，正是戊戌政變以後吧？我們一班人，沾沾然以新學自喜，又喜歡與報館中人相往還。上海的報館不多，申新兩報，還在西洋人掌握中，時報還沒有開辦，中外日報要算當時最前進的報了。

汪頌閣先生是個聾子，和他說話，非常覺得吃力。但他和人說話，也是提高了聲音，大概聾子都是如此的。他不但主持編輯上事，他還主持營業上事，我有兩次，爲了廣告的事，和他商量。他爲了同文而略涉公益的事，都是極力遷就的。

（釧影：《新聞舊話》，《晶報》，1939 年 7 月 11 日）

（十二）葉浩吾先生

提起葉浩吾先生，也是在那時新學中一位畸人。他當時在中外日報爲東文翻譯，然而他的譯東文，實在有些折爛虧，他從不另紙起草，只在日本的原文上，用筆勾過來就算了，因爲日文根本就是漢文，只有幾個助字，是他們所謂和文，文法當然有些變化，只要一枝紅墨水筆，勾勾轉來，就是漢文啦。

與其譯東文，還不如葉先生自己寫一篇文章，較為通暢咧，葉先生也是當時一位名教育家，中外日報請他譯東文，同時也請他寫論文。這時報館對於翻譯外國文，很為注重，也是一時風氣所尚，中外日報的西文翻譯，你道是誰？便是現在大家耳熟能詳的溫宗堯，溫欽甫的英文是嫻熟的，但漢文不過爾爾，所以我們到中外日報館去時，常見東西文翻譯相對而坐，葉先生的工作，不是他的本位，翻譯東文，而是幫助溫欽甫翻譯西文。

葉先生後來辦了一個啓秀編譯所。找我去幫他的忙，然而葉先生的翻譯工作，迅捷無人能及，有客來談天，他一面與客周旋，他一面手不停揮。有一天，葉師母從杭州來，與葉先生反目，因葉先生不寄錢去，葉先生口中與葉師母吵架，耳中聽話、筆下工作，可謂五官齊用，而轉瞬間，一篇譯稿成矣。

（釧影：《新聞舊話》，《晶報》，1939 年 7 月 12 日）

（十三）報館與家庭

報館與家庭，同在一處，在上海者甚少，而在北平則甚多也。即如邵飄萍的京報，從來沒有與家庭離開過。這自然他的報館，為個人所有，不帶公司性質。報館的榮枯，與他家庭的榮枯，有連帶關係。經濟上雖然是分開，究竟還是不分開的。所以有時報館經濟寬裕，家庭也是舒服，有時報館經濟枯竭，家庭也是窘迫。

我很是贊成報館與家庭在一處，第一是不感枯寂。報館記者是做夜工作的人，往往到夜裏，報館中才見人。譬如我們在北平到京報館去，隨便什麼時候都可以去。尤其像我們那些熟人，倘然飄萍不在家，門房就說：「老爺出門，太太在家咧。」於是有三四位朋友時，就拉開桌子，打打小麻雀了。

因為我先認得飄萍夫人，故僕人們都認我為太太的朋友。我去，必通報太太。飄萍夫人好照相，每出遊，必攜鏡箱，攝影而歸。歸則自行沖洗，設一暗房，以黑布圍之。此中照片，有時亦為報紙所需用，有時僅供隨喜而已。余於其黑布所圍之暗房上，貼一紙條曰：「邵飄萍家之黑幕」，見者皆大笑。蓋余至北平，偶亦住飄萍家中也。

（釧影：《新聞舊話》，《晶報》，1939 年 7 月 17 日）

（十四）三件法寶

北平的辦報者，我今想起一人，曰張漢舉。他的學名是一個鵬字，排行第三，他的綽號，叫「夜壺張三」。所以當時在軍閥時代，提起張漢舉，或無人知道，而夜壺張三，則無人不知。未知誰給他起這個促狹的名兒，有人說：那是胡同裏一位姑娘給起的，因爲他的嘴最臭，胡說白道，遂肇賜他這個嘉名，不想竟流傳都下。

張以辦報爲標識，而結交一班軍閥。他有三件法寶，第一是他有一輛汽車。第二，是他有一座房子。第三，是他有一個廚子。原來那時候，北平汽車還不多，他有一輛汽車，很是名貴。假爲有一位內地或是邊地的軍閥，到北平來，他開了汽車到東車站，或是西站去接他。接了來，就住在他的表面是個報館，而裏面是什麼荒淫醜惡的事，都可以做的屋子裏來，供養這位軍閥。

他這報館兼家庭裏，住了他的一位姨太太。是窑子裡討來的。而他的這位廚子便是那位姨太太的父親，確是燒的一手好菜。他這屋子裏，鴉片賭博無一不備，直供養到那位軍閥，事畢出京，他還用汽車送他上車站，人家難道可以白住白吃他的嗎：幾千塊的犒賞總是有的。他於是再換一位軍閥，又如法炮製起來。這便是從前北平開報館之一種。

（釧影：《新聞舊話》，《晶報》，1939 年 7 月 19 日）

（十五）地域觀念

上海報界之參筆政者，以松江人爲最多，在松江人全盛時代，各報的總編輯，幾無一人非松江人。當時有「無松不成報」之說，差不多像中國軍界中的湖南人一般，以湖南人從軍者多，也有「無湘不成軍」的舊話咧。

所以說上海報館，以松江的諸位前輩先生，樹之基礎，也無不可。其所以然者，第一，以上海本在松江境內，距離既近，所謂「近水樓台先得月」也。第二，以上海報館的華經理（當時稱買辦），恒居於松，認識松人較多（如席子佩先生住居珠家閣，而青浦縣人，爲報館編輯者遂多）。拔茅連茹，吸引者每多同鄉中人，此亦自然之勢耳。惟至今日，松江人在上海報界，已居於元老的地位了。

蘇州人之入上海報界者，當以孫企淵先生爲第一人。大概前清光緒三十年光景吧？這是蘇州報人的開國元勳。企淵的入申報，爲張蘊和先生推薦，則亦松江人所吸引耳。

上海報界的具有地域主義者，如神州日報之爲安徽人，商報之爲寧波人，時事新報之一度爲浙江人，以今思之，不無封建意味吧？

（釧影：《新聞舊話》，《晶報》，1939 年 7 月 23 日）

（十六）主筆薪水

上海報館對於主筆先生的薪水，已變遷得多了。時代不同，生活程度自然也隨之而異。當孫東吳先生初進申報館的時候，薪水是每月三十五元。扣去了膳費四元，實收是每月三十一元。在當時不能算菲薄，總主筆的月薪，那是也只有六十元。

我們那時在蘇坐館，一位秀才先生，每年館穀所入，也不過六十元。倘然未青一衿的，大概每年三十六元，或僅僅每年二十四元者亦有之。廩生有每年束脩獲一百二十元者，必為名下士，若一百二十元以上者，非孝廉公不辦了。所以當一主筆，得每月三十五元，人方豔羨之。惟上海報館，乃得有此善價。但我則一入時報，每月即規定八十元。此則我之時代，已後於孫先生之時代數年，生活程度漸高，而各方又正在延攬人材。且狄楚青先生的時報館，以優待同文著稱。總編輯的薪水，在他館我不知道，時報則知為月薪一百二十元（時總編輯為羅君）。自然今非昔比了，但一位報館編輯，薪水超出每月三百元的很少，除非有特殊關係。上海報界巨擘，雖然如申新兩報，亦難超越此數。非以有盈餘之報館，每年有分紅，歲底有雙薪，也足以加惠於一般恃硯田為生的吧？

（釧影：《新聞舊話》，《晶報》，1939 年 7 月 24 日）

（十七）臨時新聞（上）

近來中國的游擊區內，常有一種壁報，這種壁報，都是油墨印的。只要有一架較□□收音機，有一具油墨印刷器，便可以在游擊區開報館，出壁報。不是有些地方，已經有此現象嗎？但我在三十年前，曾經辦過一次油印的臨時報，這是我所認為生平得意之筆的，不可不記。

那時我進時報館，還不到一年吧？蘇州開了一個各學校聯合運動會，在王廢基舉行。先三天，為得著了吳訥士先生的信（訥士先生，是現在名畫家湖帆的尊翁），□屆時請我去辦臨時壁報。這臨時新聞，只要從運動會開會起，一直到閉會止，總共不過一天工夫，就沒有事了。那時我就同狄楚青先生商量，應否以時報名義贈送這些銀杯之類，因為時報為學界所尊崇，而蘇州銷數又為上海各大報之冠。但一算時間已來不及了，這時□巧吾內人新購了一部縫衣兼繡花的機器。我忽然計上心來，買了幾尺白紡綢，中間用紅絨繡上兩個大字，是楚青所寫的「優勝」兩字。四個小字是「時報館贈」。連夜便繡成了，製成一面優勝旗，到明天帶了到蘇州去。本沒有什麼大意思，誰知到後來，這一而小的旗子，起了很大的效用。

（釧影：《新聞舊話》，《晶報》，1939 年 8 月 1 日）

（十八）臨時新聞（下）

到了蘇州，他們撥了一間蘆席棚，作爲臨時新聞的社址（王廢基除了一間演武廳外，全是空場，因此臨時搭了許多蘆席棚）。派了幾位通信員，幾位印刷及發行的助理員。印刷就是用油印了，這是各學校印講義的，借來用用就是。預備每一個鐘頭，出一次新聞，這時場內外不下數千人。出報後以腳踏車環遊場內散發，又貼於臨時新聞社的席棚前。除報告每一節目之次序成績外，還有「會場花絮錄」等等有趣味之作。其優勝旗，則以吳訥士先生之高興，繫諸演武廳闌干之側。而高坐演武廳上閱操者，即今優遊於海上之陳庸庵尙書，其時蓋江蘇巡撫也。運動節目，順序進行，至下午有一項節目是八百八十碼賽跑，誰知高等學校與某中學校，忽起齟齬了。兩方相持不下，賽跑亦遽爾停止，主事者調解不成，陳撫台更莫名其妙。

於是我忽出主意，謂如此相持，何時始可解決。乃以時報館名義主催，撤銷前所選優勝選手，重向臨時新聞社登記。不論何學校皆當與此八百八十碼賽跑。而以插在演武廳上之優勝旗，贈與此項賽跑之第一者。此議一出，訥士及鄉先生輩咸贊成之，此優勝旗卒爲高等學校所得。高揭此旗，歡呼散會，茲事可笑，然惟三十年前，始能行之耳。

（釧影：《新聞舊話》，《晶報》，1939 年 8 月 2 日）

（十九）附張

三十年以前之上海報紙，並無所謂副刊與附刊，但是也有一種附屬於正張的，叫做「附張」。往往作書頁式，可以另外裝訂起來的。因此在正張的邊框之外，常常印著一行字道：「今日之報，另有附張，隨報附送，不取分文。」

這附張我們從前是不要看的，上面所載的，都是各省督撫的奏摺、夾片之類，而且那時候，都是三四個月，或半年以前的陳腐舊文。也有幾件京內各案的封奏，也都是例行公事，稍爲重要一些的，民間不會寓目。像上諭、宮門鈔等，都是登在正張上的。然而說是那些吃衙門飯的人，也有把它搜集裝訂起來，視爲枕中秘寶的。

然而新聞報的附張，卻有一度大出風頭，因為它的附張，卻增添了一張畫報呀！那時承點石齋、飛影閣畫報之後，那種石印的，以新聞姿態的畫報，出現於上海，正風行一時，但點石齋、飛影閣畫報是成冊的，新聞報附送的是單張的，而且畫筆也沒有那樣工致。我還記得新聞報附送畫報附張的時候，每一份報上，列著一個數目是不同的，而憑此數目，到一個時候，可以開獎。那時一份新聞報彷彿就是一張獎券呢！

（釧影：《新聞舊話》，《晶報》，1939 年 8 月 6 日）

（二十）鄉試放榜

有人問我：三十年前上海報紙的銷路如何？與現在報紙，相差總要有幾倍，以至好幾十倍吧？這個報紙的銷路問題，自始至終是一個謎，老實一句話，從來沒有個報館，對於自己報紙的銷數，肯說實話的，從前是如此，以後也是如此，中國是如此，外國也是如此，大報是如此，小報也是如此。

問：一年中是哪一天銷數最多？譬如現代報紙，為了紀念日，或是國慶、元旦，報紙增多，再不然，就是忽然發生特別事故，都足以使報紙忽然漲起來的。據我所知，在科舉時代，每逢鄉會兩試，在放榜的那天，報紙登載的那天，這報是突然漲起來了。

最厲害的是江南鄉試放榜的那一天，這種渴望之殷，我想在美國大總統選舉揭曉之日，也沒有如此盛況吧？因為江南文史之盛，而且江南鄉試，是連安徽也併合在內的（安徽無考棚，在南京鄉試，分之為上江下江），報館的鄉榜電報，即張貼於門口，圍而觀之者常數匝。因每人必有關心於其親族故舊，皆欲先睹為快。憶余某歲之秋，放學歸來，因念有幾位師長，皆應鄉試，祖母令余至新聞報館前探之（時上海報館，以蘇府屬之，新貴大名，電傳至蘇，亦貼在分館門前窗上），而擁擠不堪，正無法狀其功名得失之心也。

（釧影：《新聞舊話》，《晶報》，1939 年 8 月 7 日）

（廿一）紙荒

中國新聞事業，也開創六七十年了。而新聞紙仍仰仗於舶來品，這不但是個巨大的漏卮，而且將來有極大的恐慌。在二十年前，我就獻議於上海的各大報館、各大書局，倘然報館由申報、新聞報，書局由商務印書館、中華書局，這四家合作起來，開一個造紙公司，其他較小的報館書局，為之附庸，那就不必再仰仗外國紙商的鼻息了。但是中國事，有種種複雜原因，這造紙公司的不能合作辦理，也是原因之一。

現在外匯暴縮，紙價飛漲，各報館輒喚奈何。但這個恐慌，還剛剛開始，以後方興未艾咧。然而我聽得從內地來的人說：有好幾省所出的報紙，都是用本地出產的紙張印的，尤其是像福建、江西、四川、湖南，他們那地方，本來是出紙的爲什麼要用舶來品呢？且報紙不必求紙質怎樣堅韌怎樣潔白，只要大家能瞧的清楚，就已盡了報紙的能事。

記得一二八以後，我適在南京，那時南京各報，也鬧著紙荒，有幾家報館，也用土紙印報。王一亭先生的公子，他在蘇嘉等處，開了兩個紙版廠。製造的一種灰色紙，人家也拿去印報。這紙並不是供印刷用的，卻印出來有些古樸氣，而且字體也很清楚。他的灰色紙，卻也買賣一空變成洛陽紙貴了。

（釧影：《新聞舊話》，《晶報》，1939 年 8 月 12 日）

（廿二）輪轉機

在每一報館裏，用平版印刷機印報的時候，老是羨慕人家有輪轉機印報。當然，輪轉機的印報，比了平版機印報，便利多多，非一言所能盡者。到後來，上海的各大報，無一非輪轉機。幾於不用輪轉機，不能出報紙。非但大報，即小型報紙亦復如此。非但上海，即內地報亦復如此（那時如南京之中央日報、杭州之東南日報，都已用輪轉機了）。還有的，就它本身銷數而言，不必用輪轉機。而爲了面子關係，不能不也用輪轉機的。

現在可不同了，有許多報遷往內地，哪能都有輪轉機？只要能出版，能抒發言論，管它輪轉不輪轉，而且輪轉機與報紙，大有關係，輪轉機就得用捲筒紙。內地紙廠，以後倣造白報紙，若平版紙尚可勉強爲之，捲筒紙則萬不能也。

說起倣造捲筒紙，從前上海的某大造紙公司（是否龍華，已不能憶），曾經造過，一切都也很好。當時與申報訂了一個合同，申報訂定每月用他們若干噸。後來忽然不用了，我問起史量才先生，他說：「我聽得版子上了架子（有一時代，量才住報館中）。印了一刻鐘停了。說是紙破了，接好要十餘分鐘，剛印了一刻鐘，又停了，又破了，又接了。天亮是很快的，哪裏敢耽擱得起呢？我不是不肯提倡國貨，然而叫我失敗，如何可以呢？」

（釧影：《新聞舊話》，《晶報》，1939 年 8 月 14 日）

（廿三）報紙小說

報紙登載小說，始於何報？始於何時？人以為上海時報實倡始之。亦有加以否認者，謂在上海時報登載小說之前，實已有數報，曾登有小說者。我亦不敢謂報紙小說之登載，倡始於時報。惟日報上小說登載之盛行，且因之而轟動一般喜閱報紙上之小說者，實由時報始。此則不能不歸功於狄楚青、陳冷血兩先生之力也。

先乎時報登載小說者，似有數種，然其報即如曇花之一現，人亦不復注意。憑愚記憶所及，天津大公報之前身，為國聞報，亦嘗登有小說。有長篇小說《昕夕閒談》一種者，亦附屬於某一日報而出版。而更早者，則為老申報初出版時，亦曾載有短篇小說，廁諸新聞中也。當時日報之載有小說，有兩種姿態。一為另出付張，作書頁式，可以裝訂，如昕夕閒談然；一為混合於新聞中，如申報初出版時所載然。我尚記得申報所載一則，言：一人航海，船覆，而其人匿空酒桶中，隨浪飄蕩，為他船所救，得慶更生。此故事，在報上連載六七日。愚親戚某先生，藏有初出版之申報二冊，視同拱璧，愚於兒時得讀之。我深望申報之編「舊報新抄」者，轉載之，以餉六十七年以後之人。惟以時報提倡小說之故，而上海各報後遂風起雲湧，則狄、陳二君之功，終不可沒也。

（釧影：《新聞舊話》，《晶報》，1939 年 8 月 17 日）

（廿四）餘興

上海報紙之有副刊，則我們不能不推時報之「餘興」，開其先河也。當時上海的編輯新聞，每喜混合編輯法，而不喜分類。譬如各報之登有小說者，小說亦登於新聞之尾或即在新聞中，晝出一欄以刊小說。其於詩詞雜文，亦如之。其意以為混合編輯，足以調劑讀報者之精神與目光。在沉悶之政治經濟新聞中，而間以輕鬆之小說、雜文足以轉換讀者心目也。實則中國爾時，事事模仿日本，此中混合編輯，亦模仿日本耳。

餘興之辟為一欄，在當時不過如胡適之所謂嘗試耳。以投稿所得之雜文頗多，類多興味之作，棄之不無可惜，乃搜集而納之一欄，及出版以後頗多欣賞之者。爾時之投稿者，以范煙橋、張毅漢君等為最早。戴望舒、張天翼諸君，後乃成為新文學家，當時亦多投稿。其餘，若朱松廬（即今編大美晚報夜光副刊之朱惺公）、吳靈園（今為時報總編輯）皆當日餘興部之健者。尚有不少作家，未可以屈指數也。

（釧影：《新聞舊話》，《晶報》，1939 年 8 月 18 日）

（廿五）小時報

繼「餘興」而爲時報之副刊者，則爲「小時報」，小時報固亦風動一時也。時則畢倚虹，已入時報館，小時報雖愚與倚虹二人規劃之，然以倚虹之力爲多也。小時報對於大時報，具體而微。其編制之法：先之以小言，對於社會瑣聞，出以論斷之筆，長不過二百字，此比於大報之有社論。其次，則爲世界無線電、特約馬路電。世界無線電，則取全世界全國所發現之珍聞奇事登載之；特約馬路電，則就上海本埠所發現之新奇事物登載之，此比於大報之有專電。以下則爲小通信、小新聞，咸長不過五百字，而以趣味雋永爲尚。此比於大報之有特約通信、外埠新聞。最後則爲梨園叢談、花間小語。梨園叢談，多出濮一乘手；花間小語，則頗多綺筵佳話，每則輒綴以一小詩，愚與倚虹分寫之。

故小時報僅占紙面四分之一，而「麻雀雖小，五臟俱全」，幾等於一份大報，不過專談社會事耳。當時有許多友朋，對於閱過之報紙，皆棄置之，而獨將小時報則剪而珍藏之。但凡編一刊物，全恃主編者之精神材力，獅子搏兔用全力，不能以其小而忽之。厥後倚虹離時報，令余失一臂助，而小時報亦漸漸黯然無色矣。

（釧影：《新聞舊話》，《晶報》，1939 年 8 月 20 日）

（廿六）特約馬路電

小時報上之特約馬路電，起初不過摭拾一二本市間有趣味之瑣聞，挾有遊戲性質。每日登載四五條，至多亦不過六七條，每條少或十餘字，多亦不過三四十字，取其簡短精練，仿電報體裁也。酬資分三等，頭等三角，二等二角，三等一角。此外尚有一種特等者，則酬資一元，此非極珍貴之消息不可得。乃特約馬路電，的確有極珍貴之消息，前來報告，並有打電話至小時報部，報告特約馬路電者。愚他事已不復記憶，如當時轟動上海之閻瑞生謀斃王憐影一案，即特約馬路電比各報先登出者。蓋以某君在深夜報告，而臨時加入者也。

然特約馬路電亦有時闖禍，愚所記得者有二次，此皆倚虹已脫離，而劉薌〔襄〕亭主編小時報之時也。薌〔襄〕亭膽怯，不善折衝，不得已余出而應付。其一則登載租界中之某探員，以夾陰傷寒死。登載日之下午，即有穿黑長衫，歪戴帽子之三人，來勢洶洶，入主筆房。謂探員死於妾處，其大婦憑報紙所載，將與妾拼命。愚謂：「夾陰傷寒，中國本有此病名，若非是，則更正之。家庭糾紛，與報館無涉。」其一則登載某學者之女公子，與其同學戀愛事。某學者亦盛氣來館，義正詞嚴，語語皆令人無從辯難。當時中國女子重視貞操，亦屬實情。至此無有言說，惟俯首受罪而已。

（釧影：《新聞舊話》，《晶報》，1939 年 8 月 21 日）

（廿八）民國日報　（按：應為廿七）

十餘年前，上海報館之困苦艱貞，未有如民國日報之甚者。蓋民國日報爲國民黨之黨報，無可否認。黨報之榮悴，則視其黨之如何發展以爲轉移。在軍閥時代，對於黨人，且百計挫折之。對於黨報，安有不千方壓制之歟？所以民國日報之時被停止郵寄，亦於家常茶飯。報紙因之不能暢銷。有時連專電亦發不出。幸而葉楚傖、邵力子兩先生之苦心孤詣、極力支撐，遂使民國日報之在上海，終究有相當地位。

愚在時報館時，每至黃昏八九點鐘，輒接楚傖先生字條曰：「今晚印報之紙尙無著，公能一援手，假我一二十元乎？明日必籌措奉還。」如此者不止二三次。愚囊中有錢，必如其數以與之，否則假諸館中諸友。然而楚傖先生，信人也，明日，即遣人送還，不爽期日。偶相往還，互道報館中事，楚傖恒謂：「同一辦報，以我輩視君等，不啻登仙。」實則報館中經濟艱窘，何報無之（上海申新兩報除外，但今亦難言之矣）？邵力子先生，亦常對我作是言。惟我在時報，但知編輯，不管經濟。經濟有我狄平子先生任之，我輩遂不解此中甘苦。及國民政府成立，葉邵兩公皆貴。時有報界某老宿，知其當日困苦之狀，喟然歎曰：「如二公者，可謂報館飯吃穿者矣。」

（釧影：《新聞舊話》，《晶報》，1939 年 8 月 26 日）

（廿七）院長兩個半（按：應為廿八）

中國的新聞界，其勢力，不及歐美，這是無從諱言的。然而我們國民政府元老中，由新聞界出身的，卻是不少。現今的五個院長中，倒有兩個半是新聞記者出身的。監察院長于右任，考試院長戴季陶，純粹是新聞界出身的人，大家是知道的。司法院長居覺生，他也支持過上海的江南日報，不過爲時甚暫，我們只算他是半個吧？

我認得于先生的時候，他還是光下巴。這時民呼日報與時報，望衡對宇，同被火災。在民立日報的時候，我曾由朱少屏先生的介紹，代民立日報的某君，編過半個月多本埠新聞。但當新聞記者的人不可以一身兼兩館的事，這好比一個女兒不能吃兩家茶一樣。本來原是代庖，所以我不及瓜代，即辭去了。後來每在宴會中，與于先生見面，還是面白無須。有一次，南社開會，于先生惠臨，卻變了一位美髯公了。但於先生始終尊重新聞界人，在檢察院不能行使職權，常鬱鬱。見余即問曰：「上海報館裏，這幾天又罵我嗎？」至於戴先生，在上海辦報時，很困苦，一日，忽致書冷血及余，欲寫小說，以謀出路（時我輩方辦小說時報等）。我等即覆書歡迎之，然小說始終未寫來。及為考試院長後，僅見一面，握手殷勤，道契闊也。

（釧影：《新聞舊話》，《晶報》，1939 年 8 月 27 日）

（廿九）火車報

前我言報館之用輪轉機，有種種便利，而第一占便利者，即為省時，譬如用平版機者，至遲至夜午兩點時鐘，必須開印，否則明晨不能出火車報。何謂火車報？蓋自郵政局統制寄報以後，每日上海第一次火車開出之時（約上午六七點鐘）。即派有郵務人員，在北火車站照料。凡報紙之運往滬寧、滬杭兩路者，直接送至車站，亦不須貼郵票，並無庸送至郵局。一到車站，即立即運上郵車矣。但若過此時間，則必須送至郵局，至快亦須下午寄出，而外埠之閱報者，必須明日方可閱報業。

然當時中國並無國家通訊機關如中央通訊社者。而外國通訊機關如路透、如德文，對於中國政聞，殊為簡略（爾時日本通訊機關如東方社等，轉對於中國政聞較詳）。各報所恃者，館方特派員所發之專電。然而專電來時，總在夜間十二點以後（因為新聞電特別便宜，電局每壓在最後發）。每在齊版之時，專電乃絡繹而來，甚而至於版已拼齊，乃有重要之電非加入不可者。為若不加入，則明日報上，即因比較而有遜色。若必加入，則耽延時刻，而使明日火車報不能出，眞使人為難，自有輪轉機後，則三四點鐘上機開印，而六七點鐘，寫寫意意出火車報也。

（釧影：《新聞舊話》，《晶報》，1939 年 8 月 29 日）

昨讀辰龍君之《談談小時報》，其所舉主編小時報之人材，至爲詳盡。因愚雖創辦小時報，及愚脫離時報時，小時報尚存在也。文公達、李涵秋兩君主編，愚猶能憶之。至況夔笙先生之五日京兆，我今已不復憶矣。惟辰龍君謂「小言一則，用英文愛斯，天天不換，以包先生所做爲多」則略有所訛。蓋當時我與倚虹，寫小言時，一曰小生，一曰小可，其實尚是倚虹寫得多，非敢掠美。用英文愛斯，恐已在劉襄亭主編時代矣。

（釧影：《小時報小辯正》，《晶報》，1939 年 8 月 29 日）

（三十）專電

提起專電，眞有許多麻煩事，我非言專電之來，每在午夜十二點鐘以後乎。本報館中翻電報者，必有專司其事之人，其人且熟極而流，不必再翻電報字碼書也，即如當年時報館之翻電報者張先生（粵人），每一電報來，彼即奮筆直書，非常迅速，惟此種專電，每多謬誤，且以館方爲省錢計，所發之電字數以愈少愈佳。以少數之字，涵有多數之義，因此必將此一條電報，重行做過，方能使閱報者明白。然亦有因一字之訛，而使全條電報，不能瞭解者，於是必須查出其爲何字之訛。蓋以電碼之數，僅差一字，而有失之毫釐、謬以千里之概也。

其時政府在北京，專電亦來自北京，尤其是軍閥政府中之要人姓名，有老段（祺瑞）、有小段（芝貴）、有老徐（世昌）、有小徐（樹錚），電電文簡略，又多錯訛，眞教人纏不清楚而排字房又急於催稿，此際最是手忙腳亂之時，倘兩日出不出火車報，此於營業上大有關係，因當時時報在滬寧路沿線銷數極多也（僅蘇州即有三千多份），於是經理先生怪機器房印得慢，機器房怪排字房版子下得遲，排字房怪主筆房臨時有要電加入，故以後愚即製有一時間表何時齊版、何時上機、何時開印、何時發報，每日塡寫，俾專責任也。

（釧影：《新聞舊話》，《晶報》，1939 年 8 月 29 日）

（卅一）校對（上）

古人云：校書如掃落葉，以其剛剛掃去，而一轉瞬間，又落葉滿階也。然則校書尚如此，而況爲報館中之校對乎？蓋爲書本上之校對，盡可安閑暇豫，從容自若。而報紙上之校對，則立時立刻，主筆房、排字房，上下夾攻，互相迫促，安能無訛。歐美各國之報館，我未嘗參觀其校對工作。至於日本，我曾在大阪某大報館參觀過。彼之校對者，人數比我各大報爲多。而何時齊稿、何時上版，均有一定時間，因彼之改版關係，決不能等候新聞。新聞後至，則插入第二版、第三版，以此類推。而改版多者，每日竟改至七次，至第七次，則完全換一面目矣。

以上版有一定時間，而校對亦有一定時間。彼之校對房，有一警鐘，第一次警鐘響，警戒校對者，尙存若干時刻矣。第二次警鐘響，則催促趕緊出清樣。至第三次警鐘響，則響之不停。此時彼等校對先生，緊急動員，不在校對房工作，而移往機器房。但見其汗流氣喘，倉皇萬狀，而警鐘之聲直響至校對事畢而後止。若我上海之申新兩大報，校對人員亦不少，兩館中以告白既多，於是分出新聞之校對，與告白之校對。此兩項校對，不相聯屬。新聞之校對直至編輯部發完稿子，彼等工作尙未已。告白之校對，雖較輕鬆，然責任反重。告白中差一字，明日即來饒舌，甚至不付告白費也。

（釧影：《新聞舊話》，《晶報》，1939 年 10 月 6 日）

（卅二）校對（下）

報紙上之訛字，往往有匪夷所思者，此亦出於校對人意想之外。曾記得二十年前，時報上有一婦女團體登廣告，及至明日出版以後，則婦女兩字，誤爲妓女，於是此婦女團體，大不干休，頗費唇舌。結果則廣告費無著，道歉了事。民十七八年間，上海某大報，對於將總司令之某一項文字，誤蔣爲醬，以致排字人吃官司，認爲有心侮辱。實則蔣先生之寬仁大度，豈屑屑較此者。所以從前新聞報之編輯部，有某人所發之稿，由某人自看清樣之舉。至於今日，不知尙有此制度否？

報紙上差字之多，實爲一種遺憾。好好一篇文章，被幾個差字混亂其間，即無氣而少勁，味同嚼蠟矣。然此種錯誤，亦不能全責備校對，寫文章的人，當分任其咎。有等寫文章的人，喜作狂草，彼自己所寫之字過後問彼自己，彼亦瞠目不能識。此種事，亦往往有之。更有一種寫文章先生，自矜博雅，好寫古字。校對先生，豈盡識古字者，惟有依據葫蘆而已。然而排字房之字架，亦無此字也。於是臨時鐫刻，或以他字爲代，而其文不可卒讀矣。至於小型報紙，館中不過兩三校對先生，然而當時之立報，對於總校先生，嚴定條例，每一紙面，僅能差若干字，過此則每差一字，罰小洋兩角。若每一紙面，絕無差字，或僅差極少數之字，則月終有獎金也。

（釧影：《新聞舊話》，《晶報》，1939 年 10 月 7 日）

（卅四）廣告與編輯（按：應為卅三）

當我在時報館時代，覺得廣告部與編輯部，最易起衝突者也。上海之報館，向來以營業著稱，且所以表示無所偏倚也。營業之報紙，自以廣告爲其養命之源，故廣告部可挾其雷霆萬鈞之勢力，以壓倒編輯部。假如今日廣告多，則新聞地位自當縮小。蓋廣告多則收入亦多，而老闆且色然以喜，詎有此不識相之編輯先生，與之齗齗以爭乎？而登廣告者，似故與編輯部爲難，有時橫七豎八，將廣告插入新聞中，作十字形者，作卍字形者，務使此新聞七零八落，成爲敗甲殘鱗。有時或與汝之論調，故相背馳，譬如汝方言賭博之害，而即在汝言論之下赫然登幾條賭博廣告；汝方言淫書之害，而淫書之廣告，即在本報當日登出。又有廣告家，撰一則廣告，其形式絕似新聞，亦有大小標題，或亦記載一故事，必使讀至最後，方知此爲一廣告，此亦欺騙讀者。余則主張此種廣告，必與新聞相隔離者也。

今之編輯諸公，皆不管廣告事，以爲廣告自廣告，新聞自新聞，不相聯屬然。我曾記得有一次，上海租界之報館，以登有穢褻之廣告，而總編輯亦連帶吃官司。歐美各國，固有廣告文字，須由編輯部鑒定者也。

（釧影：《新聞舊話》，《晶報》，1939 年 10 月 27 日）

（卅三）三位一體（按：應為卅四）

每一報館，必有三大部，此亦中外各報所同也。何謂三大部？一曰編輯部，二曰印刷部，三曰營業部。其他雖有各種組合，亦皆附屬於此三部，大之數百萬資本之報館，小之僅以油印出版之壁報，亦不能離此三部。今者中國規模較大之報館，於三部之上，設一總管理處，即所以統屬此三部者也。

此爲大規模之報館而言，若規模較小之報館，無所謂總管理處。惟此三大部，應有互相聯絡之妙，此亦所謂三位一體也。若從前之報館，則編輯與印刷兩部，卻往往彼此互相責難。譬如，鉛字之不清楚，銅版之模糊，使新聞失其價值，編輯部嘖有煩言。而發稿之遲緩，版式之頻頻更易，印刷部亦反唇相譏。若營業部之事，往往他部不相干涉。營業部之兩大組，爲報館命脈之所繫，即一曰廣告組，二曰發行組，是也。

無總管理處之報館，往往各行其是，甚而至於互相矛盾、互相衝突。廣告部可以干涉編輯事（如硬欲塞一條類乎廣告的新聞），發行部可以非難印刷部事（如趕印不出火車報等）。有總管理處之報館，其能免乎？三位一體，互相聯絡，我希望中國新聞界之合理化也。

（釧影：《新聞舊話》，《晶報》，1939 年 10 月 28 日）

（卅五）廣告與發行

報館之營業，以發行與廣告爲兩大部分，前已言之矣。上海之報紙，似以廣告爲尤重，蓋上海報紙重營業，每以廣告爲養命之源，故若恃發行，則小型報紙，或可獲利，若大報則以紙張而論，即已超越批價數倍，此尙指紙價相當便宜時而言，若紙價既貴，則更不能恃發行，甚且有多銷一份報，則多蝕一份本者。

然則將何以失之東隅，收之桑榆者？則惟靠廣告以爲彌補，非特可以彌補，且補償紙張上之損失外，尙有盈餘，上海之申報新聞報，在戰前每歲盈餘，動輒數十萬，皆獲利於廣告者也。或曰：然則上海之辦報，但致力於廣告可耳。則又曰：否！廣告與發行，如車之有兩輪，相輔而行者也，發行不多，則廣告不來，何以謂之廣告？即以其告白，廣告宣傳於閱者也，閱者愈多，則廣告之效力愈大，此自然之勢也，今有一報，每日銷三千份，而又有一報，則每日銷十萬份，則試問登廣告者，其擇取何報耶？

其爲政府之機關，或爲一黨之機關，但爲宣傳之作用也，無須仰求於廣告，否則不求廣告，而僅恃發行，除別有背景外，實難以圖存，然上海今日新流行之報紙，則有不靠廣告、不恃發行，而思有以圖存者，此則爲投機之流耳。

（釧影：《新聞舊話》，《晶報》，1939 年 11 月 17 日）

（卅六）報販

記得某一年，在京滬火車上，遇吳稚暉先生。偶談及報紙發行事，稚老云：「上海有一種事業中國人來舉辦者，即報紙之代理發行店也。西洋此種之代理發行店，規模甚大，所發行者，不止一家報紙。且有許多報館，自己並無發行部，倘有向報館直接定報者，則報館亦託於此種代理發行店耳。日本之報紙，亦都有仿行者。」稚老之所以言此者，以爾時上海有報販風潮也。

然上海之發行，其權乃操之於報販。從前之報館，可以支配報販，而報販亦都聽命於報館。蓋以前之報紙銷數少，而報販亦少。今已非昔比矣，報販亦有其公會，且有大報販與小報販之分，而小報販且又拆賣於街頭喊賣人。

又以上海馬路之報攤，聞共有五百餘處，皆由報販分派，其事亦甚複雜也。故今日之報販，其力幾足以左右報館。除幾家老報館外，凡新出之報，須聽命於報販，始得發行無礙。若爲小型報紙初出版者，一報販亦可以包銷，且可以顧問其內容，曰：有某某之小說歟？有激烈之文字歟？惟報販雖漸有勢力，而組織未能完備，且無知識人材以爲之擘畫，故終不免有散漫之弊意者。中國之報販亦將演變而成如稚老所說之代理發行店乎？

（釧影：《新聞舊話》，《晶報》，1939 年 11 月 20 日）

（卅七）定報

凡爲報館者，均樂吸收定戶，此亦應有之義也。第一、定報者多則一年，少亦三個月（亦有定數年者，此爲例外）。可以獲取長期讀者，且吾國人凡閱一報後，苟非此報墮落，每不肯易他報；第二、定時必預付報資，而所付之報資，且較批價爲優厚。假如一報館有定戶三千份，試以每份每年收費十元，則不折不扣，可得三萬元，以一中等報館，得三萬元，亦可爲經濟上之運用。且定報非僅此一年，若對於此報，有興味、有信仰，即將續定。周而復始，報報可以常保此三千定戶之定費也。

據我所知，從前時報，有三千以上之定戶。晶報在全盛時代亦有三千以上之定戶，立報則定戶更多，有五千以上之定戶。然此三報者，各有其立場。時報之定報以外埠爲多，以時報當時爲前進之報紙，故北至東三省，南至南洋群島，均定閱時報。狄楚青有事，每囑余代拆信件，則羌帖叨幣，時時在握也。晶報與時報同，亦以外埠爲多，蓋晶報以前三日一出，而全年定價僅兩元，人亦何樂而不擲此區區。故小晶報（北平天津均作此稱）亦普及全國。至立報則異是，以本埠定戶爲多。蓋立報以小型報而具大報風格，定報比另購及報販送者爲廉。有每一學校，定購至數十份者，而外埠定戶則殊少也。

（釧影：《新聞舊話》，《晶報》，1939 年 12 月 1 日）

（卅八）送報

我既談定報矣，我再談送報。蓋讀者既出資預定矣，是必使每日所出之報，得以送達於讀者之前，此爲報館之義務也。外埠所定之報，必提早交郵，其效力最好與各地之代派處，同時送到（上海之報，滬寧路至南京，滬杭路至杭州，均有代派處，均可當天看報）。若較代派處爲遲，人即不樂意矣。至於本埠之定報，則報館當專人騎腳踏車往送。此送報一事，爲報館所最當注意。日本人謂之配達，天破曉時，配達夫已滿街矣。

我國報館，往往不注意送報一事者，實錯誤也。蓋讀者看報，必在早晨，而報則遲至十點鐘以後方送到。甚而至於今天不送，明天補送（小型報尤甚），路遠不送，雨雪不送。報館不知也，以爲發給送報人，即可以告無事矣。然而報未送於讀者之手，則報館仍未能卸此責任也。送報一事，惟立報最認眞，定報一月以後，彼有一印就表格之明信片，致之定戶。其中有「每日報到在何時？」、「最近有缺送否？」可填此表，投之報館。成舍我君對此類頂眞，凡有電話至報館，謂未送到者，必立刻補送之。彼云：「立報零售僅二分（實則不及二分），而打一電話來，則值三分。其打電話來者，均忠實之讀者也。」此成舍我君之有辦報精神，而本埠定戶之多也。故凡報館之欲吸收定戶者，勿忘送報之義務與責任。

（釧影：《新聞舊話》，《晶報》，1939 年 12 月 2 日）

（卅九）黃遠庸與邵飄萍

上海之報紙，從前最注意北京通信記者。蓋從前之北京，爲政治發源地，故消息必靈通，觀察必明澈，庶幾能負此任。當時北京通信記者之名重一時者，一曰黃遠庸，二曰邵飄萍。謂斯二人者，足以先後映輝，甚至黃邵並稱，抑且二人爲新聞界之健者。均遭慘死，尤相類者也。

黃邵均爲時報通信記者，黃先而邵後，然黃邵二人則絕對不相侔者。黃對於時局觀察之精，文章之茂美鎔經鑄史，讀黃氏一篇通信，如讀一篇佳文（黃爲前清科舉中人）。而消息之靈通，手腕之敏捷，則推邵氏。邵以白手至北京，先設一通訊社，後開一報館，皆與其所業互相關聯，後其通訊網所漸廣，幾乎執北京通訊界之牛耳。然飄萍偶寫幾篇通信稿，則亦路路清楚，簡潔可喜，且雜以詼諧筆調。如近人所謂幽默文章也。

飄萍於政界要人中，皆有特約。如某議員、某秘書長等。每至夜半，方通電話，此時各報皆已齊版，各通訊社亦皆發出最後之稿，而明日彼之報上，必有一二條特別新聞。其重要者，則以急電報告上海。然因此而獲咎若飄萍者，人每目爲新聞界之彗星。

（釧影：《新聞舊話》，《晶報》，1940 年 1 月 21 日）

（四〇）通訊社

從前吾人編輯一種報紙，並不仰仗於通訊社。今日編輯報紙者，若一旦通訊社皆不發稿，則編輯先生皆將束手無策矣。何也？蓋從前要聞恃專電；外埠新聞，則有各地之通信員；本埠新聞，則屬本埠之各訪員。以前政府不知宣傳，一切政聞，且秘不發表，何有所謂中央通訊社。國外通訊社之設立於中國者，報告中國事者極少，而國際電訊，中國讀者初不加注意也。既而漸有所謂私家通訊社者，報館常常不輕用其稿，以為此種通訊社之稿，必有作用者。當時之通訊社，實亦均未上軌道。

通訊社之多，無過於民國八九年之北京，綜計不下六十餘種。每日東剿西襲，能湊十餘條新聞者，即為一通訊社。甚而至於發不滿十條新聞者，摭拾當地所出之晚報，改頭換面，以為通訊社者。且有兩家通訊社之新聞相同，僅封面換一通訊社名稱者。光怪陸離，頗呈異觀，蓋其於某一官僚軍閥，獲得津貼每月一二百元，即可以辦一通訊社。僅需備一副油印機，每日費白報紙或毛邊紙數張，至多一二十元，雇一抄寫員，社址即在家中，每日垂暮令車夫一分發而已，所費不過每月四五十元，而亦皇皇然一通訊社也。

（釧影：《新聞舊話》，《晶報》，1940 年 1 月 22 日）

……從前余為記者生涯時，雖為夜動物，恒至天明方歸，然往往睡至中午方起，而下午盡足嬉遊也。余告以雖似勞悴，尚有興味，且南京亦有友朋之樂。我亦似胡適之所謂常〔嘗〕試而已。下午，訪周瘦鵑，商申報小說事。訪余大雄，渠力欲余為晶報寫稿，余尤其俟有珍聞軼事，當寫寄一二，不能每期必有稿也。又勸以趁此時機，不如將晶報之三日刊，改為每日刊為佳。渠以苦無佳稿為焉，余謂君素能拉夫，當不患無稿。惟有一事，凡編輯副刊及小報者，惡稿有驅逐良稿之力，倘多登惡稿，良稿即裹足不前，此不可不知也。

（天笑選錄：《釧影樓日記（六五）》，《晶報》，1940 年 2 月 22 日）

……閱上海寄來之晶報有談「報屁股」事者。報屁股三字，實為畢倚虹所創造，蓋指各報之副刊而言。當時余與倚虹，在時報創小時報，彼即謂此報之屁股也。今乃居然成一名詞，流傳人口。因撰一稿，投諸晶報，題曰：《品股寶鑒》〔註4〕。對於上海之報屁股，加以論列，中謂申報是老屁股（人呼申報爲老申報），新聞報是胖屁股（內容最富），時事新報是新屁股（新文化的），民國日報是板屁股（副刊最嚴肅），時報是沒有屁股了（時報自黃伯惠接辦以來，即不復有副刊矣）。語殊不雅馴，然晶報素喜此種文章也。……

（天笑選錄：《釧影樓日記（七一）》，《晶報》，1940 年 2 月 28 日）

……有人介紹可華至時事新報，張竹平暫託其辦時事新報上之「婦女與兒童」，云俟有機會，再調他事，今則爲試辦性質。余語可華：「汝若對於新聞事業有興味者，則藉此實習亦可。惟聞『婦女與兒童』之編輯，尚附有廣告條件。」余因言：「若廣告無把握者，與竹平先生說明，勿誤人事業。」

（天笑：《釧影樓日記（一二三）》，《晶報》，1940 年 4 月 21 日）

……得余大雄書，以襄亭過於膽小，彼年底至徽州葬父時，曾有許多稿子，略涉時局者，皆不敢登。余覆以襄亭素謹慎小心，謹慎下心，則不致闖禍。好在君去徽州即歸，君歸以後，一切又自爲政矣，人材難得，況僅一小型報紙耶？

（天笑：《釧影樓日記（一二八）》，《晶報》，1940 年 4 月 26 日）

二十七日，天晴，今天消息更惡。上海之民國日報，國民黨之黨報也，於昨日下午二時，接得公共租界工部局之通告（按民國日報，開設望平街，在漢口路與九江路之間），中云：「現因本埠形勢緊張，工部局董事會勸告貴報停版。」以勸告之方法，實行封閉報館，亦創聞也。當由武裝之西捕、印捕前往勸令該館職員走出。山東路（即望平街）前門上鎖，後門除上鎖外，並訂木板兩條，惟並未貼有封條也。

（天笑：《釧影樓日記（一三七）》，《晶報》，1940 年 5 月 6 日）

〔註 4〕根據題名檢索《晶報》，發現此文刊於《晶報》1931 年 9 月 15 日，署「龍陽才子」。這爲後續彙錄包天笑 1931 年在《晶報》撰述所用筆名留下了線索。

參考文獻

一、晚清民國報刊

1. 《湘報》（1898 年）
2. 《勵學譯編》（1901 年～1902 年）
3. 《蘇州白話報》（1901 年）
4. 《大公報》（1902 年）
5. 《新小說》（1902 年、1903 年）
6. 《時報》（1904 年～1921 年）
7. 《申報》（1906 年、1924 年、1943 年）
8. 《小說林》（1907 年）
9. 《小說時報》（1909 年）
10. 《婦女時報》（1911 年～1916 年）
11. 《小說大觀》（1915 年）
12. 《小說畫報》（1917 年～1918 年）
13. 《晶報》（1919 年～1940 年）
14. 《星期》（1922 年）
15. 《立報》（1935 年～1937 年）

二、著作

1. 包天笑：《釧影樓回憶錄》，香港：大華出版社，1971 年版。
2. 包天笑：《釧影樓回憶錄續編》，香港：大華出版社，1973 年版。
3. 包天笑：《考察日本新聞記略》，上海：商務印書館，1918 年版。
4. 欒梅健：《通俗文學之王——包天笑》，上海：上海書店出版社，1999 年版。
5. 柳斌傑主編：《中國名記者（第二卷）》，北京：人民出版社，2013 年版。

6. 欒梅健編校：《現代通俗文學的無冕之王》，南京：南京出版社，1994 年版。
7. 戈公振：《中國報學史》，北京：生活・新知・讀書三聯書店，2011 年版。
8. 方漢奇：《方漢奇文集》，汕頭：汕頭大學出版社，2004 年版。
9. 方漢奇主編：《中國新聞事業通史（第一卷）》，北京：中國人民大學出版社，1992 年版。
10. 方漢奇：《中國近代報刊史》，太原：山西教育出版社，2012 年版。
11. 曾虛白主編：《中國新聞史》，臺北：三民書局股份有限公司，1966 年版。
12. 李瞻主編：《中國新聞史》，臺北：學生書局，1979 年版。
13. 李瞻：《世界新聞史》，臺北：三民書局股份有限公司，1986 年版。
14. 〔新〕卓南生：《中國近代報業發展史（1815～1874）》，北京：中國社會科學出版社，2015 年版。
15. 梁啓超：《飲冰室合集・文集（一）》，北京：中華書局，1989 年版。
16. 梁啓超：《飲冰室合集・文集（五）》，北京：中華書局，1989 年版。
17. 梁啓超：《飲冰室合集・文集（九）》，北京：中華書局，1989 年版。
18. 丁文江、趙豐田編：《梁啓超年譜長編》，上海：上海人民出版社，1983 年版。
19. 王韜：《弢園尺牘》，北京：中華書局，1959 年版。
20. 蔡尚思、方行編：《譚嗣同全集（下冊）》，北京：中華書局，1981 年版。
21. 林語堂：《吾國吾民》，臺北：金蘭文化出版社，1986 年版。
22. 周光明：《近代新聞史論稿》，北京：社會科學文獻出版社，2014 年版。
23. 〔美〕費正清、劉廣京編：《劍橋中國晚清史（1800～1911 年）（下卷）》，北京：中國社會科學出版社，1985 年版。
24. 〔美〕張灝：《烈士精神與批判意識：譚嗣同思想的分析》，崔志海、葛夫平譯，北京：中央編譯出版社，2016 年版。
25. 〔美〕張灝：《危機中的中國知識分子：尋求秩序與意義，1890～1911》，高力克、王躍譯，北京：中央編譯出版社，2016 年版。
26. 羅志田：《再造文明的嘗試：胡適傳（1891～1929）》，北京：中華書局，2006 年版。
27. 葛兆光：《宅茲中國：重建有關「中國」的歷史敘述》，北京：中華書局，2011 年版。
28. 曹聚仁：《文壇五十年（正編）》，香港：新文化出版社，1973 年版。
29. 趙建國：《分解與重構：清季民初的報界團體》，北京：生活・讀書・新知三聯書店，2008 年版。
30. 劉國銘主編：《中華民國國民政府軍政職官人物志》，北京：春秋出版社，

1989 年版。
31. 田建平：《當代報紙副刊研究》，保定：河北大學出版社，2006 年版。
32. 胡適：《問題與主義》（胡適文存／第一集・第二卷），臺北：遠流出版事業股份有限公司，1986 年版。
33. 王汎森：《執拗的低音：一些歷史思考方式的反思》，北京：生活・讀書・新知三聯書店，2014 年版。
34. 王汎森：《思想是生活的一種方式：中國近代思想史的再思考》，臺北：聯經出版事業股份有限公司，2017 年版。
35. 袁軍：《新聞事業導論》，北京：北京廣播學院出版社，1997 年版。
36. 胡道靜：《胡道靜文集・上海歷史研究》，上海：上海人民出版社，2011 年版。
37. 曹用先：《新聞學》，上海：商務印書館，1934 年版。
38. 高拜石：《古春風樓瑣記（第四集）》，臺北：臺灣新生報社，1981 年版。
39. 高拜石：《古春風樓瑣記（第八集）》，臺北：臺灣新生報社，1981 年版。
40. 中共中央馬克思恩格斯列寧斯大林著作編譯局編譯：《馬克思恩格斯全集（第 1 卷）》，北京：人民出版社，1956 年版。
41. 李濱：《中國近代報刊角色觀念的發展和演變》，長沙：嶽麓書社，2011 年版。
42. 姚公鶴：《上海報紙小史》，載楊志輝、熊尚厚、呂良海、李仲明主編：《中國近代報刊發展概況》，北京：新華出版社，1986 年版。
43. 徐培汀、裘正義：《中國新聞傳播學說史》，重慶：重慶出版社，1994 年版。
44. 張仲禮：《中國紳士研究》，李榮昌、費成康、王寅通譯，上海：上海人民出版社，2008 年版。
45. 余英時：《士與中國文化》，上海：上海人民出版社，1987 年版。
46. 連玲玲主編：《萬象小報——近代中國城市的文化、社會與政治》，臺北：中央研究院近代史研究所，2013 年版。
47. 潘光哲：《晚清士人的西學閱讀史》，臺北：中央研究院近代史研究所，2015 年版。
48. 江蘇省地方志編纂委員會編：《江蘇省志・報刊志》，南京：江蘇古籍出版社，1999 年版。
49. 俞洪帆、穆緯銘主編：《江蘇出版人物志》，南京：江蘇人民出版社，1995 年版。
50. 〔加〕季家珍：《印刷與政治——〈時報〉與晚清中國的改革文化》，王樊一婧譯，桂林：廣西師範大學出版社，2015 年版。
51. 馮并：《中國文藝副刊史》，北京：華文出版社，2001 年版。

52. 劉家林：《中國新聞史》，武漢：武漢大學出版社，2012 年版。
53. 李仁淵：《晚清的新式傳播媒體與知識分子：以報刊出版爲中心的討論》，臺北：稻鄉出版社，2012 年版。
54. 劉中猛：《清末民初蘇籍報人群體研究》，上海：上海三聯出版社，2015 年版。
55. 方曉紅：《報刊・市場・小說——晚清報刊與晚清小說發展關係研究》，南京：南京師範大學出版社，2000 年版。
56. 肖小穗、黃懿慧、宋韻雅編：《透視傳播與社會》，香港：香港中文大學出版社，2016 年版。
57. 王敏：《上海報人社會生活（1872～1949）》，上海：上海辭書出版社，2008 年版。
58. 〔法〕米歇爾・福柯：《知識考古學》，謝強、馬月譯，北京：生活・讀書・新知三聯書店，2003 年版。

三、期刊、學位及會議論文

1. 包天笑：《我與新聞界》，《萬象》（第 4 年第 3 期），1944 年 9 月 1 日。
2. 包天笑：《我與新聞界（續）》，《萬象》（第 4 年第 4 期），1944 年 10 月 1 日。
3. 包天笑：《我與新聞界（續卷）》，《萬象》（第 4 年第 5 期），1944 年 11 月 1 日。
4. 包天笑：《我與雜誌界（上卷）》，《雜誌》（第 14 卷第 5 期），1945 年 2 月 10 日。
5. 包天笑：《我與雜誌界（下卷）》，《雜誌》（第 14 卷第 6 期），1945 年 3 月 10 日。
6. 天笑：《一星期的新聞記者》，《小說世界》（1 卷 1 期），1923 年 1 月 10 日。
7. 釧影（包天笑）：《釧影樓日記（六）》，《茶話》，1947 年第 11 期。
8. 道聽：《包天笑口中之四小金剛》，《上海畫報》，1930 年第 590 期。
9. 朱宗良：《民國初年之上海報業》，《報學》（臺北），第 1 卷第 9 期。
10. 高伯雨：《記最老的作家——包天笑先生》，《大成》（第 2 期）（香港），1974 年 1 月 1 日。
11. 沈慶會：《通俗文學之王包天笑的報刊編輯生涯》，《文教資料》，2007 年 11 月下旬刊。
12. 代慧敏：《包天笑的新聞觀》，《新聞研究導刊》（第 7 卷第 21 期），2016 年 11 月。
13. 聶淳：《包天笑與中國近、現代報刊業》，《新世紀圖書館》，2008 年第 1 期。
14. 姜思鑠：《包天笑編輯活動側影》，《中國編輯》，2007 年第 3 期。

15. 李仁淵：《新式出版業與知識分子：以包天笑的早期生涯爲例》，《思與言》（臺北），2005 年第 9 期。
16. 黄瑚：《論中國近代新聞事業發展的三個歷史階段》，《新聞大學》，2007 年第 1 期。
17. 趙建國：《從「邊緣」走向「中心」：早期報人社會地位的演變》，《廣西社會科學》，2006 年第 8 期。
18. 沈慶會：《包天笑及其小説研究》，華東師範大學博士論文，2006 年。
19. 王晶晶：《新舊之間——包天笑的文學創作與文學活動研究》，上海師範大學博士論文，2012 年。
20. 吳麗麗：《包天笑的都市生活與都市寫作》，上海師範大學碩士論文，2008 年。
21. 鄧如婷：《包天笑及其通俗小説研究》，逢甲大學碩士論文（臺中），2001 年。
22. 韓偉偉：《〈茶話〉（1946～1949）研究》，華東師範大學碩士論文，2008 年。
23. 許巒巒：《小説家背後的名報人——張恨水新聞思想研究》，南京師範大學碩士論文，2015 年。
24. 葉韋君：《時間意識的書寫：包天笑報刊生涯（1900～1937）》，「釧影留芳：包天笑與近代中國的媒體、文學與文化」國際學術研討會論文集，臺北：中央研究院近代史研究所，2017 年 3 月 2 日～3 日。
25. 靄如：《包天笑》，《新聞學刊》（第二期），1927 年 3 月。

後　記

本書是在筆者碩士論文基礎上略作增訂而成的。承蒙導師方漢奇先生的大力扶掖，使我獲得此次珍貴的出版機會，若無先生舉薦，這部小小的論文想要面向更多的讀者是根本無法想像的。能夠拜入方門，親炙先生教誨，是我一生無上的榮幸。先生教澤，令我如沐春風、感佩之至，謹向先生致以最衷心的感謝和最美好的祝願！最終的出版工作，則有賴於花木蘭文化事業有限公司楊嘉樂、張雅淋、許郁翎諸位老師的耐心、細心與精心，在此一併致謝。作爲初試之作，本書雖力圖完善，但自知水平有限、多所疏缺。對於文中種種不足，敬請讀者包涵，且不吝賜教。

碩士論文歷經許久的蹉跎延宕才最終完成。收筆時轉目一望，窗外已滿地金秋。猶記得論文初構時，隨園尚是桃李沉醉的駘蕩春色。倏忽間，半載光陰就如指尖沙般悄然溜走，讓人不禁慨歎春華秋實。而寫這篇致謝時，又恰好是在論文完成整半年之日。半年，半年！除了湊巧揭露出我深度拖延症的痼疾，還從事物變化的角度應了那句哲語：蓋將自其變者而觀之，則天地曾不能以一瞬。蘇子誠不我欺。這部論文，從構思孕育、墜地誕生，至漸漸成長、有些體量，何嘗不是連一眨眼的工夫都不曾保持過原狀呢？除了時間不等人，還有很多重要的人在默默扶持，推著它往前走。

於我助益最大的，非碩士導師張曉鋒教授莫屬。說起來，能夠與新聞史結緣，並使我甘願在此園地內繼續踏實耕耘的，導師的教導居功至偉。從本科時新聞史論文一概不看，到現今對其生發濃厚興趣，我的態度之所以發生徹底轉變，無不浸潤於導師的一片苦心。研一剛開學，我無知者無畏，覺得新聞史不外乎沉於青燈黃紙、與舊書老報爲伴，遠不如影視傳播那樣跳動鮮活。這樣的觀感固然見仁見智，但僅憑「靜不如動」一點便冒然相鄙，多少表露出我心態之浮躁。後經導師點撥，通過文獻閱讀、史料搜集和寫作練習，我漸漸發覺之前的看法實在太過偏狹。我認識到，新聞史因關乎整個新聞事業的縱向流變，自始至終構成著新聞學科的發展根基。其間的人事，如果予以耐心檢視，無不生動鮮明、富於韻致，在在訴說著歷史的曲折細節和繁複肌理。而這正是導師不斷強調並親身踐行的理念。就這樣，我最終選擇了包天笑新聞思想作爲研究題目。在寫作過程中，從選題切入角度、史料搜集範圍、論文篇章結構、寫作敘事技巧等多方面，導師都給予我悉心指導，讓我在撰寫時能夠不斷聚焦問題、集中史料範圍、謀求合理結構，並出之以流暢表達。三年來，品嘗新聞史靜水流深的興味，並以之爲今後治學的歸屬志業，離不開導師於我開掘潛力、激發鬥志的良苦用心，我謹向導師的點滴栽培，表示由衷的感激！

其次，得益於幸運知遇、對我幫助良多的老師們。其一，是臺灣中國文化大學的夏士芬老師。夏老師是我在文化大學訪學交流時有幸結識的，專注於新聞史研究的她，曾來南京師大參加過「民國新聞史研究高層學術論壇」。我那時從臺北甫迴學校不久，恰好又與夏老師在南京相逢，便倍感親切有緣，於是日常聯繫漸趨頻繁。也正因如此，當得知我確定以包天笑新聞思想爲題目後，夏老師在繁重的教學工作之餘，不辭辛勞地幫我搜尋史料。她不僅代我聽取有關包天笑的國際研討會，且以寶貴的會議論文資料相郵贈，助我瞭解包天笑的最新研究動態，還爲我在圖書館和網絡上查找包天笑相關史料，使我對包天笑的研究現狀有了更爲全面的認識。此外，夏老師還在論文完成後，耐心審閱了初稿，指出了文中幾處由我的疏忽導致的錯訛。應該說，沒有夏老師的幫忙和打氣，論文的完成一定會缺少很多必需的信心。

其二，是臺灣中央研究院近代史研究所的孫慧敏教授。包天笑最早進入視線內，是我讀到李仁淵《新式出版業與知識分子：以包天笑的早期生涯爲例》一文時，而包天笑給我留下集中並深刻的印象，則緣自中研院連玲玲教授主編的論文集《萬象小報》。書中有孫慧敏、林美莉教授的兩篇大作圍繞包天笑展開，令人讚歎筆法高妙、史感濃鬱之餘，尤其令人驚喜的是孫慧敏教授提到了許多有關包天笑的珍貴的史料線索，如上海圖書館所藏釧影樓日記手稿、包天笑在《晶報》時期的數十筆名等。這對於當時史料佔有還相當不充分的我，猶如漆黑夜冥中灑落的一線曙光。在與孫教授多番的郵件往來中，我還從教授那裡進一步獲知了相關史料的更多情況，諸如上圖正將日記手稿數位化，近史所已開放典藏之「包公毅先生檔案」，包天笑《晶報》筆名彙錄，包天笑關於新聞和報紙的論述文獻之大體分布情形，等等。可以說，若無孫教授對史料的細心整理、無私分享，以及對一個陌生晚學的耐心提攜、認眞指點，論文欲求完成，幾爲黃粱大夢。

其三，是南京大學新聞傳播學院的卞冬磊副教授。在卞老師未調任前，他給我們上的兩門課，全部關乎中國新聞思想史。課程設置、主題文獻尤其可見老師之用心，使我得以在閱讀、陳述和討論中，較爲系統和遞進地加深對新聞史學的理解。這些專題打破學科藩籬，逡巡於歷史學與新聞學的交叉地帶，或許恰巧受益於跨學科思考迸發的巧思，連我這個正格的「歷史學門外漢」、「新聞史小嘍囉」，也逐漸在閱讀文獻的過程中獲致基本概念的衍生脈絡。例如歷史「中國」、現代性中的「新聞」、媒介史與知識形式、「現代」新聞思想等。而且，對於平常習作和這部論文，卞老師也提出了很多切當的意見，包括寫法應儘量逃避「安全區」、創造更多敘事可能性、在個人與時代的關係中體味包天笑的特殊性（即王潤澤教授提出的史料解讀之「大語境」）等，這些均擊中我自感保守的庸常環節，爲我提示著未來精進的方向。

另外，倪延年教授、張寧副教授、劉繼忠副教授、操瑞青老師，以及三位盲審老師，也分別對論文提出了富有針對性和建設性的改進意見，在此並致謝忱！我將認眞消化、盡力打磨，以期在未來，對論文加以完善。

除了各位老師的幫助，論文的完成還須特別感謝碩士門的師兄劉洋和師姐許戀戀。師兄在平時讀書方面，對我常有指教。記得我之所以對余英時先生及其高足王汎森、羅志田兩先生的作品深致推挹，大概受他影響最深。在我面對浩瀚史料不知如何下手時，他即以余先生的著作示我進路。有一回他說自己：「解讀方法模仿王、羅風格，大脈絡是余英時」，指示迷茫的我，在廣閱余先生著作以獲致整體文化認知的同時，亦需留意並揣摩余門兩位高第深得乃師風範的治史之法，那樣能眞正映照出我們的「野路子」。我趕緊拜讀起來，確實逐漸對史學的精深意味和闡釋技巧有所體悟。由此愈發覺得師兄毫不保留、自我袒露的態度，是我該銘記並申謝的，但願他不要介意我原封徵用了此話，洩露了他的「秘訣」。

對於論文具體思路的明晰化，師姐給我的啓迪則尤爲顯要。許師姐的論文探究張恨水新聞思想，由於包天笑與張恨水同屬小說家報人陣營，具有一定程度的相似性，且在新聞生涯中二者產生過交集。彼時正感內心無著的我，因此頻繁向師姐「取經」，而師姐不厭其煩，每每第一時間給予我詳備解答。師姐的經驗揭示道，類似張恨水、包天笑這樣「偏文學那一掛的」報人，其新聞思想可能並無一個系統的論述，因此需要根據其新聞活動和「一絲一毫的新聞論述」，總結提煉其新聞思想。當碰到史料中新聞實務多於新聞論述的情況時，師姐乾脆告訴我「真的要找」:「我當時也是找了好久，才找到一些零碎文章……一個字一個字從舊報紙的電子版上記下來的。」實際上，正是師姐做出的這份表率，促使我立刻跑去上海圖書館翻找史料，果然在一個多月的讀報中收穫頗豐。更有甚者，包天笑因爲後期不再從事報業，還曾表示「凡人情總是厭故喜新的，即使是一種職業，積久也自會生厭的……人生不過數十寒暑，新聞記者並不規定是終身職業，爲什麼要埋頭於亂紙堆中，消磨他的一生，而沒有休止的時期呢」。我看到這一段時多少有點洩氣，內心掙扎著質問包天笑「你咋就不能多堅持一下呢」，師姐趕忙勸我心態放平，可別苛求古人，所謂人之常情、本來如此，更何況天笑還提到一些新聞記者「並不是爲了他們的生活，只是爲了他們的主義」，這也已然體現出他對於新聞記者所抱持的基本態度。她繼續說，包天笑可能只是「文人不得志，有此牢騷和厭倦很正常」，你看「我現在對工作也很厭倦」。看到這，我不僅果然淡定了許多，也更加確認「歷史研究本關乎人」這一信念。

最後，我要感謝一位偉大的女性，那就是我的母親。我之所以能夠持續讀書，端賴母親在背後不間斷地爲我默默付出。在南京求學，雖較昆明爲近，但家山路仍隔兩千里。每次放假回家，媽媽都希望多陪陪我，待我將要離家返校之時尤其明顯。有一次因爲她出去參加培訓，竟然爲沒能在家陪伴我而發來三字「對不起」，我當即落淚了。但也只能擦乾淚，寬慰微信另一頭的媽媽說:「沒事的，我正好也要回校寫論文了。」後來論文終於寫成，我希望把這部論文，由衷地獻給我的媽媽。儘管沒上過大學的她，可能並不太看得懂，我也樂意將此作爲一份彌補我離家在外歲月的孝心，真誠地獻給她。

周航屹

2018 年 5 月初稿於南京

2019 年 3 月修訂於北京